KB027670

GOD OF WAR

GOD OF WAR

영혼의 반역자

매슈 스토버, 로버트 E. 바드먼 지음 · 고경훈 옮김

제우미디어

GOD OF WAR
Copyright © 2010 by Matthew Stover and Robert E. Vardeman
This translation is published by arrangement with Del Rey, an imprint of Random House, a division of
Random House LLC
All rights reserved.

Korean Translation Copyright © 2015 by Jeu Media
This translation is published by arrangement with Del Rey, an imprint of Random House, a division of
Random House LLC through Imprima Korea Agency.

이 책의 한국어판 저작권은 Imprima Korea Agency를 통해 Random House, a division of Random House LLC와의 독점
계약으로 제우미디어에 있습니다.
저작권법에 의해 한국 내에서 보호를 받는 저작물이므로 무단전재와 무단복제를 금합니다.

God of War
영혼의 반역자

초판 1쇄 | 2015년 7월 22일

지은이 | 매슈 스토버 · 로버트 E. 바드먼
옮긴이 | 고경훈

펴낸이 | 서인석
펴낸곳 | 제우미디어
출판등록 | 제 3-429호
등록일자 | 1992년 8월 17일
주소 | 서울시 마포구 독막로 76-1 한주빌딩 5층
전화 | 02-3142-6845
팩스 | 02-3142-0075
홈페이지 | www.jeumedia.com

ISBN | 978-89-5952-402-0
• 파본은 본사나 구입하신 서점에서 교환해 드립니다.

만든 사람들
출판사업부 총괄 손대현 | **편집장** 전태준 | **책임 편집** 신한길 | **기획** 홍지영, 김혜리, 여인우, 윤여은
디자인 총괄 디자인수 | **제작** 김금남 | **영업** 김영욱, 박임혜

감사문

이 책을 내기까지 오랜 시간 많은 분이 힘써 주셨습니다. Sony의 윌리엄 와이스바움은 구성상의 어려운 문제에 적절한 대안을 정확하게 제시해 주었을 뿐만 아니라 집필 과정 내내 빈틈없는 조언을 아끼지 않았습니다. 날카로운 안목과 게임 지식으로 도움을 준 마리안느 크로치크에게도 진심 어린 감사를 드립니다. 트리시아 패스터나크는 제가 만난 최고의 편집자였습니다. "Raven Van Helsing" 님은 YouTube에서 본인도 생각하지 못한 방식으로 도움을 주었습니다. 마지막으로, 이런 멋진 작품에 참여할 기회를 제공해 준 저의 대리인, 하워드 모하임과 든든한 공동 저자 매슈 스토버에게 감사드립니다.

—로버트 E. 바드먼

서막

그는 이름 모를 절벽의 끝에 서 있었다. 하늘의 구름처럼 새하얀 피부를 지닌 그의 모습은 석회 조각상을 보는 듯했다. 그에게는 생명의 색이 보이지 않았다. 몸에 새긴 붉은색 문신도, 사슬에 뜯겨 넝마 조각처럼 썩어 가는 양쪽 팔목의 상처에서도 보이지 않았다. 그의 두 눈동자는 멀리 아래에서 소용돌이치는 에게 해의 물살처럼 검었고, 얼굴은 날카로운 바위에 파도가 부서지며 만들어 내는 물거품처럼 창백했다.

잿더미... 잿더미뿐이었다. 절망뿐이었다. 차가운 겨울비가 온몸을 때렸다. 이것이 십 년 동안 신들을 위해 봉사한 대가였다. 잿더미와 썩고 문드러진 몸과 차갑고 쓸쓸한 죽음만이 남았다.

이제 바랄 것은 망각뿐... 그는 스파르타의 유령이라 불린 자였다. 그는 아레스의 주먹이었고 아테나의 용사였다. 그는 전사였다. 그는 살인자였고 괴물이었다. 그는 그 모든 것이었지만 그중 어느 것도 아니었다.

그의 이름은 크레토스였다. 그는 진정한 괴물이 누구인지 알았다.

그는 팔을 늘어뜨렸다. 굵은 힘줄과 우람한 근육은 힘을 잃었고 이제 쓸모가 없었다. 단단히 못이 박힌 그의 손은 스파르타의 투창과 혼돈의 블레이드와 포세이돈의 삼지창과 전설적인 제우스의 번갯불을 쥐었던 손이었다. 그 손으로 자신이 들이쉰 숨보다 더 많은 사람의 생명을 거두었다. 그러나 지금은 손에 들 무기가 남아 있지 않았다. 두 손은 굽혀지지 않았고 주먹을 쥘 수도 없었다. 찢긴 팔목에서 천천히 흘러내리는 피와 고름의 느낌만이 전해지고 있었다.

그의 팔목과 손은 신들을 위한 봉사의 상징이었다. 너덜거리며 검게 썩어 가는 살점이 매서운 바람에 퍼덕거렸다. 살 아래로 드러난 뼈에도 한때 녹아 있었던 사슬의 흔적이 남아 있었다. 혼돈의 블레이드와 이어져 있던 사슬이었다. 이제 그 사슬은 사라졌다. 사슬을 감았던 신이 다시 사슬을 뜯어 갔다. 그 사슬은 혼돈의 블레이드와 크레토스를 연결해 주는 것이었고 신들을 위해 봉사해야 했던 그의 족쇄이기도 했다.

그러나 그것도 끝났다. 사슬은 사라졌고 혼돈의 블레이드도 함께 사라졌다.

이제 그에게는 아무것도 없었다. 그는 아무것도 아니었다. 아직 그를 버리지 않은 것이 있다면 그는 그것을 버릴 생각이었다.

친구도 없었다. 온 세상이 그를 두려워했고 그를 증오했다. 누구도 사랑이나 애정을 담은 눈으로 그를 바라보지 않았다. 적도 없었다. 더는 죽일 적이 남아 있지 않았다. 가족도 없었다...

지금까지도... 마음 한구석에는 똑바로 바라볼 수 없는 곳이 자리하고 있었다.

그리고 쓸쓸하게 버려진 그는 마지막 안식처를 찾으려 했다. 신들은...

그의 삶을 조롱했다. 신들은 그를 데려가 더는 버틸 수 없는 존재로 그를 빚어 내고 변화시켰다. 이제는 결국 분노조차 할 수 없는 지경에 이르렀다.

"올림푸스의 신들은 날 버렸다."

그는 절벽 너머로 걸음을 내디뎠다. 절벽의 끝에 신발이 긁히며 흙이 부서져 떨어졌다. 수백 미터 낭떠러지 아래에는 지저분한 구름 조각들이 한데 엉겨 에게 해의 파도가 부서지는 날카로운 바위 위로 안개의 그물을 짓고 있었다.

'그물?'

그는 고개를 저었다.

'그물이라니? 차라리 수의라면 모를까.'

그는 어떤 인간도 이룰 수 없는 일을 해냈다. 그의 업적은 신들조차 견주기 어려운 것이었다. 그러나 그 무엇도 그의 고통을 지워 주지는 못했다. 벗어날 수 없는 과거가 전하는 고통과 광기만이 그의 유일한 동료였다.

"더 이상 희망은 없다."

이 세상에 희망은 없었다. 그러나 하데스의 경계를 이루는 위대한 스틱스 강의 영역에는 레테 강이 흐른다. 그 어두운 물을 마시면 영혼이 남겨둔 존재의 기억이 깡그리 사라지고 영혼은 영원히 떠돈다고 한다. 이름도, 머물 곳도 잃어버린 존재가 되어…

과거도…

바라는 것은 그뿐이었다. 그는 마지막이자 돌이킬 수 없는 걸음을 내디뎠다. 그는 절벽에서 몸을 던져 구름을 찢고 아래로 떨어졌다. 바위에 부서지는 물살이 모습을 드러내더니 점차 커지며 선명해졌고 그의 삶을 끝내기 위해 그를 덮쳤다.

동시에 그의 모든 존재가 삼켜졌다. 그의 모든 과거와 그가 저지른 행동과 그에게 가해졌던 모든 일이 한 차례 밤의 날카로운 굉음과 함께 사라졌다.

아테나 여신이 완전 무장 차림으로 매끄러운 청동 거울 앞에 서 있었다. 그녀는 시위에 화살을 걸고 천천히 손을 뒤로 당겼다. 그리고 동작 하나하나에 주의를 기울이며 자세를 바로잡았다. 아테나는 오른 팔꿈치를 살짝 들어 올렸다. 제각도에서 조금이라도 틀어지면 화살은 빗나갈 것이다. 아테나는 전쟁의 여신답게 매사에 완벽을 추구했다. 시위를 팽팽하게 당기자 팔과 어깨 근육에 힘이 들어갔다. 아테나는 감각을 집중했다. 자신의 몸은 물론 주위 모든 것이 느껴지기 시작했다. 청동 거울에 비친 아테나는 반쯤 몸을 틀어 살짝 자세를 교정했다. 화살은 방 너머 트로이의 함락 장면을 묘사한 대형 태피스트리를 겨누었다. 아테나의 손가락을 빠져나온 화살은 흔들림 없이 날아가 머리를 딿은 파리스에게 박혔다.

'못난 영웅 같으니…'

아테나는 생각에 잠겼다. 자기라면 그런 어리석은 선택은 하지 않았을 것이다. 아테나는 많은 위험을 감수했다. 남매인 아레스가 걷잡을 수 없이 날뛰자 올림푸스의 운명은 위태로운 상황에 처했다. 화살이 시위를 떠나기 직전의 순간에 크레토스도 주저하는 감정을 느꼈을까? 의심했을까? 확신했을까? 아테나는 그녀답지 않게 당혹감에 휩싸였다. 그녀의 책략이, 아레스에게서 그를 데려온 너무도 영리한 계획이 모두 수포로 돌아간 것일까?

아테나는 숨을 살짝 들이쉬고 방향을 틀었다. 또 다른 화살이 시위에 걸렸고 시위가 팽팽히 당겨졌다. 황금 활이 부르르 떠는 소리가 들렸다. 아테나는 동작을 계산하여 시위를 붙잡은 손에서 천천히 힘을 뺐다. 화살은 아직 걸려 있었다.

반나체의 사내가 포도주 빛 구름을 닮은 아테나의 침상에 누워 몹시도 당당한 자세로 눈부시도록 젊고 아름다운 자태를 뽐내고 있었다. 그의 미소는 사악하리만치 매력적이었으며 이마를 겨누는 아테나의 화살을 보고도 조금도 움츠러들지 않았다.

"이렇게 보니 반갑군요."

그가 말했다.

"승리를 축하하는 중이겠죠, 아닌가요? 우리는 이 순간도 특별하게 만들 수 있습니다. 영원한 처녀성 따위는 잊어버리는 게 어떨까요? 그렇게 심각한 표정 지을 것 없다고요. 구속이란 것이 존재하지 않는 세계를 탐험해 보자는 것뿐이니까요. 나는 능숙한 탐험가이니 아직 익숙하지 않은 길이라도 얼마든지 안내해줄 수 있습니다."

"헤르메스."

아테나는 성난 목소리로 말했다.

"몰래 내 방을 훔쳐보는 짓은 하지 말라고 경고했을 텐데요."

"기억합니다. 분명 그랬죠."

전령의 신 헤르메스가 심드렁하게 답했다. 헤르메스는 맨살이 드러난 등을 침상에 문지르며 이리저리 몸을 꿈틀거렸고 만족한 듯 기분 좋은 표정을 지었다.

"아, 좋군요. 등이 가려웠거든요. 사실, 말하고 싶은 게 있는데 가려운 구석이 하나 더 있습니다. 물론, 그대가 도울 수 있는 것입니다. 그래요. 왜냐하면 그대 때문에 그런 생각을 한 것이니까요."

"나 때문이라니, 무슨 말을 하고 싶은 거죠?"

아테나의 얼굴은 마치 조각상처럼 보였다.

"검으로 등이라도 갈라주기를 바라나요?"

아테나의 손에서 활이 사라지고 날카롭고 섬뜩한 검이 생겨났다.

헤르메스는 침상 속으로 몸을 파묻었다. 그는 손으로 머리를 쓸어 넘기면서 진지한 얼굴로 올림푸스의 하늘을 향해 말했다.

"손도 대지 못하고 영원히 바라보아야 하는 운명이라니."

헤르메스가 한숨을 내쉬며 말했다.

"그런 끔찍한 운명은 인간에게나 줘버려야 할 것을…"

아테나는 수백 년 동안의 경험으로 헤르메스가 자아도취에 빠져 유혹하기 시작하면 그것을 막을 방법은 화제를 돌리는 것뿐이라는 사실을 알고 있었다. 아테나는 검으로 헤르메스의 신발을 가리키며 말했다.

"날개 달린 신발을 신고 공식 전갈을 전하러 온 것이 아닌가요?"

"공식 전갈이라고요? 그건 아닙니다. 제우스는 무슨 일인지… 바쁘십니다."

헤르메스가 의미심장한 미소를 지었다.

"또 인간에게 빠지신 모양입니다. 장담하건대 세속의 여인일 겁니다. 진실은 운명만이 알겠지만… 인간 여인들이 어떤 매력이 있는지 정말이지 모르겠습니다. 헤라의 속옷에 손을 댈 수 있다면 신들조차 은밀한 불멸의 신체 부위 한둘 쯤은 서로 바치겠다고 줄을 설 텐데…"

"내 방에 침입하면서까지 전해야 할 소식이 무엇이죠?"

아테나가 말했다.

"아, 그렇지. 전갈을 가져왔습니다."

헤르메스는 양쪽에 날개가 달리고 두 마리 뱀이 휘감은 지팡이를 보여주며 말했다.

"정말입니다. 자, 보세요. 지팡이가 있잖습니까?"

"그대의 외모는 아름답고 매력이 넘치지만 행동은 전혀 그렇지 않군요."

"짓궂으시군요. 농담으로 이해해도 되겠습니까? 전쟁의 처녀신에게 묻는 겁니다. 다른 말로는 표현할 방법이 없으니까요."

"그럼 내 질문으로 답해 주겠어요. 전한다는 소식이 내 화를 건드린 그대를 죽이지 말아야 할 정도로 중요한 것입니까?"

"그만 진정하는 게 어떻겠습니까? 아버지께서 말씀하셨듯이 다른 신을 죽이는 것은 금지된 행동입니다. 그대도 잘 알겠지만..."

헤르메스는 아테나의 차가운 회색빛 시선에서 몹시 불쾌한 감정을 읽고서 목소리가 점점 기어들어갔다.

"아테나, 나의 누이여. 잘 알겠지만 그대를 해칠 뜻은 정말로 털끝만큼도 없습니다."

"나 역시 그런 생각으로 참고 있는 것입니다. 아직까지는."

"그냥 재미로 말해본 것뿐입니다. 조금이라도 재미있게 얘기하고 싶었으니까요. 내 사랑하는 누이한테 몇 마디 농담은 할 수 있지 않겠습니까? 기운 좀 내라고 말이죠. 그러니 좀 진정해요."

"알았으니 그대도 잊지 말기를 바랍니다."

아테나는 헤르메스 너머로 화장대를 바라보았다. 위에는 귀한 보석이 장식된 황금 관이 놓여 있었다. 그러나 또 다른 장신구가 눈에 들어왔다. 도시에 사는 대담한 장인이 그녀의 이름을 새겨 만든 공물이었다. 인간의 작품이지만 썩 괜찮은 솜씨였다. 아테나는 장인의 기도에 답해주리라 생각했다. 장인의 이름이 생각이 난다면 그러고 싶었다. 아테나는 아레스 일을 생각하느라 죽어가면서도 자기를 찾고 의지했던 인간들에 관한 생각을 놓치고 있었다. 그것은 곧 바꾸어야만 했다. 고칠 것은 부서진 건물만이 아니었다.

"그리고 몰래 들어온 것은 사과하겠습니다. 올림푸스의 모든 여신 중에서 진정으로 아름다운 이는 바로 그대이니까요. 활을 들고 시위를 단단히 당긴 자세는 정말이지 우아했습니다. 아니, 완벽했어요. 환상적이었죠. 적이라면 두려움을 느끼고 아군이라면 그대를 위해 싸울 생각이 절로 들었을 겁니다."

헤르메스는 침상에서 일어나 젊고 유연한 몸을 과시하듯 기지개를 켰다.

"그래도 신들 중에서 잘생긴 걸로 치면 바로 나라는 건 인정해야 할 겁니다."

"그대가 생각하는 것의 반만이라도 잘생겼다면 태양보다도 더 밝게 빛나고 있어야 하겠지요."

"진심인가요? 누가 나한테 견줄 수 있다고..."

"아폴론 앞에서 그렇게 말하는 걸 듣고 싶군요."

헤르메스는 거만하게 고개를 저었다.

"그래요. 아폴론이 분명 잘생기긴 했지만... 너무 재미가 없잖습니까?"

"다음에 그대의 입에서 나올 말은 그 소식이어야 할 겁니다."

아테나는 헤르메스에게 몸을 기울이며 검의 뾰족한 끝으로 그의 몸을 지그시 눌렀다.

"얼마 전에 봐서 잘 알겠죠. 날 화나게 한 자가 결국 어떻게 되었는지 말입니다."

전령의 신 헤르메스는 자기의 갈비뼈 부위에 닿은 검을 내려다보고 고개를 들어 전쟁의 여신 아테나의 흔들림 없는 회색빛 눈을 바라보았다. 헤르메스는 몸을 일으키고서 다소 과장되리만큼 위엄 있는 동작으로 클라미스 망토를 고쳐 입은 다음 낭랑한 목소리로 말했다.

"그대의 꼭두각시 인간에 관한 소식입니다."

"크레토스 말인가요?"

아테나는 미간을 찌푸렸다. 제우스는 그 청원에 따라 크레토스를 직접 살피겠다고 하지 않았던가?

"크레토스에게 무슨 일이 있는 겁니까?"

"궁금해할 것이라고 생각했습니다. 그자는 그대에게 많은 도움을 주었고 그대 역시 종종 그 인간을 걱정하곤 했으니까요."

"헤르메스."

헤르메스는 아주 조금 움찔했다.

"좋습니다. 직접 보세요."

헤르메스는 전령의 지팡이를 들어 아테나의 앞 허공을 가리켰다. 지팡이가 향한 곳에서 상상할 수 없는 높이로 솟은 어느 산과 가파르기 그지없는 절벽이 나타났다. 한참이나 떨어진 그 아래에서는 에게 해의 파도가 몰아치고 있었다. 그 절벽의 끝에 크레토스가 서 있었다. 그는 들어줄 이 없는 그곳에서 무슨 말을 중얼거리는 듯했다.

"그대의 인간이 위험한 길을 선택했습니다. 여기서 떨어지면 하데스로 가야 할 겁니다."

아테나의 얼굴에서 핏기가 사라졌다.

"크레토스가 스스로 목숨을 끊는다고요?"

"그럴 생각인 것 같습니다."

"말도 안 돼요!"

인간이 이리도 반항적이라니! 게다가 제우스는 어디에 있다는 말인가? 크레토스를 돌보지 않는 게 분명했다. 아테나는 제우스가 정말로 크레토스를 살필 생각이 있는지 의심마저 들었다. 만일 그렇다면 상황은 완전히 달라질 것이다.

아테나가 모든 가능한 일과 불가능한 일을 분주히 걸러내는 동안 크레토스가 낭떠러지 앞 공중으로 걸어나가려는 듯이 몸을 숙이고 걸음을 내디뎠다. 그리고 곧바로…

떨어졌다.

몸부림도 없었다. 비명도 지르지 않았다. 살려 달라고 소리치지도 않았다. 크레토스는 멀리 파도치는 바위를 향해 곤두박질쳤다. 그의 얼굴에는 평온함만이 깃들었다.

"이 일을 예견하지 못했습니까?"

헤르메스가 능글맞게 물었다.

"예지의 여신이 보지 못하는 게 있다니!"

아테나가 흔들림 없는 눈빛으로 바라보자 헤르메스는 헛기침을 하면서 표정을 무마했다.

"다음에 날 만날 때는 그대를 위해 예견한 내용을 보여 주겠어요."

"아, 그냥... 농담일 뿐입니다. 농담이었다고요."

헤르메스가 침을 꿀꺽 삼키면서 말했다.

"그래서 군이 그대를 해치지 않은 겁니다. 아직은요."

아테나의 검이 헤르메스의 코 위로 공기를 갈랐다. 헤르메스는 살짝 움찔했으나 여유를 잃지 않았다.

아테나는 마음을 가다듬고 무언가 작심한 듯 급하게 방을 빠져나갔고 숨을 고르던 헤르메스는 영문도 모른 채 남겨졌다. 아테나는 빛의 속도로 올림푸스 산에서 내려와 비바람이 몰아치는 문제의 절벽으로 달려갔다. 아테나가 도착했을 때 크레토스는 절벽 아래 구름을 가르며 떨어지고 있었다.

전령의 신 헤르메스의 말이 옳았다. 아테나는 크레토스의 이야기가 자살로 끝날 것이라고는 생각하지 못했다. 어떻게 그리도 무지할 수 있었던가? 왜 제우스는 이런 일을 막지 않은 것일까? 그리고 그보다도 중요한 것이 있었다. 크레토스는 어찌 그리도 반항적일 수 있단 말인가?

배의 무덤일 것이다. 아테나는 생각했다. 그곳에서 크레토스의 몰락이 시작되었을 것이다. 그래야만 했다. 에게 해, 배의 무덤이었다...

제1장

배 전체가 삐걱대며 흔들렸다. 매서운 겨울 돌풍을 만난 배는 마치 에게 해의 가장 깊은 이곳에서 불시에 모래톱에 좌초하기라도 한 듯이 물살을 따라 요동치며 솟아올랐다. 크레토스는 만신창이가 된 배의 뱃머리에서 아테나의 여신상을 두 팔로 껴안은 채 이를 갈면서 짐승 같은 신음을 내질렀다. 머리 위로 가장 큰 돛대에서는 함선에서 마지막 남은 사각 돛이 강풍을 받으며 천둥이 치는 듯한 굉음과 파열음을 냈다. 여위고 지저분한 여인의 모습을 닮은 흉물스러운 생명체가 박쥐처럼 날개를 퍼덕거리며 거대한 떼를 이루어 돛대 위를 선회했고 분노에 찬 비명을 내지르며 인간의 피를 탐하고 있었다.

"하피…"

크레토스가 씩씩대면서 말했다. 그는 하피를 증오했다.

날개 달린 괴물 하피 한 쌍이 바람 소리를 가르는 비명을 지르면서 핏빛 발톱을 드러낸 채 돛을 노리고 날아들었다. 돛은 다시 한 차례 펑하는 소리를 내더니 마침내 찢겨 공중의 하피들을 덮치고 갑판을 휩쓸었다. 한 마리는 폭풍이 몰고 온 물보라 속으로 사라졌고 나머지 한 마리는 날카로운 발톱으로 노꾼의 머리카락에 매달려 겨우 몸을 추슬렀다. 그런 다음 하피는 비명을 지르면서 발버둥 치는 불쌍한 선원을 하늘로 끌고 올라간 다음 몸을 비틀더니 선원의 목에 날카로운 이빨을 박아 넣고 피를 들이켰다. 선원의 피는 붉은 소나기가 되어 갑판에 흩뿌려졌다.

하피는 자기를 바라보는 크레토스를 발견하고 끝나지 않을 것 같은 분노의 비명을 내질렀다. 하피는 선원의 머리를 뜯어 크레토스에게 던졌다. 크레토스는 아무렇지도 않게 그 소름 끼치는 투척물을 손등으로 튕겨냈다. 하피는 평범한 인간을 죽이고도 남을 힘으로 선원의 몸통을 힘껏 내던졌다.

그러나 하피가 상대하는 크레토스는 평범한 인간과는 거리가 멀었다.

크레토스는 선원의 시체가 갑판으로 곤두박질치기 직전에 미끄러지듯이 옆으로 몸을 피했다. 그리고 불구가 된 선원의 몸에서 허리끈을 붙잡아 힘껏 내동댕이쳤다. 선원의 시체는 배 난간을 지나 소용돌이치는 바다로 떨어졌다. 하피는 송곳처럼 날카로운 발톱으로 그의 눈을 노리고서 한 마리 매처럼 날렵하게 급강하했다. 크레토스는 하피가 내려올 거리를 계산했다.

크레토스는 본능적으로 어깨 뒤로 손을 가져간 다음 등에서 거대한 쌍검을 뽑아들었다. 거대한 두 자루 검은 무시무시하게 휘어져 있었고 칼날은 비현실적으로 날카로웠다. 그를 상징하는 무기인 혼돈의 블레이드였다. 혼돈의 블레이드는 대장장이 신 헤파이스토스가 하데스의 용광로에서 만들어낸 것으로, 자루에 연결된 사슬은 크레토스의 팔뚝을 휘감고 살을 파고들어 그의 뼈에 녹아 있었다. 그러나 크레토스는 마지막 순간에 쌍검을 다시 집어넣었다.

하피에게는 아까운 무기였다.

크레토스는 죽은 선원의 허리띠를 채찍처럼 휘둘렀다. 허리띠는 쭉 뻗어 나가 공중에서 하피의 목을 휘감았다. 크레토스는 여신상에서 아래쪽 갑판으로 뛰어내렸다. 갑자기 그의 몸무게가 더해지자 하피는 하늘에서 갑판으로 고꾸라졌다. 크레토스는 한쪽 발로 하피가 움직이지 못하도록 단단히 밟고 허리띠를 살짝 잡아당겼다. 그것으로 충분했다. 하피의 머리가 몸통에서 떨어져 나와 공중으로 튕겼다. 크레토스는 다른 손으로 하피의 머리를 붙잡고서, 하늘에 모여든 시끄러운 하피 떼를 향해 흔들었다.

"자, 또다시 내려오면 이 꼴을 면치 못할 것이다!"

크레토스는 뜯긴 머리를 가장 가까이에 있는 하피를 향해 던졌다. 머리는 엄청난 힘으로 날아가 정확하게 하피를 맞췄다. 정면으로 머리를 강타당한 하피는 도끼날에 목이 베인 듯이 즉시 비명을 멈췄고 엉덩이가 이빨에 닿을 만큼 몸이 뒤집히며 배 좌현 일 미터 남짓 떨어진 거리에서 휘몰아치는 물살 속으로 떨어졌다.

크레토스는 바라만 보고 있었다. 그 사악한 짐승들은 죽이는 재미조차 없었다.

싸움이라는 말조차 어울리지 않았다.

뒤쫓던 상선의 모습이 폭풍 사이로 살짝 드러나자 크레토스의 눈빛이 더욱 날카로워졌다. 그 거대한 상선은 아직도 멀쩡한 돛을 두 개나 펼치고 바람보다 앞서 나아가고 있었다.

곧 크레토스는 자신의 함선이 뒤처지는 이유를 깨달았다. 노를 젓는 인원들이 하피의 모습에 기겁하여 의자 아래에 숨어 있었다. 또 다른 이들은 두꺼운 노를 방패삼아 웅크리고 있기도 했다. 크레토스는 씩씩대며 다가가 한 손으로 겁에 질린 선원의 목덜미를 붙잡아 자신의 머리 위까지 들어 올렸다.

"너희가 두려워해야 할 괴물은 딱 하나! 바로 나다!"

크레토스는 가볍게 손목을 움직여 겁에 질린 선원을 파도 속으로 내던졌다.

"자, 저어라!"

선원들은 미친 듯이 힘을 내어 노를 젓기 시작했다. 크레토스가 하피보다 증오하는 것이 있다면 겁쟁이였다.

"그리고 너!"

크레토스는 커다란 주먹을 들어 보이며 조타수에게 소리쳤다.

"내가 다시 여기에서 키를 잡는 일이 생긴다면, 넌 바로 하피 밥이 될 것이다! 자, 상선이 보이나?"

크레토스의 야수와 같은 목소리에 조타수는 잔뜩 움츠러들었다.

"보이느냐고 묻지 않느냐?"

"우현 이물 쪽에서 약 일 킬로미터 정도 떨어져 있습니다. 그렇지만 상선은 아직 돛이 있어서 따라잡기 힘들 겁니다!"

조타수가 말했다.

"따라잡아야 한다."

크레토스는 며칠 동안이나 상선을 뒤쫓고 있었다. 상선의 선장 역시 상황 판단이 빠른 뛰어난 뱃사람이었다. 그 선장은 크레토스가 아는 모든 수를 동원하고 새로운 방법까지 시도하며 도망쳤다. 그러나 날이 갈수록 크레토스의 매끈한 갤리선에 쫓겨 피할 수 없는 위험으로 다가가고 있었다. 어떤 배도 빠져나올 수 없다고 알려진 그곳, 배의 무덤이었다.

크레토스는 그의 사냥감이 기수를 돌려야 할 상황임을 알고 있었다. 그 저주받은 해협에 들어서는 것은 그 어떤 선장도 저지를 수 없는 실수였다.

앞쪽 좁은 해협 사이에서 날카로운 바위를 닮은 형체가 어른거렸다. 불행한 운명에 이끌려서 혹은 항로를 잘못 계산하여 배의 무덤에 이른 수많은 함선의 잔해였다. 그 수가 얼마인지는 아무도 알지 못했다. 수백, 어쩌면 수천인지도 몰랐다. 배들은 파도와 예측 불가능한 역류에 휩쓸리면서 다른 배와 충돌하기를 반복하여 결국 부서져 바다 위를 표류했고 그렇지 않은 배들은 물이 들이닥쳐 아래로 가라앉고 있었다. 그러나 위험은 거기에서 끝이 아니었다. 그 아래 물속에도 너무도 많은 난파선이 있었고 그 잔해는 거의 인공 암초가 되어 에게 해의 바닥을 뒤덮은 채 해역을 찾아든 불운한 배의 선체를 찢을 채비를 하고 있었다. 암초의 위치는 누구도 알 수 없었다. 무덤에 들어간 배는 많았지만 그곳에서 빠져나온 배는 없었기 때문이다. 너무도 많은 뱃사람이 죽어간 탓에 바다에서 시체 썩는 냄새가 풍길 정도였다.

크레토스는 상선이 돛을 내리고 방향을 틀기 위해 노를 거두는 것을 보고서 고개를 끄덕였다. 탈출은 가까웠다. 바다의 다른 지역이었다면... 가까웠을 수도 있었다. 상선은 이미 배의 무덤에 너무 접근해 있었다. 상선이 항로 변경을 시작했을 때 바다에서 거대한 머리가 튀어나와 갑판을 부쉈다. 괴수의 머리와 근육질의 목이 돛대를 휘감았다. 돛대는 금방이라도 부서질 듯 위태로웠다.

바람이 잠시 잦아들 때마다 고통스러운 비명과 상선의 선원들이 내지르는 전투 함성이 들렸다. 선원들은 짧은 검과 비상용 도끼를 들고서 미친 듯이 히드라의 목을 내려치고 있었다. 바다에서 더 많은 머리가 솟아올랐다. 크레토스는 조타수에게 상선을 향해 곧장 나아가라고 지시했다. 그들이 탈출할 때까지 기다릴 필요가 없었다. 상선의 선원들은 히드라와 싸우느라 정신이 팔린 나머지 함선이 배의 무덤을 향해 나아가는 것도 깨닫지 못했다.

주위에는 신의 가호를 받지 못했거나 저주받은 운명을 지닌 함선에서 부서져 나온 잔해가 가득했다. 가장 가까이 지나간 함선은 한눈에도 크레토스와 그가 쫓는 사냥감보다 조금 앞서 도착한 듯 보였다. 열 명 남짓한 선원들이 한 자루 거대한 창에 꿰뚫린 채 돛대에 꽂혀 있었다. 하피들이 시체를 뜯은 흔적도 있었다. 선원 대부분은 해골에 매달린 피투성이 살점에 불과했다. 그러나 돛대 가장 가까이에 있는 선원은 아직 살아 있었다. 그 선원은 크레토스를 보고서 손을 내밀고 힘없이 발길질하며 무언의 행동으로 자비를 구했다.

크레토스는 그 거대한 창에 더 관심이 있었다. 그것은 근처 키클롭스의 존재를 암시하는 것일 수 있었다. 크레토스는 걸음을 옮겨 조타수가 좌초한 배를 보지 못하도록 시야를 가로막은 채 말했다.

"네 항로에 집중해라."

"아레스 신이 우리를 막고 있습니다."

조타수는 목멘 소리로 말했다.

"저 하피와 히드라는 아레스의 생명체입니다! 모두 다 말입니다. 전쟁의 신에게 맞설 생각인가요?"

크레토스는 손으로 조타수를 때렸다. 조타수는 그 충격에 갑판 위로 굴렀다.

"저 상선에는 마실 물이 있다. 상선이 가라앉기 전에 물을 차지해야 한다. 그렇지 않으면 우리는 모두 바닷물을 마시며 죽어갈 것이다. 아레스는 잊어라. 포세이돈을 두려워해라."

크레토스는 조타수를 일으켜 세우고 키 손잡이를 잡게 했다.

"만약 포세이돈이 두렵지 않다면 나를 두려워해야 할 것이다."

그들은 이틀 동안이나 물을 마시지 못했다. 크레토스의 입은 길 잃은 영혼들의 사막보다도 건조했고 혀는 퉁퉁 부어 있었다. 크레토스는 기꺼이 마실 물을 거래할 생각이었다. 그러나 거래가 성사되기 전에 상선의 선장은 크레토스를 보고서 더 현명하다고 생각되는 결정을 내렸다. 그는 마치 하데스의 사냥개들이 바로 뒤에서 쫓아오기라도 하듯이 상선을 몰아 도망갔다. 크레토스는 그 선장에게 그 현명한 결정이 가져올 결과를 가르쳐 주고 싶었다.

크레토스는 짧고 뾰족한 턱수염을 쓸어 모으며 진하게 엉긴 핏물로 모양을 다듬었다. 하피의 피인지 인간의 피인지 알 수 없었으나 그는 상관하지 않았다. 크레토스는 몸에 상처가 있는지 살폈다. 전투의 복판에서는 자기도 모르게 부상을 당하는 경우가 있었다. 상처가 없는 것을 확인하고서 그는 무의식적으로 손을 들어 얼굴의 문신을 쓰다듬었다. 문신은 삭발한 머리를 지나서 등까지 이어져 있었다. 문신의 붉은색은 뼛가루처럼 하얀 그의 피부에 극명하게 대조되어 보였다.

피와 죽음을 보는 것... 그것이 크레토스의 일이었다. 전장에서 그를 한 번이라도 보았거나, 그 전설적인 업적에 관한 이야기를 들었던 사람이라면 절대로 크레토스를 알아보지 못할 수가 없었다.

배가 다시 어딘가에 부딪혔고 그 충격으로 크레토스는 조타수에게 넘어졌다. 배가 끼익 하는 소리를 내며 흔들렸다. 끼익거리는 소리는 계속해서 이어졌다. 크레토스는 조타수가 갑판 위로 뒹구는 것을 보고 키를 잡았지만 키는 손에 걸리지 않고 돌기만 했다.

"방향타가... 방향타가 부서졌습니다!"

조타수가 가쁘게 숨을 쉬며 소리쳤다.

크레토스는 쓸모없는 키를 팽개치고 고물 쪽을 살폈다. 크레토스의 갤리선은 암초나 다름없는 버려진 함선의 선체에서 뻗은 돛대에 한 마리 생선처럼 꿰뚫려 있었다. 갤리선의 고물은 크레토스의 몸통만큼이나 두꺼운 돛대에 아래에서부터 안쪽까지 관통당했고, 방향타도 함께 산산조각 나고 말았다.

"우현, 노를 저어라! 당장!"

크레토스가 소리쳤다.

"좌현, 움직여라! 너희의 무가치한 목숨을 위해 노를 저어라!"

갤리선은 날카롭게 삐걱거리는 소리를 내면서 돛대에서 풀려났다. 뱃머리가 방향을 틀어 아직 고군분투 중인 상선을 향하자 크레토스는 우현의 선원들에게 최고 속도를 내도록 명령했다. 그는 조타수를 바라보며 으르렁거렸다.

"보조를 맞춰라. 빨리!"

"그렇지만... 가라앉고 있습니다!"

"닥치고 명령을 수행해라!"

크레토스는 다시 선원들에게 돌아서서 말했다.

"손을 멈추는 첫 번째 비겁한 벌레 놈은 앉은 자리에서 죽을 줄 알아라!"

선원들은 크레토스가 신들에게 쫓겨 미친 것이 아닌지 의심하는 듯한 표정으로 그를 바라보았다.

"지금이다! 힘껏 당겨라!"

갤리선은 고물이 점점 물속에 가라앉는 와중에도 빠르게 앞으로 미끄러져 갔다. 상선은 이제 불과 이삼백 보 거리에 있었다. 곧 백오십 보만큼...

갑자기 배의 무덤에서 거대한 역류가 일었고 선체가 반쯤 기울어지기 시작했다. 크레토스의 갤리선은 균형을 바로잡지 못하고 썩어가는 거대 암초에 단단히 부딪히고 말았다. 이제 함선이 향할 곳은 아래쪽밖에 없었다.

"따를 수 있다면, 따르라."

크레토스가 선원들에게 말했다. 만약 그러지 못한다면 그들은 구제받을 자격이 없었다.

크레토스는 배 난간을 뛰어넘어 바닷물에 젖은 판자 위로 날렵하게 착지했다. 그는 두 팔로 균형을 잡고 판자를 따라 미끄러지듯이 나아갔다. 날카로운 판자들이 떠다니는 사이로 거품이 생겨났고 물살이 일 때마다 버려진 선체가 서로 부딪히며 나무 조각들을 튕겨 냈다. 바다에 떨어진다면 죽음은 불 보듯 뻔한 일이었다.

약 15미터 전방에서 또 다른 배가 물살을 따라 흔들리고 있었다. 돛대는 어디론가 사라지고 없었고 따개비들이 들러붙고 시커먼 해조류가 선체를 뒤덮은 것으로 보았을 때 그 함선은 이미 수년 동안 배의 무덤에 갇혀 있었던 것이 분명했다. 무엇이든지 아직 떠다닐 수 있다면 크레토스의 갤리선보다는 나았다. 그의 함선은 요란하게 소리를 내면서 물에 잠기고 있었다. 배에서 곧장 뛰어내리지 못한 선원들의 비명이 뒤섞여 들렸다.

잠시 후 모든 소리가 사라지고 파도가 부서지는 소리와 잦아드는 강풍의 희미한 소리만이 남았다. 크레토스는 함선의 잔해 사이를 빠르게 누비며 버려진 함선에 다가갔다. 매끈한 선체의 가파른 곡선은 아무리 크레토스라도 오르기에 벅차 보였다.

크레토스는 잠시 돌아서서 혹시 따라오는 선원이 있는지 살폈다. 갤리선과 함께 침몰한 운명을 피한 이들은 고작 몇 명뿐이었다. 순간 바다에서 히드라의 머리가 솟아나 그들을 잔인하게 공격했다. 선원들의 몸은 피투성이가 되어 반으로 갈렸다. 죽은 선원의 숫자가 늘어갔다. 크레토스는 말없이 부하들이 죽어가는 모습을 지켜보았다.

그는 혼자가 되는 것에 익숙했다.

크레토스가 서 있던 판자가 갑자기 아래에서 뒤집혔다. 크레토스는 망설이지 않고 뛰어오른 다음 손가락으로 선체 바깥을 더듬으며 닻 사슬을 찾았다. 따개비에 손가락이 긁혔다. 그러나 크레토스는 이를 갈면서 손에 더 힘을 주었다. 발이 선체의 굽이진 표면에 닿자 그는 사슬에 매달려 조심스럽게 오르기 시작했다. 크레토스는 몸을 던져 갑판 위로 올라갔다.

배는 수년 동안 버려진 듯했다. 돛대는 날카로운 조각으로 부서져 있었고 폭풍과 파도에 마모되어 있었다. 크레토스는 돌아서서 자신의 갤리선이 있던 방향을 바라보았다. 강철의 회색빛 잔해와 뼛가루에 변모된 그의 피부처럼 새하얀 거품만이 남아 있었다.

검게 썩어가는 악취가 첫 번째 경고를 전했다. 순간 크레토스의 팔목 뼈에 연결된 사슬이 붉게 타오르기 시작했다. 두 번째 경고였다. 아레스는 잔혹한 주인이었다. 크레토스는 아레스를 생각하기조차 싫었다. 단 하나, 아레스에게 싫지 않은 것이 있다면 그의 팔에 혼돈의 블레이드를 감아준 것이었다.

팔에 결합된 블레이드의 사슬이 불에 달구어지듯 타올랐다. 등에 걸친 블레이드에서 불길이 일었다. 그러나 크레토스는 굳이 검을 뽑지 않았다. 그는 돌아서서 전투 자세를 잡고 적을 붙잡아 찢어버릴 기세로 양손을 넓게 벌렸다.

악취를 내는 존재가 부패한 기운을 풍기며 갑판 위로 모습을 드러냈다. 그것은 아레스의 병사, 언데드 군단의 세 마리 썩어가는 시체였다. 전쟁의 신 아레스가 지금 부릴 수 있는 병력이었다. 언데드의 눈은 차가운 녹색으로 타올랐고 너덜너덜한 살점은 뼈대에 간신히 붙어 있었다. 언데드 병사는 소리 없이 크레토스에게 달려들었다.

비록 언데드라고는 하나 병사들은 신기하리만큼 빠르게 움직였다. 그중 하나가 창을 들어 크레토스의 머리를 찔렀다. 크레토스가 창을 피할 것을 예상한 듯이 동시에 다른 언데드가 기다란 사슬을 던져 그의 다리를 노렸다.

크레토스는 두 손으로 창의 자루를 붙잡고 바닥에 내리꽂으며 채찍처럼 날아든 사슬을 창에 휘감았다. 그런 다음 창을 버리고 가장 가까이에 있는 언데드의 미끈거리는 복부에 주먹을 날렸다. 그는 손가락으로 부패한 살을 헤집고 안쪽에서 엉덩이뼈를 붙들었다. 크레토스는 초인적인 힘으로 언데드의 뼈를 으스러뜨렸다. 뼈가 부서졌고 곧 언데드가 고꾸라졌다. 크레토스는 돌아보지도 않고 다음 상대를 찾았다.

다른 언데드가 다시 사슬을 휘두르며 공격했다. 크레토스는 팔을 들어 사슬을 휘감았다. 사슬은 걱정할 바가 아니었다. 크레토스의 팔에는 원래도 사슬이 감겨 있었다.

언데드가 크레토스를 노리고 뛰어들었다. 크레토스는 혼돈의 블레이드와 이어진 사슬을 풀어 언데드의 목을 감았다. 거대한 팔에 살짝 힘을 주자마자 언데드의 머리가 몸에서 떨어져 나갔다. 세 번째 언데드는 간단히 주먹으로 머리를 내리쳐 두개골을 박살 냈다.

크레토스는 더 죽일 적이 있는지 살폈지만 아무것도 찾을 수 없었다. 그렇지만 그는 모든 괴물이 사라졌다고 안심할 만큼 순진하지 않았다.

크레토스는 현명하게도 막간의 시간을 허비하지 않고 난파선에서 상선까지 남은 마지막 오십 보 정도의 거리를 건널 지름길을 찾았다.

약간 떨어진 거리에서 떠가는 목조 여신상이 그의 눈에 들어왔다.

"아테나!"

크레토스는 자기의 갤리선 뱃머리에 아테나의 여신상을 세웠다. 지난 십 년간 신들을 위해 봉사한 자신의 노고를 기리는 의미였다. 크레토스는 임무를 계속 수행할 수 있었던 것이 신들의 도움이었는지 아니면 단순히 운이 따랐던 것인지 알 수 없었다. 행운인지 아니면 불행인지도 몰랐다.

그런 건 중요하지 않았다. 그에게는 혼돈의 블레이드가 있었다.

여신상이라고 해도 그것은 서툰 솜씨로 깎아낸 나무 조각에 불과했다. 배의 무덤에서 표류하는 다른 잔해들과 하등 다를 바가 없었다. 적어도 크레토스는 그렇게 생각했다. 아테나의 목조 여신상은 물살을 타고 위아래로 움직이다가 물에서 반 이상 솟아오른 채 표류하는 잔해들이 뒤엉킨 방향으로 기울기 시작했다.

크레토스는 뒤편에서 물살과 함께 무언가가 갈라지는 소리를 듣고 아테나의 여신상은 물론 더 많은 것들이 부서져 배의 무덤에서 표류하고 있다는 사실을 깨달았다. 그는 자리에서 뛰어올라 간신히 떠다니는 나무 기둥 하나를 붙들었다. 크레토스는 위로 오르기 위해 단단히 나무를 움켜잡았다. 차갑고 미끈거리는 무언가가 다리에 들러붙는 느낌이 들었다. 크레토스는 악을 쓰면서 더 힘껏 몸을 빼냈다. 거친 나무 표면에 뱃살이 긁혔다. 크레토스가 물에서 발을 빼내자마자 언데드 한 마리가 그의 무릎을 붙들고 거칠게 잡아당겼다.

크레토스는 나무 기둥 위로 올라섰고 다리에 매달린 언데드를 지렛대 삼아 균형을 잡은 다음 다리를 벌리고 기둥에 앉았다. 그리고 주먹을 바닷물 속으로 쑤셔 박았다. 붉게 타오르는 사슬이 바닷물 속에서 증기를 일으켰고 언데드 병사를 불태웠다. 언데드는 비참하게 몸부림치며 크레토스를 죽음으로 데려가지 못한 채 물러났다.

크레토스는 다시 일어섰다. 십 미터가 조금 넘는 거리에서 아테나의 여신상이 아직 파도에 떠내려가고 있었다. 여신상은 거의 물에서 퉁기듯이 떠올랐다가 누가 보아도 급격하게 방향을 틀어 마치 자석에 이끌리듯이 상선 쪽을 향했다.

크레토스는 충분히 눈치를 챘다. 그는 바로 뛰어오른 다음 달려나갔다. 그리고 부유하는 파편들이 뭉친 사이를 미끄러지듯이 지나서 비교적 상태가 괜찮아 보이는 난파선으로 향했다. 상선의 선원 중에서도 그곳으로 탈출한 이들이 있을 것이다. 히드라의 공격을 피해서 나무판자를 댄 다음 상선의 난간에 고정하여 함선 사이의 짧은 거리를 건넜을 것이다. 그 난파선에 닿는다면 상선에도 손쉽게 오를 수 있었다. 그러나 난파선의 난간에 다가가기도 전에 물속에서 무언가가 튀어나왔다.

앞쪽 깊이를 짐작할 수 없는 물속에서 거대한 파충류의 머리가 솟아났다. 괴수의 눈은 불이 붙은 방패처럼 타올랐고 이빨은 칼날처럼 번뜩거렸다. 입에는 에게 해를 누비던 강력한 함선의 잔해가 물려 있었다. 뾰족한 귀는 갤리선의 돛보다도 길게 흔들렸고 콧구멍에서는 숨이 막히도록 차가운 연기가 뿜어져 나왔다. 히드라의 머리는 뒤쪽의 배를 무시한 채 크레토스만을 노려보았다. 거대한 목이 구부러지고 눈에서 불길이 일었다. 히드라는 입을 벌려 스파르타의 유령 크레토스를 향해 엄청난 소리를 내질렀다. 소음이라는 표현조차 부족한 그 소리는 모든 것을 부숴버릴 듯했으며 크레토스조차 잠깐 무릎을 꿇고 말았다.

크레토스는 일어섰다. 드디어... 싸울 만한 적이었다.

오늘 하피는 이미 그의 손에 죽었다. 이 히드라는 다음 차례였다. 크레토스는 잔인한 만족감을 느끼며 등에서 혼돈의 블레이드를 꺼내 들었다.

제2장

"제우스시여…"

아테나는 고개를 들고 석고 왕좌에 앉은 위대한 하늘의 아버지 제우스를 바라보았다. 신들의 왕 제우스는 제왕의 권능을 상징하는 거대한 왕좌에서 당당하고도 편안한 자세로 권위를 과시하고 있었다.

"아버지이신 제우스시여."

아테나가 말을 청했다. 그녀는 아버지의 총애를 받는 자식임을 암시하기 위해 말을 고쳤다.

"아레스가 저를 어떻게 생각하는지는 중요하지 않습니다. 그렇지만 제가 부리는 인간을 계획적으로 공격하는 것은 또 다른 이야기입니다. 아버지께서도 트로이에서 그런 행동을 직접 금지하지 않으셨습니까?"

"아레스는 당시에도 그 명령을 진지하게 받아들이지 않았지. 내 기억하기로는 그대도 마찬가지였소."

아테나는 쉽사리 물러서지 않았다.

"아레스가 학살의 신이 되어 아버지께서 공공연히 밝힌 뜻을 거역하고 있습니다. 그저 지켜만 보실 생각입니까?"

"나의 뜻이라고 했소?"

제우스의 웃음이 알현실을 지나 올림푸스 산 전체에 울려 퍼졌다.

"내가 보기에 그대는 그 인간에게 개인적인 애정을 두고 있는 것 같소만… 그 자의 이름이 무엇이었소? 아, 그래. 크레토스였지. 그에게… 연민을 느끼는 것이오? 인간에게?"

아테나는 미끼를 물지 않았다.

"저를 숭배하는 인간들의 청에 귀를 기울일 뿐입니다. 크레토스도 다를 것이 없습니다."

"그렇지만 다른 인간들보다 그자를 특히 아끼지 않소. 그대의 눈을 보니 그렇군."

"그는… 재미가 있습니다. 그것뿐입니다."

"나도 그자의 공적을 즐겁게 지켜보았소. 특히 그가 아레스의 무기였을 때 말이오. 그리스를 모두 정복했다지? 그 업적은 전설적인 것이오. 그대의 조그만 마을의 사원에서 일어난 일로 공적을 망쳐 버리긴 했지만…"

"그 한 가지 죄악만을 특별히 마음에 둘 필요는 없겠지요. 안 그렇습니까, 아버지?"

제우스는 길게 구름처럼 땋은 턱수염을 쓰다듬으며 말했다.

"내가 직접 크레토스를 저지하려 한 적도 있었소… 그러나…"

제우스는 보이지 않는 무언가를 멀리 응시하며 생각에 잠겼고, 천둥처럼 울리던 목소리도 잦아들었다.

"단지 적당한 때를 못 찾은 것뿐이오."

"막아야 할 자는 크레토스가 아닙니다. 아버지도 아시잖습니까."

아테나는 제우스가 총애하는 딸이었기에 다소 불경스러운 말까지도 감히 입에 담을 수 있었다. 보통의 다른 신이 그런 말을 했다면 올림푸스에서 추방을 당하고 수십 년 동안 지상에서 번갯불을 피해 가면서 불덩이로 굴러다니는 꼴을 면치 못했을 것이다. 그러나 하늘의 아버지 제우스의 인내심은 그런 딸에게조차 한계가 있었다.

제우스의 눈썹이 살짝 찌푸려지는 듯하더니 구름을 닮은 그의 턱수염과 머리카락에 진한 자주색 빛이 감돌기 시작했다.

"딸이여, 어른을 가르치려 들지는 마시오."

아테나는 제우스의 말에 눈썹 하나 까딱하지 않고 시선을 맞받았다.

"춤이 거슬린다고 해서 꼭두각시 인형을 망가뜨리시겠습니까?"

"그건 그 인형에게 달렸소."

하늘의 아버지 제우스의 입에 정감 어린 미소의 흔적이 스쳤고 아테나는 위험한 순간이 지나갔다는 사실을 눈치챘다.

"그리고 물론, 그 인형의 주인에게도 달렸고."

"크레토스가 제 손에서 꾸준히 새로운 모습으로 즐거움을 주지 않았습니까?"

아테나는 한층 더 확신에 찬 목소리로 말했다. 신들은 지상의 인간들이 역병을 두려워하는 이상으로 지루함을 두려워했다.

"크레토스가 고군분투하는 모습이 재미가 없습니까?"

"아니오, 딸이여. 그자는 정말이지 멋진 인간이오."

"그런데 왜 크레토스를 괴롭히는 아레스를 그냥 두시는 겁니까? 아시다시피 아레스는 크레토스를 죽일 생각입니다."

"그래, 알고 있소."

제우스가 답했다.

"그렇지만 아레스는 별로 성과가 없었소. 그렇지 않소? 크레토스는… 즐거울 정도로 잘 견뎌 내고 있소."

"타고난 재능은 물론이거니와 혼돈의 블레이드가 그 이상의 힘을 주고 있습니다. 그렇지만 아직도 아버지의 아들이 아버지가 아끼는 인간을 죽여도 괜찮다고 생각하십니까?"

"내가 아끼는 인간이라고 했소?"

다시 제우스는 폭풍이 이는 구름인 턱수염을 쓰다듬으면서 생각에 잠겼다.

"그래. 그런 것 같소. 사실 크레토스는 내게 쓸모가 있을 것 같소. 내 이름으로 그자를 크레타 섬으로 보내서 골칫거리를 처리하게 하면 되겠군. 뭔가가 잘못되어 갈 때 그것을 바로잡는 데는 그만한 자가 없겠지. 그래, 크레토스는 당장 내 일을 시킬 수 있지. 아테나, 안심하시오. 다음번에 전쟁의 신이 내 왕좌를 찾아오면 크레토스를 괴롭히지 못하게 말을 전하겠소. 내가 가장 사랑하는 딸이여, 이제 만족하겠소?"

아테나는 얌전히 고개를 숙였다. 막 미소가 번지려던 차였기에 표정을 숨기는 것이 좋았다.

"왕이신 아버지시여, 그것이 제가 청할 수 있는 전부입니다. 아레스는 감히 아버지를 거스르지 못할 것입니다."

"그대는 어떻소?"

제우스가 왕좌에서 몸을 똑바로 고쳐 앉은 후 두 팔을 무릎에 대고 아테나 쪽으로 몸을 기울였다.

"내 앙큼한 딸이자 여신인 그대가 아직 말하지 않은 것이 있소. 상황이 어느 정도 그대의 계획대로 흘러가서 만족스러운 것 같은데... 난 전에도 그 표정을 본 적이 있소. 트로이가 그대의 여신상을 지켜내지 못하면... 그 도시를 파괴하는 것에 동의해 달라고 내게 말했을 때였소. 그러고서 그대는 오디세우스, 디오메데스와 함께 치졸한 수작을 부렸지."

신들의 왕 제우스는 감상에 젖은 한숨을 내쉬었다.

"난 트로이를 아꼈소. 아들 몇 명은 그 도시를 지키다가 죽음을 맞이했소. 그 중에는 인간의 피가 섞인 그대의 오빠와 동생도 있었소. 딸이여, 난 또다시 속지는 않을 것이오."

"아버지를 속이다니요? 어찌 그런 일을 생각이나 할 수 있겠습니까?"

아테나는 그럴 필요가 있을지 생각했다. 진실만으로도 충분했다.

"저는 지혜의 여신이지만 정의의 여신이기도 합니다. 그리고 사랑하는 아버지, 제가 아버지의 왕좌 앞에서 찾고자 하는 것도 정의입니다. 크레토스는 아레스의 손에서 너무도 고통을 겪었습니다."

"정의라..."

제우스가 중얼거렸다.

"정의는 강한 자들을 속박하기 위해..."

"약한 자들이 만들어낸 사슬입니다."

아테나가 제우스의 말을 마무리했다.

"전에도 그렇게 말씀하셨지요."

아테나는 생각했다.

'천 번도 넘게 말입니다.'

그러나 불경스러운 발언을 입 밖에 내지는 않았다.

"청을 드리는 것은 크레토스가 아닙니다. 크레토스는 야만인 무리를 상대할 때 아레스에게 목숨을 구해달라고 간청한 이래로 신들에게 도움을 바라지 않았습니다. 아버지, 부탁드립니다. 지금 이 순간도 그에게는 마지막일 수 있습니다."

아테나가 말했다. 그녀는 제우스의 왕좌 옆에 있는 황금 분수대를 향해 손을 펼쳐 보이며 말했다.

"직접 보시지요."

분수대의 물보라에서 폭풍이 휘몰아치는 에게 해의 모습이 나타났다. 수많은 난파선의 잔해가 바다 가득 떠돌고 있었다. 그 한가운데에서 번뜩이는 강철 칼날로 불꽃과 번개를 일으키는 크레토스의 모습이 나타났다. 그는 혼돈의 블레이드를 닻처럼 휘둘러 거대한 파충류 괴수의 목에 박아 넣었다. 크레토스는 거침없이 괴수의 목을 타고 머리를 갈라버릴 수 있는 높이까지 올랐다.

"저건 히드라가 아니오?"

제우스가 살짝 어리둥절한 표정을 짓고 눈썹을 찌푸리며 물었다.

"헤라클라스가 몇 년 전에 목 졸라 죽이지 않았소? 그리고 덩치가 저렇게 컸었소?"

"아버지, 이것은 새로 태어난 히드라입니다. 아버지가 손수 물리치고 타르타로스의 경계보다 더 깊은 지하 세계에 가두어 둔 거대한 티탄, 티포에우스와 에키드나가 낳은 자식이지요. 아레스가 크레토스를 노리고 풀어놓은 역겹고 기이한 모든 존재들의 조상이 바로 그들입니다."

제우스의 어리둥절한 표정이 점차 어두워져 불만스러운 표정으로 바뀌었다.

"내 허락도 없이 저 괴물을 크레토스에게 풀어놓은 것은 아레스의 입장에서는 고의적인 행동으로 보이지만, 그렇다 하더라도 내가 크레토스를 도울 여지는 없소. 저 바다는 나의 형제인 포세이돈의 왕국이오. 내가 벼락을 내려 저 괴물을 죽인다면 그건 포세이돈의 권위를 모욕하는 일이 될 것이오. 그대도 잘 기억하겠지만 포세이돈은 자기 품위에 특히 민감한 신이니 말이오."

"물론 잘 알고 있습니다, 아버지. 하나 이 위기 상황에서 청하고자 하는 것은 그런 도움이 아닙니다. 크레토스는 아버지의 도움 없이도 저 괴물을 상대할 수 있습니다."

"그대는 저 인간의 능력을 깊이 신뢰하는구려."

제우스는 눈을 크게 뜨고 말했다.

"저의 왕이신 아버지시여, 제가 알기로 크레토스를 막을 것은 없습니다. 그렇지만 제게는 나름의 계획이 있습니다. 만약 크레토스가 아레스의 괴물들을 끊임없이 물리쳐야 한다면 그는 제 계획을 수행할 수 없을 것입니다. 제가 부탁드리는 것은 아레스가 크레토스를 더는 공격하지 못하게 막는 것뿐입니다."

제우스는 다시 제왕다운 위엄을 풍기며 자세를 고쳐 앉았다. 그는 고개를 돌려 분수를 바라보았다.

"아레스는 지금 어디에 있소?"

물보라 주위로 무지개가 생겨났고 마치 되살아난 활화산처럼 사막 땅을 가르며 나아가는 아레스의 모습이 나타났다. 그의 머리카락과 턱수염은 영원히 타오를 듯한 불길이었고 검은색 갑옷은 태양마저 그늘지게 만들었다. 매 걸음을 내디딜 때마다 수많은 인간이 그의 피에 젖은 신발 아래에서 짓이겨졌다. 마치 인간이 개미 떼 위를 걷는 모습을 보는 듯했다.

"저기는... 저런 외딴 이집트 사막에서 무얼 하고 있다는 말이오?"

제우스가 물었다.

"공포와 파괴를 퍼뜨리고 있습니다."

"그렇겠지."

제우스는 아테나의 말을 인정한다는 듯이 웃으며 말했다.

"즐거운 시간을 방해해야 한다니 유감이로군."

올림푸스의 왕은 강력한 주먹을 들고서 숨을 한껏 들이쉬었다. 숨을 얼마나 들이마셨는지 지중해 전역에 있는 폭풍의 형태가 바뀔 정도였다. 그런 다음 한 마디를 내뱉었다.

"아레스."

전쟁의 신 아레스의 모습이 눈에 띄게 움찔거렸다. 아레스는 심각한 표정으로 어깨너머 뒤를 바라보았으나 아무 대답도 하지 않고 다시 인간들을 짓이기기 시작했다.

"감히 날 무시하다니!"

제우스가 다시 숨을 들이마셨다. 이번 숨은 모든 곳에 냉기를 일으켰고 구름을 만들어 내어 지상에 진눈깨비를 흩뿌렸다.

"아들이여, 올림푸스에 드시오."

전쟁의 신 아레스는 다시 몸을 움찔했으나 마치 듣지 못했다는 듯이 불만스러운 표정으로 고개를 숙이고 있었다.

"히드라의 공격을 즉시 멈추시오. 크레토스라는 인간은 내가 쓸 데가 있소. 아레스? 아레스! 내 명령은 무시할 수 있는 것이 아니오."

제우스는 눈썹을 잔뜩 찌푸렸다. 구름을 닮은 그의 턱수염과 흘러내리는 끝자락이 겨울 폭풍처럼 어두운 색으로 바뀌었다. 아테나는 미래를 예지하는 여신의 능력으로 이 순간이 올 것을 확신한 채 기다렸다는 듯이 옆으로 비켜섰다. 그녀는 일을 방해하고 싶지 않았다.

제우스는 손바닥을 위로 하고 손을 들어 올렸다. 에너지가 번뜩인 자리에서 작은 창이 생겨났다. 제우스는 파리를 쫓듯 가벼운 동작으로 번갯불을 던졌다. 번개는 공기를 불태우며 아테나를 지나 하늘의 반짝거리는 점이 되어 멀리 사라졌다. 곧 상에 비친 사막에 번갯불이 내리꽂혔다. 아레스에게서 아주 가까운 곳이었다. 거대한 폭발이 일어 바위가 용암처럼 녹아내렸고 모래가 불탔다. 전쟁의 신 아레스는 얼굴을 들어 하늘을 바라보았다. 그의 일그러진 표정에는 분한 기색이 그대로 드러나 있었다. 아테나는 저 멀리 뒤틀리고 파괴된 땅에서부터 전해지는 그의 분노를 느낄 수 있었다.

"어째서 아버지께서는 제 일을 방해하십니까?"

"그대는 지금 물을 처지가 아니오."

신들의 왕은 우레와 같은 목소리로 말했다.

"지금은 복종만 해도 부족한 처지이거늘. 올림푸스로 와서 왕좌에 무릎 꿇고 용서를 비시오."

"아버지께서 제 여동생이라고 부르는 그 비열하고 거짓을 일삼는 계집이 왕좌 가까이에 있는 한 가지 않겠습니다. 그녀가 풍기는 타락의 악취가 올림푸스에서 모든 정직한 신들을 내쫓고 있습니다."

제우스가 왕좌에서 일어섰다. 그의 이마에서 번개가 번뜩였다.

"감히 날 거역할 셈이오?"

"번개를 보고 놀란 것은 제가 방심했기 때문이지요. 이제는 그렇게 쉽게 놀라지 않을 겁니다."

아레스는 억센 두 주먹을 엉덩이에 가져다 댔다. 아레스가 움직일 때마다 무기가 부딪치며 전투의 소음이 났다.

"절 잡으시려거든 꿀 향기 가득한 궁궐의 푹신한 왕좌에서 내려와 세상으로 나오십시오."

"아레스, 똑똑히 들으시오. 내 번개가 그대에게 떨어질 수 있소."

아레스는 반항하듯이 불타는 머리카락을 젖혀 보였다.

"번개와 천둥으로 절 놀라게 할 수 있다고 생각하십니까? 전쟁의 신인 저를요? 제가 아버지의 왕좌 앞에 앉아서 거짓과 배신을 일삼으며 청을 올리는 그 차가운 회색빛 눈을 가진 겁쟁이 계집처럼 보이십니까? 저는 아레스입니다. 제게 전쟁을 일으킬 생각이시라면 전쟁이야말로 저의 왕국이라는 사실을 기억하십시오!"

"보셨습니까?"

아테나가 침착하게 말했다.

"제가 말씀드린 대로입니다. 아레스의 광기는 하루가 다르게 심해지고 있습니다. 만약 아버지의 명령을 거역할 수 있다면 아레스가 두려워할 것이 뭐가 있겠습니까? 아버지, 이제는..."

"안 될 일이오."

제우스가 단호하게 말했다.

"그럴 리가 없소. 내게 도전할 정도로 어리석지는 않을 것이오."

아테나는 하늘의 아버지 제우스가 그렇게 말하면서도 속으로는 다르게 생각한다는 것을 눈치챘다. 제우스가 크레토스를 보호해 준다면, 설령 그것이 아주 잠깐이라도 아테나에게는 좋은 기회가 될 것이다.

"거역의 죗값은 죽음으로 다스리지 않습니까?"

"나는 신끼리 전쟁을 일으키지 말라고 명령했소. 어떤 신도 다른 신을 죽여서는 안 되오. 이는 절대적인 법이고 나 역시 그에 따라야 하오. 내가 형제와 함께 티탄을 물리칠 수 있었던 것은 그들이 서로 끊임없이 다투었기 때문이오. 오랜 불화와 반목에서 비롯된 고통이 돌이킬 수 없는 지경으로 그들을 갈라놓았지. 올림푸스는 그런 티탄의 운명을 따르지 않을 것이오. 아레스에게... 손을 써야만 한다면, 내 손으로 그렇게 하지는 않을 것이오. 그리고 아테나여, 그대의 손을 빌리지도 않을 것이오."

아테나는 고개를 숙이고 희미하게 피어나는 미소를 숨기며 말했다.

"아버지의 명령대로 저는 가족인 아레스의 피를 보지 않겠습니다."

"아레스는 달리 생각할 수 있소."

"아레스는 크레토스와 인간의 모든 군대가 이제 저의 명령을 따른다는 사실을 인정하지 않습니다. 아레스의 군단은 티포에우스와 에키드나가 낳은 어둠의 존재들과 언데드들뿐입니다. 아레스가 속임수에 넘어갔거나 부당한 처사를 받은 것도 아닙니다. 그때 아버지도 함께 계셨습니다. 아버지께서도 그 대결을 보셨고 아레스가 스스로의 의지로 저와 협상한 것을 목격하셨습니다."

아테나는 무력하게 손을 펼쳐 보이면서 말했다.

"그래. 지금 그대의 눈빛을 그 당시에도 보았소. 아레스는 그대와의 협상이 무엇을 의미하는지도 생각하지 않았을 것이오. 그리고 그대는 아레스가 그 거래를 후회할 것도 잘 알고 있었겠지."

"아레스는 충동적이고 고집불통입니다. 제가 아레스의 살육을 향한 욕망이 이성을 압도한다고 비난해야겠습니까? 만약 저의 예견 능력을 제안했다면 아레스가 받아들였을까요?"

제우스는 심각한 대화 내용과는 어울리지 않게 애정 어린 미소를 지으며 고개를 저었다.

"올림푸스의 왕도 책략의 여신은 말로 당할 수가 없군. 그래, 어떻게 하면 좋겠소?"

"아레스를 죽일 수는 없지만…"

아테나가 조심스럽게 답했다.

"굴욕을 선물해 줄 수 있을 겁니다."

"아레스는 당연히 굴욕을 맛봐야 할 것이오. 이런 오만한 태도로 내 명령을 무시했으니…"

제우스는 생각에 잠겨 중얼거렸다.

"어떻게 교훈을 줄 생각이오?"

"제가 아레스의 선생이 될 수는 없겠지요."

아테나가 말했다. 그녀는 아직 온전한 진실만을 말하고 있었다.

"형제이자 바다의 왕인 포세이돈에게 말씀을 전하시어 저를 불러 이야기를 듣게 하시면, 아레스는 저절로 교훈을 얻을 것입니다."

"그렇겠소?"

제우스의 이마에 다시 번갯불이 일었고 그의 눈은 의심을 품고 작아졌다.

"이것 역시 미리 세운 계략이겠군. 아니오? 고작 그 정도 보상을 바라기에는 지나치게 복잡한 술수 같소만."

"제 목적은 아레스를 당혹스럽게 하는 것이 아닙니다."

아테나가 말했다. 이 역시 거부할 수 없는 분명한 사실이었다. 아테나는 아레스를 욕보일 계획을 세우지 않았다. 마을 사원에서 크레토스의 사건이 일어난 후, 아테나는 다른 올림푸스의 신들이 어렴풋이 인식하기 시작한 한 가지 진실을 눈치챘다. 아레스는 단지 고집불통에 반항적이기만 한 것이 아니었다. 야망과 살육에만 정신이 팔린 것이 아니었다.

전쟁의 신 아레스는 미쳐 가고 있었다.

올림푸스 산에서 지혜와 전쟁의 여신이 내려왔다. 걸음을 내디딜 때마다 새들이 지저귀는 소리가 울려 퍼졌다. 곧 새들의 아름다운 화음은 해안의 바위에 물살이 부서지는 소리로 바뀌었다. 짠 바닷물에서 만들어진 물보라가 아테나의 얼굴을 덮쳤고 머리카락에 방울방울 맺혀 다이아몬드 모양의 별자리를 만들었다. 그녀의 청동 갑옷은 열대의 태양 아래에서 눈부시게 빛났다.

아테나는 마침내 걸음을 멈추었다. 그녀는 신의 눈으로도 온전히 보지 못할 만큼 길게 양옆으로 이어진 해안에 서 있었다. 그녀의 앞에는 광활한 바다가 수평선까지 끝없이 펼쳐져 있었다.

"위대한 심해의 왕이시여, 전쟁의 여신이 말씀을 드리고자 합니다."

아테나가 말했다.

"제 아버지의 요청에 귀를 기울이시어, 제 이야기를 들어 주시옵소서."

아테나는 기다렸다. 포세이돈이 일부러 모욕을 주는 것일까? 트로이가 파괴된 사건을 아직 마음에 두고 있는 것일까? 아니면 전에 유감이 쌓였기 때문일까? 아테나는 지금 아테네라고 불리는 곳의 이름을 두고 다툼을 벌인 이후로 바다의 왕 포세이돈과 그다지 좋은 관계가 아니었다.

선물을 들고 오는 게 나았을까?

마침내 멀리 수평선에서 바다가 끓기 시작했다. 거친 물살이 거품을 만들어

내며 아테나가 서 있는 해안으로 다가왔다. 곧 거대한 파도가 굉음과 함께 솟구쳐 끝없는 하늘에 맞닿았다. 산처럼 거대한 물기둥 속에서 건장한 가슴팍 앞으로 팔짱을 낀 채 침착하게 서 있는 포세이돈의 모습이 나타났다. 그의 왕관에는 따개비가 가득 붙어 있었고 삼지창 끝에서는 피와 내장이 흘러내렸다.

"바다의 왕이신 포세이돈께 올림푸스의 인사를 전합니다."

아테나는 깊이 고개를 숙여 인사했다.

"아테나, 그대에게 할애할 시간은 없소."

포세이돈은 삼지창을 들고 무뚝뚝하게 어깨를 들썩여 보였다.

"난 헤라클레스의 기둥 너머에 가봐야 하오."

아테나가 수긍하듯 고개를 끄덕였다.

"다시 아틀란티스에 가십니까?"

"그 사람들은 끝도 없이 문제를 일으키고 있소."

포세이돈이 중얼거렸다.

"그들을 대하는 숙부님의 인내심은 존경을 받아 마땅합니다."

"존경이라... 그럴 수도 있겠지. 하지만 짜증이 계속되면 나의 인내심도 위험한 바다를 드러낼 것이오. 나의 형제인 제우스가 그대의 청에 귀를 기울여 달라고 부탁하더군. 그를 존중하는 의미에서 말을 들어 주겠소."

바다의 신 포세이돈이 아테나 쪽으로 몸을 기울였다.

"짧게 말하시오."

아테나는 손바닥을 들어 보이며 말했다.

"저의 숙부이신 포세이돈이여, 우리 사이에 나쁜 피가 들지 않게 해 주십시오. 시간이 지나면 불화도 줄어드는 법입니다. 그렇지 않습니까? 그 상처가 오늘까지 영향을 미칠 만한 것은 아니었습니다."

포세이돈은 몸을 꼿꼿하게 세우고 삼지창으로 아테나를 가리키며 말했다.

"그 도시는 내 것이어야 했소! 내가 아크로폴리스의 암반을 내리쳐서..."

"정말로 물이 솟아났습니다. 그렇지만... 소금물이었지요."

아테나가 동조하면서 말했다.

"도시의 주민들이 그 소금물보다 제 올리브 나무를 더 좋아했다고 해서 제가 비난을 받아야 할까요?"

바다의 신 포세이돈은 무뚝뚝하게 말했다.

"아테네는 형편없는 이름이오."

"포세이디아였다면 듣기에 더 좋았을 겁니다."

아테네는 인정했다.

"사랑하는 숙부님께서 더 깊은 이야기를 기꺼이 들어주신다면, 아테네인들은 바로 숙부님의 너그러운 가호 덕분에 세계에서 가장 뛰어난 항해사들이 되었다는 사실을 다시 말씀드리고 싶습니다. 그들의 힘은 해군에서 나오고 그들은 매일 바다의 신을 기립니다."

"흠…"

포세이돈은 불만스러운 소리를 냈다. 파도가 그대로 절벽에 부서지는 소리가 들렸다.

"그 말은 맞소. 자, 나의 조카여. 우리의 의견 차이는 우선 접어 두기로 하지. 나의 끝없는 해안에 찾아온 이유가 무엇이오?"

"바다의 왕이신 숙부님, 제 남매인 신이 숙부님의 권위를 끔찍하게 모욕한 일을 대신 사과하고자 왔습니다."

"뭐라고? 누가 감히?"

포세이돈의 이마에 바다의 거품이 일었고 아테나가 선 해안이 경고를 전하듯 흔들렸다.

"당연히 아레스입니다. 감히 어느 다른 신이 그토록 대담하게 숙부님의 화를 사겠습니까?"

"그대를 제외한다면 없겠지."

"최근에 숙부님께서 아틀란티스 일에 신경을 쓰시고 있다는 사실을 알았습니다. 아레스의 괴물들이 아무런 방해도 받지 않고 숙부님의 바다를 휘젓는 것도 바로 그것 때문일 겁니다."

"내 바다를…"

포세이돈의 시선이 멀리 향했다. 그는 신의 눈으로 무엇인가를 보고서 한 마리 고래처럼 숨을 골랐다.

"히드라라니? 내 배의 무덤에! 감히 이런 짓을 벌였단 말인가! 나는 제우스에게 여러 차례 얘기했소. 제우스는 자식들을 너무 관대하게 대하는 것이 문제라니까! 아레스는 세상의 한 시대 동안을 시지푸스 옆에서 보냈어야 했소! 난 제우스처럼 관대하지 않소. 아레스를 끝장낼 것이오! 아레스는 지금 어디에 있소? 말하시오!"

"숙부님의 영토에서 멀리 떨어진 곳에 있습니다. 멀고 안전한 사막입니다."

포세이돈이 괴성을 내지르며 주먹을 치켜들자 온 세계가 흔들렸다.

"내가 대지를 흔드는 자라고 불리는 데에는 이유가 있지."

"숙부님, 부탁드립니다!"

아테나가 소리쳤다.

"아레스에게 직접 노여움을 풀지 말아 주십시오! 세상의 삼 분의 이를 통치하는 위대한 포세이돈에게 패하는 것은 전혀 수치스러운 일이 아닙니다. 감히 형제 왕들에게 맞설 신은 없을 테니까요. 진정으로 아레스에게 벌을 내리시려거든 그의 자존심을 짓이겨야 합니다."

곧 떨림이 잦아들었다.

"그대의 말에 진실이 있소."

포세이돈이 인정했다.

"그럼 어떻게 그리할 수 있다는 말이오?"

"모든 신들 앞에서 아레스의 계획과 의지가 한낱 인간에게 꺾이는 모습을 보여주면 됩니다."

아테나는 준비한 대로 자연스럽게 대답했다.

"그래. 일리가 있소."

포세이돈이 말했다.

"그런데 인간이라면 누구 말이오? 헤라클레스? 그는 크레타 섬 어딘가에서 과업을 수행하고 있지 않소? 페이리토오스는 하데스에 있고, 테세우스는 늙었고, 페르세우스는… 누가 근황을 아는 자가 있소? 내 생각에 페르세우스는 미덥지가 않군."

"다른 인간이 있습니다."

아테나는 최대한 감정을 억누르며 답했다.

"숙부님께서는 스파르타의 유령이라고 하는 인간에 대해 들어보셨습니까? 그자의 이름은 크레토스입니다."

위대한 포세이돈이 흥미롭다는 듯이 아테나에게 몸을 기울였다.

"아레스의 주먹 말이오?"

"이제는 아레스의 주먹이 아닙니다. 스파르타의 유령은 저를 섬기지요. 숙부님께서도 전쟁 신들의 대결에 참석하지 않으셨습니까?"

포세이돈은 기억을 떠올리며 천천히 고개를 끄덕였다.

"그래, 물론 기억하지. 잠시 깜박했을 뿐이오. 지상 군대의 운명이야 바다에 별 영향을 주지 않으니까."

"크레토스는 한때 아레스에게 영혼을 바치겠다고 맹세했습니다. 그러나 제가 전쟁 신들의 대결에서 크레토스와 나머지 인간 군대를 얻었지요."

"그래, 그대의 말을 들으니 기억이 나오. 크레토스가 그대의 작은 마을에 있던 사원을 약탈한 사건과 관련이 있지 않소?"

"그렇습니다, 숙부님. 크레토스에게는 그 일이 상상할 수 없는 악몽이 되었습니다. 지금까지도 그 일로 고통받고 있습니다."

"그럼 이 크레토스라는 인간을 염두에 두고 있는 것이오?"

"숙부님의 통찰력은 진정 위대합니다. 아레스는 신들조차 이해하지 못할 정도로 크레토스를 증오하고 있습니다. 크레토스가 계속 싸우는 것도 아직은 막연하지만 학살을 일삼는 아레스에게 복수심을 품었기 때문입니다. 크레토스에게 패배한다면 아레스에게는 그보다 치욕스러운 일은 없을 것입니다."

"어찌 필멸의 존재인 인간이 아레스의 군단에 대적할 희망을 품는단 말이오?"

"운명이 인도할 것입니다."

아테나가 말했다. 그녀의 회색빛 눈이 살짝 생기가 돌며 밝게 반짝였다.

"제게 생각이 있습니다..."

제 3 장

크레토스는 몇 시간째 배의 무덤에서 싸우고 있었다.

불타오르는 혼돈의 블레이드가 쉴 새 없이 공기를 갈랐다. 위로 솟았다가 아래로 내리꽂혔고 부서지지 않는 사슬은 최대 거리까지 던져지곤 했다. 언데드 병사는 썩은 육신과 뼈가 부스러지며 잘려나갔고, 히드라는 머리 비늘이 벗겨지고 눈알이 꿰뚫렸으며 혀가 베이고 목이 찢겨나갔다. 혼돈의 블레이드가 자르고 베고 찌르고 꿰뚫은 자리마다 괴기한 불길이 타올랐다. 마치 칼날의 끝에서 하데스 대장간의 지옥 불길이 피어나 닿는 모든 생명을 불태우는 듯했다.

크레토스도 그 불길로 타오르고 있었다. 혼돈의 블레이드가 잘라낸 생명의 조각들은 다시 사슬을 타고 크레토스의 팔목과 뼈에 흘러들었다. 훔쳐낸 생명들은 크레토스의 몸에 기운을 불어넣었으며 지치지 않는 분노로 정신을 일깨웠다. 크레토스가 잠시라도 적을 죽이지 않은 순간이 있다면 그것은 희생자들을 노리고 달려갈 때뿐이었다. 그는 멈추지 않았고 한순간도 느려지는 법이 없었다.

혼돈의 블레이드는 부서지지 않는 무기였다. 자국이 남거나 무뎌지지도 않았다. 칼날과 사슬에 엉기고 들러붙었어야 할 검은 피와 썩은 살점도 기괴한 불꽃 속에서 사라져 갈 뿐이었다. 크레토스는 바다에 떠다니는 판자들 위에서 균형을 잡아가며 배들 사이를 빠르게 움직였다. 거센 물살 아래에서는 굶주린 상어 떼가 죽은 이들의 시신을 두고 아귀다툼을 벌였다. 조난당한 배들은 서로 형체가 모호해지더니 갑판과 돛대, 돛과 그물이 얽힌 끝없는 미로가 되어 갔다. 육신과 살육의 광기만이 남은 언데드는 끝없는 물결을 이루며 크레토스를 공격했고 그보다 더 많은 하피들이 하늘에서 내려와 역겨운 발톱으로 그를 덮치고 할퀴었다.

크레토스는 적을 쓰러뜨리고 있었다. 그것이면 충분했다.

그는 계속 싸워나갔다. 순간, 또 다른 히드라의 머리가 솟아나며 그의 앞을 막아섰다. 매번 쓰러뜨린 것보다 더 큰 머리가 나타났다. 거대 괴수 히드라가 입을 크게 벌리고 괴성을 질렀다. 크레토스는 양옆에 타액의 물길이 흐르는 커다란 동굴 속에 떠밀려진 느낌이었다. 눈앞에 보이는 것은 키의 두 배 이상 벌어진 거대한 입과 누렇고 송곳처럼 날카로운 이빨뿐이었다. 크레토스는 어깨 너머로 손을 가져가서 혼돈의 블레이드를 뽑아들었다.

하드라가 끝없이 이어질 것만 같은 목을 구불구불 움직이며 앞으로 들이닥쳤다. 크레토스는 입이 닫히기 직전까지 기다리다가 몸을 피한 다음 혼돈의 블레이드를 채찍처럼 내던져 히드라의 두꺼운 목을 휘감았다. 근육이 터질 듯 부풀어 올랐다. 크레토스는 단단히 사슬을 잡고 있는 힘껏 졸랐다. 히드라는 분노의 괴성을 내질렀고 동시에 크레토스를 떼어 내기 위해 목을 이리저리 움직였다.

사슬이 미끄러졌다. 크레토스는 두 팔은 괴수의 비늘에 긁혀 피투성이가 되었다.

크레토스는 사슬을 등반용 허리띠처럼 사용하면서 발로 목을 차고 몸을 비틀고 돌려가며 다시 목을 타고 오르기 시작했다. 그러나 다음 동작은 시간이 맞지 않았다. 히드라가 또 경련을 일으켰고 크레토스는 자기 발차기의 반동에 튕겨 공중에 매달린 신세가 되었다. 히드라는 방심한 파리를 사냥하는 개구리처럼 공중에 있는 크레토스를 물었다.

히드라의 입이 닫혔고 동시에 송곳처럼 뾰족한 이빨이 크레토스의 팔뚝에 박혔다. 다른 영웅이었다면 두 손이 잘려나갔겠지만 크레토스의 뼈에 감긴 사슬은 전쟁의 신이 아니면 누구도 끊을 수 없는 것이었다. 히드라가 힘을 들일수록 이빨만 상할 뿐이었다. 그러나 히드라는 입에 문 사냥감을 놓아줄 생각이 없었다.

크레토스는 싸움을 이어가면서 이 괴물이 자기를 하데스의 품으로 인도할 수도 있다는 사실을 깨달았다. 그는 이빨 사이에서 팔을 빼내고자 안간힘을 썼다.

그리고 동작을 멈추더니 놀란 듯이 고개를 돌려 아래 휘몰아치는 바다를 바라보았다. 상어 떼가 서로 다투며 크레토스의 발을 공격했다. 커다란 상어에게 물린 발에서 날카로운 통증이 느껴졌다. 크레토스는 양쪽에서 적들을 상대해야 했다. 어느 쪽을 먼저 상대해야 할지를 생각하자 긴장감에 배가 뻣뻣해지는 느낌이 들었다. 피에 굶주린 상어와 히드라 사이에서 죽음이 손짓하고 있었다.

팔을 빼낼 수가 없었던 크레토스는 게걸스럽게 달려드는 상어 떼를 피해 발을 들어 올리고 디딜 곳을 찾았다. 히드라가 뼈를 박살 낼 힘으로 악물고 있는 팔뚝에서부터 고통이 팔을 타고 올라와 어깨에까지 전해졌다. 크레토스는 신음을 토하며 팔을 힘껏 잡아당겼지만 이빨은 더 깊이 박힐 뿐이었다.

히드라는 머리를 휘젓기 시작했다. 크레토스는 사냥개의 이빨에 물린 쥐처럼 휘둘렸고 그러면서 기회를 보았다. 크레토스는 부두에 정박한 함선을 흔들 만큼 강력한 힘으로 히드라의 머리를 찼다. 그리고 몸을 웅크리며 붙들린 두 팔 아래로 무릎을 가져갔다. 그의 두 발이 히드라의 얼굴을 찢기 시작했고 히드라는 고통과 분노의 비명을 질렀다.

크레토스는 더 빠르고 세게 발길질했다. 이제는 상황이 절박했다. 팔은 차갑고 감각이 무뎌졌으며 핏기마저 사라져 가고 있었다. 그는 발을 주먹처럼 사용하면서 히드라의 얼굴을 가격했다. 그의 발은 히드라의 눈을 때렸고 히드라는 고통스럽게 괴성을 질렀다. 크레토스는 팔이 풀려남과 동시에 공중으로 높이 튕겼다. 크레토스가 거의 멈추고 떨어지려 할 때 쯤 히드라의 머리가 공중에 던져진 먹잇감을 노리고 입을 크게 벌린 채 다가왔다.

크레토스는 순간 두렵고도 반가운 기분이 들었다.

그는 떨어지면서 한 번의 부드러운 동작으로 혼돈의 블레이드를 등에 넣었다. 그리고 공 모양으로 웅크린 다음 히드라의 입이 단단히 닫히기를 기다렸다. 그는 입속에서 삼켜지기 직전에 히드라의 입 바닥에 두 발을 단단히 박고서, 미끈거리는 거대한 입천장의 딱딱한 부위를 등으로 밀어 올렸다.

히드라의 턱이 벌어지기 시작했다. 크레토스는 아틀라스 대신 하늘을 들어 올린 헤라클레스처럼 전력을 다해 몸을 폈다. 히드라는 애써 입을 다시 다물려고 했으나 굳게 버티고 선 스파르타의 유령을 짓이길 힘을 가진 존재는 지상에 없었다.

크레토스는 다리를 완전히 뻗은 다음 두 손을 어깨 위로 올려 강력한 팔심만으로 히드라의 입을 벌렸다. 히드라의 입 안쪽에서 커다란 돛대가 부러지는 듯한 파열음이 들렸다. 그러나 크레토스는 무자비했고 누구도 막을 수 없었다. 공포는 사라졌다. 냉정한 승리만이 남았다. 크레토스는 한 차례 힘을 집중하여 머리 위까지 팔을 똑바로 세웠다. 무언가가 부러지는 듯했던 소리는 이제 통렬한 비명이 되어 끝없이 이어지고 있었다. 동시에 히드라의 입이 갈라지고 두 뺨이 찢기면서 축축한 가죽이 찢기는 소리가 더해졌다.

히드라가 전율하면서 귀가 터질 듯한 비명을 내질렀고 크레토스는 몸을 빼낸 다음 근처 함선의 갑판으로 뛰어내렸다. 기다란 목과 거대한 머리가 에게 해의 어두운 물속으로 다시 미끄러져 들어갔다. 바다는 히드라의 피 냄새를 맡고 몰려든 굶주린 상어 떼로 들끓었다. 마지막으로 크레토스의 눈에 비친 상어 한 마리는 쏜살같이 히드라의 입에 들어가더니 너덜거리는 피투성이 혀를 베어 물었다. 상어들은 먹이가 히드라인지 인간인지 상관하지 않았다. 상어들은 히드라의 머리에서 살을 뜯어내어 파도가 이는 바닷속으로 들어갔다.

그러나 그 거대한 머리도 모든 상어의 배를 채울 수는 없었다. 수백, 수천 마리가 끝없이 꼬리를 물고 주변을 맴돌았다. 상어 떼는 각자 자기의 먹이를 노리면서 물을 튀겼다.

크레토스는 미쳐 날뛰는 동료들에게 기꺼이 그 먹이를 마련해 줄 생각이었다. 다리에서부터 발까지 흘러내린 피가 바닷물을 적시고 있었다. 혼돈의 블레이드로 상어를 한두 마리 잡고 그 생명력을 훔치면 다리의 작은 상처도 나을 것이다. 크레토스는 부서진 배의 난간을 잡고 갑판으로 올라갔다. 그러나 혼돈의 블레이드를 빼 들자 주위를 맴돌던 상어들이 순식간에 사라져 버렸다. 상어들은 먹을 것이 아주 많았다.

크레토스의 시선이 향하는 곳마다 상어들이 물 위로 떠올랐다. 검은색 눈들은 무언가를 노려보는 듯 움직이지 않았다. 어떤 놈들은 몸이 부풀기 시작했고 또 다른 놈들은 내장이 밖으로 튀어나와 있었다. 독이 퍼진 살점을 먹기 위해 몰려든 상어들조차 곧 배를 드러낸 채 떠오르기 시작했다.

히드라를 먹는 것은 히드라에게 먹히는 것만큼이나 치명적이었다.

크레토스는 잠시 자기가 서 있는 부서진 선체를 살피며, 술통이든 물통이든 물이 있을 만한 것을 찾았다. 뒤집힌 양동이라도 그의 타는 갈증을 해소할 빗물이 담겨 있을지 몰랐다. 그러나 물은 한 방울도 찾을 수 없었다. 크레토스는 갑판에서 물을 찾지 못한 채 아래로 내려갔다. 그리고 키 근처에서 물통을 찾아냈다. 조타수가 마시는 물이었다. 크레토스는 물통이 있는 곳까지 성큼 다가가 물통에 머리를 집어넣고 물을 들이켰다.

크레토스는 머리를 젖히고 물을 뱉어냈다. 역한 기운이 목까지 올라왔다. 입에서 소금기가 진동했다. 크레토스는 다시 짜디짠 물을 뱉어냈다. 욕이 절로 나왔다.

"온 바다가 먼지가 되어 버렸으면 좋겠구나! 어떻게 이런 맛이 날 수가 있단 말인가!"

그러나 말을 마치기가 무섭게 크레토스가 서 있던 난파선 아래 심해에서 섬뜩한 빛이 퍼져 나오기 시작했다. 더럽고 썩어가는 벽이 있던 곳에서 석고와 진주처럼 새하얀 아치형 입구가 생겨났다. 높이는 크레토스의 키보다 두 배나 높았고 너비는 양팔을 벌린 것보다도 길었다. 아치형 입구에서 거대한 얼굴의 윤곽이 만들어졌다. 얼굴은 고요한 바다를 비추는 태양만큼이나 밝게 빛났다. 남자의 얼굴이었다. 수염은 바다에 이는 거품이었고 머리카락은 윤이 나는 검은 해초로 땋여 있었다.

"내 영토를 존중하는 마음이 그리도 없는 것이냐, 크레토스?"

관대하게 나무라는 그의 목소리는 동굴이 난 절벽에 부딪혀 부서지는 파도 소리처럼 울려 퍼졌다.

"너는 십 년 동안이나 나의 바다에서 임무를 수행하면서도 난파나 침몰을 당하지 않았다. 그것은 나의 배려가 아니었더냐?"

"포세이돈이시여."

크레토스는 공손한 목소리로 말하면서도 고개를 숙이지는 않았다.

"바다의 왕이신 포세이돈 신을 어떻게 모시면 되겠소?"

"나의 아름다운 에게 해를 더럽히는 이 히드라는 네 예전 주인, 아레스의 생명체이다. 히드라의 존재는 나에 대한 모욕이다. 히드라를 없애라."

"그렇게 할 생각이오."

"넌 여태껏 이 괴물에게 상처만 주었을 뿐이다. 네가 처치한 것과 같은 하급 머리는 셀 수 없이 많지. 히드라는 그 머리가 없어진 줄도 모를 것이다."

"그러면 어떻게 처치해야 하오?"

"히드라의 뇌가 있는 머리를 제거해라. 그 머리는 다른 머리보다 열 배는 더 크고 그 힘도 엄청나다."

크레토스는 히드라의 힘에는 관심이 없었다.

"어떻게 찾을 수 있소?"

"널 그쪽으로 데려가 주겠다. 그리고 일을 잘 수행할 수 있도록 내 힘을 아주 조금 빌려주마."

크레토스는 자기가 제안을 거절하더라도 바다의 신 포세이돈이 용인하지 않으리라는 생각이 들었다.

"어떤 힘을 주시는 거요?"

"너도 알겠지만 나의 분노는 대지를 뒤흔들고 나의 격노는 어떤 배도 살아남지 못하는 바다 폭풍을 일으킨다. 내 얼굴이 생겨난 입구로 걸어 들어오너라. 이제껏 알지 못했던 힘을 주겠다. 내 분노의 일부를 다스리게 될 것이다."

크레토스는 포세이돈의 분노가 무엇이든 두 팔을 태우는 혼돈의 블레이드만큼 고통스럽지는 않을 것이라고 생각했다.

"좋소. 그 괴물을 죽입시다."

크레토스가 말했다.

크레토스는 아치형 입구로 걸어 들어갔다. 순간 눈부신 섬광이 번뜩이면서 뼈에서 불이 타오르고 속이 뒤집히는 느낌이 들었다. 입구를 통과하여 얼마간 빠져나온 크레토스는 축축한 어둠 속에서 땀과 오줌 냄새가 나는 바닥에 쓰러 졌다. 바닥이 천천히 움직이는 것으로 보아 아직 배 위에 있는 것이 분명했다. 눈이 어둠에 적응하면서 주위의 형태가 보이기 시작했다. 화물처럼 보이는 형체가 양쪽에 쏠려 있었다. 멀리 앞쪽에서 흐느끼는 소리가 들려왔다. 어떤 사내가 아이처럼 울면서 구해 달라고 애걸하고 있었다.

크레토스는 언제든 싸울 준비를 하고 몸을 웅크린 채 통로의 입구를 향해 나아갔다. 위에서 비명이 들렸다. 크레토스는 바다의 신이 그의 말을 잘 지켜준 것인지 생각했다. 앞쪽 아치형 입구에서 빛이 번뜩였다. 입구까지 이르렀을 때 그는 화물이라고 생각했던 것이 사람이었다는 사실을 깨달았다. 그들은 너무도 병들고 굶주리고 갈증에 지친 나머지 움직이는 것조차 힘들어 보였다.

다시 빛이 비쳤고 크레토스는 사람들의 발목에 족쇄가 채워진 것을 보았다. 그는 다시 생각을 고쳐야 했다. 사람들은 화물이었다.

그 배는 노예선이었다.

크레토스는 고개를 끄덕이면서 노예가 있다면 근처에 마실 물이 있으리라 짐작했다. 노예는 갈증으로 죽기에는 너무 비싼 존재였다. 크레토스가 지나가자 몇몇 노예가 간신히 몸을 움직이며 자비를 청했다. 크레토스는 그들을 무시하고 앞으로 향했다. 그는 아치형 입구 근처에서 벌을 받듯이 천장에 두 손이 묶인 노예를 만났다. 손을 묶은 사슬의 길이는 노예의 발가락이 흔들리는 배의 바닥에 간신히 닿을 만큼 짧았다. 노예는 모깃소리처럼 작고 갈라진 목소리로 애걸했다.

"제발… 제발… 날 구해 주시오…"

크레토스가 다가가자 노예의 흐느낌은 비명으로 바뀌었다.

"모든 신의 이름을 걸고 당신에게... 부탁하오... 제발, 살려 주시오!

크레토스는 그의 옆에 멈춰 섰다.

"구해 주면 조용히 할 텐가?"

"오, 당신의 선한 마음에 모든 신의 축복이..."

노예는 자기를 구해줄 것이라 생각했던 사람을 알아보고서 점차 목소리가 작아졌다.

"스파르타의 유령! 당신을 알고 있소! 당신이 저지른 일들도 말이오! 당신에게 구조되느니 차라리 여기에서 죽고 말겠소!"

크레토스는 혼돈의 블레이드를 뽑아들고 간단한 손목 동작만으로 노예의 머리를 베었다.

"네 기도는 실현되었다."

노예는 이미 다 죽은 몸이나 다름없었기에 혼돈의 블레이드와 사슬을 타고 전해지는 생명의 빛도 무척 작았다. 크레토스는 노예실 쪽으로 고개를 돌려 그들을 모두 죽이고 힘과 체력을 더 회복하는 것이 좋을지 생각했다. 그러나 노예들은 너무 병약했기 때문에 모두를 죽인다고 해도 얻는 것보다 죽이는 수고가 더 들 것 같았다.

크레토스는 계속 나아갔다. 노예실은 계단으로 이어져 있었고 계단을 따라 문이 나 있었다. 갑판에서 들리는 비명은 이미 잦아들어 갔다. 천둥과도 같은 여러 괴성이 일제히 일었고 배 전체가 흔들렸다. 크레토스는 그 소리를 듣고서 갑판에 있는 히드라 머리가 여럿일 것이라고 짐작했다. 히드라 머리와 싸우는 이들이 누구였든 그들은 패배하고 있었다. 크레토스는 갑판으로 오르면서 주위에 죽일 사람이 없는지 살폈다. 그는 최대한 힘을 모아야 했다.

계단 끝에는 약간 특이해 보이는 한 쌍의 문이 있었다. 검은색 쇠에 묶인 거대한 목재 문이었는데 크레토스조차 쉽게 부술 수 없을 정도로 튼튼해 보였다. 그때 혼돈의 블레이드 사슬이 빛을 내면서 뜨거워지고 불쾌하지 않게 따끔거리는 느낌이 들었다. 크레토스는 블레이드를 하나 꺼내 들고는 눈앞에 있는 문에 밀어 넣었다. 눈부신 에너지가 문 위로 흩뿌려졌다. 그러나 칼날의 끝은 문에 닿지 않았다. 에너지는 문에서도 가장 깊이 들어간 구멍, 즉 자물쇠 주위에서 가장 크게 퍼져 나오고 있었다. 마법으로 봉인된 자물쇠였다.

크레토스는 고개를 끄덕이며 생각에 잠겼다. 이 두 개의 문은 성채처럼 튼튼할 뿐만 아니라 마법으로 묶이고 신비로운 자물쇠로 잠겨 있었다. 다른 무언가가 더 있는지도 몰랐다. 노예선의 선장이 그런 금고에 넣어 보관할 만한 "보물"이 과연 어떤 것일까? 문 안쪽에 있는 것은 번쩍거리는 황금 따위는 아닐 것이다. 그것이 무엇이든 유용한 물건이리라.

갑판은 도살장이나 다름없었고 곳곳에서 학살이 벌어졌다. 크레토스가 바라보는 곳마다 선원들이 언데드 군단과 싸우거나 기다란 창을 들고 히드라의 머리를 막아내기 위해 사력을 다하고 있었다. 갑판의 나무는 피로 미끄러웠고 곳곳에 언데드의 썩어 가는 살점이 튀어 있었다. 피와 살점이 뒤범벅되어 있기도 했다. 그곳은 지독한 악취가 진동하며 비명과 공포와 절망이 가득한 도살장이었다. 크레토스는 아주 오래전 젊은 시절 스파르타의 군대를 이끌고 적과 싸웠던 때가 떠올랐다. 아레스에게 복종을 맹세하기 전의 일이었다.

물론 그때는 이렇게 많은 언데드 병사들은 없었다. 히드라는 스파르타의 아이들이 잠자리에서나 읽던 이야기 속 동물일 뿐이었다. 우연한 사고를 통해 태어난 헤라클레스도 한낱 테베 출신 인간에 불과했으나 적법한 틴타레오스 왕을 옹립함으로써 영웅이 되었다. 크레토스는 양손에 혼돈의 블레이드를 든 채 갑판으로 나아갔다. 언데드는 그냥 무시했다. 선원들이 상대할 것이다. 선원들이 언데드를 죽이지 못한다고 해도 최소한 그들의 주의를 끌어 줄 것이다. 크레토스는 일사불란하게 배를 공격 중인 히드라의 세 머리를 노렸다.

양옆에 있는 작은 머리들은 크레토스가 지금껏 상대한 히드라의 머리보다 두 배는 커 보였다. 그러나 중앙의 머리는 그것들도 초라해 보이게 만들 정도로 거대했다. 구불거리는 목이 돛대보다도 높게 솟은 본 머리는 배를 한입에 삼킬 만큼 거대했고 두 눈은 강렬한 노란색 빛으로 타올랐다. 작은 머리들은 독사처럼 빠르게 움직이며 창을 든 선원들을 몰아세웠다.

"다... 당신은 신이오?"

크레토스의 뒤에서 누군가가 물었다.

"당신은 어째서인지 신을 보는 것 같군. 신의 힘을 쓸 수 있겠어."

크레토스가 돌아섰다. 선원 하나가 닻사슬을 감은 바퀴 뒤에 웅크린 채 그를 성한 한쪽 눈으로 살펴보고 있었다. 다른 한쪽 눈이 있어야 할 자리는 비어 있었고 크레토스의 눈썹 위 문신과 비슷한 상처가 나 있었다. 선원은 눈을 둘 곳이 없다는 듯이 여기저기 시선을 돌렸다.

"네 선장은 어디 있나?"

크레토스가 물었다.

"무슨 일로 선장을 찾는 거요?"

"항복을 받아야 한다."

크레토스가 갑판 위에서 벌어지는 학살극을 경멸스럽게 바라보며 말했다.

"이제 이것은 내 배다. 배의 이름이 무엇이냐?"

"신의 애가호요. 배를 차지할 수 있겠소?"

선원이 말했다.

"이미 차지했다. 이제부터 이 배는 나의 것이고 복수호라 부른다."

"신들의 가호가 내리길... 그리고 신들이 당신의 오만을 벌하실 것이오!"

크레토스는 눈을 찌푸리고 선원을 내려다보았다. 이 인간이 미친 것인가? 감히 스파르타의 유령의 면전에서 의문을 품는단 말인가? 크레토스는 선원의 지저분한 상의를 보았고 자주색으로 물든 빈 포도주 부대가 옆에서 나뒹구는 것을 보았다. 그리고 선원이 너무 취한 나머지 사실상 그를 알아보지 못한다는 사실을 깨달았다.

"네 선장은 어디 있느냐. 다시 묻지 않겠다."

크레토스가 말했다.

취한 선원은 떨리는 손을 들어 한쪽을 가리키며 말했다.

"저기, 돛대 옆에 있소. 목에 커다란 열쇠를 건 작자요. 알아보겠소?"

"무릎을 꿇고 있는 놈 말이냐?"

"그래, 그렇소. 저기 무릎을 꿇은 사람이 선장이오."

크레토스는 경멸하는 미소를 지은 채 말했다.

"자비를 구걸하는 것이냐?"

"빌고 있소. 포세이돈 신께… 히드라에게서 우리 배를 구해달라고 비는 중이오…"

선원이 말을 바꾸어 답했다.

"네 기도는 이루어졌다."

선원의 눈이 휘둥그레졌다.

"우리를 구해줄 생각이오?"

"아니다. 난 배를 차지할 것이다."

크레토스가 싸우기 위해 돌아섰을 때 거대한 본 머리가 돛대 아래쪽으로 내려오더니 무릎을 꿇고 있던 선장을 집어삼켰다. 선장은 눈 깜짝할 사이에 산 채로 열쇠와 함께 히드라에게 삼켜졌다. 히드라의 머리는 다시 하늘로 솟구쳐 승리의 포효를 내지르며 돛을 찢어 넝마로 만들어 버렸다.

크레토스는 실망하지 않았다. 히드라가 선장을 삼켰다 해도 저 기다란 목을 통과하기까지는 꽤나 시간이 걸릴 것이다.

히드라의 세 머리는 따로 상대하기에는 서로 너무 가까웠다. 본 머리만을 노린다고 해도 작은 머리들의 공격을 방어해야 할 것이다. 작은 머리를 노린다면 옆이나 뒤를 노출하여 본 머리의 거대한 입에 삼켜질 운명이 될 것이다. 하나씩 상대할 수 있는 상황이 아니었기에 크레토스는 머리들을 한꺼번에 처치하기로 했다.

크레토스는 시위를 벗어난 화살처럼 갑판을 가로질러 뛰어갔다.

가장 가까이 있던 머리가 갑판 위에서 바로 그를 쓰러뜨리려는 듯 바닥을 쓸며 다가왔다. 크레토스는 괴수의 목으로 뛰어올라 혼돈의 블레이드를 내리쳤다. 혼돈의 블레이드는 뼈를 파고들어 두개골과 뿔이 만나는 지점에 단단히 박혔다. 혼돈의 블레이드에 이어진 사슬이 팽팽하게 당겨졌고 크레토스는 옆으로 튕겨 공중에서 원을 그리며 돌았다. 크레토스는 히드라가 머리를 흔들도록 내버려 둔 채, 사슬이 히드라의 목에 휘감길 때까지 기다리다가 머리 위에 올라섰다. 크레토스는 생각할 겨를도 없이 다른 혼돈의 블레이드를 잡고 히드라의 눈에 깊이 찔러 넣었다. 검은 정확하게 눈을 갈랐고 투명하고 끈적거리는 체액 덩어리가 칼날을 적셨다. 히드라의 머리는 시야를 잃은 채 비틀거렸다.

어렴풋이 그림자가 지는가 싶더니 그의 주위로 짙은 어둠이 드리웠다. 집채만 한 본 머리가 한 마리 매처럼 날렵하게 크레토스를 덮쳤다. 본 머리의 주둥이는 너무도 넓게 벌어졌고 그 크기는 작은 머리와 크레토스를 구분하여 물기가 불가능할 정도였다. 작은 머리는 아직도 크레토스를 떨어뜨리기 위해 양옆으로 날뛰었고 점점 동작이 빨라지고 있었다. 본 머리는 크레토스의 예상대로 정확하게 움직였다.

거대한 턱이 작은 머리 전체를 집어삼켰고 전쟁 갤리선의 뾰족한 선두처럼 날카로운 이빨이 작은 머리의 목 비늘을 파고들었다. 본 머리는 작은 머리를 물어뜯어 크레토스와 함께 삼켜 버릴 작정이었다.

크레토스는 히드라의 비늘 덮인 가죽이 얼마나 튼튼한지 잘 알고 있었다. 시간은 충분했다. 크레토스는 거대한 이빨 사이로 몸을 빼냈다. 본 머리는 이빨을 더 깊이 박아 넣고 사슴의 둔부를 물어뜯는 늑대처럼 머리를 흔들기 시작했다. 크레토스는 본 머리의 잇몸에 혼돈의 블레이드 하나를 박아 넣고 사슬을 밧줄 삼아서 턱까지 뛰어내렸다. 그런 다음 다른 혼돈의 블레이드를 턱에 찔러 넣었고 동시에 입속에 박아 두었던 첫 번째 혼돈의 블레이드를 빼냈다. 본 머리가 급작스러운 고통에 울부짖으며 반쯤 씹은 작은 머리를 바다로 토해 냈다.

크레토스는 턱을 난도질하며 목 근처까지 내려갔다. 히드라의 입은 그곳까지 닿을 수 없었다. 남아 있던 다른 작은 머리가 뱀처럼 슬그머니 다가와 크레토스의 뒤를 노렸다. 크레토스는 혼돈의 블레이드를 작은 머리의 콧구멍에 찔러 넣었다. 작은 머리는 생각을 바꾼 듯이 고개를 뒤로 젖히려 했으나 혼돈의 블레이드의 톱날 같은 칼등이 비강의 구멍에 박혀 있던 탓에 엄청난 고통을 느끼며 괴성을 내질렀다. 크레토스가 지금껏 들어보지 못한 비명이었다. 본 머리는 크레토스를 반으로 베어 물겠다는 생각을 포기한 듯이 거대한 돛대에 목을 부딪치며 크레토스를 짓이기려 들었다.

크레토스의 시야가 어두워졌다. 거대한 머리는 건재했고 그를 압박해 들어왔다. 돛대는 부서질 듯 끼익거리는 섬뜩한 소리를 냈고 크레토스의 척추도 부서질 듯 욱신거렸다. 그러나 커다란 파열음을 내면서 돛대가 먼저 부러지고 말았다.

본 머리는 다시 하늘로 솟았고 작은 머리는 필사적으로 물러나려 했으나 혼돈의 블레이드는 낚싯바늘처럼 박혀 머리를 뒤로 뺄수록 단단히 파고들기만 했다. 다른 한 자루 혼돈의 블레이드도 마찬가지로 본 머리의 목에 박혀 있었다. 두 자루 칼 모두 빠질 기미가 없었다. 혼돈의 블레이드도 크레토스의 팔에 결합된 사슬도 지상의 힘으로는 부술 수 없는 것이었다. 본 머리와 작은 머리는 서로 끌어당기기를 반복했다. 이제 두 머리를 이어주는 것 중에서 부서질 수 있는 것은 단 하나밖에 없었다.

바로 크레토스였다.

두 개의 머리는 그의 몸을 찢으려 몸부림쳤고 크레토스는 그사이에 매달려 고통스러운 비명을 질렀다. 크레토스의 넓은 어깨에서 근육이 단단히 뭉쳤지만 그의 초인적인 힘도 히드라의 엄청난 괴력 앞에서는 상대가 되지 않았다. 다른 날이었다면 크레토스는 죽음을 맞이했을 수도 있었다. 그러나 히드라는 아레스의 생명체였다. 크레토스는 적의 부하에게 죽는다는 생각에 분노가 치밀었다.

그것은 단순한 화나 분노가 아니었다.

크레토스는 온몸에서 신의 분노를 느꼈다.

그리고 아치형 입구에서 포세이돈을 만났을 때처럼, 눈부신 섬광이 번뜩이면서 뼈에서 불이 타오르고 속이 뒤집히는 느낌이 들었다. 그의 몸 주위에서 번개가 일면서 온 세상이 바랜 푸른색의 형체로 희미해져 보였다. 그와 동시에 사슬을 따라 혼돈의 블레이드까지 번개가 흘러갔다. 혼돈의 블레이드가 박힌 본 머리의 목덜미가 불 위에서 과열된 냄비처럼 터지면서 불타버린 살덩이의 거대한 잔해들을 흩뿌렸다.

작은 머리의 콧구멍에 박힌 혼돈의 블레이드는 더 극적인 광경을 연출했다. 내부 점막이 터졌고 뼛조각이 튀어나와 히드라의 눈에 박혔다. 그와 함께 히드라의 난도질당한 눈이 얼굴에서 튀어나왔다. 뼛조각은 작은 머리의 뇌로 보이는 조직을 관통했고 머리는 고꾸라졌다. 크레토스는 아래 갑판 위로 뛰어내렸다.

크레토스는 갑판으로 떨어지면서 포세이돈의 분노가 생각했던 것보다 훨씬 유용하다는 것을 깨달았다. 그는 날카롭게 부러진 돛대의 옆으로 몸을 굴렀다. 크레토스는 손목을 가볍게 놀려 혼돈의 블레이드를 던졌고 칼날이 돛대에 꽂히자 유연한 동작으로 멀리 한 바퀴 돌아 방향을 틀었다. 히드라의 머리는 크레토스가 다가오는 것을 보고서 목을 활처럼 구부린 채 거대한 입을 벌렸다. 입은 배를 두 동강내고도 남을 만큼 거대했다. 크레토스는 거대한 본 머리의 뇌가 보기보다 크지 않다는 사실에 안도하면서 돛대에 매달려 올라갔다. 크레토스는 바늘처럼 날카롭게 부러진 돛대의 꼭대기에 오른 다음 혼돈의 블레이드를 머리 위로 돌리며 히드라의 시선을 끌었다.

그는 본 머리가 지는 달처럼 내려와 자기와 함께 돛대를 함께 집어삼키기를 기다렸다. 돛대의 재질은 부러지기 전에도 작은 머리의 목보다 약했다. 크레토스는 히드라가 단숨에 돛대를 베어 물 수 있다는 사실을 잘 알고 있었다. 그래서 크레토스는 다시 한 번 히드라의 침 가득한 입속에 들어가서 내면에서 영원히 타오르는 분노의 에너지를 터뜨렸다. 포세이돈의 분노는 입 뒤편을 터뜨려 핏빛 잔해를 흩뿌렸고 본 머리는 경련하기 시작했다. 크레토스는 히드라의 콧구멍과 이어진 비강의 후면을 노리고 혼돈의 블레이드를 던졌다. 그런 다음 엄청나게 두텁고 짠 내가 진동하는 점액층을 뚫고 히드라의 뇌 아래에 다다랐다. 히드라의 몸부림이 잦아들기도 전에 크레토스는 밑에서부터 길을 내어 뇌까지 접근했다. 혼돈의 블레이드가 빠르게 서너 차례 번뜩이자 히드라의 뇌는 지독한 냄새를 풍기는 곤죽으로 변했다.

크레토스는 다시 히드라의 목으로 내려갔다. 히드라는 아직도 조금씩 목을 뒤틀며 경련했지만 거대한 몸의 나머지 부위는 점차 뇌가 죽었다는 신호를 받아들이고 있었다. 크레토스는 튀어나온 연골을 지나 마침내 괴물의 벌어진 입에서 새어 들어오는 빛이 희미해질 때까지 아래로 내려갔다. 그는 나지막이 흐느끼는 소리를 들었다.

"제발… 제발… 누구든지 날 살려 주시오… 포세이돈 님께 빕니다… 제발…"

크레토스는 혼돈의 블레이드를 기다란 줄무늬 근육에 밀어 넣은 후 사슬을 이용하여 어둡고 미끈거리는 목을 타고 더 내려갔다. 마지막 빛의 흔적이 사라질 무렵 크레토스의 눈에 어두운 형체가 들어오기 시작했다. 크레토스는 다른 한 자루 혼돈의 블레이드를 꺼낸 다음 빙빙 돌려 불을 일으켰고 그 빛에 비친 선장의 모습을 확인했다.

"오, 당신과 당신의 모든 여정에 신의 축복이 내리길!"

선장이 숨을 몰아쉬며 말했다.

"올림푸스의 모든 신이 당신에게 영원히 미소 짓기를…"

선장은 목의 연골 부위에 필사적으로 매달려 있었다. 그의 두 발은 히드라의 위장으로 보이는 끝없는 심연 위에서 허우적거렸다. 그의 목에서는 얇은 가죽 끈에 걸린 황금 열쇠가 빛났다. 크레토스는 사슬을 조금 더 풀고 내려가 커다란 손을 선장에게 내밀었다. 선장의 눈에서 눈물이 쏟아져 나왔다.

"당신께 축복이 내리길… 고맙습니다. 절 구해주러 오셨군요!"

크레토스의 손이 가죽끈을 붙잡았다.

"널 구하러 온 것이 아니다."

크레토스는 그 말을 남기고 가죽끈을 잡아당겨 끊은 다음 연골에 매달린 선장의 손을 젖혀버렸다. 선장은 떨어지면서 비명을 질렀으나 곧 히드라의 출렁거리는 위액 속에 잠기면서 그의 목소리도 묻혔다.

크레토스는 손에 열쇠를 들고 선장이 소화되는 소리를 들으며 죽은 히드라의 입 밖으로 걸어 나왔다. 크레토스는 본 머리를 관통한 돛대의 밑동에서 잠시 걸음을 멈췄다. 그는 혼돈의 블레이드를 몇 차례 휘둘러 밑동에서 돛대를 베어냈다. 곧 거대한 괴물은 난간 뒤로 넘어가 영원히 인간의 시야에서 사라졌다.

크레토스는 손에 들린 열쇠를 만지작거렸다. 그 문을 열기 위해 꽤 애를 쓴 셈이었다. 전투의 보상도 그에 걸맞은 것이어야 하리라.

제 4장

"크레토스에게 숙부님의 분노를 나누어 주셨다는 말입니까!"

아레스가 칼자루를 잡으며 말했다. 팔뚝 근육에 잔뜩 힘이 들어가 있었다. 아레스는 끓어오르는 분노를 애써 다스리는 중이었다.

"인간을! 그것도 가족을 상대로 싸울 인간을 도우신 겁니까?"

"또다시 티포에우스의 종자를 풀어서 내 영토를 더럽힌다면 그들 역시 같은 최후를 맞을 것이오."

포세이돈의 목소리는 깊고 깊은 심해처럼 어둡고 차가웠다.

"그리고, 조카여. 그대 또한 응징에서 벗어날 수는 없소. 그래, 나의 형제인 제우스가 신을 죽이는 행위를 금지했지. 그렇지만 내 분노를 사지는 마시오. 그때는 그대를 죽이고 싶을지도 모르니까. 알겠소?"

아레스는 손에서 힘을 빼고 칼집에 칼을 넣었다.

"말은 칼날을 막을 수 없습니다."

"전쟁의 신이여, 이것을 기억하시오. 나는 바다의 왕이오. 누구든 나의 영토에 들어서는 이는 내 명예를 기려야 하오. 그것은 신들도 마찬가지요."

두 신은 이집트의 지중해 해안에서 이글거리는 눈으로 서로를 노려보았다. 인간의 눈에는 보이지 않지만 그들은 너무도 커서 파라오의 등대를 지팡이 삼아 몸을 기댈 수 있을 정도였다.

마침내 아레스가 기 싸움과도 같았던 침묵을 깨고 말했다.

"이런 식으로 불화를 일으켜서는 안 됩니다."

"그대의 히드라는…"

"예, 제 히드라입니다. 맞습니다."

아레스가 말했다.

"그렇지만 바다를 더럽혔다고 하셨습니까? 저는 숙부님의 영토에 히드라를 풀어놓지 않았습니다."

포세이돈이 눈을 깜빡이며 말했다.

"그것이 사실이오?"

"말씀해 주십시오, 숙부님. 히드라가 있다고 숙부님께 말씀을 전한 이가 누구입니까? 장담하건대, 그 교활한 창녀 아테나의 짓이 아닙니까?"

"음... 그렇소. 그러나..."

포세이돈이 인정했다.

"그리고 아테나에게 속아서 크레토스에게 힘을 나누어 주시기 전에 히드라의 존재를 아셨습니까?"

"내가 속았다고?"

"아시겠지만 저는 이제 올림푸스에 잘 가지 않습니다. 아버지께서 제 누이동생의 하찮은 응석을 계속해서 받아 주시는 동안에는 그럴 겁니다. 저는 멀리 떨어져 있기에 누이의 거짓말이 누군가의 귀를 현혹시키기 전에 대처하지 못할 때도 있습니다."

전쟁의 신은 포세이돈에게 몸을 기울이며 말했다. 너무 가까이 몸을 댄 나머지 머리카락의 불꽃이 바다의 신 포세이돈의 수염에서 증기를 만들어 냈다.

"숙부님, 생각해 보십시오. 왜 그런지, 그것만 생각해 보시면 됩니다."

포세이돈은 대답하지 않았지만 그의 눈썹 주위로 생각에 잠긴 구름이 모여들었다.

"제가 왜 숙부님의 권위에 도전하겠습니까? 제가 숙부님의 바다를 더럽힐 이유가 뭐가 있겠습니까? 그렇게 해서 무엇을 얻는다는 말입니까?"

"크레토스를 죽이려던 것이 아니오? 아테나가 전한 것이 그것이오."

"만약 제가 그럴 목적으로 히드라를 부렸다면 왜 하필 배의 무덤에 숨겨 두었겠습니까? 그렇게 해서 크레토스가 언젠가 그곳까지 이르기만을 기다렸겠습니까? 크레토스를 죽이고 싶었다면 굳이 히드라를 불러낼 필요도 없었습니다. 그자는 벌레보다도 못한 인간입니다. 정말로 그를 죽일 생각이었다면 저는 인간들이 다 타버린 양초의 불을 끄듯 콧바람으로 그의 생명을 꺼뜨렸을 겁니다. 크레토스가 살아 있는 이유는 제가 아직 그의 고통스러운 여정을 즐기기 때문입니다."

"그렇지만 내 영토에 히드라를 풀어놓은 것이 그대가 아니라면…"

"고자질하고 싶은 마음은 없습니다."

아레스가 말했다.

"그러나 이 싸움 때문에 누가 이익을 보았습니까? 숙부님의 위엄 서린 얼굴을 제게서 돌린 자가 누구입니까? 누가 숙부님의 능력을 훔치고 한낱 구더기 같은 인간에게 아양을 떨었습니까?"

포세이돈이 잠시 물러나서 전쟁광인 조카를 바라보았다.

"크레토스에게 준 분노의 능력을 다시 빼앗지는 못하오."

"저도 그건 잘 압니다. 숙부님처럼 명예로운 신께서 이미 주었던 것을 빼앗지는 않으실 겁니다. 그러나 제가 청하는 것은 그게 아닙니다. 저는 여기, 제 숙부님이신 바다의 신 앞에서 오직 숙부님을 존경하는 마음밖에 없습니다. 또한 숙부님께서 아테네… 시에 아직 애정이 있다는 사실도 알고 있습니다."

"흠…"

바다의 신 포세이돈이 콧방귀를 뀌며 말했다.

"제우스께서는 신들 간 전쟁을 금하셨지만 얼마 전 숙부님의 말씀대로 다른 방법을 이용해서 응징할 수는 있을 것입니다. 지금 이 시각에도 제 군대가 아테네를 향해 진군하고 있습니다."

"날 찾은 이유가 무엇이오?"

"예의를 다하기 위해서입니다, 숙부님. 예전에 숙부님께서 그 도시를 가지고 싶어 하셨다는 것을 압니다. 숙부님께서 원하신다면 저는 그 도시에 상처도 하나 내지 않을 것입니다. 만약 숙부님께서 아테나가 한 말이 모두 진실이고 제 말이 거짓이라고 믿으신다고 해도 저는 거역하지 않겠습니다. 저는, 올림푸스의 모든 신이 알다시피, 제 누이처럼 거짓말을 잘 하지 못합니다."

포세이돈이 숨을 깊게 들이쉬었다. 그 숨결은 북쪽 크레타 섬까지 지중해의 조류를 바꿔 버릴 만큼 강력했다.

마침내 포세이돈이 말했다.

"그대들 중 누가 날 속이는 것인지 알지 못하겠소. 아니면 둘 다인지도 모르지. 그러나... 그 도시는 내가 걱정할 바가 아니오. 도시를 불태우고 땅에 소금을 뿌리시오. 난 상관하지 않겠소."

포세이돈은 그 말을 끝으로 한 차례 함성과도 같은 광풍을 일으키며 사라졌다. 아레스는 불타는 수염 사이로 입술을 내밀고 잔혹한 미소를 지으며 중얼거렸다.

"네. 그렇게 하지요, 숙부님. 원하시는 그대로 해 드리겠습니다."

전쟁의 신 아레스는 바람을 타고 아테네로 달렸다.

아테나는 머나먼 올림푸스에 있는 자신의 방에서 남매인 아레스를 감시할 때 사용하는 예언의 웅덩이에 급히 손을 집어넣었다. 아테나는 마치 아레스와 포세이돈에게 닿을 수 있다는 듯이 웅덩이의 암브로시아가 섞인 물을 내려쳤다. 아테나가 동작을 멈추고 귀를 기울이자 멀리 아테네에서 그녀의 숭배자들이 지르는 비명이 희미하게 들려왔다. 몸소 대군을 이끌고 온 전쟁의 신 아레스가 지평선에서 모습을 드러냈고 전투 명령을 내렸다. 아테네의 시민들은 아테나 여신에게 자비와 도움을 빌었다. 아레스가 전장에 뛰어든 위기 상황이었지만 아테나는 제우스의 명령 때문에 직접 나설 수가 없었다.

아테나는 치미는 분노를 느끼며 입을 길게 앙다물었다. 포세이돈이 이런 식으로 돌아설 이유가 없었다. 그러나 최소한 포세이돈은 아레스를 적극적으로 돕지는 않았다. 아마도...

그랬다. 아테나는 아직 상황을 유리하게 돌릴 수 있었다.

포세이돈이 방해하지 않는다면 크레토스는 수일 내에 위기에 빠진 아테네까지 항해해 올 수 있었다. 다시 한 번 크레토스를 이용하여 아레스의 계획을 무너뜨린다면 합리적인 해결책이 될 것이다. 그러나 크레토스가 오는 동안 아테네가 무너질 수도 있었다. 아레스가 감히 아테나의 숭배자들을 고통에 몰아넣으려 하고 있었다!

아테나는 서둘러 방에서 나와 영원의 전당으로 향했다. 그런 다음 기운 넘치는 발걸음으로 아래로 걸어가 길이 나뉘는 지점에 도착했다. 아테나의 발걸음이 조심스러워졌다. 대리석 길이 끝나고 잘 다듬어진 잔디로 이루어진 길이 펼쳐지자 그녀는 최대한 부드럽게 땅을 밟았다. 시야 한구석에서 새끼 사슴이 담쟁이덩굴을 야금야금 뜯는 모습이 들어왔다. 시원한 바람이 불어왔고 곧 그녀의 앞에 영원한 여름에 갇힌 숲이 펼쳐졌다. 아테나는 제자리에 돌처럼 서서 누군가가 나타나기를 기다렸다.

아르테미스는 놀라는 것을 싫어했고 그녀의 화살은 빗나가는 법이 없었다.

곧 근처 덤불에서 나뭇잎이 바스락거리는 소리가 들렸다. 아르테미스 여신이 마치 그 자리에서 생겨난 듯이 갑자기 나타났다. 어깨에는 활을 메고 허리에는 화살통을 찬 아르테미스는 어느 모로 보나 사냥의 여신다웠다.

아테나는 공손하게 고개를 숙여 보이며 말했다.

"안녕하십니까, 저의 언니이신 아르테미스 여신이여."

아르테미스는 호기심에 찬 눈으로 바라보기만 했다. 그녀는 격식과는 거리가 멀었다.

"내 쌍둥이 남매인 줄 알았는데."

"아폴론이 근처에 있습니까? 그가 왔다면 환영입니다. 광명의 신 아폴론이 이 중대한 사안에 지혜를 나누어 줄 수 있다면 무척이나 반가울 것입니다."

아르테미스는 마치 사냥할 사슴의 거리를 재는 듯이 무심한 표정에 호기심 어린 눈빛을 담아 아테나를 바라보았다.

"아레스가 그대의 도시에 전쟁을 일으킨 사실은 내 동물들도 알고 있어요."

"아레스는 지하 세계의 군대를 싸움에 동원했습니다. 언데드 병사와 궁수들이 공격해 들어왔지만 아테네 시민들은 그들의 맹공을 견뎌 낼 것입니다. 그러나 인간의 힘만으로 이겨 낼 수 없는... 진정한 괴물이 있습니다."

아르테미스는 크게 원을 그리면서 아테나를 여러 각도에서 살피고 있었다.

"사냥을 할 때..."

아르테미스가 천천히 말을 시작했다.

"우리는 누가 사냥꾼이고 누가 사냥감인지 알죠. 그 단순함 속에 진실이 있거든요. 그러나 그대와 아레스 사이에서는 어떤 것도 단순하지가 않아요."

"아레스와 저를 판단하라는 이야기가 아닙니다. 저는 언니에게 아무것도 부탁할 것이 없습니다. 제가 여기에 온 이유는 단지 우울한 소식을 전하기 위해서입니다."

"그 도시의 이름을 제외한다면 그대가 신경 쓸 것이 있을까요?"

아테나의 얼굴이 돌처럼 차갑게 굳었다. 아테나는 아르테미스의 말이 그녀의 화살처럼 날카로울 수 있다는 사실을 잊고 말았다.

"물론 제 인간들을 걱정합니다. 언니가 걱정하는 것은 무엇인지 알고 싶습니다."

아테나가 말했다.

"아레스는 우호적이지 않죠. 그의 군대가 숲을 유린하고 있지만 나는 맞설 수 없어요. 제우스께서 그런 행동을 금지하셨기 때문이죠."

아르테미스는 어깨에 걸친 활을 앞으로 꺼내 들고서 화살을 건 다음 발사했다. 화살은 공기를 가르는 소리를 내면서 날아가 나무줄기에 박혔다.

"내 사냥꾼의 화살이 아레스를 겨눌 수만 있다면!"

"언니의 숲과 짐승이 아레스의 군대에 짓밟힐 것입니다."

아테나가 나지막이 말했다.

"그대의 도시, 아테네의 시민들 역시 내 숲을 약탈해요."

아르테미스의 목소리에 날이 서 있었다.

"그들은 숲과 동물을 보살핍니다. 아레스는 파괴합니다. 그의 언데드는 살기 위해 아니면 우리를 받들기 위해 사냥하지 않습니다. 그들은 가는 곳마다 파괴만을 남길 뿐입니다."

"혐오스러운 존재지요."

아르테미스가 맞장구치며 말했다.

"제 도시는 숲을 찬양할 수 있습니다. 만약 살아남는다면 말입니다."

아테나가 말했다.

"제 숭배자들은 언니를 우러러보고 존경합니다. 불과 작년만 해도…"

아테나는 말을 이어 갔다.

"디오니소스 축제의 상이 언니를 칭송하는 연극, 사냥꾼 악타이온의 비극에 돌아갔습니다."

"비극이라고요? 나는 삶을 찬양해요."

아테나는 악타이온이 단지 여신의 목욕 장면을 살짝 보았다는 이유로 사슴으로 변하여 자기의 사냥개에게 물어뜯긴 것이 다소 지나쳤다고 생각하곤 했다. 그러나 그런 생각은 생각으로만 남겨 두어야 했다. 아테나는 그 이야기를 꺼내어 도움이 될 것이 없다는 사실을 알고 있었다.

"저와 아레스의 다툼이 그런 우아한 방식으로 해결될 수 없다는 것이… 유감입니다."

"그런데 내게 이런 이야기를 하는 이유는 뭔가요? 아레스는 내 화살을 맞아도 다치지 않아요. 그대의 검도 마찬가지죠."

"제우스께서는 어떤 상황에서도 화살을 쏘는 것을 허락하지 않으실 것입니다."

아테나가 동의하며 말했다.

"그러나 아레스의 군대가 아테네 외곽에 있는 언니의 신성한 숲을 밟고 행진하고 있습니다. 그가 부리는 끔찍한 무리는 순한 동물들에게조차 지옥을 선사할 것입니다."

아테나는 아르테미스 앞으로 두 손을 가져간 다음 손바닥을 맞댔다. 그리고 두 손을 살짝 벌린 후 손바닥이 위로 가도록 펼쳤다. 아테나와 아르테미스 사이에서 생생한 장면이 펼쳐졌다.

"끔찍한 학살이군요..."

무자비한 파괴의 현장이었다. 아르테미스의 볼을 타고 눈물이 흘러내렸다.

아테나는 손을 더 넓게 벌렸다. 공중의 상도 따라서 커졌다.

"강은 피로 더럽혀졌습니다. 언니의 동물들이 흘린 피입니다. 아레스는 동물을 사냥하지도 않고 동물의 뒤를 쫓지도 않습니다. 음식을 구하기 위한 것도 아니고 즐거움을 느껴서도 아닙니다. 아레스는 순간의 만족을 위해 죽음을 추구합니다. 기술도 없고 품위도 없습니다. 끝없는 학살뿐입니다. 이 강은 언니의 새끼 사슴과 엘크와 심지어 하늘의 새들이 흘린 피로 붉게 물들었습니다."

상은 더욱더 커졌고 아테네를 보호하는 성벽에서도 수 킬로미터나 떨어진 숲이 상당 부분 드러났다. 사슴과 늑대의 훼손된 사체가 끝이 보이지 않을 정도로 길게 이어졌다. 키클롭스는 나무들을 짓밟고 전진하면서 두꺼운 곤봉을 마구 휘둘렀으며 좌우로 이미 죽어 쓰러진 동물들의 머리를 세차게 내리치기도 했다. 키클롭스 뒤에는 수백 명 규모의 언데드 병사가 보조를 맞추었고 언데드 궁수 부대도 그 뒤를 따랐다.

"저들에게서는 숲이나 숲에 사는 생명을 존중하는 마음을 찾아볼 수 없습니다."

아테나는 잠시 말을 멈추고 극적인 긴장감을 더했다.

"아니, 숲에 살았던 생명들이겠지요. 저들이 지난 자리에는 죽음만이 남았습니다. 그리고 지금은 아테네로 향하고 있습니다. 저를 기리듯 언니를 기렸던 도시, 아테네로 말입니다."

"아레스의 군대는 인간들에게도 똑같은 짓을 저지를 것입니다."

아테나는 말을 이었다.

"앞으로 다가올 전투는 아레스의 군대와 제 추종자 간의 싸움이 될 것입니다. 그러나 그 전쟁의 결과는 이미 보신 바와 같습니다. 저는 언니의 숲과 성소를 지켜 내고 싶습니다."

"아레스는 그러지 않을 거예요. 내게서 초원과 숲을 지날 허락을 구하지 않았거든요."

"아레스는 학살에만 관심이 있을 뿐입니다. 그의 군대가 무엇을 파괴하든지 그에게는 문제가 되지 않습니다."

아테나는 다시 손을 벌려 아레스의 다른 부대가 진군하는 모습을 보여 주었다. 그곳은 아르테미스가 숲의 영토라고 부르는 숲 지대였다. 아르테미스의 표정에 미묘한 변화가 일어나면서 절망이 분노로 바뀌었다.

"우리 중 누구도 아레스와 싸울 수 없습니다. 아버지의 명령 때문입니다. 그러나 아레스는 우리를 받드는 자들을 계속해서 학살할 것입니다."

"내 숲을 지키겠다고 맹세하는 건가요?"

"숲의 생명들이 아레스의 부하와 대적하게 해 주십시오. 그럼 제 맹세를 받으신 겁니다. 아테네의 모든 시민이 언니의 신성한 숲을 기리게 하겠습니다."

아테나는 열의를 담아 말했다.

"아레스가 언니의 신성한 성지, 즉 발굽과 날개가 달린 생명이 가득한 숲을 짓밟지 못하게 막아야 합니다."

아르테미스는 몸을 돌린 다음 다시 화살을 꺼내 시위에 걸었다. 그녀는 활시위가 부르르 떨릴 때까지 활을 잡아당겼다. 그녀가 화살을 놓자 화살은 공기를 가르는 소리를 내면서 공중으로 높이 올라갔다. 그리고 공중에서, 그녀의 쌍둥이 남매인 아폴론의 태양에도 뒤처지지 않는 새로운 태양의 분노로 폭발했다. 두 번째 태양은 번뜩거리는 불꽃의 비를 내렸다.

아르테미스는 근엄한 목소리로 말했다.

"아레스의 군대는 내 보호 아래에 있는 어떤 숲도 지나지 못할 거예요."

사냥의 여신 아르테미스는 그 말을 남기고 숲으로 사라졌다. 곧 그녀가 지난 길에 있던 나뭇잎들도 움직임을 멈췄다. 아르테미스는 다시 그녀의 왕국과 하나가 되었다.

아테나는 작은 승리를 거두었다고 생각했다. 그녀는 강력한 아군을 얻었다. 그러나 아레스가 살아 있는 한 아테네는, 그리고 마찬가지로 올림푸스도 안전하지 않을 것이다. 다음 계획을 실행해야 할 때였다. 크레토스는 훈련을 받아야 했다. 시험을 받아야 했다. 그리고 무엇보다도...

제대로 된 무장이 필요했다.

제5장

크레토스는 어렵게 손에 넣은 열쇠를 자물쇠에 넣고 돌렸다. 순간 신비한 봉인이 사라지고 선장실에서 영혼을 뚫는 듯한 비명이 들렸다. 크레토스는 그런 엄중한 보호를 필요로 했을 물건의 정체를 확인하기 위해 문을 걷어찼다. 적어도 그 점에서 크레토스는 실망하지 않았다. 크레토스는 옥도 황금도 아닌 보물을 발견했다.

보물의 정체는 세 명의 여인이었다. 그들은 크레토스가 이제껏 보았던 누구보다도 아름다웠다. 아니면 기다란 손톱으로 그들을 공격하려하는 언데드의 어둡고 부패한 얼굴과 대비되어 아름답게 보였는지도 모른다.

크레토스는 순간적으로 얼어붙었다. 상황을 이해할 수 없었다. 어떻게 언데드가 이 안에 들어올 수 있었을까? 봉인된 문을 뚫었다는 말인가? 유일하게 설명이 가능한 대답은 크레토스 자신이 그들을 불러냈다는 것이었다. 크레토스가 문을 열 때 풀어낸 것은 마법의 봉인만이 아니었다. 그는 침입자들에게서 방을 보호하기 위해 마법으로 묶어 두었던 언데드를 깨운 것이었다. 선장은 언데드를 깨우지 않는 방법을 알고 있었을 것이다. 크레토스는 실수를 저질렀고 여자들은 위험한 상황에 처하고 말았다.

다음 순간 크레토스의 혼란은 강풍을 맞은 나뭇잎처럼 사라졌다. 그런 한가한 생각에 빠져 있을 때가 아니었다. 지금은 싸움에 집중해야 했다. 썩어 가는 언데드 병사 두 마리가 흉악하게 구부러진 칼을 휘두르며 달려들고 있었다. 크레토스는 어깨 뒤로 손을 가져간 다음 혼돈의 블레이드를 등에서 꺼내면서 바로 두 마리 언데드를 각각 머리에서 가랑이까지 베어 버렸다. 그런 다음 방으로 들어가서 노예 여자 한 명의 목을 조르는 언데드의 다리를 잘랐다. 언데드는 고꾸라지면서도 다리가 잘린 사실을 잊은 듯 여자를 바닥에 쓰러뜨려 계속 여자의 목을 졸랐다.

크레토스는 언데드의 팔을 자르고 머리를 짓이겼다. 그러나 잘린 두 손은 여자의 목을 더 힘껏 조르며 생명의 기운을 꺼뜨리고 있었다. 크레토스는 분노의 신음을 내뱉으며 몸을 굽혀 목을 조르는 손을 찢어 냈다. 그러나 여자의 머리는 불가능한 각도로 기울어져 있었다. 그녀의 목이 나뭇가지처럼 부러졌다.

또 다른 언데드는 발버둥 치는 여자를 들어 올리고 크레토스 쪽으로 향하게 하여 인간 방패로 삼았다.

"그걸로 강철을 막겠느냐."

크레토스는 언데드를 비웃으며 그녀의 몸에 혼돈의 블레이드를 꽂아 넣었다. 여자의 몸과 내장은 거의 저항도 없이 뚫렸고 칼끝은 여자를 안고 있는 언데드의 몸에 단단히 부딪혔다. 크레토스가 검을 비틀자 여자와 언데드는 힘없이 쓰러졌다.

"제발, 절 살려 주세요. 제발 부탁…"

언데드의 뼈만 앙상한 손이 세 번째 여자의 가슴과 살아 뛰는 심장을 으스러뜨렸고 그녀도 쓰러졌다. 죽어 가는 그녀의 애원은 피를 게우며 꼬르륵거리는 가쁜 호흡으로 바뀌었다. 크레토스는 빠르게 두 걸음을 옮겨 언데드를 내리칠 거리에 다다랐다. 그는 한 번의 정확한 칼 놀림으로 아직 살아 뛰는 심장을 손에 쥔 언데드를 베었다. 언데드는 사지를 뻗고 쓰러졌다. 여자의 심장은 아직도 뛰었으나 점차 박동이 잦아들더니 마침내 움직임이 멎었다. 심장은 주인이었던 여자와 마찬가지로 죽음을 맞이했다.

크레토스는 뒤로 물러섰다. 학살의 기운이 그의 주위를 감돌았다. 그는 휘청거리며 벽 쪽으로 다가가 간신히 몸을 기댔다.

"안 돼."

크레토스는 성난 목소리로 혼잣말을 되뇌었다. 그는 다른 이들의 약한 모습보다 자신의 약한 모습을 견디지 못했다.

"이 사람들은… 이들은…"

여자들의 죽음은 크레토스가 이미 수천 번이나 목격한 죽음과 다를 것이 없었다. 자신의 두 손으로 그 많은 목숨을 거두면서도 아무런 후회도 느끼지 않았다.

그때 선실이 흐려지며 크레토스 주위로 어둠이 짙게 드리웠다. 그리고 환영이 보이기 시작했다.

번뜩이는 검이 목을 갈랐고 드러난 배를 찔렀다. 고통의 비명과 섬뜩한 죽음의 소리가 들렸다. 머리가 터지고 피가 흩뿌려졌다. 그리고 그 늙은 여인이 저주받은 사람처럼 킬킬거리며 굽은 손을 흔들어 보이고 있었다.

"안 돼."

크레토스가 소리쳤다.

"안 돼!"

잘린 사지가 나뒹굴었다. 벌판에 시신이 가득했다. 까마귀는 감정이 없는 눈으로 납빛 하늘을 바라보며 시체의 눈을 파먹었다. 썩어 가는 살점에는 구더기가 들끓었다. 시체에서 흘러나온 피가 사원 바닥에 고여 웅덩이를 만들었다. 시체 주위로 피가…

그리고 광기에 찬 웃음소리가 들렸고 굽어진 손을 흔드는 모습이…

"안 돼!"

크레토스는 간신히 눈을 떴다. 깨어나기 위해 얼마나 애를 썼는지 숨이 가빠왔다. 그는 사원에 있지 않았다. 마을 오라클의 날카로운 웃음소리가 들려오지 않았다! 크레토스는 여기에 있었다. 십 년이라는 세월의 끝자락에, 어느 노예선의 선장실에 있었다. 처참한 몰골로 바닥에 쓰러진 여자들은 그의…

"아테나!"

크레토스는 몸을 돌려 선실을 뛰쳐나왔다.

"아테나!" 그는 승강구를 타고 올라 갑판으로 나왔다. 크레토스는 피를 흠뻑 머금은 갑판에 발을 내디뎠고 그 순간 아테나의 목조 여신상의 모습을 다시 볼 수 있었다. 지금은 가라앉은 그의 배에 축복을 내렸던 여신상이었다. 그때와 마찬가지로 아테나의 여신상은 이물에 서서 모든 죄악을 심판하는 듯한 무표정한 나무 눈으로 크레토스를 바라보았다.

"십 년이오, 아테나! 내가 당신들을 위해 봉사한 지 십 년이 지났소! 도대체 언제 나를 악몽으로부터 구해줄 거요? 도대체 언제요? 이제 깨어 있는 동안에도 환영이 나타난단 말이오!"

아테나의 여신상은 물에 비친 달빛처럼 잔잔하게 흔들리더니 생명으로 빛나기 시작했다. 무신경한 나무 눈은 여신의 침착한 회색빛 눈이 되어 빛났다.

"크레토스, 너에게 마지막 부탁이 있다. 아테네가 위험하다. 지금도 내 형제 아레스가 아테네를 공격 중이다."

새로운 환영이 비쳤고 크레토스는 긴장한 채 그것을 바라보았다. 피비린내와 날고기 냄새가 코를 찔렀고 불타고 파괴된 들판에는 시체가 겹겹이 쌓여 있었다. 죽음의 비명이 들렸다. 그는 불타는 시체에서 흩날린 재를 맛보았다. 크레토스는 억지로 눈을 감으려 했으나 환영을 피할 수는 없었다. 아테네인이 한 명씩 죽을 때마다 크레토스 역시 죽음을 느꼈다. 그는 그들의 영혼이, 그리고 자신의 영혼이 비명을 지르며 몸에서 뜯기는 것을 느꼈다. 검이나 창에 깨끗하게 베인 것이 아니었다. 아레스의 흉측한 부하들이 휘두른 핏덩이진 발톱에 당한 것이었다.

"아테네는 이제 곧 함락될 것이다. 그 도시를 파괴하는 것이 아레스가 원하는 바이다."

아테나는 여신상을 통해 말했다.

더 어둡고 더 잔혹한 환영에 휩싸인 크레토스는 애써 고통을 참아 내고 있었다.

"하지만 제우스께서는 신들이 서로 싸우는 것을 금지하셨지."

크레토스는 상상 속 불길에 몸이 까맣게 타고 뼈에서 살이 녹아내리는 기분이 들었다. 육신의 남은 조각들은 거센 회오리바람을 타고 떠올라 마치 하늘 위 한 마리 독수리처럼 아테네인들의 죽음을 내려다보았다.

그리고 환영이 사라졌다. 크레토스는 온몸이 부서질 듯한 힘에 떠밀려 노예선 갑판에 있는 자신의 몸으로 돌아왔다.

"크레토스, 그래서 네가 필요한 것이다. 신에게서 훈련받은 인간만이 아레스를 물리칠 희망이 있다."

크레토스는 신 앞에 선 여느 인간답게 다시 몸을 똑바로 세우고 말했다.

"만약에 내가 이걸 해내면... 그러니까 신을 죽이면... 악몽은 사라지는 것이오?"

"이 마지막 임무를 마치면 이미 소멸된 과거는 용서받을 것이다. 믿음을 가져라, 크레토스. 신은 자신을 도운 자를 잊지 않는다."

여신상의 눈이 감겼다. 그리고 여신의 빛도 사라져 갔다.

크레토스는 한참 동안 미동도 없이 서 있었다. 그는 매우 낯선 기분이었다. 놀라운 감정이었다. 그는 마지막으로 그런 기분을 느꼈던 것이 언제였는지 기억조차 나지 않았다. 크레토스는 그것이 희망이라는 감정일지도 모른다고 생각했다.

얼마간 시간이 지난 후 크레토스는 긴 갑판 위를 거닐며 피해의 정도를 파악하고 수리할 방법을 궁리하고 있었다. 선창에는 갇힌 노예들이 가득했다. 그들에게 자유를 주고 선원으로 쓸 수도 있을 것이다. 아테나가 준 임무는 하데스가 뿌린 생명들로 이루어진 군대와 아레스를 상대하여 아테네를 구하라는 것이었다. 즉, 피레우스의 제아 항에 도착하기만 하면 그다음에는 배가 필요하지 않을 것이다.

크레토스는 세 여자가 죽은 선실을 생각했다. 그곳은 선장실이었고 잠겨 있었다. 전 선장이 어떻게 한가한 시간을 보냈는지 짐작할 수 있었다. 그러나 크레토스는 다시는 그 선실에 들어가지 않을 작정이었다. 노예들을 풀어 시체를 꺼내고 구석구석 청소를 한다고 해도 다시는 그곳에 발을 들이지 않을 생각이었다.

더는 환영을 보고 싶지 않았다.

그러나 또 다른 선실이 있었다. 그곳 역시 마법으로 막혀 있었고 심지어 열쇠 구멍도 없었다. 선장은 자신의 선실에 여자들을 가두어 놓았다. 어떤 귀중한 보물이길래 선장은 자기도 보지 못하게 봉인해 두었을까? 크레토스는 한가한 추측에 빠져 있을 시간이 없었다. 그 방에 있는 물건의 내용을 확인할 가장 확실한 방법은 문을 부수고 들어가 보는 것이었다. 크레토스는 선장실의 문을 지나면서도 그쪽을 쳐다볼 생각조차 하지 않았다. 그리고 마법으로 봉인된 문 앞에 서서 문을 열 만한 단서가 있는지 살폈다. 어쨌든 문 뒤편의 방에 정말로 귀중한 물건이 있다면 누구라도 잠그고 싶어 했을 것이다. 문고리도 없었고 손잡이도 없었고 열쇠 구멍도 없었다. 크레토스는 그냥 문을 밀쳐 보기로 했다. 그는 육중한 어깨의 근육에 잔뜩 힘을 주고 문에 부딪혔지만 문은 꿈쩍도 하지 않았다. 그는 얼마 남지 않은 인내심마저 잃어버린 채 고함을 질렀고 혼돈의 블레이드를 꺼내어 문을 난도질했다. 황금빛 불꽃이 일었지만 칼날은 문에 닿지도 못했다.

내면에서 분노가 솟구쳤다. 그리고 그의 뼈에서 포세이돈의 분노가 터져 나왔다. 포세이돈의 힘으로 그는 무적이 된 것처럼 느꼈고 그의 분노로 만들어진 번개는 문을 봉인한 황금빛 마력을 불태웠다. 크레토스는 살짝 문을 밀어 보았다. 문이 열렸다.

그는 놀란 표정으로 방 안쪽을 바라보았다.

방 한가운데에 한 여자가 반나체 차림으로 서 있었다. 크레토스가 이제껏 보았던 여자들은 비교도 할 수 없을 만큼 아름다운 여인이었다. 그녀의 두 손은 탱탱한 엉덩이 위에 얹혀 있었고 붉은 머리카락은 석양의 태양보다도 밝게 빛났다. 그러나 크레토스가 주목한 것은 그것이 아니었다. 그녀는 허리까지 알몸이었고 아래로는 치마가 늘씬한 하체를 휘감고 있었다. 풍만한 맨가슴은 봉곳 솟아 있었으며 분홍빛 유두는 마치 유혹하듯 크레토스를 향해 있었다.

"너도 이 배의 노예였느냐?"

"선장은 죽었나요? 제발... 그랬기를..."

젊은 여자가 말했다. 그녀는 손가락으로 크레토스를 가리키며 몸을 기울였다.

"나는 당신이 더 마음에 들어요."

크레토스는 사방에서 선체가 삐걱거리는 소리를 듣고 배가 갈라지지는 않는지 확인하기 위해 주위를 둘러보았다. 다시 고개를 돌렸을 때 그는 놀란 눈만 깜빡일 수밖에 없었다. 여자는 여전히 엉덩이에 손을 올린 자세로 그의 앞에 서 있었고 붉은색 머리카락에는 윤기가 흘렀지만 그녀의 상반신은 더는 나체가 아니었다. 그녀는 웃옷을 입고 있었으나... 치마는 입고 있지 않았다. 그녀의 허리 아래는 알몸이었다. 그녀는 방금 전까지만 해도...

"그래서 마법의 봉인에 갇힌 것이냐? 너는 마녀이냐?"

"어쩌면 말을 그렇게 하실까. 우리는 마녀가 아니에요!"

"'우리'라고?"

크레토스가 눈을 깜빡이며 물었다. 여자는 두 명이었다. 똑같이 아름다웠지만 한 명은 상반신을 드러낸 채였고 다른 한 명은 하반신을 드러내 놓고 있었다.

"정체가 무엇이냐?"

"쌍둥이 자매예요."

둘은 한목소리로 답했다.

"선장은 잔인한 주인이었어요. 우리에게 옷을 한 벌만 줬죠."

웃옷을 입은 여자가 말했다.

"이렇게라도 하는 것이 최선이었어요. 우리를 보고 기쁘지 않았나요?"

치마를 입은 여자가 입술을 내밀면서 말했다.

"아니, 나는..."

"아니라고요?"

그들은 한 사람처럼 소리쳤다.

"그럼 이 거추장스러운 누더기를 벗겠어요!"

그들은 그렇게 했다.

크레토스는 그 덕분에 그들을 보기가 더 좋아졌다고 인정하려 했다.

"선장이 너희를 가둔 이유를 짐작할 만하다. 점과 주근깨 하나까지도 똑같다니."

"그렇지는 않아요."

왼쪽 여자가 말했다.

"로라는 왼쪽 허벅지 안쪽에 점이 있어요. 보세요."

크레토스는 그녀의 점을 보았다.

"조라와 나는 전혀 다르다고요."

다른 여자가 말했다.

"모든 것을 같이 하는 거냐?"

쌍둥이는 한 차례 시선을 교환한 다음 마음을 맞추어 앞으로 걸어 나왔다. 여자들은 크레토스의 옷을 벗기고 그를 넓고 편안한 침대로 이끌었다. 대답은 이미 분명했다. 크레토스의 유일한 불만은 두 여인의 적극적인 공세 속에서 와인 한 병에 취해 그만 정신을 잃은 것이었다.

얼마 후 크레토스는 눈을 떴다. 그의 왼쪽에는 여자가 있었고 오른쪽에도 여자가 있었다. 크레토스는 누가 로라이고 누가 조라인지 알 수 없었다. 그렇지만 그는 확실하게 둘을 구분할 수 있는 특징을 알고 있었다. 그것을 확인한다면 성적인 욕망이 더 타오를 것이 분명했다. 그는 갑판에서 선원들에게 명령을 내려야 했다. 빠른 시간 내에 아테나의 요구에 응해야 했다. 눈으로 직접 보았듯이 아테네는 곧 무너질 상황이었다.

"와인을 더 마셔야겠다."

크레토스가 붉은색 머리카락 너머로 손을 뻗쳐 바닥에 있는 와인 병을 집으며 말했다.

"우리는 자발적으로 당신의 노예가 되겠어요, 크레토스 선장님."

쌍둥이 중 하나가 말했다.

"우리를 만족시켜 주시기만 한다면요."

다른 하나가 덧붙였다.

"선장은 자기 선실에 여자를 두었던데…"

크레토스가 말을 꺼냈다.

"맞아요. 선장은 자기 여자들이 있었어요."

자매들 중 한 명이 다소 슬픈 목소리로 말했다.

"우리는 찾지도 않았죠."

"너희를 찾지 않았다고? 한 번도?"

다른 여자가 한숨을 내쉬며 말했다.

"선장은 남자도 아니었어요. 선원 두세 명이 죽은 다음 우리를 가두어 버렸죠."

"선원이… 죽었다고?"

크레토스는 그녀의 말을 이해할 수 없었다.

"그래서 선장이 너희를 가둔 것이냐? 선원들은 뭘… 하다 죽은 것이냐?"

"우리랑 있다가 죽었어요."

쌍둥이 한 명이 밝은 표정으로 답했다. 다른 쌍둥이도 기운차게 고개를 끄덕여 보였다.

"선장은 선원들을 지키려고 했어요. 우리한테서요. 우리는 너무 외로운 시간을 보냈어요."

크레토스가 천천히 말했다.

"그렇구나."

"그래서 당신을 만난 것이 너무 기뻐요… 그리고 당신은 죽지도 않았어요. 정말로."

"나도 좋다."

크레토스가 말했다. 그는 아테네까지 여정이 기대했던 것보다 더 흥미로울 수도 있겠다고 생각했다.

왼쪽에 있던 쌍둥이가 그의 볼록한 근육을 만지면서 말했다.

"당신은…"

"왕인가요, 크레토스 주인님?"

오른쪽에 있던 쌍둥이가 질문을 마무리했다.

"난 그저 군인일 뿐이다".

크레토스가 말했다.

"위대한 군인이로군요."

한 명이 말했다.

"용사예요."

다른 한 명이 동의했다.

"나는 신의 임무를 수행 중이다."

"그건…"

"위험하겠어요."

쌍둥이가 말했다.

"우리는 아테네로 간다. 그곳에서 너희를 풀어줄 것이다."

"우리는 자유를 원하지 않아요. 우리는 당신의 노예가 될 거예요."

"영원히요."

"아니면 최소한 당신이 죽을 때까지만이라도요. 당신은 정말 강한 사람이에요, 주인님."

"그리고 아주 큰 사람이죠."

크레토스는 말문이 막혔다.

"아티카에는…"

"가고 싶지 않아요. 춥고 끔찍한…"

"곳이라고 들었어요."

크레토스는 마음속으로 신들을 저주했다. 다른 사람처럼 평범했다면 육신의 쾌락에 온전히 파묻히고 싶은 마음이었다. 그러나 로라와 조라가 있다고 한들 그의 악몽이 사라지거나 광기가 가라앉지는 않을 것이다.

지금 그가 사는 이유는 아테나의 약속 때문이었다. 아테나는 그의 환영을 지우고 매 순간 그를 괴롭히는 지독한 기억을 잊게 해 주겠다고 약속했다. 죽음과 공포, 죄책감과 절망적인 고통이 뒤범벅된 그 환영을 지워 버릴 수만 있다면 그 것은 로라와 조라가 주는 기쁨에 비할 수 없을 것이다. 그녀들의 기술이 아무리 뛰어나다 하더라도 비할 바가 아니었다.

"이 배는 배의 무덤을 벗어나야 한다."

크레토스가 다리를 흔들다가 침대에서 일어나면서 말했다. 발바닥에 묻은 와인이 피처럼 끈적끈적하게 굳어 있었다. 크레토스는 손으로 와인을 훔치려 했으나 쌍둥이가 유연한 동작으로 재빨리 침대에서 내려왔다.

"우리가 씻게 해 주세요, 크레토스 주인님."

그들은 다정하게 그의 발을 씻었다. 그러나 크레토스는 이럴 시간이 없었다. 아레스의 히드라는 처치했다고 해도, 전쟁의 신이 어떤 흉측한 괴물을 보낼지 알 수 없는 일이었다. 크레토스는 알고 싶지 않았다. 수많은 난파선과 커다란 잔해들 사이에 갇힌 동안에는 그런 일이 있어서는 안 되었다.

"갑판으로 올라와도 좋다. 단, 옷을 모두 입어야 한다."

크레토스가 쌍둥이에게 말했다.

"이 방에는 입을 옷이 없어요."

둘은 한목소리로 답했다.

"무엇이든 찾아라."

크레토스는 짧게 말했다. 그는 쌍둥이를 선장실에 보내는 것조차 망설여졌다. 그곳에 있었던 세 여자의 옷이라면 충분할 것이다. 그러나 시체에서 옷을 벗기는 것은 쌍둥이도 그리 내키지 않을 상황이라고 생각했다.

"금방 올라갈게요."

쌍둥이가 말했다.

크레토스는 갑판으로 올라갔다. 그는 아테네에서 멀리 떨어져 있었다. 아테네에 도착하면 신을 죽여야 했다. 다른 배들 사이에서 노예선을 끌어내는 것만도 벅찬 일이었다.

갑판에서는 상쾌한 바람과 빗방울이 곧 닥칠 폭풍을 알렸다. 배들 틈에 끼인 상태로 폭풍을 만난다면 배는 한순간에 뒤집혀 선체가 호두 껍데기처럼 갈라지고 말 것이다. 그는 노예 칸으로 내려가 그들의 비참한 몰골을 살폈다. 그들은 크레토스에게 매달리며 애걸했다. 그는 곧 바닥의 구멍을 열어서 노예들을 헤엄치게 해 주고 싶은 생각이 들었다. 아마도 자유를 얻는다면 그들도 인간다운 것이 무엇인지 다시 깨달을 수 있으리라.

"너희를 풀어주겠다. 너희는 일을 할 것이다."

크레토스가 말했다.

"지금까지 했던 어떤 일보다 더 열심히 일해라. 우리는 아테네로 항해한다."

"우리를 풀어주십시오!"

"나는 노예가 필요 없다. 승무원이 필요하다. 삭구 작업을 해 본 자가 있느냐?"

크레토스는 누군가가 머뭇거리며 들어 올린 손을 보았다.

"네가 나의 일등항해사다. 나머지 사람들은 저 사람의 말을 듣고 일을 배워라. 그의 말은 나의 말과 같다. 우리 둘 중 누구의 말이라도 거부한다면 바로 상어 먹잇감이 될 줄 알아라. 복종한다면 피레우스에 도착한 후 자유의 몸이 될 것이다."

갇힌 노예들 사이에서 수군거림이 일었으나 크레토스가 일등항해사로 지목한 사람이 일어서서 모두의 의사를 전했다.

"우리가 자유의 몸이 됩니까?"

"내가 살아 있는 한 그럴 것이다."

크레토스가 약속했다.

"그럼 우리를 꺼내 주십시오. 배가 기우는 걸로 봐서 폭풍이 올 겁니다."

"일등항해사, 네 이름이 무엇이냐?"

"코이오스입니다."

"사람들을 갑판으로 데려가 배치해라, 코이오스. 폭풍이 온다는 건 맞는 말이다."

크레토스는 뒤에서 노예들을 때리고 발로 차면서 그들을 우리에서 빼냈다. 노예들은 의외로 갇혀 있던 우리를 떠나고 싶지 않은 기색을 보이기도 했다. 마지막 노예가 갑판에 오르자 바람이 매섭게 몰아쳤고 빗방울은 작은 총알처럼 날카롭게 퍼부었다.

"삭구 작업을 시작해라. 돛을 내려야 한다. 이 지독한 바다의 무덤을 벗어나려면 다른 방법이 없다."

크레토스가 우렁차게 외쳤다.

"우리는 폭풍보다 앞서 나아가야 한다. 그렇게 하지 못하면 우리는 죽는다."

크레토스는 코이오스가 항해를 위해 돛을 펼치고 단단히 묶는 작업의 기본을 잘 이해하고 있다는 사실을 확인했다. 그러나 이 바람 속에서 돛대 위에 있는 선원에게 일일이 작업을 가르치기란 불가능한 일이었다. 노예 한 명이 비명을 지르며 가로돛에서 굴러 떨어졌다. 크레토스는 그 노예가 파도 속으로 사라질 때까지 지켜보았다. 그는 다시 떠오르지 않았다. 크레토스는 배가 마치 달리고 싶지 않아서 부정 출발을 저지른 경주마처럼 휘청이는 것을 느꼈다. 코이오스는 최선을 다하고 있었다. 크레토스는 퍼덕이는 방향타를 조절할 조타수를 찾아야 했다. 그는 노예의 팔을 붙잡고 선루 갑판을 지나 키 손잡이 앞으로 끌고 갔다.

"이것을 잡아라. 내 명령에 따라 왼쪽이나 오른쪽으로 움직여라."

노예는 마치 그 나무 막대기에 자기의 생명이 걸려 있기라도 한 듯이 말을 따랐다. 그것은 사실이었다.

양팔로 키 손잡이를 잡은 노예가 물살에 따르거나 역행하면서 감을 익히기 시작하자 크레토스는 다시 앞으로 걸어갔다. 그는 아테나의 여신상 옆에서 걸음을 멈추었다. 여신상은 생기도, 움직임도 없이 죽어 있었고 아무것도 보고 있지 않았다.

"가고 있소."

크레토스는 바람을 거스르며 부드럽게 말했다. 그런 다음 배를 고정시킨 닻을 힘껏 들어 올렸다. 무거운 닻이 조금씩 들렸다. 그 엄청난 무게에 등이 아파 왔고 팔에서는 감긴 밧줄처럼 핏줄이 튀어나왔다. 거대한 쇠갈고리가 바다에서 빠져나오자 배는 자유롭게 물을 가르고 나아갔다.

"왼쪽으로! 왼쪽으로 힘껏 틀어라!"

크레토스는 고함을 지르며 명령을 내렸지만 거세어지는 바람에 소리가 묻히고 말았다. 그러나 초보 조타수는 크레토스의 몸짓을 보고 키 손잡이 쪽으로 몸을 기울였다. 생각했던 것보다 더 저항이 심하자 조타수는 힘을 두 배로 주었다. 그리고 다시 같은 동작을 반복했다.

배가 멈추고 돛에 강한 바람이 가득 실리자 크레토스는 괴성을 내질렀다. 배가 수중에 있는 잔해에 부딪히며 목재들이 삐걱거렸고 용골이 진동을 전했다. 다시 한 번 거대한 파도가 크레토스의 앞에 솟아올라 그를 덮쳤다. 크레토스는 균형을 잃고 갑판을 따라 물살에 떠밀려 갔다. 그러던 중 누군가가 힘 있게 그를 붙들었다. 크레토스는 고개를 들었다. 코이오스가 듬직한 미소를 지어 보였다.

"발을 조심하십시오, 선장님."

일등항해사 코이오스가 말했다. 그는 돛대 위에서 밧줄을 잡은 노예들에게 돛을 더 단단히 동여매라며 소리쳐다.

크레토스는 일어서면서 아테나 여신에게 믿을 만한 뱃사람을 보내 준 것에 감사했다. 순간 배를 물에서 들어 올릴 듯한 엄청난 강풍이 불었고 배는 빠르게 물 위를 스치며 나아가기 시작했다. 파도가 부딪힐 때마다 이물이 들렸다. 배는 마치 파도 사이를 뛰어가는 것처럼 보였으며 파도 사이의 낮은 수위까지는 거의 내려오지 않았다.

"돛을 살펴라."

크레토스가 소리쳤다. 그의 말은 굶주린 바람 소리에 삼켜졌다. 계속되는 바람의 공격으로 돛의 귀퉁이가 찢기기 시작했다.

"돛을 내려라!"

"사람을 더 올려보내야 합니다."

코이오스는 마치 그의 귀에 대고 말하듯이 소리쳤다.

"돛을 접지 못한다면 우리는 죽은 목숨입니다. 바람이 너무 거셉니다."

"돛은 그대로 둬라."

크레토스가 소리치며 대답했다. 배는 난파선의 잔해에 부딪혔고 배의 무덤에 있는 다른 잔해에 차례로 부딪혔다.

"돛대가 부러질 겁니다. 폭풍에 난파될 겁니다!"

"돛을 모두 펴고 전진해라!"

크레토스가 명령했다. 코이오스가 이의를 제기하려 했으나 크레토스는 그의 말을 막았다. 조타수는 용감히 키 손잡이에 매달려 있었지만 반동이 너무도 강해서 혼자 제어하기는 힘들어 보였다. 크레토스는 코이오스를 밀치고 조타수에게 향했다. 그는 선미 갑판을 지나면서 노예를 한 명 붙잡아 끌고 갔다.

"제발, 절 그냥 내버려 두세요. 우리는 죽을 거예요. 이 폭풍에서 살아남지 못합니다. 포세이돈 님이 바다의 무덤에서 우리를 모두 보실 겁니다!"

"조타수를 도와서 방향타를 똑바로 조절해라."

"다 죽게 생겼다고요!"

노예가 무릎을 꿇으며 말했다.

"신들이여, 우리를 살려 주소서. 올림푸스의 신들께 이렇게 간청하나이다! 제발!"

"돕기 싫으면 꺼져라!"

크레토스는 노예를 한쪽으로 쳐내 버렸다. 노예는 양팔을 머리 위로 올린 채 강풍에 휘날려 갈매기처럼 공중으로 날았다. 크레토스는 그쪽을 바라보지도 않았다. 그에게는 기회가 있었다.

"절 배 밖으로 던지실 겁니까, 선장님? 힘이 빠져서 키를 잘 잡을 수 있을지 모르겠습니다."

조타수는 매서운 강풍 속에서 배의 항로를 일정하게 유지하기 위해 안간힘을 썼고 몹시 지쳐 있었다.

"실패한다면, 그렇게 해 주마."

갑자기 키 손잡이가 살아 있는 동물처럼 위쪽으로 솟았다. 조타수도 함께 들려 두 발이 공중에 떠올랐다. 그는 필사적으로 손잡이를 내리며 발 디딜 곳을 찾았다. 크레토스가 거들었다. 둘은 있는 힘껏 방향타를 똑바로 세웠다. 선체를 이루는 목재가 삐걱거리는 소리가 들렸다. 얼마간 크레토스는 배가 부서질지도 모른다고 생각했다.

제우스의 번개가 요란하게 하늘을 가르며 내리꽂히기 시작했다. 그때 크레토스는 엷고 다채로운 빛이 가로돛에 깃드는 광경을 보았다. 그 빛은 돛대를 따라 위아래로 번지더니 마침내 돛 전체에 퍼져 나갔다. 그는 죽음을 유예받았다는 것을 깨달았다. 아테나가 이 끔찍한 날씨에서 그와 그의 배를 보호해 준 것이다. 활활 타오르면서도 주위를 태우지 않는 작은 불씨들은 아테나의 의중을 보여주는 듯했다.

영원과도 같은 시간이 지나고 크레토스의 함선은 마지막 난파선을 제치고 바다의 무덤에서 벗어나 망망대해로 나아갔다. 바람은 여전히 거셌지만 비는 그쳤다. 팔은 쑤시고 등은 부러질 듯이 아파 왔다. 크레토스는 갑판에 주저앉았다.

"크레토스 선장님, 해가 보입니다! 해가 비치고 있습니다!"

"아폴론 신을 찬양하라."

크레토스가 말했다.

"아테나 신을 찬양하라."

크레토스는 올림푸스 산의 신들 중 최소한 셋 이상이 자신을 돕는다고 생각했다. 포세이돈은 크레토스에게 고마움의 표시로 특별한 능력을 주었고 자신의 왕국에 크레토스와 배를 잡아 두지 않았다. 크레토스는 이 배에 오른 후 처음으로 다시 육지를 밟을 수 있겠다는 생각이 들었다. 그리고 그때에는 아테나 여신의 임무를 수행하게 되리라.

"항로를 유지해라."

크레토스가 명령했다.

"이 몸을 방향타에 묶어서라도 항로를 바로 지키겠습니다. 선장님."

조타수가 말했다.

"저는 다시 시골로 가고 싶습니다. 항구에 빨리 도착할수록 더 빨리 무성한 풀밭에서 뒹굴 수 있겠지요."

크레토스는 조타수를 내버려 두고 다시 로라와 조라가 있는 선실로 내려갔다. 그는 방으로 들어가서 문을 닫았다.

"주인님."

쌍둥이가 동시에 말했다. 크레토스는 기진맥진한 속에서도 쌍둥이의 모습에 입이 절로 벌어졌다.

"내 말을 듣지 않았구나. 적당한 옷을 찾지 않다니."

크레토스가 말했다. 둘은 모두 웃옷만 걸쳤고 아래로는 치마나 바지 없이 벗은 차림이었다.

"그럼 주인님께 보상해 드려야죠."

쌍둥이가 말했다.

"우리를 벌하시진 않겠죠? 제발요."

크레토스는 쌍둥이와 함께 든 침대에서 잘 쉬지는 못했으나 제아 항까지의 항해는 즐거웠다. 쌍둥이는 그에게 다정했고 덕분에 악몽이 살아나는 일도 없었다. 그러나 수평선 위로 아테네 시의 모습이 나타나지도 않은 도착 하루 전부터 검은 연기의 기둥이 소용돌이치며 솟아올랐고 그에게 다가올 위험을 경고해왔다.

아테네는 불타고 있었다.

제6장

크레토스는 피레우스 위쪽 높다란 탑에서 성벽을 내려다보고 있었다.

이곳에서는 피레우스에서 오 킬로미터 넘게 떨어진 아테네까지 길게 이어진 거대한 성벽을 볼 수 있었다. 그는 스파르타인이었기에 아테네인이 대부분 약하고 겁쟁이인데다가 쓸모없는 사람들이라고 생각했다. 그러나 오늘만큼은 일말의 경의를 품을 수밖에 없었다. 이 거대한 쌍둥이 성벽은 오직 시민군의 활약만으로 거의 온전하게 지켜지고 있었다. 그것은 재래 병력을 상대한다고 해도 어려운 일이었다.

아레스는 하데스에서 하피와 언데드 군단과 키클롭스를 데려와 부렸다. 어떤 흉물스러운 존재가 더 있을지 몰랐다. 지금까지 이 벽을 지켜 낸 아테네인들의 능력은 놀라울 정도였다. 직접 보지 않았다면 믿기조차 힘들었을 것이다.

"전쟁의 신 아레스가 몸소 우리를 상대하기 위해 왔다지."

탑 수비대장이 지치고 퀭한 눈으로 말했다.

"당신은 스파르타의 유령이 아니오?"

크레토스는 답하지 않았다. 이 불쌍한 동원병들에게 달아날 빌미를 주고 싶지 않았다. 크레토스는 직접 보지 않았다면 믿지 않았을 무언가에 더 신경을 쓰고 있었다. 그는 고개를 돌려 바다 쪽을 바라보았다. 잠시나마 자기의 것이었던 배가 수평선 너머로 사라지는 모습을 마지막으로 보고 싶었기 때문이다. 코이오스와 다른 많은 노예들은 자신의 가치를 증명해 냈다. 그들이 크레토스를 옆에서 도왔다면... 물론 그랬더라도 아주 잠깐일 수밖에 없고 전투의 결과는 달라지지 않았겠지만 적어도 배의 새로운 선장과 선원들에게는 전장에서 숭고한 죽음을 맞을 기회가 주어졌을 것이다. 배를 타고 떠난 것은 결국 죽음을 유예한 것에 지나지 않았다.

아테네 성벽에서 아레스를 막지 못한다면...

그리고 그날 어둡고 이른 새벽, 크레토스는 배에서 빠져나오던 중 뱃머리에 있는 아테나의 여신상이 다시 말하는 것을 들었다. 그녀는 마치 다시 알려줄 필요가 있다는 듯이, 아레스만 처치하면 죄악을 용서받을 것이라는 이야기를 전했다. 그리고 아테네에 있는 자신의 오라클에 관한 이야기도 덧붙였다. 그 오라클이 전쟁의 신을 물리치는 방법을 말해 줄 것이라고 했다.

크레토스는 다시 아테네에서 벌어지는 전투에 주의를 기울였다. 아레스의 군단은 도시 자체를 상대로 전열을 갖추고 있었다. 그러나 균일한 형태는 아니었다. 아레스의 부하들은 크레토스가 짐작할 수 없는 이유로 도시 주위 곳곳에 있는 숲과 동굴을 피해 가는 듯했다. 크레토스는 이해할 수 없다는 듯이 고개를 저었다. 숲을 태워버리는 것이 더 나았을 것이다. 그러나 전쟁의 신 아레스는 치밀한 전략가로 알려져 있지는 않았다.

그와 달리 아테나는 전투에 임할 때 치밀한 계획을 세웠으며 그에 관해서는 전설적인 존재였다. 아레스는 그저 죽음의 물결과도 같은 대규모 군대를 이끌면서 적의 방어를 격파하고 살아 있는 것이라면 보이는 대로 학살하는 방식을 선호했다.

크레토스는 이를 너무도 잘 알았다. 그는 여러 해 동안 인간의 육신으로 구성된 거대한 핏빛 공성 망치의 군대를 이끌던 사람이었다. 그는 수년 동안 피에 탐닉한 괴물처럼 웃으며 부하들과 함께 국가를 통째로 불태워버렸다. 그리고 지금도 그러고 있었을 것이다. 그 작은 마을... 아테나 여신을 기린 초라한 사원... 그곳에 살던 사람들만 만나지 않았더라면...

크레토스는 고개를 흔들어 기억을 떨쳤다. 광기는 언제나 그의 마음속 어딘가에 숨어 있었고 끝없는 악몽의 늪으로 그를 집어삼키려 들었다. 그는 냉정하게 전술 상황을 살폈다. 성벽 사이의 널따란 길에는 가느다란 짐수레의 행렬뿐이었다. 크레토스가 피레우스에서 목격한 바로는 짐을 끌 만한 동물 대부분은 먹잇감으로 도살된 상태였다. 항구에 들어서는 배에는 신선한 물자가 실려 있지 않았다. 방파제 너머에서는 수십 척이 넘는 불타는 함선이 뱃사람들의 시체를 태운 검은 연기를 공중으로 피워 올리면서 물속의 위험을 경고하고 있었다. 도시 쪽에서 진한 붉은색 연기가 치솟았다. 크레토스는 아레스의 부하들이 성벽 너머로 불을 던져 보내는 방법을 찾았거나, 그게 아니라면 아마도 하피들이 불타는 통을 실어 나른 다음 공중에서 떨어뜨렸을 것이라 생각했다.

아레스의 병사들이 성벽을 무너뜨리기 시작하면 지원 병력을 투입하거나 물자를 보급해 줄 희망도 사라지는 셈이었다. 그것이 다가 아니었다. 그는 곧 아레스의 군단에게 언덕 위 도시의 가장 취약한 지점으로 곧장 진군할 수 있는 넓은 포장도로를 열어주는 것이나 마찬가지였다. 닥치는 대로 학살이 벌어질 것이고 군대는 신속히 전진해 나갈 것이다. 아테네가 무너지는 것은 불을 보듯 뻔했다. 크레토스의 숙련된 눈에는 아침까지 버티기도 힘들어 보였다.

"아테나 여신님은 우리를 버리지 않으셨다."

수비대장의 말은 마치 스스로를 설득하기 위한 것처럼 들렸다.

"회색빛 눈의 여신님이 적의 군대를 무찌르실 것이다. 아테나 여신께서는 그녀의 도시가 무너지도록 내버려 두지 않을 것이다!"

"용기가 있다면 절대로 그것을 놓지 마라. 아테나 여신께서 너희의 기도를 들으셨다."

크레토스가 어두운 목소리로 말했다.

"여... 여신께서? 어떤 도움을 주신다는 말이오? 지원군은 언제 도착하오?"

수비대장은 순간 감격에 겨웠는지 제대로 말을 잇지 못했다.

"오늘 아테나 여신이 보낸 지원군은 이 스파르타인이다."

크레토스는 말을 마치고 탑의 창을 뛰어넘어 아래쪽 성벽 위로 고양이처럼 가볍게 착지했다. 그리고 다시 길 위로 뛰어내렸다. 그는 병력을 배치할 때 수없이 반복했던 그대로 땅을 집어삼킬 듯이 성큼성큼 걷기 시작했다. 성벽은 길을 따라 시원한 그늘을 드리웠다. 성벽 위에서는 궁수들이 쉴 새 없이 화살을 날리고 있었다. 크레토스는 그들의 목표물을 볼 필요도 없었다. 이미 들어서 알았기 때문이다. 그는 으르렁대고 쿵쿵거리는 동물의 소리를 들었고 비명과 포효를 들었다. 그것은 인간의 목에서 낼 수 있는 소리가 아니었다.

크레토스는 달렸다. 그는 이 벽에서 적과 싸우며 낭비할 시간이 없었다. 누가 보아도 성벽은 하루를 넘기지 못할 상황이었다.

아테네인 궁수가 벽에서 굴러떨어져 몇 미터 앞쪽 길에 쓰러졌다. 거대한 창이 그의 몸을 완전히 꿰뚫었고 얼굴은 하피의 발톱에 찢겨 있었다. 그러나 궁수는 땅에 얼굴이 처박히는 순간까지 활을 높이 들면서 죽어가는 마지막 힘으로 무기를 지켜냈다. 크레토스는 그 궁수를 인정했다. 그는 거의 스파르타인만큼 잘 훈련된 병사였다. 그렇지만 완벽하게 훈련된 스파르타인 병사라기보다는 아직은 미숙한 젊은 스파르타인 병사에 가까웠다. 그럼에도 크레토스는 그에게 다가가 무릎을 꿇고 아테네인의 유언에 귀를 기울였다.

"내 활을 받으시오. 아테네를 지켜 주시오!"

궁수는 갈라지는 목소리로 그 말을 내뱉고 숨을 거두었다. 그의 영혼은 스틱스 강 어귀의 카론에게로 떠났다.

크레토스는 시신의 손에서 활을 꺼내고 아직 화살통에 담긴 열댓 개의 화살을 집어 들었다. 크레토스는 혼돈의 블레이드나 맨손을 쓰는 전투를 선호했지만 사실 모든 무기에 정통했다. 그는 활시위를 시험 삼아 당긴 후 화살을 걸지 않고 튕겨 보았다. 궁수는 강한 병사였다. 무기도 쓸모가 있을 듯했다.

마치 그의 생각에 반응하기라도 한 듯이 앞쪽에서 짐수레를 끌던 민간인들이 날카롭게 공포에 찬 비명을 질렀다. 성벽의 한 부분이 통째로 안으로 휘었고 돌이 비처럼 쏟아지며 궁수들이 떨어졌다. 한순간에 성벽이 삼 미터가 넘게 무너졌다.

크레토스는 무의식적으로 활에 화살을 걸어 쏘았다. 그의 화살은 똑바로 날아가 언데드 병사를 맞힌 채 벽 쪽으로 계속 나아갔다. 화살은 무너진 틈에서 아직 성한 벽의 잔해에 언데드의 머리를 꽂아 걸었다. 청동 갑옷으로 무장한 두 명의 언데드가 더 나타났으나 화살에 박혀 똑같은 최후를 맞이했다. 화살은 언데드의 몸을 훼손하지 않고 벽에 박아 넣기만 했다. 언데드는 꼬챙이에 꿰인 토끼 고기 신세가 되어 걸려 있었고 아테네 시민들조차 언데드의 사지를 자를 수 있었다.

"도망쳐라. 너희가 내 길을 막고 있다."

크레토스는 비명을 지르는 시민들에게 소리쳤다. 그는 망설임 없이 벽이 무너져 내린 구멍으로 뛰어들면서 화살을 날렸다. 여섯 개의 화살이 정확히 날아가 적을 맞혔고 언데드는 서로의 몸에 꽂혔다. 그러나 뒤를 따르는 언데드는 발톱으로 동료의 시체를 찢어발기고 계속 전진했다. 화살 세 개가 더 날아가 언데드 대여섯 마리를 쓰러뜨렸다. 언데드 두 마리가 칼을 휘두르며 시체를 베고 나타났다. 크레토스는 다시 화살을 걸려 했으나 화살통은 비어 있었다. 그는 활을 옆으로 던져 버렸다. 화살이 없다면 아무 쓸모 없는 물건이었다.

그에게 다가오는 두 마리 썩은 언데드는 혼돈의 블레이드에 죽는 영광을 받을 자격이 없었다. 크레토스는 바로 앞으로 다가가서 그의 주먹을 언데드의 부패한 가슴팍에 꽂아 넣었다. 주먹은 언데드의 척추까지 닿았고 크레토스는 마치 먼지를 털 듯이 손을 흔들어 언데드의 등뼈를 꺼냈다. 두 마리 언데드가 쓰러졌고 크레토스는 등뼈를 도리깨처럼 휘둘러 차례로 그들의 동료를 쓰러뜨렸다. 무너진 구멍의 양쪽 벽 위에서 궁수들이 지원 사격에 가담하면서 화살이 비처럼 쏟아졌다.

크레토스의 손목에 감긴 사슬이 달아오름과 동시에 적들이 그를 덮쳤다. 크레토스는 혼돈의 블레이드를 뽑아 휘두르며 앞쪽 적들의 창을 막아 냈다. 뼈와 연결된 사슬이 불덩이처럼 타올랐다.

혼돈의 블레이드는 언데드의 몸을 베고 벽에서 무너져 내린 돌무더기를 적들의 시체 조각과 함께 갈랐다. 혼돈의 블레이드가 그의 주위에서 불타는 궤적을 그리며 번쩍거리는 동안 아레스의 부하들은 무너진 벽 뒤로 물러섰다. 그러나 언데드 병사들이 후퇴한 이유는 따로 있었다. 키클롭스에게 길을 내어 주기 위해서였다.

외눈박이 괴물 키클롭스가 쿵쿵거리며 육중한 몸을 드러냈다. 크레토스보다세 배는 크고 열 배는 무거워 보였다. 키클롭스는 무쇠가 박힌 곤봉을 휘두르며다가왔다. 곤봉의 크기는 무시무시했고 평범한 사람이라면 빗맞기만 해도 바람의 움직임에 쓰러져 버릴 듯했다.

키클롭스는 죽이지 못하면 자기가 죽어도 좋다는 기세로 돌진해 왔다. 그 거대한 괴물은 무지막지한 곤봉을 버드나무 지팡이처럼 가볍게 휘둘렀다. 괴물은 두 손으로 곤봉을 머리 위까지 쳐들고 말뚝을 박듯이 크레토스의 머리를 내리쳤다. 크레토스는 혼돈의 블레이드를 머리 위로 교차시켜 곤봉을 막았다. 그러나 엄청난 충격에 무릎을 꿇어야 했다. 그것도 잠깐이었다. 곧 크레토스는 똑바로 일어선 다음 혼돈의 블레이드를 가위 모양으로 휘둘러 곤봉의 손잡이를베어냈다.

잘린 곤봉이 새총으로 쏜 돌멩이처럼 공중으로 날았다.

키클롭스는 도저히 믿지 못하겠다는 듯 괴성을 내질렀다. 크레토스는 무너진 벽의 잔해 속에서 발을 휘저으면서 디딜 곳을 찾은 다음 괴물에게 몸을 던져힘껏 부딪혔다. 그리고 자기를 붙들려는 키클롭스의 손짓을 피해 몸을 숙이고서 볼록 튀어나온 괴물의 배를 향해 위쪽으로 혼돈의 블레이드를 찔러 넣었다.

키클롭스가 비명을 질렀다. 끔찍한 소리였다.

크레토스는 괴물의 배에 박힌 혼돈의 블레이드를 비틀어 베어냈다. 뱃속에서 혼돈의 블레이드를 뽑아내자 괴물의 내장이 흘러나왔다. 크레토스는 다시괴물의 손길을 피해 웅크린 후 다리 사이로 몸을 굴렀다. 그는 키클롭스 뒤에서몸을 돌려 적의 넓은 털투성이 등을 올려다보았다. 그런 다음 뛰어올라 괴물의가죽 멜빵을 붙들고 몸을 지지한 다음 살 속으로 두 다리를 힘껏 밀어 넣었다. 키클롭스는 비명을 지르면서 무방비 상태인 등에서 크레토스를 떨어뜨리기 위해 이리저리 날뛰었다. 스파르타의 유령 크레토스는 키클롭스가 빙글빙글 도는 동안에도 등을 타고 계속 올라갔다. 마침내 목에 이르자 크레토스는 기름투성이 머리를 움켜쥐고 얼굴 쪽으로 다가간 다음 혼돈의 블레이드를 잡고 칼자루로 얼굴을 반복해서 가격했다. 키클롭스는 하나밖에 없는 눈에 상처를 입고 더욱 난폭해졌다.

크레토스는 괴물의 코를 잡은 채 찢기고 불룩 튀어나온 눈을 찾아 뽑아냈다. 끔찍한 체액이 손가락 사이로 흘러나왔다. 키클롭스는 그전에도 날뛰었으나 이제는 두 손을 높이 쳐들고 하늘을 바라보며 신들에게 분노의 포효를 내지르고 있었다. 크레토스가 깔끔하게 괴물을 처치할 수 있는 유일한 기회였다. 키클롭스의 몸이 뒤로 젖혔고 크레토스는 때를 놓치지 않았다. 그는 괴물의 어깨를 밟고 서서 혼돈의 블레이드를 머리 위로 높게 들어 올린 다음 한 쌍의 칼날을 빈 눈구멍에 꽂아 넣었다.

키클롭스의 필사적인 저항이 조금씩 누그러지며 약해지더니 결국 괴물이 무릎을 꿇고 땅에 얼굴을 처박은 채 쓰러졌다. 눈구멍에서 피가 터져 나왔다. 크레토스는 괴물이 죽은 것을 확인하고서 그의 넓은 등에서 뛰어내려 검에 묻은 피를 털었다.

벽 위에 있던 아테네 병사들은 미동도 없이 믿을 수 없다는 듯이 입을 벌리고 그 모습을 바라보고 있었다. 그러던 중 병사 한 명이 크게 환호성을 질렀다. 다른 병사들이 곧 그를 따랐고 기다란 성벽 위로 함성이 일었다.

"괴물에게 죽음을!"

언데드 군대 전체가 크레토스에게 달려들었다. 그러나 치명적인 화살이 빗발치며 그들을 벌집으로 만들어 버렸다. 다시 성벽을 따라 환호성이 터졌다.

크레토스는 그에게 다가오는 것들을 보고 성벽의 구멍 쪽으로 움직이기 시작했다. 생령들이었다. 여윈 몸에 뼈대만 앙상한 팔의 끝 부분은 칼날처럼 날카롭게 휘어 있었다. 허리 아래로는 소용돌이치는 검은 연기뿐이었다. 그들은 부유하면서 느릿느릿 크레토스에게 다가오는 척하다가 갑자기 달려들었다. 너무도 급작스러웠던 나머지 크레토스는 혼돈의 블레이드를 뽑아 공격을 막지도 못 할 뻔했다. 생령들은 완벽하게 동작을 조합하여 주위를 돌면서 왼쪽에서, 그리고 다음에는 오른쪽에서 공격해 들어왔다.

하늘에서 쏟아지는 화살도 이들에게는 무용지물이었다. 화살은 생령을 뚫고 지나갈 뿐, 아무 피해를 주지 못했다. 마치 연기로 만들어진 몸 같았다.

하데스에서 벼려낸 혼돈의 블레이드가 번뜩거리며 춤을 추었다. 크레토스는 칼날 같은 손을 휘두르는 생령 한 마리를 쳐냈으나 또 다른 생령이 들러붙었다. 그는 성벽의 틈으로 물러나면서 능숙하게 공격을 막았다. 생령을 상대하는 최선의 방법은 한 마리씩 처치하는 것이었다.

"신에게 맹세하노니, 우리가 놈들을 막겠습니다!"

검을 든 병사 한 부대가 검으로 청동 방패를 때리며 크레토스를 도와 나섰다. 그들의 실력은 용기에 비하면 한참 부족했지만 생령들을 상대하는 크레토스의 부담을 다소 줄여 주었다.

"성벽의 구멍을 막아라. 이런 식으로는 오래 버틸 수 없다."

크레토스가 소리쳤다. 그는 생령 한 마리를 상대하는 중이었고 뼈대만 남은 손목에서 칼날 같은 손을 능숙하게 잘라 냈다.

생령들은 성벽의 무너진 구멍의 가장자리를 난도질하여 구멍을 벌리기 시작했다. 성벽이 더 무너진다면 아테네인들로서도 버티지 못할 것이 분명했다. 크레토스는 아테네로 달려가는 동안 등 뒤쪽의 공격까지 신경 쓰고 싶지 않았다.

"당신이 누구인지 모르겠소만, 왜 갑옷을 입지 않는 거요?"

젊은 병사가 뒤에서 말했다.

"기술자를 불러라, 이 멍청이 같으니! 저 괴물들이 이 구멍을 차지한다면 아테네는 적에게 맨살을 내놓게 된다!"

젊은 병사는 소리치며 크레토스의 명령을 전했다. 다른 아테네 병사들도 지시해줄 누군가가 있다는 사실에 안도하는 눈치였다. 가장 가까이 있던 병사들이 구멍으로 달려들었고 몸과 방패를 동원하여 하데스의 종자들을 저지할 벽을 만들었다. 다른 병사들은 두꺼운 나무와 돌무더기를 비롯하여 무엇이든 방어

벽을 치는 데 도움이 될 만한 것들을 나르며 구멍을 막았다. 그러나 크레토스에게는 부질없는 몸부림으로 보였다. 수십 명 병사가 해결할 수 있는 일이 아니었다. 생령과 언데드가 끝없이 틈을 벌리는 동안에는 구멍을 온전히 메우기란 불가능했다.

구멍 근처에 있는 마지막 아테네 병사들이 언데드 궁수의 화살에 쓰러졌다. 언데드 궁수 대여섯 마리가 불쑥 튀어나와 사방으로 불화살을 날렸고 화살은 아테네 병사들에게 명중하여 불덩이와 함께 폭발하며 병사들의 목숨을 앗아갔다. 크레토스는 다시 혼돈의 블레이드를 휘둘러 뼈대만 남은 언데드 무리가 성벽 위 통로를 따라 더 큰 재앙을 일으키기 전에 두 마리를 쓰러뜨렸다. 남은 언데드 궁수들은 구멍을 메우기 위해 새로 달려드는 병사들에게 화살을 집중했다. 그들의 공격은 끔찍하리만큼 효율적이었다. 크레토스가 구멍 근처의 궁수들을 처치해 갈 무렵 또 다른 키클롭스가 생령들이 벌려 놓은 구멍을 통과하여 달려들고 있었다.

크레토스는 아래쪽으로 내려가 달려오는 키클롭스를 상대했다. 그는 초인적인 힘으로 키클롭스의 발을 들어 올린 다음 다시 구멍 쪽으로 밀치고 동시에 생령과 언데드 병사를 바깥으로 밀어냈다. 키클롭스는 거대한 곤봉을 몇 차례 휘두르며 언데드 병사들을 조각내고 생령들을 공중에서 뒤집으며 길을 내더니 곧장 크레토스를 상대하기 위해 다가왔다. 새로운 언데드 병사들이 앞으로 다가와 계속해서 성벽을 공격하기 시작했다. 매번 타격이 가해질 때마다 벌어진 구멍이 조금씩 커졌다. 크레토스는 거리를 가늠하고서 혼돈의 블레이드를 길게 찔렀다. 그의 칼날은 키클롭스의 목을 양쪽에서 가르고 들어갔다. 크레토스는 칼날을 세게 당겼다. 키클롭스의 목 뒤에 걸려 있던 굽은 칼날이 목에서 빠져나왔다. 괴물의 머리가 어깨에서 땅으로 떨어졌고 크레토스의 발을 지나 굴러갔다. 키클롭스의 목에서 피가 분수처럼 솟았다. 크레토스는 시원한 봄비를 즐기듯 고개를 들어 쏟아지는 피를 맞았다. 그는 생명을 다한 괴물의 눈을 뽑아서 머리 위로 들어 올리고 다가오는 아레스의 부하들에게 보란 듯이 던졌다.

"다 오너라! 모두 와서 죽음을 맞아라!"

그는 바깥에 있는 괴물들에게 소리쳤다. 그는 죽은 키클롭스의 시체를 힘껏 걷어찼다. 시체는 흔들거리며 구멍 바깥으로 밀려나 공격자들을 막아선 방어벽이 되었다. 성벽 위 언데드 궁수들은 끔찍한 최후를 맞았다. 그들은 깃털 달린 화살에 꿰뚫려 서로의 몸과 키클롭스의 시체에 꽂혔다.

크레토스의 첫 번째 승리는 환호를 받았지만 이번에는 그럴 시간조차 없었다. 키클롭스 두 마리가 나타나 쌓여 가는 시체 더미에서 언데드 병사를 내던지며 더 많은 괴물이 지날 수 있는 길을 만들었다. 생령들은 머리 위로 떠다니며 칼날처럼 예리한 손으로 주위 아테네 궁수들을 난도질하여 선혈 낭자한 고깃덩어리로 만들었다.

크레토스는 다시 한 번 냉정하게 상황을 판단했다. 아테나 여신이 어떤 방식으로 도시를 지켜 내기를 바라는지는 알 수 없었지만, 도시에서도 한참 떨어진 작은 구멍에만 매달려 있을 수 없다는 것만큼은 분명했다. 그는 혼돈의 블레이드를 들고 두 손을 바라보았다. 분노를 발산할수록 힘이 커졌다. 크레토스는 자기의 몸에서 다시 한 번 신과 같은 힘을 느꼈다. 그에게는 아직 포세이돈의 분노가 흐르고 있었다.

그는 달려드는 적들을 뚫고 죽은 키클롭스의 시체 위로 올라갔다. 수백, 수천에 달하는 아레스의 군대가 무기를 들고 계속해서 넓어지는 구멍으로 언제든 뛰어들 준비를 하고 있었다. 크레토스는 마치 그들을 밀어내려는 듯 두 손을 내밀었다. 내면에서 힘이 점점 강해지면서 다리가 비틀거렸다. 그는 팔을 곧게 뻗어 두 손을 들어 올린 다음 눈을 감은 채 가장 원하는 것에 집중했다.

크레토스에게서 파멸의 에너지가 솟구치더니 그의 앞에 15미터는 족히 넘는 호수보다 깊은 고랑을 만들었다. 두 손을 바깥으로 펼치자 고랑은 분화구처럼 넓어졌다. 그는 포세이돈의 분노를 아래로, 바깥으로, 다시 아래로 집중시켰고 마침내 온몸에 힘이 빠진 듯 무릎을 꿇고 쓰러졌다.

키클롭스의 시체는 사라지고 없었다. 너무도 완전하게 타 버린 나머지 연기조차 남지 않았다. 다른 키클롭스도 마찬가지였다. 주위에 있던 모든 생령들, 삼백 마리가 넘는 언데드 병사들, 수십 미터에 달하는 성벽, 다수의 아테네 궁수들도 흔적도 없이 사라졌다.

크레토스와 아레스의 남은 군대 사이에는 폭과 깊이가 삼십 미터가 넘는 구덩이가 파여 있었다. 이제 그 구덩이를 건너려면 바깥에 있는 언데드들은 긴 거리를 내려온 다음 잿가루로 뒤덮여 미끄럽고 가파른 경사를 올라야 했고 위쪽 궁수들에게 등이 노출되는 위험을 감수해야 했다.

그러나 괴물들은 단념하지 않았다. 그들은 벌써 멀리 구덩이 가장자리에서 미끄러져 내려오고 있었다. 이 뒤틀린 생명들은 거대한 구덩이 전체를 자기들의 시체로 메우는 한이 있어도 수천 마리씩 연달아 떼를 지어 결국 성벽으로 밀려들 것이 분명했다. 그들을 막을 것은 없었다.

크레토스는 혼돈의 블레이드를 들고 성벽의 구멍에서 전투태세를 취한 채 기다렸다.

아주 긴 싸움이 시작되고 있었다.

제7장

언데드 군단은 고요한 숲에서 사냥감의 흔적을 따라 걷고 있었다. 매 걸음을 옮길 때마다 허리에 찬 무기들이 부딪치는 소리를 냈다. 어떤 병사들은 사신의 낫을 들고 또 다른 이들은 쐐기가 박힌 곤봉을 휘두르며 성벽에 생긴 구멍을 힘으로 공략하는 하급 병사들을 지원하기 위해 나아가고 있었다. 우두머리가 행렬의 속도를 늦추더니 뼈만 앙상한 손을 들어 정찰을 중단시켰다.

덤불에서 부스럭거리는 소리가 났다. 병사들은 소리가 나는 쪽으로 돌아서며 무기를 꺼냈다. 그러나 그쪽이 아니었다. 그들의 뒤에서 커다란 회색 늑대가 뛰어나와 우두머리에게 사납게 으르렁거리더니 그를 땅에 넘어뜨렸다. 늑대는 바위처럼 단단한 주둥이로 뼈만 남은 목을 으깨고 언데드의 머리를 찢어발겼다. 늑대는 몸을 돌려 또 다른 언데드를 노렸고 으르렁거리는 소리는 숲 속에 숨어 있었던 무리의 늑대들을 불러냈다. 하데스의 생명체들은 공격을 막으려 애썼지만 늑대들은 사납기 그지없었으며 어떤 사냥꾼이라도 깜짝 놀랄 만큼 지능적이었다. 몇몇 해골 병사는 다리가 뜯기자 비틀거리며 경련을 일으켰다. 언데드는 단검을 던지고 도끼를 휘두르고 또 몇몇은 검을 들고 공격했지만 늑대들은 매끈한 회색빛 몸을 재빠르게 놀리며 공격을 피했다. 그리고 다시 무장 해제된 언데드의 뼈 발톱에 맞서 커다란 입을 벌리고 뛰어들었다. 곧 "무장 해제"라는 말이 눈앞의 현실이 되었다.

늑대 무리는 다시 숲으로 숨어들어 새로운 먹잇감을 찾았고 숲에는 다시 정적이 감돌았다. 학살의 현장에서 두 여신이 모습을 드러냈다. 아테나가 말했다.

"언니의 생명체는 잘 싸우는군요."

아르테미스가 찡그린 얼굴로 하늘을 바라보았다. 독수리가 얼마나 높이 나는지 매가 얼마나 느리게 원을 그리는지를 살피고 있었다.

"새들이 새로운 침입자들을 알리고 있어요."

아르테미스가 말했다.

"아레스는 교훈을 잘 배우지 못합니다. 그러니 지체하지 말고 더 큰 교훈을 줘야 합니다."

아테나가 말했다.

"우리가 온 세상의 늑대를 동원한다고 해도 아레스의 군대를 격파하지는 못하겠지만, 최소한 숲에서만큼은 그들을 몰아낼 수 있을 겁니다."

아르테미스는 아테나를 빤히 쳐다보았다.

"우리라고요?"

아테나가 미처 대답하기도 전에 아르테미스가 모습을 감추었다. 아테나는 한숨을 내쉬고 짧게 몸짓을 해 보이더니 곧 아르테미스를 따라 아레스의 군대가 가득한 넓은 숲으로 들어섰다. 괴물들은 매우 혼란스럽게 흩어져 숲을 돌고 있었다. 그들을 이끄는 위치에 있는 괴물들이 우렁차게 함성을 질렀다. 일종의 전투 명령으로 괴물들을 정렬하려는 듯했다. 괴물의 부대가 숲을 가로지르며 진군하기 시작했을 때 아르테미스는 옆쪽으로 십 미터 남짓 떨어진 곳에서 줄 서 있는 나무들을 가리키며 말했다.

"저기예요."

거대한 수컷 엘크 한 마리가 숲에서 튀어나와 뿔을 낮게 내린 다음 해골 궁수 부대를 향해 정면으로 돌진했다. 엘크의 뿔은 궁수 네 명의 몸을 꿰뚫었다. 엘크가 고개를 흔들자 언데드의 조각들이 하늘을 날았다. 엘크는 우렁차게 포효한 다음 몸을 돌려 다음 목표를 노렸다. 그러나 남은 궁수들은 이미 화살을 겨누고 있었다. 열 개가 넘는 화살이 동시에 공중을 날았고 불화살들은 건장한 엘크의 가슴팍에서 폭발했다. 엘크는 비틀거리다가 무릎을 꿇고 주저앉더니 곧 죽음을 맞았다.

엘크가 미처 땅에 쓰러지기도 전에 사방에서 숨어 있던 늑대 무리가 나타나 언데드 궁수들을 덮쳤다. 언데드 부대가 미처 활시위에 화살을 걸기도 전에 늑대의 송곳니가 썩은 살을 갈랐고 늑대의 턱이 드러난 뼈대를 으스러뜨렸다. 그러나 어디선가 나무들이 가차 없이 부러지고 찢기는 소리가 들리면서 새로운 적의 등장을 알렸다.

"키클롭스입니다. 너무 많아요."

아테나가 언니 아르테미스의 팔에 조심스럽게 손을 올리고서 말했다.

"그들은 크레토스에게도 위협적인 존재입니다. 언니의 늑대로는 상대하기 힘들 겁니다."

"늑대는 상대할 필요가 없어요."

족히 열 마리는 됨직한 키클롭스 무리가 앞으로 다가왔다. 그들은 거대한 전투 곤봉을 휘두르며 나무들을 통째로 부서뜨렸다. 가장 덩치가 큰 키클롭스가 앞장서서 늑대들을 향해 소리치며 다가갔다. 그러나 키클롭스는 거리를 반도 좁히기 전에 몸이 뻣뻣해지며 눈동자가 돌아가더니 갑자기 머리를 땅에 박고 쓰러졌다.

"내 부하들의 가장 강력한 무기는 가죽이나 뿔이 아니니까요."

아르테미스가 음산한 미소를 띤 채 말했다.

"뱀의 맹독은 키클롭스를 쓰러뜨릴 정도로 강력하죠."

"과연 그렇군요."

우두머리가 쓰러져 죽고 다른 키클롭스들이 갈 길을 정하지 못하고서 주춤하는 사이에 독수리의 성난 울음소리가 하늘 가득 울려 퍼졌다. 그 거대한 하늘의 사냥꾼은 황금빛 깃털을 날리며 화살처럼 급강하한 다음 길게 뻗은 발톱으로 키클롭스의 눈을 할퀴었다. 독수리가 눈 주위 얼굴을 몇 차례 부리로 쪼자 피 묻은 살점이 떨어져 나왔다. 독수리는 그런 다음 다시 하늘로 날아올랐다.

"이제 놈들을 쫓아낼 거예요."

아르테미스가 말했다. 그녀가 가리킨 지점에서 거대한 곰 세 마리가 쿵쿵거리며 다가왔다. 늑대들이 병사와 다른 언데드를 상대하는 동안 곰들은 피 묻은 발톱을 휘두르며 남은 키클롭스를 처리했다.

아레스의 군대는 공포에 사로잡혀 흩어지기 시작했다. 늑대의 무리, 돌격하는 수사슴, 곰과 독수리와 뱀이 협공을 펼치며 괴물의 군대를 성벽 쪽으로 몰았다.

"저의 언니인 아르테미스여, 정말 말씀 그대로 완벽합니다. 이제 아테네 시민들은…"

"쉿."

아르테미스가 긴장한 표정으로 말했다. 그녀는 활을 꺼낸 다음 황금 화살을 시위에 걸었다.

"숨어요."

"뭐가 있다는 겁니까?"

아테나가 얼굴을 찌푸리며 물었다.

다음 순간 하늘이 갈라지면서 아레스가 나타났다. 그의 머리카락은 구름을 태울 듯이 하늘 높은 곳까지 타올랐다. 아테나는 아르테미스의 직감이 그녀의 활 솜씨만큼이나 정확하다는 사실을 생각해 내고는 그녀의 말대로 따르기로 했다. 그녀가 손을 우아하게 한 차례 쓸자 주위로 안개가 생겨났다. 그리고 안개가 사라졌을 때… 그녀의 모습은 보이지 않았다.

아레스는 미처 알아차리지 못했다. 그는 공포에 질린 오합지졸이 된 자기의 군대를 매서운 눈길로 노려보았다.

"도대체 무슨 일이냐?"

"아레스의 목소리는 땅을 흔들었다. 그는 땅으로 내려와 거대한 손으로 곰과 엘크와 늑대를 한꺼번에 쓸어 담았다.

"동물들 때문이냐? 한낱 동물들에게 소처럼 쫓겼다는 말이냐? 동물을 다루는 법을 가르쳐 줘야 하겠느냐!"

아레스는 손을 쥐고 동물들을 쥐어짜기 시작했다.

"당장 멈춰요."

아르테미스가 말했다.

아레스는 마치 무언가에 쏘인 듯이 움찔했으나 잠깐일 뿐이었다. 곧 그는 본연의 호전성을 되찾았다.

"누가 감히 전쟁의 신에게 명령을 내리느냐?"

아르테미스가 숨어 있던 나무 사이에서 걸어 나왔다. 그녀는 아직 인간의 크기였고 활시위를 볼에 댄 채 화살을 겨누고 아레스를 바라보았다.

"조심스럽게, 아주 조심스럽게 내 동물들을 내려놓으세요."

아레스가 그녀의 키보다 열 배는 넘는 높이에서 코웃음을 치며 말했다.

"왜 그래야 합니까?"

"내 손이 예전처럼 시위를 단단히 쥐지 못해요."

아르테미스는 차분하게 응수했다.

"만약 내 화살이 그대의 얼굴을 향해 날아간다면, 우리의 아버지이신 제우스께 손가락이 어떻게 미끄러졌는지 설명하기가 싫을 것 같군요."

"그러지 못할 겁니다. 제우스께서는 분명히..."

"신을 죽이지 말라고 하셨죠."

아르테미스가 그를 대신하여 말을 마쳤다.

"이 각도에서 화살이 그대의 눈에 박히면 그건 조금 불편한 정도가 아닐 거예요. 그대가 애꾸가 된 모습을 수십 년 동안이나 보고 싶지는 않군요."

"저 간사한 아테나 계집을 도와 내게서 등을 돌리시겠다는 말씀입니까?"

"그럴 거예요. 나는 내 왕국과 생명들을 수호합니다. 동물들을 내려놓고 그대의 길을 가세요."

아르테미스가 눈썹 하나 까딱하지 않고 말했다.

"내가 필멸의 존재만을 위협하는 한, 날 공격할 수 없을 겁니다."

아레스는 그렇게 말하고서 주먹을 쥐어짰다. 손가락 틈에서 핏덩이가 흘렀다.

"난 이 숲의 동물들을 모조리 죽일 수 있습니다. 그리고 그 화살로는 간지럼 태우기도 부족할 겁니다."

"그대는 내 동물들을 공격했어요."

아르테미스가 화살을 낮추며 말했다.

"내가 어떻게 그대의 부하들을 공격하는지 똑똑히 봐 두세요."

아르테미스는 화살을 쏘았다. 화살은 번개보다 빠르게 날아갔고, 그녀는 화살이 채 목표물에 닿기도 전에 또 다른 화살을 날려 보냈다. 너무도 많은 화살이 너무도 빠르게 날았다. 숲은 금빛 안개가 낀 듯 흐려졌고 화살이 바람을 가르고 꽂히는 소리는 성난 말벌의 둥지를 건드린 듯했다.

아주 잠깐의 시간이 지난 후 아르테미스는 활을 내린 채 아레스를 바라보며 말했다.

"잘 봤겠죠?"

전쟁의 신 아레스는 그의 군대를 내려다보았다. 그 숲에 발을 들인 그의 부하들이 모두 죽어 있었다. 언데드는 하나같이 형체를 알아볼 수 없을 정도로 훼손되어 있었고 늑대와 곰과 사슴은 털 하나 상하지 않은 채였다. 한동안 침묵이 이어졌다. 멀리서 독수리의 비웃는 듯한 소리만이 들렸다.

마침내 아레스가 말했다.

"아마도 내가 성급했던 것 같습니다."

"아마도요."

"만약 나와 내 군대가 숲을 건드리지 않는다면 괜찮겠습니까?"

"그렇다면 나와 내 동물이 그대들을 공격할 일은 없을 거예요."

"그럼 좋습니다."

"그럼 됐어요."

사냥의 여신 아르테미스가 말했다.

보이지 않게 나무 사이에 숨어 있던 아테나는 고개를 흔들며 실망스러운 한숨을 내쉬었다. 아테나는 그녀의 가족이 화해하는 것을 싫어했다. 그렇지만 아레스와 아르테미스는 아주 작은 자극에도 평화를 깨뜨릴 것이다. 아르테미스를 설득하는 그녀의 임무는 아직 완전한 실패는 아니었다. 숲에서 벌어진 싸움

덕분에 크레토스는 성벽에서 아테네로 이동하는 과정에서 큰 부담을 덜었을 것이다. 괴물들을 처치한 것은 보기에도 즐거웠고 잘된 일이었다. 그러나 실제로 아레스를 붙들지는 못했다.

아테나는 길게 숨을 들이쉬고 소나무와 흙의 냄새를 맡았다. 그녀는 눈을 감은 채 가볍게 정신을 집중하여 미래를 보는 예지력으로 마음을 채웠다. 그녀는 무언가를 목격하고서 가쁘게 숨을 몰아쉬며 즉시 눈을 떴다. 냉정을 되찾은 아테나는 아르테미스는 물론, 강력한 바다의 제왕인 포세이돈까지 가세해서 전쟁의 신에게 맞서더라도 승리하지 못한다는 것을 깨달았다.

아레스는 너무도 강력해졌다. 그리고 점점 더 미쳐 갔다. 그는 심지어 올림푸스의 기둥까지 가루로 만들어 버릴 것이다. 그러나 그녀가 할 수 있는 일은 없었다. 제우스는 신끼리는 서로를 죽여서는 안 된다는 명령을 절대 거두지 않을 것이기 때문이다. 아테나는 자신은 물론 하늘의 아버지 제우스를 포함한 올림푸스의 모든 신이 그 명령에 따른다 하더라도 아레스는 그 명령을 거부할 것이라는 사실을 알았다.

야망과 광기가 뒤섞여 치명적인 결과를 낳았다. 만일 그녀가 아레스를 죽이지 못한다면 크레토스가 해내야 한다. 그러나 어떻게 할 수 있다는 말인가? 어떻게 한낱 인간이 신을 죽일 수 있다는 말인가? 크레토스는 오라클을 만나야 했다. 그 답을 찾을 수 있는 유일한 방법이었다. 그 오라클의 능력은 무척이나 뛰어나기 때문에 신들에게도 알려지지 않은 지식을 크레토스에게 전해줄 것이다. 아테나는 그것으로 충분하기를 바랐다. 그것으로 충분해야만 했다.

아테나는 이 정도로 상황을 마무리하고 돌아서서 의지를 담아 숨을 내쉰 다음 다시 올림푸스로 돌아갔다. 그녀는 자신의 방을 지나 영원의 전당으로 들어섰다. 크레토스는 오라클을 만나야 했고 그러려면 또 다른 능력이 필요할 것이다.

전당을 따라 몇 걸음을 옮기니 곧 은은한 향이 풍기는 반투명 막으로 장식된 아치형 입구가 나타났다. 아테나는 안으로 들어섰다. 유혹적인 건축 양식부터 성적인 매력을 강조한 장식까지 쾌락의 향연이 펼쳐지고 있었다. 어느 방향을 보더라도 청동 거울과 황동 거울과 은 거울이 아테나의 모습을 비추었다. 그 모습은 아테나가 자기 방에서 아끼는 거울로 보았던 것보다 훨씬 아름답게 느껴졌다. 낮은 침대를 따라 이어진 연못의 물에서는 라일락 향기가 났고 또 다른 각도에서 아테나의 모습을 비추었다.

"어서 오세요, 아테나."

연인의 손길처럼 부드럽고 관능적이며 매혹적인 목소리가 들렸다.

"아프로디테 여신께 인사드립니다."

아테나는 태피스트리가 걸린 오른쪽 방향을 향해 공손하게 고개를 숙였다. 태피스트리는 인간과 신의 수십 가지 성행위를 묘사하고 있었다. 사랑의 여신이 머물기에 가장 어울리는 곳이었다. 성의 여신 아프로디테와 처녀 전사 아테네는 가족 관계가 다소 불명확했고 그로 인한 복잡한 문제 때문에 긴장 관계에 있었다. 아프로디테는 우라노스의 성기에서 태어났다. 우라노스의 아들이자 제우스의 아버지인 크로노스는 그의 사타구니에서 성기를 잘라 지중해 바다에 던졌는데 그때 떨어진 핏방울에서 복수의 여신들이 태어났고 성기는 끝없는 매력을 지닌 여신, 아프로디테로 다시 태어났다. 아테나는 항상 복수의 여신들의 탄생 이야기가 충분히 그럴 만하다고 생각했다. 바다의 거품에서 태어난 아프로디테는 그런 점에서 보면 전혀 가족의 일원이라고 보기가 힘들었다. 만약 가족이라고 한다면 그것은 결혼 때문일 것이다. 아프로디테는 아테나의 오빠인 헤파이스토스의 아내였다. 아프로디테는 아테나에게 새언니인 셈이었다.

그러나 아프로디테는 크로노스가 저지른 행동의 결과로 태어났다고도 할 수 있기에 그런 의미에서는 제우스와 포세이돈과 하데스의 남매이기도 했다. 그것은 아테나가 아프로디테에게 훨씬 더 경의를 표해야 한다는 의미였다. 마지막으로, 아프로디테는 사실 제우스의 할아버지인 우라노스의 성기가 현현한 존재였으므로 이 경우에는 제우스의 고모가 되었다.

아프로디테는 이 복잡한 관계를 명확히 구분하려 들지 않았다. 아테나의 입장에서는 가능한 한 욕정의 여신 아프로디테를 피하는 것이 편했다. 아테나의 책략은 아프로디테의 그것과는 너무도 달랐다.

끝없는 성행위를 묘사한 태피스트리가 흔들렸고 아프로디테가 그 뒤에서 나타났다. 그녀의 아름다움으로 방에 생기가 도는 듯했다. 실제로 온 올림푸스가 부드럽고 매혹적인 빛에 휩싸였다.

"그대의 목소리를 들으니 일상적인 방문은 아닌 것 같군요. 그렇다고 내 영토에 특별히 볼 일이 있는 것도 아닐 테고."

아프로디테가 말했다.

"슬픈 소식을 전하러 왔습니다."

아테나가 고개를 끄덕이며 말했다.

"헤르메스를 보내지 않고 직접 올 만큼 급한 소식인가요?"

아프로디테가 탐스럽고 푹신한 소파에 나른하게 누우며 말했다.

"헤르메스가... 얼마 전에 왔다 갔는데도 아무 말이 없었던 것을 생각하면요."

"헤르메스가 다른 일에 신경을 쓰느라 깜박한 모양이지요."

아테나가 말했다. 그녀는 아프로디테와 신들의 전령인 헤르메스가 무슨 일을 하고 있었는지 아주 잘 알고 있었다. 헤르메스는 아프로디테의 침실에 곧잘 들락거렸는데 그것은 단지 소식을 전하기 위해서만은 아니었다.

"그 얘기는 헤르메스가 육신의 쾌락에 정신이 팔려 의무를 소홀히 했다는 말인가요?"

"그런 뜻은 없습니다."

아테나가 결백하게 말했다.

"여신께서 최근까지 무척 즐겁게 가르침을 주셨던 그 젊은 친구들이..."

"미케네에서 말인가요?"

아테나가 생각했다. 왜 아니겠는가? 아테나는 특별히 누군가를 마음에 두고 말했던 것은 아니었지만, 아프로디테가 동시에 수천 명 연인에게 애정을 쏟을 수 있다는 사실도 알고 있었다.

"그들의 애정 행각이 메두사의 비위를 건드렸다는 소문이 있습니다."

아테나가 말했다. 그녀는 자기가 방금 만들어 낸 소문이지만 어쨌든 소문이니 괜찮을 것이라 생각했다.

"메두사가 그들뿐만 아니라 여신님의 제자들을 모두, 그리고 심지어 여신님까지도 돌로 만들어 버릴 것을 맹세했다고 합니다."

"메두사는 겁낼 필요가 없어요."

아프로디테가 별것도 아니라는 듯이 손짓하며 말했다.

"메두사는 그저 늙고 사악한 할멈에 불과해요."

"그냥 할멈이 아니라 고르곤입니다."

아테나가 아프로디테의 말을 고쳤다.

"메두사는 어쩌면 여신님의… 즐거움을 따르는 모두를 죽일 생각인지도 모릅니다."

"그대는 아직도 메두사에게 화가 나 있군요."

아프로디테가 놀리듯이 말했다.

"메두사가 카르타고 너머 그대의 신전에서 포세이돈과 만난 일을 아직 용서하지 못했나요?"

"제 숙부님의 밀회는 제가 염려할 일은 아닙니다."

"그렇죠? 염려가 아니라 놀랄 일이라는 게 문제지만…"

아프로디테는 아테나에게 몹시 짓궂은 미소를 지으며 말했다.

"아, 그래요. 이건 더 놀라운 건데… 포세이돈과 내가 어디서 얼마나…"

"메두사 일을 이야기하는 중입니다."

아테나가 마치 검으로 엇나가는 대화를 자르듯이 손으로 공기를 가르며 말했다.

"메두사는 여신님의 숭배자들에게는 끔찍한 위험이 될 수도 있습니다."

"메두사가 어째서 그런 수고를 한다는 말이지요? 메두사와 그녀의 자매들은 움직이는 것도 쉽지 않을 텐데요."

"그렇습니다. 장님만을 만나야 하지요. 그러지 않고 자칫 실수라도 했다가는 사랑하는 연인을 돌로 만들어 버릴 테니까요. 하지만 수십 년 동안 분노가 쌓인 나머지 메두사는 여신님에게 그 분노를 토해 낼 지경에 이르렀습니다."

"그렇다면 내가 얘기해 보죠. 우리는…"

"아프로디테 여신님, 그게 다가 아닙니다. 메두사는 여신님을 해치려 합니다. 그만큼 분노에 휩쓸려 있습니다. 최근에 숭배자들을 많이 잃으시지 않았습니까?"

아테나는 다시 치밀하게 계산했다. 아테나는 단 하루 만에 아테네에서 수백 명에 이르는 숭배자들을 잃었다. 전쟁은 항상 격변과 죽음을 불러오는 법이다. 아프로디테도 마찬가지로 숭배자들을 잃고 걱정이 있을 것이다. 물론 그들은 메두사가 아니라 아레스의 난동에 죽어 간 사람들이리라.

"메두사는 날 해치지 못해요. 그랬다가는 제우스께서 큰 벌을 내리실 거예요."

"이미 지하 세계로 들어가 버린 다음이라면 그녀가 제우스께 벌을 받는 것도 즐기지 못할 겁니다."

아프로디테는 걸음을 옮기며 생각에 잠겼다. 아테나는 아프로디테에게 거의 주의를 기울이지 않았다. 그보다는 거울들 속에서 무한히 반복되는 자신의 모습에 시선을 빼앗기고 있었다. 아프로디테는 이곳에서 연인과 함께 흥분되는 시간을 즐겼으리라. 아테나는 연인이 없었지만 거울 속에 비친 자기 모습을 보는 것만으로도 이런 방에서 어떤 희열을 느낄 수 있을지 충분히 알 듯했다.

"난 메두사를 죽이지 못해요. 그대도 마찬가지죠. 제우스께서는 그런 다툼을 금하셨잖아요."

아테나는 하마터면 웃을 뻔했다. 신들이 서로를 죽이는 행위를 고작 '다툼'이라고 표현하다니…

"그렇습니다. 하지만 인간이 고르곤을 죽이는 것은 금지하지 않으셨습니다."

"그런 일은 한 번도 없었죠."

"그렇다고 해서 불가능하다는 의미는 아닙니다. 파괴의 도구를 알맞게 사용하면 됩니다."

아프로디테가 고개를 저으며 말했다.

"아니에요. 그건 옳지 않은 일이에요. 메두사를 죽이는 배후가 되다니, 그건 잘못된 일이에요. 메두사가 어떻게 생각할지 모르지만 우리는 차이를 극복할 수 있어요."

"메두사는 여신님의 아름다움을 질시합니다."

아테나가 말했다.

"그녀는 연인을 갈망합니다. 여신님께서 단 하룻밤이라도 허락할 만큼 솜씨가 좋은 연인이라면 누구든 가리지 않을 겁니다."

아테나는 계략을 모의하듯 작은 소리로 속삭였다.

"메두사는 여신님께서 헤르메스를 훔쳐 갔다고 생각합니다."

아프로디테는 매혹적인 웃음을 터뜨렸다.

"헤르메스는 자기가 원할 때 잠을 자지요."

그녀의 얼굴에서 희미하게 미소가 번졌다.

"이 침실에서야 언제나 환영받겠지만 헤르메스가 메두사와 잠자리를 함께한다는 건 눈을 가렸다고 해도 상상하기 힘들군요."

"헤르메스는 아름다움에 끌립니다. 추한 것에는 기분이 상하는 게 당연합니다. 메두사는 헤르메스의 자연스러운 행동을 두고 여신님을 비난하고 있습니다."

"어떻게 본성을 거슬러 행동하라고 요구할 수 있지요? 그건 곧 사랑만이 가득해야 할 세상에 악을 끌어들이는 것이나 다름없어요. 질투만큼이나 사악함도 대단하군요."

아테나는 아프로디테의 몸이 조금 더 똑바로 서는 것을 간파했다. 아프로디테의 결의가 다져지고 있었다.

"헤르메스가 고르곤에게 위협받는 것은 참을 수 없군요."

"그리고 아프로디테 여신님, 저는 메두사가 여신님에게 음모를 꾸미는 것을 더는 참을 수 없습니다. 제가 방법을 알려드리겠습니다…"

아테나는 곧 아프로디테의 방을 나갔다. 그녀는 아레스와의 최종 결전을 벌이기 전에 크레토스를 더 담금질하고 기술을 완벽하게 연마시킬 수 있으리라고 확신했다. 물론 그것도 크레토스가 오라클을 만나서 신을 죽이는 방법을 알아냈을 때의 이야기였다.

제 8장

　크레토스는 시체 더미 위에 서서 성벽 수리가 마무리되어 가는 현장을 살펴보고 있었다. 기술자들은 벽 구멍에 튼튼한 십자 지지대를 덧댄 다음 기둥을 지면에 박아 넣어 고정했다. 급조한 것이었으나 아레스의 부하들이 안쪽 길로 쏟아져 들어오지 못하게 막아 주는 방벽이 되어 주었다. 해골 궁수들이 뒤에서 등을 노리지만 않는다면 크레토스는 다시 안전하게 아테네로 출발할 수 있었다. 크레토스는 주위 병사들에게 한마디 말도 없이 길로 내려와 아테네로 떠났다. 아테네에 밤이 찾아왔다. 거대한 연기 기둥이 소용돌이치며 솟구쳤다. 아래로는 불길밖에 보이지 않다. 연기 사이로 잠깐씩 아레스의 모습이 드러나기도 했다. 아레스는 아크로폴리스 위로 산처럼 우뚝 솟아 있었다. 아레스의 손에서 그리스 화약이 날았고 거대한 불덩이가 무차별적으로 도시 곳곳에 내던져졌다.

　피난민들이 길을 가득 채우기 시작했다. 시민들은 가장 소중한 물건들을 움켜쥐고 도시를 떠나고 있었다. 아직 도망칠 수 있을 때 가야 했다. 군인들이 수비를 강화하고 도시를 방어하려면 그것이 최선이었다. 이삼백 미터씩 전진할 때마다 피난민 행렬이 빽빽하게 길에 들어찼고 크레토스의 앞을 막아섰다. 그러나 방해도 잠시뿐이었다. 크레토스는 간단히 혼돈의 블레이드로 길을 내며 나아갔다. 크레토스가 달려간 길 양쪽으로 피난민들의 피 묻은 시체가 나뒹굴었다. 학살의 현장을 목격한 아테네인들은 서둘러 크레토스에게 길을 비켜 주었다.

　크레토스는 한순간도 이 불운한 시민들을 생각하지 않았다. 그는 시민들을 구하기 위해 이곳에 온 것이 아니었다. 그리고 혼돈의 블레이드는 적의 생명과 마찬가지로 무고한 생명도 쉽게 흡수했다. 매번 생명이 쓰러질 때마다 그의 힘은 커졌고 덕분에 더 빨리 달릴 수 있었다. 크레토스는 마치 헤르메스의 날개 달린 신발을 신은 듯이 질주했다.

도시의 무너진 관문에 가까워졌을 때 검은 연기가 더 지독한 냄새를 풍기기 시작했다. 그는 시신을 태운 기억을 절대로 잊지 못할 것이다. 그는 수없이 많은 전투를 치렀고 그때마다 무덤을 팔 수는 없었다. 시신은 언제나 많았다. 삽이나 시신을 묻을 사람들보다 많았다. 크레토스는 시신을 쌓아 불을 지르라고 명령했다. 한 명을 태우던 장례 불길은 곧 수백 명을 태웠다. 오래전의 이야기였다.

아테네의 관문은 엉망으로 부서져 있었다. 몇몇 시민들이 무너진 잔해 사이로 빠져나오기도 했지만 곧 더 많은 아레스의 불덩이가 하늘에서 그들을 덮쳤다. 그들은 짧게 비명을 남기고 곧 불덩이의 일부가 되었다. 버려진 듯한 위병소만이 온전히 남았다. 크레토스가 그곳을 지날 때 어두운 창문 너머로 목소리가 들려왔다.

"거기! 당신! 멈추시오!"

가늘고 숨찬 목소리였다. 크레토스는 그쪽으로 돌아섰다. 갑옷을 입었지만 몸을 거의 가누지도 못할 만큼 허리가 굽고 쇠약한 병사가 서 있었다.

"이름을… 대… 여기서 무얼 하고 있소?"

"노인이여, 나는 아테나의 오라클을 찾는 중이오."

늙은 경비병이 눈이 잘 보이지 않는 듯이 크레토스를 자세히 쳐다보았다.

"오라클? 오라클은 왜 찾소?"

"오라클은 어디에 있소?"

크레토스가 최대한의 인내심을 모아 참으며 물었다.

"아크로폴리스 동쪽 파르테논의 방에 있을 거요… 그런데…"

노인은 비참하게 고개를 흔들며 말했다.

"그곳은 불타고 있소. 전체가 불이 붙었다는 말이오. 오라클은 아마 죽었을

지 모르오. 전쟁이 시작된 다음에는 아무도 오라클을 보지 못했다고 하오. 언젠가 오라클이 내 미래를 말해준 적이 있었소. 뭔지 알겠소? 아주 예전 일이었지. 나는 희생해야…"

크레토스는 그 멍청이의 머리를 잘라 버리고 싶은 급작스러운 욕구를 잘 참아냈다. 그는 성난 목소리로 말했다.

"아크로폴리스는 어떻게 갈 수 있소?"

"여기에서는… 갈 수 없소."

"뭐요?"

"불덩이에 관문이 무너지기 직전에 경비대장께서 그렇게 명령하셨소. 아무도 이 관문 안으로 들이지 말라 하셨소. 지금은 관문의 잔해일 뿐이지만… 그렇소."

늙은 경비병은 떨리는 손으로 단검을 쥐고 말했다.

"그리고 거기에 무슨 볼일이 있다는 말이오? 그곳은 언데드로 엉망이 되었소. 키클롭스도 있고 더한 것도 있소. 미노타우로스도 봤소!"

크레토스는 고개를 저으며 성벽에서의 전투를 더듬었다. 더욱 헛된 노력이었다. 아레스의 군대는 이미 아테네까지 들어와 있었다.

크레토스는 소리치는 노인을 뒤로하고 멀리 치솟는 불길에 비쳐 희미하게 드러난 거리로 내달렸다.

크레토스는 어두워져 가는 아테네의 거리를 달리며 자신의 어리석음을 탓했다. 그러면서도 혼돈의 블레이드는 핏빛 노래를 부르며 수없이 많은 아레스의 부하들을 베어 넘겼다. 언데드 병사들은 순식간에 조각으로 흩어졌고 크레토스는 아무런 방해도 받지 않고 나아갔다. 그를 발견한 해골 궁수들이 불화살을 쐈으나 화살은 크레토스의 몸에 스치지도 못했다. 성난 키클롭스는 옆으로 피해 지나쳤고 유령 같은 생령은 간단한 손짓만으로 지워 버렸다.

그렇지만 모두 허사였다. 성벽의 구멍에서 치러낸 싸움이 그랬듯이 모두 헛된 일이었다.

처음부터 아레스의 군대가 성벽을 공격한 이유는 도시로 들어갈 경로를 확보하기 위해서가 아니라 단지 그곳에 병사들이 있었기 때문이었다. 아레스의 군대는 그저 죽이는 것만이 목적이었다. 만약 아테네 병사들이 피레우스에서 저항했다면 그 끔찍한 군대는 피레우스를 공격했을 것이다. 그들은 성벽을 넘을 필요가 없었다. 달려가는 크레토스의 앞쪽으로 더 많은 적들이 땅에서 솟아났다. 마치 비현실적인 황천의 세계가 현실의 관문을 열고 그곳의 종자들을 아테네의 거리에 토해 내는 듯했다.

크레토스는 그들을 마치 인간처럼 상대한 것에 스스로를 책망했다.

크레토스는 이제 그들을 죽이기 위해 걸음을 멈추지 않았다. 굳이 상대할 필요가 없었다. 아레스의 군대에게서 아테네와 시민들을 지켜 내는 것은 불가능했다. 신의 군대는 무너질 수 없었다. 용의 이빨과도 같이, 크레토스가 처치한 괴물들은 언제라도 어디에서든 다시 만들어 낼 수가 있었다. 적을 죽이는 것은 혼돈의 블레이드에 힘을 제공하는 역할밖에 하지 못했다. 그러나 그 힘도 불필요한 것이었다. 하데스의 종자들과 싸우려면 오라클을 만나서 그 비밀을 푼 다음 길을 나서야 했다.

처음부터 그렇게 해야 했다. 앞쪽 귀퉁이에서 무언가의 콧소리와 으르렁거리는 소리와 어린아이 같은 비명이 들렸다. 곧 두 명의 아테네 병사들이 무기와 방패조차 잊고서 전력을 다해 도망치는 모습이 보였다. 병사들은 크레토스에게 적이 바로 뒤에 있으니 도망가라고 소리쳤다. 그리고 다음 순간 크레토스는 그들이 무엇을 피해 달아나고 있었는지 알 수 있었다. 인간의 몸에 황소의 머리와 발굽이 있는 거대한 생명체였다.

미노타우로스였다. 크레타 섬에 사는 그 괴물은 테세우스에게 살해당했어야 했다. 크레토스는 코웃음을 쳤다. 그 괴물이 살아 있다고 한들 놀랄 일도 아니었다.

테세우스는 아테네인이었다.

미노타우로스가 거대한 라브리스를 들고 다가왔다. 라브리스는 크레타 섬의 양날 도끼로, 한쪽 날만 해도 성인 몸의 크기에 두 배의 무게가 나갈 만큼 거대했다. 미노타우로스는 라브리스를 머리 위로 치켜들고 한 차례 크게 소리를 지른 다음 짙어지는 어둠 속으로 집어 던졌다.

겁에 질린 표정으로 어깨 뒤를 바라보던 병사 한 명이 날아드는 도끼를 보고 옆으로 몸을 피했다. 다른 병사는 뒤를 돌아보지 않았다. 도끼가 날아온다는 것을 알았을 때는 이미 그의 머리가 베인 다음이었다. 목을 가른 도끼는 속도도 느려지지 않은 채 섬뜩한 소리를 내면서 크레토스의 얼굴 정면으로 날아들었다.

크레토스는 거리와 회전 속도를 가늠하여 한 걸음 앞으로 내디디고 손바닥을 내밀어 빙글빙글 돌아가는 도끼의 피 묻은 날을 피해 도낏자루를 세게 때렸다. 도끼는 평범한 사람이라면 죽이고도 남을 정도로 강하게 부딪혔지만 크레토스는 눈썹 하나 까딱하지 않았다.

"도망쳐라!"

"당신도 도망쳐야 합니다!"

살아남은 병사는 소리치며 달아났다.

"스파르타인은…"

크레토스가 경멸스러운 표정으로 답했다.

"적을 향해 달릴 뿐이다."

미노타우로스가 쿵쿵거리면서 넓게 벌어진 뿔을 낮추고 돌격해 들어왔다.

크레토스는 라브리스의 무게를 재 보았다.

"도끼를 돌려받고 싶겠지."

그는 돌진해 오는 미노타우로스를 향해 라브리스를 던졌다. 미노타우로스는 급히 걸음을 멈추고 으르렁거리면서 크레토스처럼 도끼를 쳐내려 했다. 그러나 미노타우로스는 그것이 보기만큼 쉽지 않다는 것을 깨달아야 했다.

미노타우로스는 도끼의 회전을 반걸음 정도 잘못 판단하고 말았다. 도끼의 날은 미노타우로스의 손을 가르고 코와 뇌까지 파고들었다. 미노타우로스는 어두운 연기로 사라졌다.

머리의 반이 잘린 몸통이 휘청거렸다. 크레토스는 아테네 병사의 잘린 머리를 들어 돌멩이처럼 던졌다. 머리는 괴물의 가슴팍을 맞히며 거대한 괴수를 대자로 넘어뜨렸다.

크레토스는 죽은 병사를 내려다보며 비웃었다. 미노타우로스의 시체를 지날 때는 고개를 저으며 경멸하듯 코웃음을 쳤다.

테세우스는 영웅으로 받들어졌다. 이런 보잘것없고 하찮은 야수를 처치했다고 영웅으로 받들 이들은 오직 아테네인 밖에 없을 것이다. 크레토스는 자기가 온 이유가 그들을 살리기 위해서가 아니라는 것이 다행스러웠다. 크레토스는 그들을 참아내기가 힘들었다.

그러나 모퉁이를 돌기도 전에 크레토스는 자기가 착각했다는 사실을 깨달았다. 그 미노타우로스가 다가 아니었다. 그가 처치한 것은 한 마리 미노타우로스에 불과했다. 미노타우로스 세 마리가 거대한 덩치를 이끌고 라브리스를 치켜든 채 나타났다. 크레토스는 걸음을 늦추지 않고 단호한 표정으로 혼돈의 블레이드를 뽑아들었다. 다시 무의미하게 시간을 지연시킬 수 없었다. 그는 서둘러야 했다.

세 마리 미노타우로스는 옆으로 흩어져 그의 길을 막았다. 그러나 크레토스는 질주하는 말보다 빠르게 달리고 있었고 그 속도만으로도 충분했다. 크레토스는 괴물들에게서 열 걸음 남짓한 거리까지 다가갔을 때 혼돈의 블레이드를 높이 던져 가장 가까운 발코니의 테두리에 걸었다. 그는 팽팽해진 사슬을 단단히 잡고 공중으로 뛰어올라 당황한 미노타우로스의 머리 위로 날았다. 그리고 다시 다른 혼돈의 블레이드를 더 위쪽 발코니에 걸고 같은 방법으로 몸을 던져 지붕까지 올라갔다.

크레토스는 지붕 위에서 파르테논과 그 너머 하늘을 가린 전쟁의 신 아레스의 모습을 똑똑히 볼 수 있었다. 아레스는 지금 이 순간에도 발아래 도시에 불덩이를 뿌려 대고 있었다.

그 짧은 시간 동안에도 아레스의 부하들은 크레토스를 찾아냈다. 하피 떼가 그를 노리고 지붕으로 내려왔고 주위 벽을 뚫고 생령들이 나타났다. 미노타우로스와 키클롭스가 벽을 타고 오르면서 온 건물이 흔들리기 시작했다.

"아레스!"

크레토스가 영원한 불길로 타오르는 혼돈의 블레이드를 휘두르며 도전하듯 함성을 내질렀다.

산 만큼이나 거대한 아레스의 핏빛 보름달 같은 눈동자가 크레토스 쪽을 향했다. 아레스는 불타는 수염 뒤로 잔인한 미소를 짓더니 이글거리는 손을 높이 들어 구름에 불을 붙였다. 아레스는 크레토스가 서 있는 건물보다도 큰 불덩이를 만들어 그에게 내던졌다. 불덩이는 놀라운 속도로 커졌고 크레토스는 순간 우쭐한 마음에 너무도 성급하게 전쟁의 신 아레스의 주의를 끈 것이 아닌지 걱정스러운 마음이 들었다.

크레토스는 모여드는 적들 틈에서 근처에 있는 더 큰 건물 벽으로 뛰어올랐고 다시 그 벽을 차고 널따란 광장 위로 날아갔다. 그는 커다란 기둥이 부서진 곳에 부딪히며 잠시 매달린 채 고개를 돌려 조금 전까지 머물렀던 건물의 지붕을 살폈다. 눈을 뗄 수 없는 광경이 펼쳐졌다.

건물 전체가 불덩이로 변하고 말았다. 하피들은 비명을 질렀고 키클롭스는 울부짖었으며 미노타우로스는 몸에 불이 붙어 괴로운 신음을 내질렀다. 그리고 크레토스가 비명을 질렀다. 불덩이 조각이 그의 등을 타고 흘러내렸다. 손에서 힘이 빠졌고 크레토스는 기둥에서 내려와 고통스럽게 거리 위에서 뒹굴었다. 그는 온몸이 불타는 듯이 고통스럽게 몸을 뒤틀며 옆으로 굴렀다. 그러나 효과는 없었다. 더 많은 불길이 그에게 쏟아졌고 광장은 괴물로 가득 찼다. 크레토스는 등에서 끝없이 타오르는 고통을 느끼며 이를 악문 채 힘을 내어 앞으로 몸을 던졌다. 그는 파르테논을 향해 달렸다. 그는 아테나의 신전을 향해 달렸다. 고통은 스파르타의 유령, 크레토스의 발을 붙들 수 없었다. 그는 비틀거리며 오라클에게, 신을 죽일 비밀을 알아내기 위해 달려갔다.

크레토스는 전력을 다해 달리며 필요할 때는 적을 죽이면서 나아갔다. 등의 고통도 다소 누그러졌다. 그는 거리를 질주했고 지붕 위를 날았으며 끝없는 지하 묘지를 이어주는 미궁 같은 하수도를 헤쳐나갔다. 하수도에서는 죽지 않고 버틸 수 있으리라 생각한 것보다 더 고통스럽게 등이 불탔지만 밖으로 올라올 때쯤에는 아레스가 남긴 불길의 흔적이 약해져 있었다. 피부는 바짝 타버린 상태였다. 그러나 크레토스는 여전히 움직일 수 있었고 필요하다면 싸울 수 있었다. 며칠은 된 듯한 시간이 지나고 드디어 아크로폴리스와 파르테논으로 향하는 넓은 길이 눈에 들어왔다. 그곳에는 새로운 시련이 기다리고 있었다.

길에서는 켄타우로스가 정찰을 돌고 있었다. 말과 인간을 닮은 이 거대한 괴물은 거칠고 다루기가 힘들었다. 또한 전투에서는 사납기로 유명했다. 크레토스 역시 그것이 허튼소리가 아니라는 사실을 잘 알고 있었다. 그는 켄타우로스를 상대한 적이 있었고 항상 만만찮은 적이라고 생각했다. 그러나 스파르타의 유령을 만난 이들이 모두 그랬듯이, 그들도 오래 살지 못했다.

가장 가까이에 있던 켄타우로스가 연기 너머로 크레토스를 발견했다. 켄타우로스는 전쟁의 함성을 내지르고 몸을 돌려 크레토스를 마주했다. 그런 다음 한 치의 망설임도 없이 그에게 돌진했다.

크레토스는 발을 넓게 벌리고 서서 기다렸다.

켄타우로스는 발굽으로 땅을 구르며 곧장 달려왔다. 크레토스는 등에 화상을 당하고서 움직일 때마다 새로운 고통을 느끼며 켄타우로스보다 더 빨리 뛰지는 못하리라고 생각했다. 그는 거리를 계산하고 마지막 순간에 몸을 피했다. 모든 네 발 달린 동물들이 그렇듯이 켄타우로스 역시 공격하던 도중 몸을 옆으로 틀기는 불가능했다. 크레토스는 인간이자 말인 괴물이 그대로 지나가기를 기다렸다. 그러나 켄타우로스는 다른 네 발 달린 동물들과는 달리 상체를 돌릴 수 있었다.

이 켄타우로스도 그렇게 했다. 켄타우로스의 창 공격에 크레토스는 몸을 찔릴 뻔했다. 크레토스는 날카로운 찌르기를 재빨리 검으로 막아낸 덕에 옆구리에 부상을 면할 수 있었다.

인간이자 말인 켄타우로스는 뒷굽을 땅에 대고 멈춘 다음 뒤로 돌아서려 했으나 빠르게 반대 방향으로 몸을 틀 수가 없었다. 크레토스는 이 기회를 놓치지 않았다. 그는 켄타우로스의 체중이 뒷다리에 실린 틈을 이용하여 반격했다. 만약 켄타우로스가 노새처럼 크레토스를 차버리려 했다면 공격은 수포로 돌아갔을 것이다.

크레토스는 켄타우로스의 등에 올라탔다. 혼돈의 블레이드가 넓게 죽음의 원을 그리며 돌았다. 두 자루 중 어느 것이라도 켄타우로스를 죽일 수 있었다. 그의 오른손 검이 켄타우로스의 목에 깊이 박혔다. 왼손 검은 켄타우로스의 옆을 길게 가르며 도시의 광장에 잘린 내장을 쏟아부었다. 크레토스는 균형을 잃고 켄타우로스의 피에 미끄러져 시체 위로 세차게 넘어졌다. 그는 핏물 속에서 한참을 누워 있어야 했다. 그런 다음 기력을 조금 회복하고 억지로 일어서서 기지개를 켰다. 북의 가죽처럼 뻣뻣하게 펴진 등의 피부 때문에 그런 동작조차 편하지 않았다. 크레토스는 주위를 살폈다. 걱정하던 대로였다. 아레스는 아테네 시내에 수많은 부하를 침투시켰다. 또 다른 켄타우로스 두 마리가 그를 노리고 달려들었다.

한 마리는 마치 창기병처럼, 불끈 솟은 팔 안쪽으로 거대한 창을 끼고 돌진해 왔고 다른 한 마리는 기다란 사슬 끝에 무쇠 추가 달린 무기를 휘두르며 달려왔다. 그들이 거리를 좁혀 오자 크레토스는 몸을 낮췄다. 사슬과 무게추가 그의 머리 위로 허공을 갈랐다. 그러나 창에 팔을 찔리고 말았다. 팔과 뼈를 휘감은 사슬이 없었다면 손을 잃었을 것이다. 그러나 그런 강력한 공격도 크레토스의 반격을 늦추지는 못했다. 만약 크레토스가 부상을 당하지 않았다면, 즉 그의 근육과 강력한 등의 힘이 원래대로 반응해 주었다면 그의 조준은 완벽했을 것이다. 그러나 조준이 빗나갔고 혼돈의 블레이드는 켄타우로스에게 피해를 주지 못하고 옆으로 빠졌다. 크레토스는 실수를 반성하는 사람처럼 무릎을 꿇고 있다가 손등을 이용하여 혼돈의 블레이드를 양옆으로 날려 보냈다. 블레이드는 두 마리 켄타우로스의 가장 가까운 앞발을 베었다. 켄타우로스들은 보도에 길게 핏자국을 남기면서 앞으로 고꾸라졌다. 크레토스는 일어서서 다시 한 번 혼돈의 블레이드를 날려 두 켄타우로스의 목을 쳤다.

크레토스는 칼날에 묻은 피를 털어 내고 새로운 적들을, 아니 새로운 희생자들을 찾았다. 그러나 보이는 것이라곤 불덩이와 학살의 잔해뿐이었다. 불길은 걷잡을 수 없는 잡초처럼 자라나 온 시내를 삼켰다. 크레토스는 다시 파르테논으로 이르는 길을 따라나섰다. 매 걸음마다 새로운 힘이 느껴졌다. 혼돈의 블레이드는 생명을 거둘 때마다 크레토스에게 힘을 불어넣었고 그를 부활시켰다. 등에서 느껴지는 고통은 신을 도발한 어리석음을 되새겨 주었다. 크레토스는 가끔 혼돈의 블레이드를 지팡이로 사용하면서 점점 더 가팔라지는 길을 따라 올랐다. 그 노병의 말에 의하면 아테나의 오라클은 파르테논 근처 사원에 있다고 했다. 위대한 건축물 파르테논도 지금은 아래에 있는 도시와 마찬가지로 잿더미가 되어 불타고 있었다.

크레토스는 너무도 익숙한 휘파람 소리를 들었다. 그는 눈 깜박할 사이에 몸을 던졌다. 방금 전까지 서 있었던 낮은 담벼락이 신의 불덩이에 맞고 녹아내려 주위에 불길을 퍼뜨렸다. 크레토스의 앞에서도 불길이 일었다. 그는 마당 안쪽 깊은 곳까지 달렸다. 타일이 입혀진 처마 밑에서 불길을 피할 생각이었다. 그런 고통을 견디는 것은 한 번이면 족했다. 크레토스는 잡초가 무성하고 물이 반쯤 찬 분수대를 발견했다. 그는 분수대 안으로 뛰어들어 축축하고 썩은 흙 속에서 뒹굴었다. 고인 물에서는 썩은 생선 냄새가 진동했지만 그는 피부를 태우던 불덩이의 마지막 조각은 꺼뜨릴 수 있었다.

"신이시여."

크레토스가 이를 갈며 말했다. 마지막 고통의 물결이 그의 몸을 훑고 지나갔다. 크레토스는 일어섰다. 그는 계속 싸울 수 있었다. 명예를 위해, 아테나를 위해 싸울 수 있었다. 그것이 그가 아는 전부였다.

크레토스는 포장도로로 돌아왔다. 새로운 장애물이 그를 기다리고 있었다.

정상에 이르는 길마다 불덩이가 연달아 쏟아졌고 강은 온통 불바다가 되어 있었다. 아레스는 크레토스의 목적지를 미리 예견한 듯이 모든 길을 막아 버렸다. 크레토스는 욕을 내뱉고 다시 한 번 내달렸다. 그는 빙 둘러서 아크로폴리스로 나아갔다. 전쟁의 신이 불덩이로 고리를 둘렀다고 해도 틈은 있을 것이다.

그는 새롭게 힘을 내어 아테네의 조용한 지역으로 들어섰다. 그곳은 외곽에 위치하여 최악의 참사를 면한 듯이 보였다. 두려움에 떠는 시민들이 창문 밖으로 지나가는 크레토스를 바라보았다. 그러나 거리에는 시체 한 구 보이지 않았다. 물론 그것도 잠깐 동안의 이야기일 수 있었다. 크레토스는 마을 바깥쪽에서 순찰 중인 언데드를 만났다.

해골 병사들이 파르테논 신전의 기둥을 자르고도 남을 만한 낫을 휘두르며 거리를 걷고 있었다. 크레토스는 언데드가 입은 갑옷을 눈여겨보았다. 검댕이 묻긴 했지만 불에 탄 흔적은 없었다. 아레스의 불길에서 언데드를 보호해 줄 수 있는 갑옷이라면 바로 크레토스에게 필요한 물건이었다.

크레토스는 좋은 갑옷을 갖춰 입은 해골 병사들을 노리고 속도를 높여 빠르게 접근했다. 언데드는 본능적으로 크레토스가 빠르게 접근하는 것을 알아차린 것이 분명했다. 그들은 재빨리 돌아서더니 길고 무시무시하게 휘어진 죽음의 낫을 겨누며 스파르타인의 피를 보려 했다. 크레토스는 왼쪽 혼돈의 블레이드로 먼저 들어오는 낫을 막아 냈다. 모닥불에 던져진 푸른 소나무 가지에서처럼 불꽃과 화염이 터져 나왔다. 그는 혼돈의 블레이드를 휘둘러 언데드의 옆구리를 감싼 다음 언데드와 언데드의 갑옷을 자신과 다른 언데드들 사이에 돌려세웠다.

언데드 병사들이 그를 에워싼 채 연거푸 무기를 내리쳤다. 아무리 크레토스지만 일일이 막아내기에는 손이 부족했다. 게다가 크레토스는 이 갑옷을 망가뜨리고 싶지 않았다. 그 갑옷이 아니었다면 언데드를 상대할 이유도 없었다. 무기가 부딪치며 사방에서 불꽃이 비처럼 쏟아져 내렸다. 크레토스 뒤쪽 집에도 불이 붙었다. 크레토스는 주변 상황은 무시한 채 공격할 기회만을 노렸다. 그는 혼돈의 블레이드를 놓고 곧바로 가장 가까이에 있는 언데드에게 뛰어가 낫의 자루를 붙잡았다. 불타는 집에서 화염이 일면서 고문과도 같은 고통을 겪은 그의 등에 물집이 잡히기 시작했다.

크레토스는 그 갑옷이 필요했다.

크레토스는 언데드의 손에서 낫을 빼앗는 대신 낫을 손잡이처럼 잡고 언데드의 몸뚱이를 휘두르며 몰려드는 적들의 공격에 맞섰다. 죽음의 낫들이 언데드의 상반신 깊이 박혔다. 잠시 후 그들의 낫은 언데드의 몸 여기저기에 박혀 있었다. 크레토스는 다시 혼돈의 블레이드를 뽑아들었다. 한 번의 치명적인 동작에 언데드의 머리가 투석기 바위처럼 우수수 떨어졌다. 머리가 베인 언데드들은 움찔거리며 발작하듯 무기를 휘둘렀다. 그러나 머리 없이 아무것도 볼 수 없는 몸뚱이들은 손쉬운 사냥감에 불과했다.

크레토스는 신속하고 효율적인 동작으로 언데드의 팔과 다리를 자르고 몸통만을 남겼다. 그러나 언데드들은 스파르타인이 아니었다. 최소한 세 마리의 갑옷은 있어야 크레토스의 넓은 가슴에 맞는 갑옷을 만들 수 있었다. 크레토스는 잘린 언데드의 몸을 발로 차 가면서 가장 손상이 덜한 갑옷을 찾아 시체에서 벗겨 낸 다음 등에 걸치고 띠로 고정시켰다. 다음 갑옷은 조금 더 찢어진 것이었다. 그 갑옷은 앞쪽에 대고 묶었다. 그러나 상관없었다. 어쨌든 그 갑옷은 아레스의 부하 괴물들로부터 몸을 지키기 위한 것이 아니었다. 전쟁의 신이 일으키는 불의 살인적인 열기를 막기 위함이었다.

크레토스는 어깨를 들썩이며 갑옷이 몸에 들어맞도록 조정했다. 그러나 크레토스가 다시 한 번 파르테논에 이르는 길을 살피기도 전에 또 다른 언데드가 집 안쪽으로 들어왔다.

크레토스는 간신히 늦지 않게 갑옷을 조였다. 그 순간 언데드 두 마리가 공격에 가세했다. 이 언데드들은 마법 방패를 들고 있었다. 크레토스는 분노의 포효를 내지르며 반격했다. 그는 혼돈의 블레이드를 휘둘렀다. 그러나 그의 검은 우두머리 언데드의 방패에 맞고 튕겨 나왔다. 크레토스는 뒷걸음질 쳤다. 언데드 병사들은 크레토스가 순간적으로 균형을 잃은 틈을 타서 황금색으로 빛나는 방패를 치켜들고 크레토스에게 달려들었다.

크레토스는 필사적으로 싸웠다. 마법 방패는 혼돈의 블레이드를 막았을 뿐만 아니라 크레토스의 힘까지 약화시켰다. 크레토스는 적을 공격할 때마다 힘이 빠지는 느낌이 들었다. 크레토스는 뒤로 밀려나기를 반복하다가 결국 어느 거친 벽에 등이 닿고 말았다. 두 명의 병사는 서로에게서 조금 거리를 두고서 각기 다른 방향에서 크레토스에게 다가왔다. 크레토스는 우렁차게 분노에 찬 고함을 내지르며 앞쪽 방패 사이로 몸을 던졌다. 그는 공중제비를 돌아 반대쪽에 착지했다. 이제 벽을 등진 쪽은 언데드들이었다.

크레토스는 아직 언데드의 칼과 방패를 마주하고 있었다. 그 방패는 크레토스 자신의 마법 무기인 혼돈의 블레이드를 막아 낼 뿐만 아니라 약하게 만들기까지 했다. 크레토스는 혼돈의 블레이드를 등에 집어넣었다. 그리고 자세를 낮췄다. 언데드도 마법으로 빛나는 방패를 낮게 고쳐 잡았다. 크레토스가 노린 것은 이것이었다. 그는 마지막 순간에 몸을 던졌다. 방패는 땅에 처박혔고 눈부신 분노로 폭발했다. 크레토스는 손가락으로 언데드의 발목을 잡고 힘껏 죄었다. 언데드는 벽을 등지고 있었기에 더 후퇴할 수가 없었다. 크레토스는 전력을 동원하여 언데드의 다리를 쥐어짰고 다리를 부서뜨렸다. 언데드는 창으로 크레토스를 찔렀지만 크레토스는 창끝에 팔이 꿰뚫리면서도 그 고통을 무시했다. 그러나 창은 깊게 박히지 않았다. 혼돈의 블레이드와 이어진 사슬 덕분에 실제로는 별 피해를 입지는 않았다.

크레토스는 동료 언데드가 그의 등을 노리고 달려들기 전에 기합을 지르며 언데드를 들어 뒤집었다. 언데드는 머리가 거꾸로 처박혔고 더는 위협이 되지 못했다. 크레토스는 다른 언데드의 창이 날아드는 것을 보고 재빨리 몸을 웅크렸다. 창은 돌벽에 꽂혔고 크레토스는 다시 기회를 잡았다. 힘을 흡수하는 마법 방패를 지니기는 불가능했기 때문에 방패를 주워 아직도 벽에 박힌 창을 뽑으려 애쓰는 언데드를 향해 원반처럼 날려 보냈다. 마법 방패는 언데드의 다리를 잘랐고 언데드는 동료의 시체 위에 고꾸라졌다. 크레토스는 언데드의 뒤통수에 연거푸 주먹을 날려 결국 가루로 만들어 버렸다.

크레토스는 마법 방패를 한쪽으로 차 버렸다. 다시 길을 나섰을 때 어떤 건물 안쪽에서 비명이 들려왔고 그는 열린 문 사이로 안을 들여다보았다. 남자와 여자가 서로에게 매달려 있는 가운데 양손에 칼을 든 언데드 병사가 공포를 조장하듯 두 칼을 부딪치며 소리를 내고 있었다. 크레토스는 칼자루로 문을 부수고 안으로 들어갔다. 언데드는 어깨너머로 돌아본 다음 다시 남자와 여자를 쳐다보았다. 언데드가 다시 스파르타의 유령에게로 고개를 돌렸을 때는 이미 혼돈의 블레이드가 내려쳐지기 직전이었다. 언데드는 쇄골에서부터 가랑이까지 두 동강이 나고 말았다.

크레토스는 뒤로 물러서서 언데드의 몸이 쓰러질 때까지 기다렸다. 언데드의 발이 힘없이 크레토스를 공격했다. 크레토스는 신경 쓰지 않았다.

"우리는 진정 신들의 축복을 받았군요!"

남자가 말했다.

"우리를 구해주셨습니다!"

"구한 것이 아니오. 그저 잠시 죽음이 지연된 것뿐이오."

크레토스는 돌아섰다.

"남은 힘은 도망치는 데 쓰는 것이 나을 것이오."

"우리는 아프로디테 여신께 공물을 올리던 중이었습니다."

여자가 그 말과 함께 크레토스에게 작은 나무 상자를 보여 주었다. 그녀의 손바닥 위에는 조각된 상자가 놓여 있었고 그 안에는 향긋한 오일을 담은 유리병들이 담겨 있었다.

"도시의 성벽을 지키던 그분이시군요. 공물은 언제든 올릴 수 있답니다."

그녀가 남편을 보면서 말했다. 남자는 언뜻 보아도 군인이 아니라 장인이었다.

"당신들이 쓰시오."

크레토스는 퉁명스럽게 답하고서 서둘러 그 집을 빠져나왔다.

그러나 그의 발이 보도에 닿기도 전에 그의 눈앞에서 아테네가 사라지기 시작했다. 온 세상이 그의 주위에서 희미하게 빛났다. 그는 마치 하늘로 솟아오르는 것처럼 느꼈다.

눈부신 천상의 영광 속에서 밝은 빛이 피어났다. 그리고... 올림푸스의 화려한 빛과 함께 여인의 모습이 나타났다. 그녀는 완벽함 그 자체였고 크레토스는 지금껏 상대한 어떤 적보다도 그녀를 바라보기가 더 어렵게 느껴졌다.

크레토스는 두어 번 헛기침을 하고서 말을 꺼냈다.

"아프로디테 여신이여."

"반갑구나, 스파르타인이여. 네가 내 숭배자들을 구해 주었으니 감사를 전하고 싶다."

"여신님께 도움이 되었다면 그것은 나의 영광이오."

크레토스는 고개를 숙이며 겨우 말을 이었다. 그는 다시 헛기침을 하고 목을 가다듬었다.

"원하시는 대로 하시옵소서."

"크레토스..."

아프로티테가 연인의 이름을 부르듯이 다정하게 말했다.

"조라와 로라가 네 재능에 관해 이야기해 주었다."

"조라와 로라? 그 쌍둥이가 여신님께 말을 한다는 말이오?"

크레토스가 눈을 깜빡이며 말했다.

"자주는 아니다."

사랑의 여신 아프로디테가 낮고 부드러운 목소리로 말했다.

"물론 그런 불만은 어느 부모나 마찬가지겠지."

"여신님이 쌍둥이의 어머니라는 말이오?"

그것은 쌍둥이에 관한 수많은 다른 사실들을 설명해 주었고 크레토스는 놀라 말문이 막혔다. 아프로디테는 호리호리한 손을 들어 길고 가느다란 손가락을 크레토스의 입술에 가져다 대면서 그의 말을 막았다.

"아테나가 너에게 내 재능을 선물하라고 청하더군. 임무를 수행하도록 도와 달라고 하면서 말이다."

"내게 필요한 유일한 선물은 과업을 완료할 자유뿐이오."

아프로디테가 웃었다. 그녀의 웃음소리는 낭랑한 종소리처럼 울려 퍼졌다.

"스파르타인이여, 네게 필요한 것은 신이 무엇을 선물하든 그것에 감사하는 마음이다."

아프로디테는 크레토스의 뺨을 부드럽게 어루만졌다. 그녀의 손가락은 차가 웠다.

"나를 위해 해야 할 일이 있다."

"나는 이미…"

"고르곤의 여왕을 처치해라."

크레토스가 얼굴을 찌푸리며 말했다.

"왜 하필 이런 때에? 어째서 그녀를 죽인단 말이오?"

"너는 정말 사랑스러우니 감히 내게 질문한 것을 벌하여 내장을 꺼내지 않겠 다. 이번에는 말이지. 메두사를 죽이고 머리를 가져와라. 고르곤의 능력을 주 겠다. 인간을 돌로 바꿀 수 있는 능력이지!"

아프로디테는 용무를 마쳤다는 듯이 손짓을 해 보이고 평화로운 올림푸스로 사라졌다.

크레토스는 말을 하려 했으나 숨이 쉬어지지 않았고 보려 했으나 온통 어둠 뿐이었다. 몸을 움직이려 해도 끊임없는 혼돈만이 소용돌이쳤다. 그것이 그의 머릿속에서 벌어지는 것인지 아니면 그의 주변에서 벌어지는 것인지, 그것도 아니면 둘 다인지 알 수 없었다.

크레토스는 차갑고 어두운 어딘가에서 몸을 웅크리고 있었다. 그리고 뱀들 이 쉭쉭거리는 소리를 들었다.

그는 일어섰다. 크레토스는 고르곤을 처치해 달라는 아프로디테의 요구를 빨리 들어주는 편이 나으리라 생각했다. 그래야만 늦지 않게 아테네로 돌아가 오라클을 만날 수 있을 것이다.

주위의 어둠 때문에 뱀의 움직임이 보이지 않았다. 그는 어둠 속에서 옆으로 몇 걸음을 옮겼다. 무릎까지 찬 물이 철벅거렸다. 끈적거리는 바위벽이 손에 닿았다. 크레토스는 벽에 귀를 가져다 대고 천천히 숨을 조절하면서 진동이 느껴지는지 살폈다. 아무것도 없었다.

크레토스는 한숨을 쉬었다. 무엇을 기대한 것인가? 아프로디테가 메두사를 눈앞에 데려다주기를 바란 것인가?

눈이 어둠에 적응해 가자 주위의 형태가 눈에 들어오기 시작했다. 아프로디테는 크레토스를 살아 있는 바위를 깎아서 만든 세 개의 낮은 굴이 이어진 곳에 순간이동시켜 놓았다. 어느 쪽에서도 빛은 들어오지 않았다. 이 정도라도 볼 수 있었던 것은 바위틈에 붙어 있는 발광성 이끼가 내뿜는 희미한 빛 덕분이었다.

굴은 앞쪽으로 곧게 뻗었고 끝은 막혀 있었다. 크레토스는 앞길을 막은 벽을 세게 밀쳤다. 분노가 솟구쳤다. 시간을 더 허비하고 있었다.

오라클은 죽을 위험에 처해 있었다. 아레스가 그녀를 붙잡았다면 그야말로 최악이었다. 크레토스는 오라클이 죽든 살든 별로 상관하지 않았지만 그녀에게서 비밀을 알아내야 했다.

크레토스는 전투를 앞두고서 야영지 모닥불 앞에서 동료 장교들과 대화를 나누었던 기억을 떠올렸다. 불경한 부류들은 나무가 햇빛을 필요로 하듯이 신들도 인간의 숭배를 필요로 하는지 의구심을 품었다. 숭배자가 없다면 신이 존재할 수 있을까? 크레토스는 어쩌면 아테네에서 벌어지는 상황을 보면 그 답을 알아낼 수도 있다고 생각했다. 아테나의 힘이 줄어들까? 아테나가 그냥 사라져 버리는 것일까? 제우스는 신이 다른 신을 죽이지 못하도록 명령했다. 그러나 아레스는 그 명령을 우회할 방법을 찾았는지도 모른다.

아레스는 예전부터 교묘한 술책보다는 잔혹한 무력을 앞세웠다. 어쩌면 아레스가 교훈을 얻었는지도 몰랐다. 아레스는 예전에 분노하던 방식으로 아테네를 덮쳤지만 마음속으로는 다른 전략을 생각했을 수도 있다. 아테네인들을 죽이면 아테나는 숭배자들을 잃는다. 충분한 수를 죽이면 남은 숭배자들도 아테나를 버리고 다른 신을 찾을 것이다. 만약 그렇게 된다면 그들의 여신을 물리친 전쟁의 신, 아레스 말고 또 어떤 신을 받들겠는가?

이 불확실한 세상에서 아레스의 사원으로 인간들을 끌어들이려면 힘을 보여주는 것만큼 좋은 것이 없었다. 크레토스도 한때 여러 차례 그런 힘을 증명하면서 아레스의 힘을 상징하는 지상의 존재가 되었던 적이 있었다. 크레토스의 장교들은 숭배자가 사라진다면 신들 역시 아침 햇살에 증발하는 안개처럼 그저 사라질 것이라고 생각했다. 아테나의 운명이 그렇다면 크레토스가 전 주인에게 복수할 유일무이한 기회도 아테나와 함께 증발해 버릴 것이다.

그리고 악몽은 계속해서 자라나 이성을 좀먹을 것이다.

크레토스는 바위벽을 몇 차례 더 때려 보았지만 벽은 그의 엄청난 힘에도 흔들림 없이 견고했다. 크레토스는 돌아서서 왔던 길로 향했다. 아프로디테가 그를 내려놓은 곳에 미처 도착하기도 전에 앞쪽 물에서 불길한 잔물결이 일었다. 크레토스는 몸을 거의 두 배나 깊이 숙인 채 등에서 혼돈의 블레이드를 뽑아들었고 간신히, 늦지 않게 앞으로 가져갔다.

어두운 웅덩이 위에서 머리가 크레토스의 주먹보다도 큰 뱀이 날카로운 이빨을 번뜩이며 크레토스를 덮쳤다. 독사의 이에서는 어둠 속에서 연기를 뿜는 독이 떨어졌고 독이 닿은 곳에서는 물이 끓어 올랐다. 크레토스는 혼돈의 블레이드로 독사의 공격을 막은 다음 다른 한 자루의 검으로 독사의 등을 쳤다.

뱀의 머리와 목의 일부가 공중을 날았다. 몸통은 거칠게 몸부림치며 죽어 갔다. 그러나 머리는 계속해서 크레토스를 공격했다. 검은 눈은 살기가 가득했다. 크레토스는 혼돈의 블레이드 한 쌍을 머리에 꽂아 넣고 사악한 생명의 기운이 사그라들어 죽기를 기다렸다. 결국 뱀의 머리도 죽었다.

크레토스는 앞쪽을 살폈고 잔물결이 더 심하게 이는 것을 보았다. 탁한 물 아래로 뱀들이 다가오고 있었다. 너무도 많아서 피하는 것은 불가능해 보였다. 한 마리가 크레토스를 공격했다. 독니가 그의 신발에 파고들었다. 뱀은 두꺼운 청동 경갑에 이빨을 박아 넣을 수 있다고 생각했는지 입에 잔뜩 힘을 주었다. 크레토스는 뱀의 생각이 옳았는지 확인할 시간을 주지 않았다. 검의 자루가 독사의 머리를 짓이겼다. 독니와 턱은 아직도 경갑에 붙어 있었다. 앞쪽에서 더 많은 독사가 몰려오면서 물에 거품을 일으켰다. 셀 수 없을 만큼 많았다. 크레토스는 앞쪽 물속으로 연거푸 검을 찔러 넣었다. 혼돈의 블레이드는 눈부신 빛을 내뿜으면서 죽음의 장막을 펼쳤다. 크레토스는 살기를 풍기며 계속 나아가 다시 처음 장소에 이르렀다. 독사의 피로 붉게 물든 웅덩이의 물결도 곧 잠잠해졌다.

사방이 조용했다. 벽에서 떨어지는 물방울 소리뿐이었다.

크레토스는 물속을 살폈다. 무언가가 움직이고 있었으나 뱀은 아니었다. 그는 물속에 있는 것은 무엇이든 짓이겨 버리겠다는 듯이 발을 들어 내리찍었다. 발이 신발의 형태로 깎인 바위 속으로 미끄러져 들어갔다. 그는 수상한 낌새를 채고 서둘러 다른 발을 넣어 보았으나 마찬가지로 바위에 파인 공간이 느껴졌다. 크레토스는 잠시 두 발을 물 아래 바위 형틀에 담근 채 서 있었다. 그리고 발을 앞으로 내디디려 하자 작은 진동이 느껴졌다. 진동은 몸 전체로 전해져 그의 손목을 감은 사슬을 흔들었다.

벽에 붙어 있던 발광성 이끼가 몸을 뒤틀었다. 바위에서 한쪽 발을 빼내자 이끼에서 빛이 사라졌다. 다시 발을 넣자 이끼가 빛나기 시작했다.

크레토스는 궁금한 생각이 들어서 이끼를 만져 보았다. 이끼가 마치 뱀처럼 구불거리며 그의 손가락을 피했다. 크레토스는 낮게 성난 소리를 냈다. 가끔 물방울이 떨어지는 소리를 제외하면 그곳의 유일한 소리였다.

그는 손가락을 찌르듯이 가져다 대고 움직이는 이끼가 손가락을 피하게 만들었다. 이끼는 몸을 비틀면서 마치 동굴의 가려진 탈출구를 보여 주겠다는 듯이 크레토스의 손가락이 찌른 지점을 둥그렇게 둘러쌌다. 크레토스는 몸을 살짝 기울이며 손가락에 힘을 주었으나 아무 일도 일어나지 않았다.

그는 바위 틀에서 발을 빼냈다. 이끼가 빛을 잃었다. 크레토스는 굴이 끝나는 지점까지 쿵쿵거리며 걸어갔지만 다시 막다른 벽이었다. 주위를 조사할수록 밖으로 통하는 길이 없다는 사실이 분명해졌다. 만약 그렇지 않다고 해도 크레토스는 찾을 수 없었다. 그는 두 손으로 혼돈의 블레이드를 꺼내려다가 동작을 멈췄다.

"양손... 두 손을 사용해야 하는 것인가?"

크레토스는 다시 바위 틀이 있던 자리로 돌아와서 바위에 두 발을 밀어 넣고 오른쪽 벽에 손가락을 가져다 댔다. 이끼는 다시 특정한 지점을 중심으로 원을 그리며 움직였다. 그는 손가락에 힘을 주었다. 아무 일도 일어나지 않았다.

크레토스는 다른 쪽 벽에서도 마찬가지 동작을 반복했다. 초록색으로 빛나는 이끼가 다시 소용돌이치며 움직이기 시작했다. 그는 손가락을 움직였고 그쪽 벽에서는 이끼가 훨씬 더 높은 지점까지 올라간 다음 움직임을 멈추고 특정한 지점을 보여 주었다.

크레토스는 표시가 난 지점에 각각 손가락을 대고서 양쪽 벽을 밀었다.

"전능하신 제우스여..."

천장 한쪽이 내려오기 시작했다. 크레토스는 눈이 휘둥그레졌다. 그는 안전하게 뒤로 빠지지 않고 자리를 지키며 기다렸다. 천장 문은 계속 내려와 열렸고 위로 통하는 사다리가 내려왔다. 크레토스가 벽에서 손가락을 떼자 곧 사다리가 위로 올라가기 시작했다. 그는 재빨리 사다리로 뛰어올랐다. 그는 잠시 사다리에 매달린 후 닫히는 천장 문을 지나 위쪽 방에 들어섰다. 그 방에는 발이 잠길 정도의 물이 유유히 흐르고 있었고 촘촘히 놓인 돌들이 물길을 잡아 주고 있었다. 크레토스는 몸을 흔들어 물을 털어냈다. 그리고 혼돈의 블레이드를 꺼내어 예리한 날로 경갑에 박혀 있던 뱀의 독니를 긁어냈다. 이빨이 그토록 집요하게 붙어 있을 줄은 상상도 못 한 일이었다.

독이 있는 물뱀은 그가 찾는 사냥감에 비하면 아무것도 아니었다. 크레토스는 얼굴을 보기만 해도 돌로 변하는 괴물을 상대해야 했고 그중에서도 특별한 고르곤을 찾아야 했다. 메두사 여왕은 고르곤 자매들의 지배자였으나 왕관을 쓰거나 홀을 들고 있는 것이 아니라면 크레토스로서는 여왕을 쉽게 구분할 방법이 없었다.

메마른 동굴 앞쪽에서 누군가가 돌 바닥에 신발을 긁으며 다가오는 소리가 났다. 크레토스는 혼돈의 블레이드를 들어 올렸지만 어떤 원초적인 직감으로 싸우지 않는 게 낫겠다는 생각이 들었다. 이곳에 이르는 비밀 통로를 발견한 것처럼 다시 한 번 기지를 발휘하여 승리를 거두어야 할 상황일 수도 있었다. 크레토스는 뒤로 돌아서서 돌벽 사이에서 공간을 발견하고 목을 숙이고 발목을 당겨 그 안으로 들어갔다. 안에는 빈 선반들이 가득했다. 방의 벽에는 그와 유사한 다른 보관소들이 있었는데 안쪽 선반들은 대부분 물건이 채워져 있었다. 크레토스는 누구든 이곳에 오는 이는 보관소에서 물건을 가져갈 것이므로 이미 비었다는 것을 아는 그곳에는 눈길도 주지 않을 것이라고 지레짐작했다.

만약 그 짐작이 빗나가더라도 그에게는 혼돈의 블레이드가 있었다. 그들이 이 보관소에서 발견할 것은 피비린내 진동하는 신속한 죽음뿐이리라.

두 사람이 방에 들어섰다. 곱사등이와 노인이었다. 곱사등이는 넝마 조각으로 눈을 가린 노인을 이끌고 있었다. 그들은 여기저기에서 물건을 챙기기 시작했다. 곱사등이는 자기 짐을 하나 챙길 때마다 맹인에게 두 배나 되는 짐을 넘겼다.

"짐이 얼마나 무거운지 등이 부러지겠어."

곱사등이가 투덜거렸다.

"나 대신 하나만 더 들어주라고. 괜찮지?"

"주르, 나도 서 있기가 힘들어. 그래도 올려 보라고. 다시 올 수는 없으니까. 만약 늦었다가는 우리 둘 다 메두사 여왕님의 벌을 면하지 못할 거라고."

"그러니까 말이지."

주르가 말했다.

"나는 하루에 한 번 오는 것도 버겁다니까. 여왕님한테 맞아서 생긴 상처로 등이 욱신거려."

주르는 이미 훨씬 많은 짐을 들고 있는 노인에게 무거운 상자 서너 개를 더 싣고 자기에게는 가벼운 상자만 조금 남겼다.

크레토스는 그들이 떠날 때까지 지켜보았다. 맹인은 무거운 짐을 들고 휘청거렸고 곱사등이는 가볍게 걸었다. 크레토스에게는 상관없는 일이었다. 분명한 사실은 이 지하 미궁에는 두 종류의 사람, 즉 일을 떠맡는 사람과 볼 수 있는 사람이 있다는 것이었다. 크레토스는 볼 수 있는 사람이었고 그 질서를 방해하고 싶지 않았다.

크레토스는 거의 소리도 내지 않고 그들을 뒤따랐다. 신발이 철벅거리는 희미한 소리만 간간이 울려 퍼졌다. 그는 중간중간 발광성 이끼에 흔적을 표시했다. 만약 임무에 성공하면 이곳에서 나갈 길이 열릴지도 모른다. 어쩌면 아프로디테가 다시 그를 아테네로 데려갈 수도 있을 것이다. 그러나 처음 들어온 장소로 돌아가야 할 수도 있다. 크레토스는 배신에 대비했고 그 덕분에 지지 않을 수 있었다.

특히 신들의 배신이라면...

"먹을 것을 가져오너라. 이 구역질 나는 벌레들아!"

앞쪽 방에서 새로운 목소리가 들렸다. 그곳에서는 등이 어둠을 밝히고 있었다. 크레토스는 멈춰 서서 아치형 입구의 옆쪽 그늘로 몸을 숨겼다. 청동 그릇에서 돌을 굴리는 듯한 그 목소리는 낮고 거칠었지만 크레토스는 억양의 미묘한 특색으로 미루어 여성의 목소리일 수 있다고 생각했다.

만약 그 짐작이 옳다면... 한 번이라도 시선을 잘못 마주쳤다가는 영원히 석상으로 변하여 이 음침한 지옥에서 영원히 고르곤의 놀림감 신세가 될 수 있었다.

"즉시 대령하겠나이다. 메두사 여왕님. 제가 재료를 가져왔습니다."

앞을 보는 주르가 답했다.

"네가?"

맹인이 끼어들었다.

"제가…"

"쉿."

"시끄럽다, 인간들아. 더러운 입은 그만 놀리고 어서 일해라! 나와 자매들이 지금도 더 굶주리고 더 화가 나고 있다."

그녀의 목소리는 아슬아슬한 고비를 넘고 있었다.

"그러니까 너희를 벌하고 싶은 생각이 든다는 말이다."

"아… 메두사에게 다시 당하기 전에 제우스께서 내게 벼락을 내리시기를!"

맹인이 조용히 중얼거렸다.

"적어도 너는 앞을 못 보잖아. 행운인 줄 알아."

주르도 작은 목소리로 말했다.

"저 거울을 보라고. 침실에 있는 저 썩을 거울들 말이야! 메두사는 어느 방향에서건 자신의 흉측한 모습을 볼 수 있다고."

냄비를 올리고 불을 지피는 소리가 들렸다. 크레토스는 바로 소리가 나는 방향을 바라보았다. 눈 한 번 깜빡일 시간만큼도 되지 않았지만 크레토스는 주방 전체를 확인했다. 맹인은 일종의 고기로 보이는 재료를 욕조 크기의 가마솥에 쏟아부었다. 주르는 그 아래에서 불을 지피고 있었다. 고르곤의 여왕 메두사는 어린 양고기를 즐기는 듯했다…

아니었다. 그것은 양고기가 아니었다. 크레토스는 그 사실을 깨닫고서 배가 뒤틀리는 느낌이 들었다.

그것은 어린아이들이었다. 크레토스는 주먹을 꽉 쥐고 그 끔찍한 현장으로 뛰어들어 가고 싶은 충동을 느꼈다. 아이들이라니. 그의 딸과 같은 인간의 아이들이었다. 그의 사랑스러운 딸과 같은…

크레토스는 발을 내디뎠지만 애써 참고 물러서서 적당한 때를 기다렸다. 그 끔찍한 광경에 고르곤을 쓰러뜨리고도 남을 만큼 분노가 차올랐다. 메두사의 머리를 가져오라는 것은 아프로디테의 명령이었다. 크레토스는 그것을 충분히 즐길 생각이었다. 여신의 명령이건 아니건 간에!

곧 맹인이 어린아이로 요리한 음식을 거대한 나무 쟁반에 가득 담아 작은 주방을 가로지르며 어두운 아치형 입구 쪽으로 나르기 시작했다. 주르는 맹인이 가는 것을 지켜보다가 거대한 주전자 쪽으로 살금살금 다가가더니 국자를 들고 요리를 조금 떠내어 냄새를 맡았다.

"망할 노인네가 드디어 음식 만드는 법을 배웠군."

주르는 국자를 입에 가져가면서 중얼거렸다. 그러나 음식을 맛보기도 전에 거대한 손이 다가와 뒷목을 붙들고 그를 들어 올렸다.

그는 국자를 그릇에 떨어뜨리고 소리를 지르려 했다. 그러나 손이 목을 휘감고 조이는 바람에 찍소리도 내지 못했다. 그는 닥치는 대로 할퀴고 발길질하면서 발버둥 쳤다. 그러나 뼛가루처럼 새하얀 적의 몸은 청동보다도 단단했다. 그는 잠시 후 돌아서 있었고 스파르타의 유령을 대면하고 있는 자신을 발견했다.

주르의 눈이 커졌다. 그는 크레토스의 손가락이 목을 조여 오자 숨넘어가는 소리를 냈다.

"메두사는 어디에 있느냐? 손가락으로 가리켜라. 그럼 놓아주겠다."

크레토스가 작은 소리로 말했다.

주르는 미친 듯이 손을 움직이다가 간신히 방 하나를 가리켰다. 고르곤의 여왕 메두사의 침실은 어두운 복도를 따라 나 있는 오른쪽 첫 번째 방이었다. 크레토스가 고개를 끄덕였다.

크레토스는 재빨리 주르의 후두부를 쥐어짰다. 이제 비명을 지르지 못할 것이고 애걸복걸하는 소리도 들리지 않을 것이다. 크레토스는 어린아이를 요리한 인간을 팔팔 끓는 욕조 크기의 가마솥에 떨어뜨렸다. 그는 놓아주겠다는 말을 지켰다.

크레토스는 고르곤의 여왕 메두사의 침실에 들어서는 첫 순간이 가장 위험하다는 사실을 인지하고 있었다. 만약 실제 메두사를 거울에 비친 상으로 착각하여 그녀의 얼굴을 바라본다면, 다음 기회는 없을 것이다.

크레토스는 대담한 자에게 행운이 깃든다는 말을 되뇌면서 발을 떼었다.

그는 고양이처럼 날렵하게 몸을 던져 반대편 아치형 입구로 뛰어갔고 맹인이 도착한 바로 다음 순간 메두사의 침실에 도착했다. 맹인은 한 손으로 쟁반을 들고 불안하게 균형을 잡으며 다른 손으로 문을 열었다. 그는 뒤에서 크레토스의 인기척을 느끼고 반쯤 몸을 돌렸다.

"주르…"

맹인은 더 말을 잇지 못하고 크레토스에게 쟁반을 빼앗겼고 강력한 발길질에 여왕의 침실 한가운데로 내팽개쳐졌다.

크레토스는 애써 천장만을 바라보았다. 주르의 말은 사실이었다. 그러나 그것마저도 전부가 아니었다. 거울은 벽을 가득 채웠고 더 많은 거울이 양쪽에서부터 이어져 천장까지 닿아 있었다. 천장의 거울은 맹인이 흉측한 괴물 메두사에게 곧장 나아가는 모습을 비추었다.

맹인과 크레토스가 미처 반응할 틈도 없이 곧바로 메두사의 머리에서 뱀들이 풀려나 떼를 지어 맹인을 덮치고 온몸에 달라붙었다. 뱀들은 크레토스의 경갑을 물었던 그 물뱀처럼 맹인의 몸을 깨물었다. 맹인이 경련을 일으키기 시작하자 뱀들은 몸을 비틀어 가면서 그를 메두사의 얼굴 앞으로 끌고 갔다. 그 구역질 나는 광경을 거울로 지켜보던 크레토스는 다음 계획이 무의미하다고 생각했다.

크레토스는 빠르게 세 걸음을 옮겼고 메두사와 죽어가는 맹인을 지나쳤다. 메두사는 분노에 찬 비명을 지르며 운수 나쁜 노예를 할퀴어 면전에서 떼어 내려 했다. 마침내 노예를 밀쳐 내고 고개를 들었을 때 메두사는 벽에 걸린 거울을 통해 자기의 죽음이 바로 등 뒤에 있다는 사실을 깨달았다. 크레토스는 공중으로 뛰어올라 두 발로 메두사를 찍어 내렸다. 메두사는 침실 바닥에 얼굴을 대고 쓰러졌다. 그와 동시에 혼돈의 블레이드가 번뜩이며 한 지점을 향했고 메두사의 쇄골과 상단 갈비뼈 뒤쪽을 함께 갈랐다.

크레토스는 혼돈의 블레이드를 집어넣고 메두사의 상처 부위에 두 손을 가져갔다. 그는 끈적거리는 메두사의 조직 속으로 손가락을 넣어 등뼈를 쥔 다음 힘껏 당겼다. 메두사의 몸에서 머리가 떨어졌다. 메두사의 머리에 있던 뱀들이 그의 팔을 물었다. 그러나 힘은 없었다. 이미 맹인에게 독을 소진한 상태였다.

크레토스는 잠시 멈춰 서서 거울에 비친 메두사의 치명적인 얼굴을 보았다. 눈은 무시무시했고 이빨은 날카롭게 뻗쳤으며 머리카락이 있을 자리에는 살아 있는 뱀들이 득실거렸다.

크레토스는 갑자기 위쪽에서 무언가가 움직이는 것을 느끼고 자리에서 일어섰다. 크레토스는 이끼만 희미하게 빛날 뿐 온통 어두운 지하 동굴에서 화려하고 눈 부시고 화려한 빛 속으로 순간이동해 있었다.

"잘했다, 나의 스파르타인이여."

'나는 당신의 스파르타인이 아니오'

크레토스는 속으로 생각했으나 말을 하지는 않았다.

"아프로디테 여신님이여."

크레토스는 손을 들어 눈부신 빛을 살짝 가렸다. 그제야 아프로디테의 모습이 눈에 들어왔다. 그녀의 비단옷은 속이 비칠 만큼 얇았고 그를 유혹하듯이 몸에 착 달라붙어 있었다. 아프로디테는 크레토스에게서 메두사의 머리를 넘겨받았다. 그녀는 이제는 죽은 뱀들뿐인 머리카락을 잡고 메두사의 머리를 들었다.

"아프로디테 여신이여, 더 용무가 남았소?"

"그렇다. 내 임무를 완수했다는 것을 확인할 일이 남았다. 자, 받아라."

아프로디테는 조심스럽게 얼굴 방향을 돌리고 메두사의 머리를 내밀었다.

"뱀을 잡아라. 잘했다. 눈을 보지 않도록 조심해야 한다. 이제 네 거대한 검을 등에 집어넣을 때처럼 그 머리를 어깨 뒤로 넘겨라."

크레토스는 그 말대로 했다. 손에서 뱀들이 사라지는 느낌이 들었다.

"어떻게 된 거요? 머리는 어디로 갔소?"

"네가 원할 때 거기에 있을 것이다. 등에 손을 가져가면 손에 잡힐 것이다. 방향을 잘 맞추면 적들을 돌덩이로 만들 수 있다."

"어떻게 그런 것이 가능하오?"

"마법이다. 알아야 할 것이 하나 더 있다. 메두사가 죽었기 때문에 그 힘도 약해졌다."

"사람들을 돌로 만들 수 없다는 것이오?"

"그건 아니다. 단지 돌로 변한 상태가 오랫동안 유지되지 않을 뿐이지."

크레토스는 아프로디테를 똑바로 바라보면서 더 자세한 설명을 기다렸다.

"안광을 제대로 맞았을 때 10초 동안 돌이 될 것이다. 그리고 무엇을 하건 잃어버려서는 안 된다."

아프로디테가 두 손을 벌리고 크레토스를 유심히 바라보았다.

"네가 임무를 끝마치면 아테나가 그 머리를 가지고 싶어 할 것이다. 사용할 곳이 있는 것 같기도 하고... 방패였나... 아니면 망토였나? 상관없다. 네가 고르곤의 여왕을 처치했으니 그 힘도 이제 네 것이다!"

그리고 다음 순간 아프로디테는 산처럼 그를 내려다보고 있었다. 그녀의 머리카락은 달을 어루만지는 듯했고 그녀의 목소리는 거대한 청동 종처럼 울려 퍼졌다.

"메두사의 시선으로 적들을 돌로 만들어 파괴하라!"

여신의 목소리가 쩌렁쩌렁 울렸다.

"신과 함께 가라, 크레토스. 올림푸스의 이름으로 나아가라!"

크레토스는 미처 대답도 하기 전에 다시 아테네로 돌아와 있었다. 아레스는 아크로폴리스를 굽어보면서 집채만 한 물덩어리를 사방으로 뿌려 대고 있었다. 크레토스는 자세를 바로잡았고 곧 아프로디테가 그를 데려갔던 조용한 외곽 마을로 돌아왔다는 사실을 알아차렸다. 아직 아테나의 사원과 오라클에게서 멀리 떨어진 아크로폴리스의 끝쪽이었다.

크레토스는 몸을 숙인 채 양을 쫓는 사자처럼 달렸다. 매처럼 빠르게, 바람처럼 지치지 않고 달렸다. 그는 달려야 했다. 너무 많은 시간을 허비했다. 무엇을 위해서? 필요하지도 않은 힘을 얻기 위해서? 그 힘은 오라클을 찾는 일과는 관련이 없었다. 전쟁의 신 아레스를 무찌르는 일과도 관련이 없었다. 아프로디테가 정말로 그를 돕고자 했다면 그를 아테나의 신전 문 앞으로 보내고 오라클을 그의 무릎 위에 앉히는 것이 나았다.

신들과 신들의 사냥감들... 크레토스는 그 모든 것이 역겨웠다. 일단 아레스를 처치하고 나면 그들과 그들의 미친 요구를 끝장낼 것이다. 그리고 악몽에서도 해방될 것이다. 그의 꿈에서도, 눈을 뜨고 숨을 쉬는 매 순간에서도... 영원히...

제 9장

아크로폴리스 언덕에서 연기가 흘러내렸다. 기름투성이 먹구름이 산에서 파르테논을 검게 물들였고 아래로 내려와 크레토스의 숨통을 조였다. 언데드 병사들에게서 빼앗은 강력한 갑옷 덕분에 화염의 지독한 열기에서 몸을 지키고 아레스의 불에 타버린 등을 보호할 수 있었지만 호흡만은 어쩔 수 없었다. 크레토스는 콜록거리며 신선한 공기를 찾아 돌아서야만 했다. 연기가 적은 길을 찾아 정상까지 오를 생각이었다.

아레스의 불덩이는 아직 이 마을을 덮치지 않았다. 그러나 부하들의 시선까지 피해갈 수는 없었다. 갖가지 괴물들이 무리를 이룬 채 거리를 활보했다. 미노타우로스와 켄타우로스가 조합된 기병대, 중보병인 키클롭스, 해골 궁수, 병사, 하피, 생령... 그리고 무언가의 모습이 나타났다.

흉측한 여인의 몸에 다리 대신 뱀의 기다란 꼬리가 달린 괴물이었다. 구불거리는 뱀들이 머리를 장식했고 눈에서는 치직거리는 소리와 함께 초록색 광선을 쏟아 냈다. 여왕이 죽은 후 나머지 고르곤들이 싸움에 나선 듯했다.

그러나 고르곤 자매가 셋뿐이라는 것은 모든 그리스인이 아는 사실이었다. 스테노와 에우리알레와 불과 얼마 전에 죽임을 당한 메두사였다. 그러나 역겨운 고르곤은 열 마리도 넘었고 크레토스는 그 순간에도 더 많은 고르곤이 아테네에 퍼져 가고 있을 것이라 확신했다. 그들을 죽인다면 크레토스는 분노를 얻고 그의 마음속 한 귀퉁이에 도사리는 악몽을 잠시나마 잊을 수 있겠지만 크레토스와 오라클에게는 너무도 귀중한 시간이었다. 망상을 영원히 지울 수 있는 해결책이 그를 기다리고 있었다. 괴물들이 없는 길을 찾아서 아테나의 오라클에게 가야만 했다.

크레토스는 골목길로 들어가 빗물을 받는 통 위로 올라간 다음, 다시 발코니로 몸을 던져 지붕까지 기어올랐다.

아테네는 불타고 있었다.

크레토스가 있는 마을을 제외하고는 도시 전체가 불길에 휩싸여 있었다. 이따금 연기 너머로 성벽의 모습이 드러나기도 했다. 병사들이 휘두르는 무기에서 불꽃이 일었다. 그들은 더는 도시를 보호하지 못하는 성벽을 사수하기 위해 헛되이 목숨을 낭비하고 있었다. 누구든 어딘가에서 죽어야만 한다. 쓸모없는 성벽을 수호하면서 고귀한 대의를 위해 죽는다는 환상을 가진다고 한들, 그들의 헛된 용기를 부정할 사람은 없었다. 어떤 이들은 혼돈의 블레이드 아래에서 그보다도 못한 죽음을 맞기도 했다.

크레토스는 천천히 지붕을 가로질러 나아가면서 언덕으로 통하는 길을 찾았다. 그는 여기저기에서 연기를 뚫고 먹잇감을 향해 달려드는 하피를 피해 조심스럽게 움직였다. 관문에 있던 노병은 오라클의 방이 파르테논의 동쪽에 있다고 말했다. 크레토스는 아크로폴리스 너머로 희미하게 이어진 갈색 흔적을 구분해 냈다. 어쩌면 샛길일 수도 있었다. 그러나 연기가 자욱하게 피어올라 그 흔적과 다른 길을 모두 가려 버렸다. 크레토스는 시야를 확보하기 위해 지붕 가장자리까지 나아갔다. 그때 화살이 그의 귀를 스치고 지나갔다. 크레토스는 바닥에 엎드려 뒤이어 날아드는 화살을 피했다. 그는 기회를 틈타 지붕 가장자리 너머로 상황을 살피고 언데드 궁수 무리의 위치를 파악했다. 그들은 가까운 발코니에 자리를 잡고 있었다. 크레토스는 어떤 사내가 용감하게 거리로 뛰쳐나가는 모습을 보았다. 그러나 그는 배에 화살을 맞고 말았다. 화살은 배에서 폭발했고 내장과 함께 터져 그의 집 앞을 핏빛으로 물들였다. 궁수들은 목표물이 남아 있는 동안에는 활을 거두지 않았다.

다시 그리스 화약 덩어리가 날아와 이삼백 미터 떨어진 거리에서 폭발했고 크레토스는 몸을 웅크렸다. 폭발이 일어난 지점은 크레토스가 아크로폴리스 언덕으로 이를 것이라 생각한 길이 위로 향한 곳이었다. 끔찍한 생각이 크레토스의 마음속을 채웠다. 아테나의 숭배자라면 전쟁의 신이 자신들의 도시 아테네를 공격한다는 것을 알았을 때 당연히 파르테논으로 달려갈 것이다. 아레스는 이 구역을 제외한 아테네 전역에 불덩이를 쏟아부었다. 그리고 이 구역에는 아크로폴리스로 올라가는 길이 이어져 있었다. 즉, 숭배자들은 변 냄새를 맡고 모여드는 파리 떼처럼 자연스럽게 몰릴 것이다. 그런 다음 아레스는 괴물들을 길에 풀어 숭배자들이 더 움직이지 못하도록 발을 묶었다.

크레토스는 아레스의 의도를 이해했다. 전쟁의 신은 가장 독실하고 헌신적인 아테나의 숭배자들을 도시의 한 지점으로 모아서 그곳이 여신의 사원으로 통하는 유일한 길일 뿐만 아니라 도시에서 가장 안전한 곳으로 보이도록 만들었다. 숭배자들이 외곽으로 도망갔다면 아무리 아레스의 부하들이라도 그들을 쫓아 학살하기가 쉽지는 않았을 것이다. 그러나 사람들은 이 마을이 안전하다는 착각에 홀린 채 제 발로 모여들고 있었다.

그들은 가장 쉽게 죽을 수 있는 곳으로 모였다. 모두 동시에, 질서 정연하게, 조용히… 숲에서 그들을 뒤쫓는 사람도 없었고 산속 동굴에서 그들에게 겁을 주는 이도 없었다. 아테네의 시민들은 도살장으로 달려가는 소 떼와 다를 것이 없었다. 잔혹했다. 크레토스는 매우 효과적인 방법이라고 생각했다.

크레토스 역시 그렇게 했을 것이다.

크레토스의 머릿속에서 하나의 장면이 태양보다도 뜨겁게 불타올랐다. 그는 머리가 터질 것 같은 생각에 두 손으로 관자놀이를 쥐어짰다.

아니! 그럴 수 없었다… 죽은 사람들… 크레토스가 아테나의 사원에서 학살한 사람들… 죄악! 크레토스가 죽인 사람들은…

크레토스는 숨을 헐떡거리며 그 끔찍한 환영을 억지로 몰아냈다. 환영은 나타날 때마다 더 강력하게 크레토스를 집어삼켰다. 환영에 굴복한다고 해서 파르테논으로 가는 길이 편해지는 것도 아니었다. 크레토스는 잠시 동안 자신의 악몽을 억누를 수 있었다. 그러나 아래쪽 길에서 그를 막기 위해 괴물들이 모이고 있었다. 크레토스는 언데드 궁수들이 아직 자신의 존재를 잊지 않고 있다는 것도 알고 있었다. 그는 움직여야 했다. 그것도 빠르게.

한편으로 생각하면 굳이 유리한 위치를 포기할 필요도 없었다.

크레토스는 지붕 가장자리까지 크게 세 걸음을 뛰어 추진력을 얻은 다음 길 위로 몸을 던져 반대편 지붕에 착지했다. 아래쪽 해골 궁수들은 놀란 나머지 화살도 쏘지 못했다. 크레토스는 뛰어가는 동안 미노타우로스가 우렁차게 명령하는 소리를 듣고 아래쪽 적들에게 보였다는 것을 눈치챘다. 크레토스는 다시 몸을 던졌다. 불화살이 여기저기에서 날아들었지만 모두 근처에도 오지 못하고 빗나갔다. 켄타우로스들은 언데드 병사들을 태운 채 길 위에서 크레토스와 나란히 뛰고 있었다. 또 다른 지붕이 나타났고 크레토스는 다시 뛰어올랐다. 이번에는 하피 떼가 그를 덮쳤다. 크레토스는 하피들을 피해 가면서 지붕을 건너면서도 속도를 늦추지 않았다. 지붕 사이가 너무 넓을 때는 혼돈의 블레이드를 닻처럼 걸어서 건넜다. 그는 달리는 동안에도 혼돈의 블레이드를 머리 위로 휘두르며 하피들을 쫓았다.

크레토스는 지붕에서 지붕으로 달렸다. 하피가 쫓아오지 못할 정도로 빠르게 달렸다. 그러나 아래쪽 괴물들의 소리와 고함은 더욱 빨랐다. 아무리 크레토스라고 해도 소리보다 빠를 수는 없었다. 더 많은 아레스의 부하들이 그를 노리고 가세했다. 크레토스는 근처의 마지막 건물에서 몸을 던져 도시의 나머지 공간을 메운 불덩이와 연기 속으로 뛰어들었다.

미노타우로스 하나가 비상한 생각을 해내어 모든 키클롭스, 켄타우로스, 미노타우로스들에게 쫓아가기를 멈추고 대신에 불타는 건물의 벽을 치게 했다. 그들은 크레토스의 길에 놓인 모든 건물을 부수려 들었다.

크레토스는 목을 죄는 연기와 이글거리는 화염 속에서 다시 지붕 위로 뛰었다. 지붕은 그의 체중을 감당하지 못하고 무너졌다. 크레토스는 부서진 지붕 타일 아래로 온몸을 허우적대며 떨어지다가 재빨리 머리 위로 혼돈의 블레이드를 던졌다. 혼돈의 블레이드는 지붕의 더 단단한 지점에 박혔고 크레토스는 덕분에 떨어지지 않고 공중에 매달릴 수 있었다. 재빨리 아래쪽을 살피니 온갖 괴물들이 모여 있었다. 운이 나빠 아래로 떨어졌다면 어떻게 되었을지 충분히 예상할 수 있었다.

크레토스는 비장한 표정으로 계속 달렸다. 지붕들은 갈수록 더 약해질 것이다. 또한 크레토스가 지붕을 타고 아크로폴리스 부근에 이른다고 해도 그곳에서는 길로 내려와 추격자들을 상대하던가 아니면 이 쓸모없는 아테네인들과 함께 죽음을 맞아야 할 것이다.

원수나 다름없는 적들의 시체와 함께 화장을 당하는 것은 배의 무덤에서 히드라에게 잡아먹히고 이름 없는 죽음을 맞는 것만 못했다.

크레토스는 아크로폴리스 아래 깎아지른 듯한 언덕의 바닥을 따라 나란히, 길 쪽을 향해 뛰어갔다. 바위벽을 등진 이 건물들은 더 견고했고 굽은 언덕을 따라 언덕 전면 쪽으로 다가갈수록 추격자들과의 거리 격차도 줄어들었다.

'저기다!'

기름진 연기 틈으로 널따란 바닥돌이 보였다. 바로 앞이었다.

크레토스는 다시 용기백배하여 그쪽으로 몸을 던졌다. 그러나 크레토스가 딛고 싶어 했던 지면을 불과 세 집 남겨 놓은 시점에서 지붕 타일이 무너졌고 불에 손상된 건물 벽이 허물어졌다. 엎친 데 덮친 격으로, 화상으로 물집이 생긴 등이 문제였다. 그는 평소만큼 힘을 쓸 수 없었고 몸을 뒤틀기만 해도 어깨에서 찌르는 듯한 고통을 느꼈다. 크레토스는 결국 추락을 피하지 못했다.

크레토스가 무너진 돌무더기에서 몸을 추스르고 일어섰을 때 괴물들이 그를 덮쳤다. 언데드 병사들이 몰려왔다. 혼돈의 블레이드가 크레토스의 손에 쥐어졌고 다음 순간 언데드의 목을 갈랐다. 더 많은 괴물들이 뒤에서 달려들었다. 크레토스는 적들 쪽으로 몸을 기울이고 앞으로 달려갔다. 괴물들은 흙덩이에 불과했다. 크레토스는 광부였고 혼돈의 블레이드는 그의 곡괭이이자 삽이었다.

그는 경멸스러운 표정을 지으며 가루가 되어 버린 적들의 시체 더미를 밟고 섰다.

크레토스는 넓은 마당으로 나가 더 많은 적을 상대했다. 그들을 처치하는 것은 조금 더 수고스러운 일이었지만 그는 그렇게 했다. 그러면서도 맹목적인 학살에 낭비하는 시간이 아까울 뿐이었다.

크레토스는 길로 나아갔다. 관문에서 더 많은 수의 괴물들이 나타났다. 키클롭스 세 마리가 괴성을 지르며 무지막지한 전투 곤봉을 휘둘렀다. 살짝 머리만 스쳤어도 그의 뇌는 길바닥에 흩뿌려졌을 것이다. 그러나 크레토스는 다른 것을 걱정하고 있었다. 곤봉은 크레토스를 맞히지 못할 때에도 벽에 커다란 구멍을 만들었다. 매번 타격을 입을 때마다 이미 약해진 건물들이 흔들거렸다. 마당 뒤로 건물의 지붕에서는 해골 궁수들이 덜그럭거리는 소리와 함께 모여들어 빗줄기처럼 불화살을 날리며 그의 퇴로를 차단했다.

크레토스는 잠시 어깨너머로 뒤를 돌아보고 위험을 감지했다. 여섯 마리 미노타우로스가 키클롭스 주위로 모여들어 빈 공간을 채웠다.

그리고 모두가, 동시에 달려들었다.

크레토스는 미노타우로스와 키클롭스의 연합 병력과 궁수들 사이에 끼어 도망갈 길이 없었다.

그러나 크레토스는 죽을 준비가 되어 있지 않았다. 적어도 아직은 아니었다.

"그래, 죽고 싶으면 오너라! "

그는 소리쳤다.

크레토스는 미노타우로스의 도끼 공격을 막아 내고 키클롭스의 다리 뒤로 달려갔다. 혼돈의 블레이드가 괴물의 다리를 베었고 괴물은 절뚝거리며 물러났다. 그러나 동시에 다른 키클롭스 두 마리가 전투에 가담했다. 키클롭스의 곤봉이 땅을 뒤흔들었고 크레토스는 곤봉을 피해서 몸을 빼낸 다음 이어지는 곤봉 공격을 계속 막아 냈다. 미노타우로스는 도끼를 버리고 장창을 꺼냈다. 그 무기라면 키클롭스를 방해하지 않고도 크레토스를 공격할 수 있었다. 한 번이라도 창을 맞는다면 그의 몸은 치즈 강판처럼 구멍이 뚫릴 것이다. 괴물들은 잘 훈련되고 노련한 분대처럼 조직적으로 움직이고 있었다.

단 한 명의 인간이 수많은 하데스의 괴물들을 상대하고 있었다. 그러나 먼저 공격한 것은 크레토스였다.

"물러나지 않으면 지금 선 자리에서 죽을 것이다!"

크레토스의 목소리가 쩌렁쩌렁 울려 퍼졌다. 그리고 자신의 말을 단순한 사실의 표현으로 옮기기 시작했다. 크레토스는 키클롭스 사이로 미끄러져 들어간 다음 가장 가까이 있는 미노타우로스의 가슴팍에 강력한 쌍날을 꽂아 넣었다. 혼돈의 블레이드는 소이자 인간인 존재의 생명력을 빨아들였고 새로운 힘이 사슬을 타고 들어와 크레토스의 기운을 북돋아 주었다. 그는 또 다른 키클롭스의 뒤쪽 무릎을 노리고 몸을 돌렸다. 그러나 거대한 키클롭스는 보기보다 빠르게 움직였다. 키클롭스는 외눈을 부라린 채 거대한 곤봉을 들어 올리며 크레토스의 검을 막아 냈다. 그리고 곤봉을 팽개치고 두 손으로 크레토스의 상체를 움켜쥔 다음 쥐어짜기 시작했다. 크레토스는 갈비뼈가 으스러지는 고통을 느꼈다. 시야는 먹구름이 낀 듯 캄캄해졌다.

키클롭스는 의기양양하게 포효했다. 그러나 그의 외눈이 크레토스의 얼굴을 마주했을 때 상황은 달라졌다.

크레토스는 웃고 있었다. 키클롭스의 목과 양어깨 사이로 혼돈의 블레이드가 내리꽂혔다. 검은 피를 튀기며 V자 형태로 괴물의 몸을 가른 다음 심장에서 서로 부딪혔다. 크레토스는 혼돈의 블레이드를 손에서 놓고 키클롭스의 머리를 붙잡았다. 괴물의 외눈은 아직도 놀란 듯이 끔뻑거리고 있었다. 크레토스는 창으로 위협하며 다가오는 미노타우로스들에게 잘린 척추가 매달린 괴물의 머리를 집어 던졌다.

키클롭스의 남은 몸이 부르르 떨더니 고꾸라졌다. 크레토스는 키클롭스의 몸뚱이를 시체 더미와 돌벽 사이의 틈에 차 넣었다.

그의 승리는 오래가지 않았다. 크레토스는 키클롭스를 빠르게 해치웠지만 그 사이 미노타우로스 무리가 그를 에워쌌다. 크레토스는 크게 한 바퀴 몸을 돌리면서 자신에게 다가오는 약 열 마리의 미노타우로스를 보았다. 혼돈의 블레이드가 강력하긴 했지만 그렇게 많은 적들을 해치우기는 어려운 일이었다. 한 두 마리만을 상대한다면 나머지 괴물들이 뒤에서 그를 덮칠 것이다. 그는 키클롭스의 거대한 시체를 방패 삼아 몸을 웅크리고 숨었다. 그는 등을 더듬어 꿈틀거리는 뱀들을 찾았다. 사방에서 미노타우로스가 몰려들었다. 크레토스는 메두사의 끔찍한 머리를 앞으로 내밀고 흔들었다.

고르곤의 죽은 눈에서 치직거리는 소리와 함께 에메랄드빛 에너지가 뿜어 나갔다. 적들은 그 빛에 닿은 즉시 차가운 회색빛 돌덩이가 되어 굳어졌다. 중간에 있던 미노타우로스 하나가 옆에 있던 미노타우로스를 밀치며 옆으로 넘어졌다. 두 괴물은 차례로 길바닥에 쓰러져 흙더미로 부서졌다.

크레토스는 재빨리 움직였다. 시간은 10초뿐이었다.

혼돈의 블레이드가 번쩍거렸고 내리꽂힌 자리에서 석화한 적들의 몸이 부서졌다. 그는 남아 있던 키클롭스의 어깨로 뛰어오른 다음 돌이 되어 굳은 키클롭스를 발로 차서 넘어뜨렸다. 육중한 키클롭스의 몸은 동료 키클롭스와 마지막 두 마리 미노타우로스에 부딪히며 산산조각이 났다.

메두사의 마력이 약해지면서 석화된 괴물들의 덩어리와 조각이 살덩이와 뼈대와 피로 돌아왔다. 처참한 학살의 현장이 거리를 메웠다.

"아프로디테 여신이시여, 내 의심이 어리석었소."

크레토스는 나지막이 중얼거렸다.

혼돈 속에서 부는 한 줄기 산들바람처럼 작은 속삭임이 들렸다. 형언할 수 없는 매력이 깃든 목소리였다.

"나중에라도 개인적으로 사과할 기회를 주마."

크레토스는 메두사의 어깨너머로 걸치고 혼돈의 블레이드를 집어넣었다. 그는 모든 하데스의 군대가 자기 발을 물어뜯기라도 하듯이 전속력으로 달렸다.

그것은 사실이었다. 그는 괴물들을 피하면서 언덕 위로 내달렸다. 파르테논까지 쉽게 갈 수 있는 길은 없었다. 산 전체가 불타는 것 같았다. 아크로폴리스 위쪽 지역이 새로운 태양의 분노로 타올랐다.

"헬리오스…"

크레토스는 큰 소리로 말했다.

"당신도 나의 적이 되었소?"

아테나는 강력한 아군의 지원을 얻어냈다. 그러나 아레스 역시 올림푸스의 도움을 받을 것이다. 올림푸스 산의 정치적 음모는 비밀에 싸여 있었고 그에 엮인다면 인간에게는 치명적일 수 있었다. 크레토스는 별로 걱정하지 않았다. 그는 이미 십 년 전에 자기의 복수를 가로막는 것이 있다면 무엇이든 쓰러뜨려 버리겠노라고 맹세했다. 그것이 인간이건, 짐승이건, 신이건 상관없었다.

살기를 원한다면 크레토스에게서 물러나는 것이 좋았다.

그는 상태가 양호해 보이는 좁다란 길을 타고 올랐다. 앞쪽에서 갑자기 안개가 생겨났다. 크레토스는 오른쪽 검으로 안개를 갈랐다. 그러나 안개는 그의 손길을 살짝 벗어난 곳에서 더 두꺼운 구름을 만들어 냈다. 크레토스는 전투 자세로 두 검을 쥐었다. 이 새로운 위협이 어떤 것으로 드러나건 간에 지금까지 그랬던 것처럼 쓰러뜨릴 것이다. 안개가 움직이며 두꺼운 기둥 형태가 생겨났고 크레토스는 있는 힘껏 혼돈의 블레이드를 휘둘렀다.

칼날은 안개를 통과하면서 안개를 가른 공기의 흔적만을 남겼다.

크레토스는 포세이돈의 분노를 터뜨리는 게 좋을지 아니면 메두사의 시선으로 이 안개를 밝히고 공격할 기회를 노리는 게 좋을지 잠시 생각했다. 크레토스가 채 마음을 굳히기도 전에 안개가 서서히 형태를 갖추더니 곧 호리호리하고 아름다운 여인의 모습이 드러났다. 그녀는 소매 없는 상의와 치마를 입었고 얇은 구름이 한 겹 띠를 이루며 몸을 둘러싸고 있었다. 그녀는 안개처럼 투명했지만 크레토스가 보고 있는 동안 점차 실체를 갖추어 갔다.

서큐버스의 일종일까? 사이렌일까? 뭐든 상관없었다. 그녀는 이제 충분히 단단해 보였다. 크레토스는 평범한 사람이라면 두 동강이 나고도 남을 만큼 힘껏 칼을 내리쳤다.

그녀는 눈썹 하나 까딱하지 않고 말했다.

"두려워 말아요, 크레토스. 전 아테네의 오라클이에요. 아레스를 무찌르는 걸 도와주려고 왔어요. 저는 신들에게도 알려지지 않은 비밀을 점칠 수 있어요. 동쪽으로 가서 제 사원을 찾으세요. 그러면 신을 죽일 수 있는 방법을 알려드리죠."

"오라클이여, 기다리시오!"

크레토스가 혼돈의 블레이드를 놓고 다시 텅 빈 공간을 바라보았다. 그는 고개를 들어 오라클이 가리킨 언덕 쪽을 살폈다. 그가 본 것은 안개와 같은 손짓, 미묘한 공기의 흐름뿐이었다. 어떻게 그녀의 사원을 찾으라는 말인가? 길은 빠르게 좁아졌고 크레토스는 계속 올라갔다. 크레토스는 반쯤 되어 보이는 지점에 도착해서 고개를 돌려 아테네를 내려다보았다. 그는 경악을 금치 못하고 고개를 저었다. 전투는 거의 끝나 가고 있었다. 아레스는 화산처럼 불덩이를 토해내며 사악한 웃음을 터뜨렸고 그의 군대는 아테네의 거리를 뒤덮고 있었다.

"전쟁의 신... 널 잊지 않았다. 그날 밤 네 죗값을 치러주마! 이 도시가 네 무덤이 될 것이다!"

크레토스는 이를 갈면서 말했다.

지진이 아테네의 중심을 뒤흔들었다. 크레토스는 걸음을 멈추고 넘어지지 않도록 발을 넓게 벌렸다. 불타는 건물들 사이로 피어오르던 안개가 잠시 걷히며 아레스의 모습이 바로 드러났다.

아레스는 거대한 몸으로 기나긴 성벽을 밟고 걸으며 아테네인들을 짓밟았다. 그들은 아레스의 발길을 피하기에는 너무도 느렸다. 전쟁의 신이 고함을 지르자 하늘과 땅이 요동쳤다. 그는 허리를 숙여 병사 한 명을 잡은 다음 귀찮은 벌레를 처리하듯 손가락으로 튕겨내 버렸다. 병사는 가늘고 날카로운 비명을 남긴 채 제우스를 기리는 사원의 지붕에 부딪혀 죽었다. 아레스는 분노에 이끌리며 눈에 보이는 것을 모조리 짓밟기 시작했다.

아레스는 아테네 곳곳에서 난동을 피웠다. 건물을 부수고 광장에서 시민들을 차 냈다. 아테네에는 아레스의 자비가 절실한 상황이었다. 그러나 아레스에게 자비는 부족했다. 그에게는 연민도, 자제력도, 자비도 없었다. 아테네인들은 운 없는 밤을 맞았다.

크레토스는 스파르타인이었다. 아테네인들에게 좋은 밤이 있기는 했던가? 그는 아레스에게서 등을 돌리고 길을 따라 아크로폴리스로 올라갔다. 다시 한 번 땅이 흔들렸고 크레토스는 그의 옆에서 떨어지는 돌과 다를 바 없이 몸을 굴려야 했다. 그는 다시 일어서서 아테네 쪽을 바라보았다.

아레스는 전함 열 척만 한 크기의 검을 뽑아들고 머리 위로 치켜세웠다. 그리고 엄청난 힘으로 다시 검을 내리쳤다. 그 충격파가 온 아테네로 퍼져 나가면서 집들이 덩어리 채로 나뒹굴었다. 아레스는 다시 검을 내리쳤으나 이번에는 크레토스도 그에 대비하고 있었다. 그는 되돌아서서 파르테논으로 걸음을 옮겼다.

"놈들이 온다! 놈들이 오고 있어!"

근처 사원의 지붕에서 한 여자가 경고를 전하고 곧 무너질 듯한 사다리를 타고 사원의 정문까지 내려갔다. 크레토스를 뒤쫓던 무리 중에서 언데드 궁수가 불화살을 날렸다. 화살은 여자의 몸을 꿰고 나무 문에 박혔다. 곧 화살이 폭발하면서 문에 불이 붙었다.

매서운 날갯짓 소리가 들렸다. 크레토스는 너무도 익숙한 그 소리를 듣고 몸을 웅크린 채 옆으로 몸을 피했다. 그러나 하피가 노린 것은 크레토스가 아니었다. 그 끔찍한 괴물은 아이를 안고 달려가던 여자에게 내려와 아이를 잡아챈 다음 날아올랐다. 여자는 돌을 집어 던지면서 울부짖었지만 하피는 이미 수십 미터나 높이 날고 있었다. 그리고 하피는 아이를 떨어뜨렸다.

"안 돼!"

크레토스는 치솟는 분노를 느꼈다. 그는 한 발을 내디디고 마치 그렇게 해서 아이를 안전하게 받을 수 있다는 듯이 손을 뻗쳤다. 그것은 불가능했다. 사랑하는 딸의 모습이 눈앞에 아른거렸다. 딸의 모습이 피로 얼룩졌다. 또다시…

여자는 아이를 향해 손을 뻗은 채 미친 듯이 달려갔다. 그러나 여자가 본 것은 아이의 뇌가 또 다른 사원이 무너진 잔해 위로 내동댕이쳐지는 광경뿐이었다. 하피는 다시 아래로 내려와 이번에는 여자를 붙들었다. 그녀는 필사적으로 하늘의 괴물과 싸웠지만 깨진 판석에 발을 헛디디고 말았다.

크레토스는 여자에게 달려가서 온 힘을 다해 뛰어올랐다. 그의 손가락은 하피의 날개를 놓치고 발톱을 붙잡았다. 하피는 성난 비명을 지르며 발을 빼내려 했다. 아이의 죽음에 분노한 크레토스는 원초적인 투지로 하피의 발을 움켜쥐고 하늘에서 하피를 끌어내렸다. 사악한 하피는 땅바닥에 고꾸라졌다. 아이가 죽은 장소에서 불과 몇 미터 떨어진 곳이었다. 크레토스는 검의 자루로 하피를 곤죽이 되도록 내리쳤다. 그는 가쁘게 숨을 쉬면서 뼈와 가죽만 남은 하피의 목을 집어 든 다음 멀리 내동댕이쳤다. 그는 하피의 더럽고 부정한 피가 죽은 아이의 피에 섞이지 않기를 바랐다.

"도와주세요, 도와주세요!"

아이를 잃은 여인이 크레토스를 불렀다.

"안에 안전한 곳으로 통하는 비상구가 있어요. 날 돕는다면 이 사원은 당신의 것이에요!"

하피들은 동료의 죽음을 보고 모여들었다. 그들은 크레토스보다는 여자를 손쉬운 사냥감으로 생각하고 있었다.

크레토스는 하피들이 저지른 짓을 보고서 느낀 역겨움을 그대로 분출시켰다. 그는 혼돈의 블레이드를 휘두르며 달려나갔다. 첫 번째 칼이 하피를 묶었고 두 번째 칼이 하피의 발을 갈랐다. 두 자루 검이 동시에 번뜩이자 하피의 머리가 새처럼 굽은 어깨에서 굴러떨어졌다.

"가시오. 은신처를 찾으시오."

크레토스가 말했다.

여자는 함께 가 달라고 애원하지 않았다. 또 다른 하피가 비명을 지르며 한 마리 매처럼 내려왔다. 크레토스는 공중으로 몸을 던지며 혼돈의 블레이드를 던졌으나 거리가 너무 멀었던 탓에 닿지 않았다.

여자의 등에 하피의 발톱이 박혔다.

사나운 발톱이 살을 파고들었고 상처에서 피가 터졌다. 하피는 날갯짓하며 더 내려가더니 여자의 몸에서 척추를 뽑아냈다. 여자는 시체가 되어 땅에 쓰러졌다.

크레토스는 그쪽으로 달려가서 뒤집힌 상자를 밟고 공중으로 뛰어오른 다음 매서운 기세로 혼돈의 블레이드를 휘둘렀다. 칼날이 하피의 얼굴을 귀에서 입까지 갈랐다. 두 번째 칼날은 거의 저항도 없이 가슴뼈를 잘랐다. 괴물의 심장이 검은 피를 뿜어내며 아래로 길을 물들였다. 인간과 하피가 한데 엉겨 땅에 곤두박질쳤다. 크레토스는 몸을 구르며 빠져나왔고 손목을 감은 사슬을 당겨 혼돈의 블레이드를 다시 손에 쥐었다.

"저기다! 저기 놈이 있다! 아레스 주인님을 위해 놈을 처치하라!"

열 마리가 넘는 미노타우로스가 크레토스를 향해 달려들고 있었다. 키클롭스 여섯 마리와 수십 마리에 달하는 언데드 병사가 그 뒤를 따랐다. 그 뒤에도 더 많은 적들이 있었다. 괴물들은 길을 가득 메웠다. 싸워서 길을 내기조차 불가능했다.

갑자기 그의 여정이 처참한 실패로 끝날 위기에 처했다.

크레토스는 혼돈의 블레이드를 뽑아들었다. 그는 스파르타인이었다. 이기지 못한다고 해서 포기할 이유는 없었다.

제 10장

아테나는 제우스의 옥좌 아래에 넓게 펼쳐진 예언의 웅덩이를 내려다보고 있었다.

수면 위로 살짝 잔물결이 일었으나 올림푸스에 부는 돌풍 때문이었다. 아테나는 손짓으로 물의 움직임을 진정시켰고 곧 물은 하늘처럼 깨끗해졌다. 아테나는 크레토스를 더 똑똑히 볼 수 있도록 앞으로 몸을 기울였다. 크레토스는 메두사의 시선으로 적들을 상대하는 중이었다.

"그대의 인간은 잘 싸우는군."

아테나는 고개를 들어 제우스를 바라보았다. 제우스는 다시 왕좌에서 자세를 고쳐 앉았다. 그는 몸을 앞으로 숙인 채 웅덩이에서 벌어지는 광경에 몰두하고 있었다. 제우스가 조금이라도 만족했다는 의미일까? 올림푸스의 군주 제우스의 표정은 아테나조차도 확실히 읽어낼 수 없었다. 그러나 아테나는 포기하지 않았다. 아테나는 한쪽으로 물러서서 시선을 웅덩이에 둔 채 제우스의 표정을 더 자세히 살폈다.

"그렇게 전투에 관심을 두고 지켜보실 줄은 몰랐습니다."

"학살은 대단히 즐거운 일이오. 우리가 저렇게 완전하고도 멋진 파괴를 저지른 것도 오래전 일이지."

제우스가 말했다.

"아레스가 제 사랑하는 도시를 파괴하고 있습니다."

아테나가 감정이 깃든 목소리로 말했다.

"그러나 크레토스의 야만성은 아레스에게서 비롯된 것입니다. 크레토스는 아레스가 만들어 낸 작품입니다."

"단지 그것만은 아니오."

올림푸스의 지배자 제우스가 말했다.

"알다시피 아테네 침공은 한 편의 장엄한 서사시가 되었소. 아폴론에게 멋진 시를 지어달라고 부탁해 보는 게 어떻겠소? 사건을 기념해서 말이오. 호메로스의 트로이 이야기처럼 공을 들이지 않아도 될 거요. 어쨌거나 트로이는 십 년 동안 그리스 연합군에 맞섰소. 아테네는 아직 열흘도 버티지 않았고 말이오. 그렇지만 그대의 많은 병사가 영웅다운 죽음을 맞이했고 또 크레토스도 이야깃거리가 되지 않겠소?"

하늘의 아버지 제우스가 예언의 웅덩이를 가리켰다. 그곳에서는 크레토스와 하피 무리의 전투가 펼쳐지고 있었다.

"저렇게까지 날뛰며 복수를 노리고 있소. 저 작은 인간이 전쟁의 신을 상대로 싸우다니... 아주 멋진 일이오. 정말로. 나라도 더 잘해내지는 못할 것이오."

"칭찬이 과하십니다, 아버지. 제가 들은 가장 후한 칭찬인 것 같습니다."

아테나는 우쭐하지 않았다. 올림푸스 신들의 왕인 제우스는 생각이 깊었다. 아테나는 지금 제우스가 관심을 기울이는 것을 보고서 그가 어떤 은밀한 계략을 세우는 것은 아닌지 의심했다.

그것이 어떤 술책이든 그녀의 크레토스는 중요한 역할을 수행해야 하리라.

"아버지께서 이 전투에 그렇게 흥미를 보이시다니 감사한 마음입니다. 전투 그 자체가 흥미로운 것인지 감히 여쭈어도 되겠습니까?"

"내 사랑하는 딸이여. 이 전쟁은 그대와 관련된 것이 아니오. 그래야만 하오. 이건 아레스가 하데스의 쓰레기 더미에서 끌고 온 괴물들과 그대의 인간이 벌이는 싸움일 뿐이오. 저 크레토스라는 인간이 아직까지 살아남았다는 사실은 몇몇 신들이 생각한 것보다 더 흥미로운 일임이 틀림없소."

"크레토스의 편이십니까?"

제우스는 수심에 잠긴 듯 구름의 조각으로 이루어진 턱수염을 가다듬었다.

아테나는 제우스의 눈빛에서 그의 생각을 읽으려 했으나 아무것도 알아내지 못했다. 아테나는 긴장한 채 제우스가 다시 말을 꺼내기를 기다렸다. 그는 신중한 목소리로 단어를 골라 가며 말했다.

"내 아들은 점점 불경스러운 모습을 드러내고 있고 나는 그것이 괴롭소. 그렇지만 아테네에서 그대의 숭배자들을 죽인 것은 예상한 일이오."

아테나는 아레스가 하늘의 아버지인 제우스의 신전을 파괴하고 의식을 망치며 제우스의 숭배자들까지 건드린 사실을 지적하려 했다. 그러나 제우스도 이미 그것을 알고 있었다.

"아레스는 매번 승리할 때마다 자만심을 키우고 있습니다. 크레토스가 아레스를 쓰러뜨리고 더 큰 모욕감을 줄 수 있다고 생각하신다면 그에게 도움을 주십시오."

"이렇게 해서는 아레스를 막을 수 없습니다."

아테나가 말했다. 그녀는 즉시 마지막 발언을 후회했다. 의욕이 앞선 나머지 의도를 충실히 전달하지 못했다.

"직접 도움을 주지 않으셔도 됩니다. 올림푸스의 모든 이가 아는 것처럼 저는 불가능한 확률에 도전하는 용자들을 응원합니다. 그들이 승리할 때는 많지 않습니다. 가장 최근 일은 테르모필레 전투에서 전사한 가엾은 레오니다스였습니다. 그러나 만약 승리한다면… 올림푸스의 지배자이신 아버지께서도 영웅을 기리는 방법은 잘 알고 계실 겁니다."

"그래서 크레토스가 이기기를 원하는 거요? 무엇을 제안하고 싶은 것이오?"

"많은 것이 아닙니다. 크레토스가 이 싸움에서 신의 도움을 받을 수 있기를 바랍니다."

아테나가 말했다.

"아무리 아레스가 경망스럽게 날뛴다고 한들, 나는 공개적으로 아레스를 반대하지 않을 것이오."

제우스는 더 사납게 수염을 쓰다듬었다. 수염의 구름에서 번개가 일어나 손가락 사이로 춤을 추며 번뜩였다. 아테나는 아버지 제우스의 기분을 읽으려 애썼지만 무엇도 알아낼 수 없었다. 그러나 제우스의 다음 말을 듣고 희망을 가졌다.

"내가 항상 걱정스러웠던 것은 오라클이라는 자들이 올림푸스의 제왕인 나의 능력으로도 알지 못하는 것들을 본다는 것이오."

"아마도 그것이 최선인지도 모릅니다."

"내 딸이여, 도대체 누구를 위해서 최선이란 말이오?"

제우스가 다시 예언의 웅덩이를 바라보았다. 아레스는 아테네와 시민들에게 무자비한 파멸을 선사하고 있었다. 하늘의 아버지 제우스는 몸을 더 기울이며 말했다.

"이제 더 재미있어지는군."

아테나는 전장에 우뚝 선 아레스가 신발로 아테네 시민들을 짓이기는 모습을 숨을 죽이고 지켜보았다. 제우스가 손짓을 하자 아레스가 사라지고 크레토스의 모습이 나타났다. 그는 아크로폴리스 꼭대기까지 길게 뻗은 길을 달리고 있었다. 그리고 인간 여자의 모습이 보였다. 그녀는 하피에게 빼앗긴 아이를 구하려 했으나 그러지 못했다. 또 다른 하피가 여자를 붙잡고 발톱으로 무참히 공격했다.

"저 여자는 아버지를 따르는 자입니다!"

아테나가 피투성이가 된 여자를 가리키며 말했다.

"보셨습니까?"

제우스는 눈살을 찌푸렸다.

"그렇소. 사실, 저 여자는 사제요. 저 작은 건물이 여자가 운영하는 여관이지. 나를 기려 여행자들을 대접하는 역할을 했소."

"그는 제 숭배자들을 죽이고자 합니다."

아테나가 말했다.

"그렇지만 저 여사제가 죽은 것이 그저 우연한 사고라고 생각하십니까? 어쩌면 아레스는 권력을 원하는지도 모릅니다."

"그만하시오, 내 사랑하는 딸이여."

제우스는 웅덩이로 손가락을 뻗었다. 손가락이 막 여자에게 닿으려 했을 때 하피가 여자의 몸에서 척추를 뽑아냈다. 제우스는 한숨을 쉬며 손가락을 거두었다. 그의 손가락에는 한 방울 웅덩이의 물이 묻어 있었다. 제우스는 손을 뒤집고 물방울을 공중으로 높이 튕겨 냈다. 물방울은 햇빛을 받아 무지개로 변하더니 곧 사라졌다.

"그래."

제우스는 안도한 표정으로 말했다.

"아이아코스가 지하 세계의 관문에서 그녀를 잘 심판할 것이오."

"아버지께서는 한 명의 숭배자도 그렇게 살피시면서 어째서 저를 숭배하는 수천 명 인간에게는 간섭하지 말라고 하십니까?"

제우스의 눈에서 섬광이 번뜩였다.

"왜냐하면 나는 그렇게 할 수 있기 때문이오."

제우스는 아테나의 시선을 맞받았다. 아테나는 시선을 돌릴 수밖에 없었다. 제우스는 다시 예언의 웅덩이에 비치는 장면을 보았다.

"자, 저기를 보시오. 그가 하피를 죽였소. 이제 온통 몰려들고 있소! 완벽하군!"

"그렇습니까?"

"말해 보시오. 크레토스가 오늘 하루 동안 죽인 괴물이 얼마나 되겠소?"

아테나가 눈썹을 찌푸리며 말했다.

"사백 마리는 될 겁니다. 왜 물으십니까?"

"겨우 사백이라고?"

제우스는 화가 난 듯이 보였다.

"뭐가 문제요? 그런 식으로는 그대의 오라클에게 가지도 못하겠소."

아테나는 크레토스의 실력을 믿었다. 만약 제우스가 그 정도로 나서서 반대하지만 않았다면 더 믿었을 것이다.

제11장

사방에서 괴물들이 몰려왔다.

미노타우로스 한 마리가 크게 고함을 지른 다음 추에 사슬을 단 무기를 머리 위로 휘두르며 동료들을 이끌고 돌진했다. 미노타우로스 열한 마리와 느릿느릿 움직이는 키클롭스 여섯 마리가 그 뒤를 따랐다. 그리고 그 뒤로 수십 마리의 언데드 중보병들이 몰려왔다.

크레토스는 빠르게 혼돈의 블레이드를 휘둘러 미노타우로스의 무기 사슬을 베었다. 사슬이 잘린 추가 공중에 날았다. 크레토스는 추가 아레스의 괴물을 맞히기를 바라면서 날아간 방향을 재빨리 살폈다. 추는 가장 가까이 있던 키클롭스의 눈을 정통으로 맞혔다. 무기를 잃은 미노타우로스가 크레토스를 덮쳤지만 크레토스는 면밀하게 거리를 계산해 두고 있었다. 그는 다소 과장된 동작으로 원을 그리며 혼돈의 블레이드를 놀렸다. 한 자루는 미노타우로스의 목을 파고들었고 다른 한 자루는 녀석의 간을 도려냈다. 미노타우로스는 다리가 비틀리면서 땅에 얼굴을 대고 쓰러졌다. 그리고 마지막으로 다리와 뿔을 한 차례 떨더니 피를 토해냈다. 크레토스는 양어깨에 힘을 주고 괴물의 머리에 두 자루 검을 꽂아 넣었다. 괴물의 두개골이 부서졌고 뇌 파편이 괴물의 동료들에게 흩뿌려졌다.

키클롭스가 묵직한 곤봉을 치켜들고 그에게 다가왔다. 크레토스는 앞으로 달려가, 추에 가격당하여 제대로 앞을 보지 못하는 키클롭스의 굽은 다리 사이로 굴렀다. 사방에서 곤봉이 땅을 내려쳤고 그 충격에 땅이 울렸다. 곤봉 하나가 눈을 잃은 키클롭스의 왼발을 강타했다. 발에서 피가 튀었고 뼈가 으스러졌다. 부상당한 키클롭스는 괴성을 지르며 왼발을 들어 올렸다. 괴물은 한 손으로 피가 흐르는 눈을 막은 채 다른 한 손으로 발을 감싸 쥐며 고통스럽게 비명을 질렀다. 크레토스는 유리한 상황을 십분 활용하여 그 키클롭스의 다리 주위로 구르기를 반복했다. 더 많은 곤봉이 공기를 갈랐고 키클롭스의 비명도 따라서 커졌다. 마침내 괴물이 손을 움직여 다른 동료의 곤봉을 빼앗고는 엄청난 힘으로 휘둘러대기 시작했다. 키클롭스는 동료들을 무자비하게 후려치고 있었다.

크레토스는 거리를 재고서 공격을 시작했다. 그는 밑에서부터 괴물의 심장을 찔렀고 나머지 한 자루 검으로 키클롭스의 무릎 뒤편을 베었다. 괴물은 크레토스 위로 쓰러졌다. 크레토스는 자기를 덮치는 괴물의 거대한 몸에서 미처 피할 틈도 없이 그대로 깔리고 말았다.

사방에서 아레스의 부하들이 거칠게 날뛰었다. 그는 죽어가며 몸을 떠는 거대한 키클롭스에게서 몸을 빼내기 위해 안간힘을 썼다. 숨이 막혔다. 괴물의 무게에 폐에 있던 공기마저 빠져나가는 듯했다. 아무리 애를 써도 숨을 쉴 수 없었다.

크레토스는 괴물의 시체를 들어 올렸다. 그러나 괴물의 시체는 해변의 모래처럼 흘러서 주위의 빈 공간을 메웠다. 폐가 타는 듯이 아팠다. 크레토스는 고함을 지르며 시체를 밀쳐 보았으나 이번에도 다를 것이 없었다.

크레토스는 들끓는 분노를 느꼈다. 분노는 키클롭스의 시체와 마찬가지로 그의 몸 구석구석을 휘감았다. 그는 자신을 짓누르는 털투성이 뱃살을 물고 살점을 찢어 배에 구멍을 냈다. 피가 쏟아져 내려 숨쉬기가 두 배로 고통스러워졌다. 폐의 공기는 빠르게 소모되고 있었다. 그는 다시 키클롭스의 몸을 물어뜯었다. 그는 마치 뱃속에 사는 지독한 구더기처럼 괴물의 내장과 위를 찢고 움직였다. 크레토스는 괴물의 내장을 뱉은 다음 몸을 가누고 허리를 폈다. 그의 머리와 어깨는 키클롭스의 체강에 들어가 있었다. 세상이 온통 까맣게만 보였고 어지러운 느낌이 들었다. 크레토스는 다시 손을 뻗쳤다. 큼지막한 갈비뼈가 손에 닿았다. 그는 옆으로 돌아서서 마지막으로 키클롭스의 시체를 크게 물어뜯었다. 그는 이빨로 질긴 힘줄을 끊어 낸 다음 거의 시체가 되어 주저앉았다.

악취가 진동하는 공기가 그의 코끝에 전해졌다. 크레토스는 씩씩거리며 숨을 들이쉬었다. 그는 입에서 핏덩이를 뱉어낸 다음 더 크게 숨을 쉬었다. 키클롭스의 몸에서 입으로 물어뜯어 만든 구멍 너머로 하늘이 보였다. 크레토스는 옆으로 몸을 움직인 다음 어깨의 위치를 맞추고 키클롭스의 시체 밑에 깔려 있던 한쪽 팔을 빼냈다. 그는 다시 위를 더듬어 갈비뼈를 붙잡고 힘껏 잡아당겼다. 키클롭스의 몸 거의 절반이 뜯겨 나왔다. 크레토스는 핏덩이와 소화액에 범벅이 된 채 위로 올라갔고 마침내 키클롭스의 시체 옆에 굴러떨어져서 숨을 골랐다.

그러나 아레스의 부하들에게 들키지 않기를 바랐다면 그것은 지나친 오산이었다. 크레토스는 일어서자마자 대여섯 마리의 미노타우로스를 마주했다. 키클롭스의 뱃속에서 탈출하느라 기진맥진해진 크레토스는 이 상태로 적들을 상대할 수 없다는 사실을 알고 있었다. 그는 어깨 뒤로 손을 가져간 다음 절박한 심정으로 메두사의 머리를 찾았다. 뱀들이 넘실대는 메두사의 머리가 그의 손에 만져졌다. 크레토스는 메두사의 머리를 앞으로 가져와 적들에게 겨누었다. 메두사의 눈에서 에메랄드빛 광선이 뻗어 나갔다. 미노타우로스들이 눈길을 피해 돌아섰다.

크레토스는 곧바로 가장 가까이에 있던 미노타우로스를 향해 뛰어올라 귀 뒤쪽을 발로 찼다. 미노타우로스는 엄청난 힘에 떠밀려 앞으로 고꾸라지며 나란히 서 있던 다른 미노타우로스를 한쪽 뿔로 들이받았다. 크레토스는 두 미노타우로스를 내버려 두고 몸을 굴러 또 다른 미노타우로스의 무릎 옆까지 다가갔다. 그는 두 손으로 괴물의 발굽을 잡고 힘껏 잡아당겼다. 힘을 온전히 쓸 수 있는 상황이었다면 다리를 부러뜨릴 수도 있었을 것이다. 미노타우로스는 고통스러운 비명과 함께 땅에 쓰러졌다. 그러나 그 고통은 크레토스의 의도에는 한참 못 미치는 것이었다.

크레토스는 일어서서 쓰러진 미노타우로스의 머리에 팔을 감고 끌고 갔다. 그는 미노타우로스의 몸을 끌기 위해 힘을 너무 준 나머지 목을 거의 부러뜨릴 뻔했다. 다른 미노타우로스들이 다시 뭉치기 시작했다. 이제는 크레토스가 자기들을 상대로 마법을 성공적으로 쓰지 못할 것이라고 생각했다. 그들은 다시 메두사의 머리가 나오면 고개를 돌릴 생각을 하면서 곁눈질로 크레토스를 바라보았다. 크레토스는 마법을 쓸 생각도 없었다. 그는 검을 더 선호했다.

크레토스는 혼돈의 블레이드를 뽑았고 미노타우로스들이 물러섰다.

"겁쟁이들 같으니."

크레토스는 사납게 소리쳤다. 그리고 창을 든 언데드 병사들이 전투에 가담하고 있다는 것을 깨달았다.

바늘처럼 날카로운 강철이 그를 향해 날아들었다. 유일한 탈출구는 죽은 여자가 이야기하던 건물 안 피난처였다.

크레토스는 피를 흘리며 뒤로 물러서서 여자가 말한 여관의 아치형 문을 지나 안으로 들어갔다. 그는 후퇴한다는 생각에 온몸이 달군 쇠처럼 하얗게 불탔지만 그것은 후퇴가 아니었다. 그는 임무를 향해 나아가고 있었다. 오라클을 찾아서 비밀을 밝혀야 했다. 크레토스는 집에 들어서서 발길질로 문을 닫고 문고리를 걸었다. 미노타우로스의 거대한 도끼가 연거푸 문을 갈랐다. 문은 바로 부서지기 시작했고 동시에 창문 너머에서 창이 날아와 몇 걸음 떨어진 탁자에 꽂혔다.

돌과 모르타르로 만들어진 벽난로는 딱딱거리는 소리를 내면서 아직 기운차게 불을 피워 내고 있었다. 만약 탁자에 꽂힌 창과 바깥에서 들리는 소리가 없었다면 한두 시간쯤 편안하게 시간을 보낼 만한 장소였을 것이다. 크레토스는 방 안을 빠르게 살폈다. 벽마다 환영의 의미로 두 팔을 넓게 벌린 제우스의 그림이 그려져 있었고 그것으로 보아 그 집은 실제로 일종의 여관이었다는 것을 알 수 있었다. 벽난로 뒤 제단 너머에도 올림푸스의 왕 제우스의 석상이 놓여 있었다. 석상도 방을 둘러싼 벽화처럼 두 팔을 넓게 벌리고 서 있었다. 여자는 피신할 수 있는 문이 있다고 말했다. 그러나 아무것도 문이라 짐작할 만한 것은 없었다. 양탄자도 바닥 타일도 비상구를 숨길 만한 곳으로 보이지는 않았다.

크레토스는 벽난로를 유심히 살펴보았다. 이 건물은 환대를 베푸는 제우스를 기려 만들어진 것이었다. 마찬가지로 건물의 또 다른 일부가 친절한 지하의 수호자인 제우스에게 바쳐진 것은 아닐까? 크레토스는 혼돈의 블레이드를 거두고 몸을 숙여 벽난로를 조사했다. 벽난로는 숙박 시설에서 흔히 볼 수 있는 방식대로 모르타르를 돌로 둥글게 감싼 형태였다. 그 아래에는 나무판으로 만들어진 바닥에 열기가 퍼지지 않게 막아주는 두꺼운 석회석 받침이 있었다. 크레토스는 벽난로와 받침대를 이리저리 움직여 보았다. 그러나 옆으로도, 위로도, 아래로도 움직일 기미는 보이지 않았다.

괴물들은 두꺼운 문을 더 빠르게 그리고 더 힘껏 쪼개고 두드렸다. 문에 난 틈 사이로 바깥에서 타오르는 주황색 불길이 비쳤다. 크레토스는 이제 수초 내에 비밀 문을 발견하던가 아니면 맞서 싸울 준비를 해야 할 상황임을 깨달았다. 크레토스는 방을 둘러본 다음 혼잣말로 중얼거렸다.

"제우스시여... 지혜를 보여주소서!"

"나는 너와 함께 있다, 크레토스."

크레토스는 고개를 들어 주위를 돌아보았다. 실제로 목소리를 들은 것일까? 아니면 마음속으로 전해진 것일까? 그는 더 묻거나 조사할 생각이 없었다. 이미 그의 눈은 성급한 마음으로 둘러 보았을 때 미처 보지 못한 거대 석상의 한 가지 특징을 살피고 있었다.

석상의 손목에는 사슬이 매달려 있었다. 크레토스의 사슬과 아주 비슷했다. 크레토스는 넓게 벌린 석상의 두 팔과 제우스의 강인한 어깨가 만나는 지점에서 부드럽게 마무리된 틈을 발견했다. 마치 인간의 몸처럼 관절이 들어 있는 듯했다.

크레토스는 제단 위로 올라가 그곳에서 다시 뛰어올랐다. 그는 한쪽 사슬을 잡고 석상 앞쪽으로 다른 사슬과 묶은 다음 자신의 근육질 팔과 어깨에 걸고 사슬을 힘껏 당겼다. 크레토스는 어째서 여자가 아이를 데리고 비상구로 탈출하지 않았는지 알 수 있었다. 석상의 팔을 움직이려면 양쪽 사슬을 당길 사람이 서너 명은 필요했을 것이다.

아니면 스파르타의 유령 한 명의 힘이 필요했다.

석상의 팔이 내려오더니 넓게 벌려졌던 두 손이 만났다. 손바닥은 천장을 가리켰고 손가락은 크레토스 너머 벽난로를 향하고 있었다. 벽난로는 이제 바닥에서 들려져 있었다. 벽난로를 지탱하는 두꺼운 지지대 안쪽으로 어두컴컴한 입구가 드러났다.

크레토스는 사슬이 아직도 팽팽하게 당겨지는 것을 느끼며 만약 사슬을 놓으면 벽난로 아래 입구도 봉쇄되리라고 생각했다. 크레토스는 과거에도 비슷한 장치들을 조작한 경험이 있었다. 그는 대리석으로 만들어진 제우스의 석상 허벅지 부분에 발을 대고 온 힘을 다해 몸을 뻗었다. 그리고 사슬을 놓으면서 동시에 벽난로 밑으로 뛰어들었다. 벽난로가 언덕에서 떨어진 바위처럼 바닥에 내려왔다. 크레토스는 머리부터 떨어진 덕분에 벽난로에는 신발 뒤꿈치만 살짝 스칠 수 있었다.

강한 충격과 함께 떨어진 곳은 어둠 속 축축한 바위였다. 위쪽 입구의 받침대 틈에서 희미한 빛만이 새어 들어왔다. 그 외에는 어떤 틈도 없었고 어떤 빛도 없었다. 미노타우로스가 크레토스가 생각한 것보다 훨씬 더 영리하지만 않다면 그리고 그를 찾기 위해 보기보다 더 혈안이 되어 있지만 않다면 크레토스가 어떻게 탈출했는지 절대로 알아낼 수 없을 것이다. 그렇다고 해서 안도하며 낭비할 시간은 없었다. 오라클이 아직 그를 기다리고 있었다.

크레토스는 일어섰다. 그러나 어지러움을 느끼고 다시 주저앉아야 했다. 폐가 타는 듯이 아팠고 물집이 잡힌 등에서는 통증이 계속됐다. 그는 회복할 시간이 필요했다. 상처를 치료할 시간이…

그러나 쉴 시간은 없었다. 위에서 제우스 석상을 도끼로 내려치는 소리가 들렸다. 미노타우로스는 지하 통로의 비밀을 풀지 못할 것이다. 그러나 그들은 크레토스가 사라진 것을 보고 나름 추측하여 제우스 석상을 파괴하고 있었다.

크레토스는 두 손으로 얼굴을 쓸면서 크게 웃음을 터뜨렸다. 미노타우로스는 그를 쫓기 위해 머리를 쓸 필요가 없었다. 크레토스는 아직 키클롭스의 피로 젖어 있었다. 그들은 단지 크레토스가 남긴 핏자국을 따라가기만 하면 되었다. 발자국은 미노타우로스를 제우스 석상 앞까지 안내했을 것이다. 사슬에는 핏빛 손자국이 남아서 어떻게 탈출했는지 증언해 주었을 것이다. 그리고 곧 미노타우로스 무리가 들이닥칠 것이다.

크레토스는 일어서려 했으나 다리에 힘이 풀렸다. 그는 다시 주저앉아 가쁘게 숨을 들이마셨다. 전투와 피로에 지쳐 있었다. 마음속 깊은 곳에서부터 결의가 차올랐다. 그는 스파르타인이었다. 그는 아레스에게 이용당했다.

다시 환영이 떠올랐고 크레토스는 비명을 질렀다. 사원과... 늙은 여인과 함께 있던 사람들... 여자와 아이... 그리고 그는...

크레토스는 온 힘을 끌어내면서 벽을 지지대 삼아 일어섰다. 그는 두 눈을 감고 감각에 집중하여 천천히 몸을 돌렸다. 얼굴에서 공기의 희미한 움직임이 느껴졌다. 크레토스는 눈을 뜨지 않고 서둘러 공기의 흐름을 쫓았다. 그는 벽에 부딪히지 않고 이삼십 걸음을 옮긴 후에야 눈을 떴다. 시야는 이미 어둠에 적응해 있었다. 크레토스는 눈을 뜨자마자 낮고 좁은 동굴이 끝나는 먼 지점에서 희미한 빛줄기를 찾아냈다.

크레토스는 도중에 함정이 있지 않을까 경계하며 천천히 빛 쪽으로 걸어갔다. 만약 크레토스가 동굴을 만들었다면 낯선 침입자가 들어올 경우를 대비하여 발목을 부러뜨릴 구덩이를 파 놓았을 것이다. 더 대담한 사람이었다면 철사로 덫을 치거나 망치를 날리도록 설계할 수도 있었다. 여관 주인과 손님들은 피할 수 있지만 침입자들은 피할 수 없는 위험한 장치를 마련했을 것이다. 빛은 점차 커지고 밝아지며 그를 끌어당겼다. 함정은 없었다. 크레토스는 더 빠르게 걸었다.

걸음이 점점 빨라져서 거의 달리는 정도가 되었을 때 누군가가 그를 불렀다.

"크레토스."

크레토스는 아레스가 지하 동굴을 발견하고 직접 그를 찾으러 왔다고 생각했다. 그는 떨리는 손으로 혼돈의 블레이드를 잡고 어둠 속 빛을 향해 검 끝을 겨누었다.

"모습을 드러내라. 지금 여기서 결판을 내자."

피로감에 근육이 떨렸다. 그러나 크레토스는 마침내 궁극의 적을 만났으니 스파르타인답게 죽으리라 생각했다.

갑자기 빛이 밝아졌다. 크레토스는 눈을 찡그리면서 팔을 들어 눈을 가렸다. 눈부시게 푸른 여름 하늘에서 무리해가 나타나듯 우람한 근육질의 사내가 흐릿한 공기 속에서 걸어 나왔다. 그의 머리카락과 수염은 회색빛 폭풍 구름이 휘감긴 모습이었다. 크레토스는 곧바로 그의 정체를 알 수 있었다. 조금 전까지 그의 조각상을 보고 있지 않아도 그랬을 것이다.

"제우스시여!"

크레토스가 고개를 숙이며 경의를 표했다.

"이렇게 오실 줄은 몰랐소. 아레스일 것이라고 생각했소."

"내 아들은 아직 아테네의 반대편에서 즐겁게 날뛰고 있다."

제우스가 말했다. 크레토스는 그 말을 듣고 하늘의 아버지 제우스가 아레스의 학살을 승인했는지 아니면 금했는지 알 수 없었다. 그는 묻지 않기로 했다.

"신들의 왕이시여, 내게 어떤 용무가 있으시오?"

"크레토스, 넌 여행을 거듭할수록 강해지고 있다. 그러나 임무를 성공하려면 내 도움이 필요할 것이다."

"제우스시여, 무엇을 원하시나이까?"

"네게 신들 중에서도 가장 위대한 자, 올림푸스의 아버지의 힘을 주려 한다. 바로 제우스의 힘을 주겠노라!"

올림푸스의 왕 제우스는 크레토스에게 다가와 말했다.

"젊은 친구여, 네 손을 주거라."

크레토스는 혼돈의 블레이드를 집어넣었다. 곧 눈부신 빛이 동굴을 가득 채웠다. 빛은 처음에는 따뜻했지만 곧 뼈와 살이 분리되는 듯한 고통을 느낄 정도로 뜨거워졌다. 크레토스는 신들의 지배자에게 두 손을 들어 올렸다.

"크레토스, 내 무기를 받아라. 내 힘을 받고 적을 물리치거라!"

제우스가 소리쳤다. 동굴의 천장이 열리며 구름이 점점이 박힌 푸른 하늘이 드러났다. 번개가 번쩍거리는 갈지자를 그리며 내려와 크레토스가 내민 손에서 폭발했다. 크레토스는 쇳물을 녹인 용광로에 손을 집어넣은 듯이 움찔했다. 그는 손을 거두고 불타지 않은 피부를 놀란 눈으로 바라보았다. 그리고 손에서 살이 타는 냄새가 나는 것을 알고 다시 한 번 놀랐다. 그의 오른 손바닥에는 태양 빛에 그슬린 조그마한 흰색 상처가 갈지자 모양으로 새겨져 있었다.

"당신의 번갯불을 주신단 말이오?"

크레토스는 고개를 들었으나 제우스가 나타났던 공기의 문은 이미 닫혀 있었다.

푸른빛과 흰 구름만이 가득하던 하늘도 사라지고 없었다. 보이는 것이라고는 흙과 아래로 자라는 뿌리들뿐이었다. 그는 아직 동굴 안에 갇혀 있었다.

그러나 상황을 의심하기에는 오른손의 상처가 너무도 분명한 증거였다.

크레토스는 창을 던지기 위한 준비 동작을 취하듯이 오른쪽 어깨 뒤로 손을 뻗었다. 손에서 단단한 번갯불이 쥐어지자 크레토스는 놀라 탄성을 내질렀다. 그는 앞을 향해 번갯불을 던졌다. 번갯불은 크레토스의 예상보다 더 빠르게 날았다. 멀리 동굴이 끝나는 지점에서 폭발이 일어났고 동굴이 무너진 공간 뒤로 아크로폴리스의 밤하늘이 드러났다. 크레토스는 앞으로 나아갔다. 그때 다시 목소리가 들렸다. 이번에도 귀로 들은 것인지 마음속에서 들은 것인지 알 수 없었다.

"가서 싸워라!"

크레토스는 걸음을 멈췄다. 아직 그는 앞선 전투의 여파로 지쳐 있었다.

"그렇지만 오라클을..."

"괴물을 삼백 마리 정도는 더 해치우고 도착해도 오라클을 볼 수 있을 것이다."

크레토스는 지하에서 도망 다니는 것이 지겹게 느껴졌다. 마치 응석받이 어린아이가 된 것 같았고 서 있기조차 싫었다. 그는 다시 손을 뒤로 뻗친 다음 앞으로 내던졌다. 번갯불이 번뜩이며 동굴을 온통 밝게 비쳤다. 이번 번갯불은 벽난로 받침을 지탱하던 나무 지지대를 부서뜨렸다. 벽난로가 통째로 떨어져 산산조각이 났고 동굴 바닥에는 여기저기 불씨가 나뒹굴었다.

크레토스는 혼자서 고개를 끄덕였다. 번갯불을 사용하자 투지가 일었다. 근육에 남아 있던 나약함도 사라진 듯했다. 신과 같은 힘을 얻었다는 사실에 새롭게 기운이 솟았다. 돌아가서 번갯불이 실제 적에게 얼마나 잘 통하는지 시험할 차례였다.

제12장

　바깥에서 아레스의 부하들을 학살하는 것은 생각보다 훨씬 재미가 있었다. 제우스가 그에게 번개의 힘을 주었을 때 그의 다른 마법 능력도 함께 강해졌다. 포세이돈의 분노는 전보다도 더 치명적이었고 메두사의 시선은 괴물들을 열 마리씩 돌로 바꾸어 버렸으며 제우스의 번갯불은 석화된 괴물들의 무리를 아주 만족스럽게 부서뜨렸다.

　무엇보다도 번갯불을 사용할 때마다 강력한 마법이 손바닥에 흐르면서 그의 상처를 치유해 주었다. 등에는 아레스의 불길에 생긴 상처가 아직 심하게 남아 있었지만 팔을 뻗고 던지는 동작을 반복해도 전혀 불편함이 느껴지지 않았다. 크레토스가 몇 차례 번갯불을 날려 보내자 아레스의 부하들이 도망쳤다. 덕분에 크레토스는 분수에서 몸을 씻고 키클롭스의 핏물을 닦아낼 수 있었다.

　크레토스는 목욕을 마치며 아레스가 어떤 끔찍한 것을 가져오더라도 승리할 수 있다는 확신이 들었다.

　크레토스는 효과적인 공격 순서를 찾아냈다. 그는 괴물들 사이로 뛰어들어 포세이돈의 분노를 터트렸다. 그다음에는 메두사의 머리를 휘두르며 적들을 돌덩이로 바꾸었다. 적들은 포세이돈의 분노에 충격을 받았기 때문에 미처 눈을 피할 여력이 없었다. 그리고 다른 언데드 병사들 가운데로 뛰어들어 앞서 싸우던 곳에 번갯불을 날렸다. 석화된 괴물들이 번갯불을 맞고 가루가 되어 부서지는 동안 크레토스는 자기를 둘러싼 새로운 적들을 향해 다시 한 번 포세이돈의 분노를 쏟아부었다.

　크레토스는 메두사의 머리를 능숙하게 들어 올려 공중에서 급강하하는 하피들을 그 자리에서 돌덩이로 바꾸어 버렸다. 하피는 생긴 그대로 예리하게 깎인 바위 포탄이 되어 지상의 언데드를 한 번에 대여섯 마리씩 쓰러뜨렸다. 또한 청동 갑옷을 입은 언데드 병사들은 제우스의 번갯불에 맞았을 때 흥미로운 반응을 보였다. 주위에 비슷한 갑옷을 입은 무리가 있었을 때 번갯불은 언데드 병사들 사이를 옮겨 다녔고 괴물들은 마치 모닥불에 던져 놓은 밤톨들처럼 줄줄이 충격을 받고 고꾸라졌다.

크레토스가 자기의 솜씨를 만족스럽게 감상하고 있을 무렵 자갈길 위로 뛰어오는 켄타우로스의 발굽 소리가 들려왔다. 크레토스는 한 마리를 예상하고 돌아섰으나 그들은 더 많았다. 반인반수인 괴물의 무리가 빠르게 광장으로 들어와서 크레토스를 상대로 전열을 갖추었다.

크레토스가 무리에게 정신을 판 동안 그중 하나가 기척도 없이 그의 뒤로 다가왔다. 강력한 손이 크레토스를 공중으로 높이 들어 올렸다. 하늘의 풍경이 눈에 들어왔다. 그는 무기를 꺼내려 했다. 어느 무기라도 상관없었다. 순간 크레토스는 이런 상태에서는 싸울 수 없다는 것을 깨달았다. 크레토스는 두 발을 높이 올리고 뒤로 몸을 던져 켄타우로스의 손아귀에서 풀려났다.

크레토스는 켄타우로스의 양옆으로 다리를 걸치고 인간이자 말인 괴물의 엉덩이에 걸터앉았다. 괴물은 성난 듯이 소리를 질렀다.

"아레스 신께서 찾으시는 놈이 바로 너구나!"

켄타우로스는 몸을 반쯤 틀어 크레토스의 머리를 노린 채 주먹을 휘둘렀다. 크레토스는 쉽게 공격을 피한 다음 어깨를 한 차례 들썩해 보이고 손목에 이어진 사슬을 꺼냈다. 그는 혼돈의 블레이드를 뽑지 않고 칼자루와 자신의 몸을 이어주는 사슬을 무기로 사용할 작정이었다.

크레토스는 켄타우로스의 목에 사슬을 감고 뒤로 몸을 젖혔다. 켄타우로스는 목에 감긴 사슬을 풀기 위해 몸을 움직였지만 허사였다. 켄타우로스는 크레토스를 튕겨 낼 생각으로 엉덩이에 힘을 주고 앞다리를 들어 올렸다. 스파르타의 유령 크레토스는 사슬을 단단히 붙잡고 목을 조르기보다는 굴레나 고삐처럼 다루었다.

크레토스는 재빨리 앞으로 몸을 숙였다. 그는 켄타우로스의 앞쪽에 더 바짝 붙어서 두 발로 켄타우로스의 배를 힘껏 찼다. 켄타우로스가 앞으로 뛰어나갔다. 크레토스는 켄타우로스를 몰아 무리의 가운데로 들어갔다. 그가 가장 원했던 지점이었다.

크레토스는 마지막 순간에 사슬을 놓고 오른손을 치켜들었다. 손바닥의 상처가 맹렬히 타올랐고 곧 제우스의 번갯불이 생겨났다. 크레토스는 켄타우로스의 몸을 조준하지 않고 그들이 서 있는 지면을 노렸다. 갑자기 발굽 아래 땅이 꺼지면서 켄타우로스들은 앞다리를 들고 서로에게 부딪혔다. 크레토스는 아직 부족한 듯이 다시 한 번 번갯불을 내리쳤다. 이번에는 그들의 발굽을 노렸다. 켄타우로스의 금속 발굽은 언데드 병사들이 입은 청동 갑옷처럼 불꽃을 일으키며 위로 타올랐고 곧 켄타우로스 무리는 모두 다리를 제대로 쓰지 못하는 신세가 되었다. 서너 마리는 발굽 위쪽까지 네 다리를 모두 잃었다. 아무도 싸울 수 있는 상태가 아니었다. 크레토스는 타고 있던 켄타우로스를 발로 차면서 내려왔다. 그러나 크레토스가 혼돈의 블레이드를 뽑기도 전에 켄타우로스는 달아나 버렸고 예리한 비명만을 남기며 끔찍한 공포를 전했다.

크레토스는 제우스가 선물해준 엄청난 능력에 감사하면서 오라클을 찾을 방법을 생각했다. 그는 얼마나 많은 괴물을 죽였는지 세지 못했다. 그를 공격하는 괴물들은 더 나타나지 않았다. 길에는 모든 방향으로 괴물의 시체가 두세 겹씩 쌓여 있었다. 그는 구태여 셀 생각을 하지 않았다. 제우스가 장담하긴 했어도 크레토스는 시간적인 압박을 느꼈다. 그는 길을 따라 위로 걸음을 옮기다가 힘들이지 않고 달리기 시작했다. 크레토스는 마음을 비우고 달리는 동안에도 몇 가지 대책을 생각했다. 그러나 어떤 것을 생각해도 오라클을 만날 수 있을지 그리고 인간이 신을 쓰러뜨릴 비밀을 알아낼 수 있을지가 가장 의문이었다.

크레토스는 생각에 심취한 나머지 꺾인 길을 돌면서 언데드 병사들과 부딪히고 말았다. 크레토스는 뒤로 튕겨났고 무장한 해골 병사들은 땅에 넘어졌다. 뼛조각들이 검과 방패에 부딪히는 소리가 아크로폴리스 전체에 울려 퍼졌다. 크레토스는 해골 병사들보다 빠르게 중심을 잡고 혼돈의 블레이드를 뽑아든 다음 언데드 병사들의 머리를 베었다.

크레토스는 웃음을 터트렸다. 스파르타의 유령에게 맞설 상대는 없었다. 열 명 남짓한 언데드 병사들이 소음의 원인을 파악하기 위해 길을 따라 내려오고 있었다. 크레토스는 더 크게 웃었다. 이번 병사들은 더 좋은 갑옷과 무기로 무장하고 있었다. 텅 비고 거북하리만큼 사악해 보이는 눈구멍에서 불길이 일어나 검은 깃털로 장식된 청동 투구의 틈 사이로 어둠을 밝혔다. 그들의 방패는 놋쇠 못이 박혀 있었다. 몇 마리는 낫을 휘둘렀으나 대부분은 검을 들고 있었고 촘촘한 훈련 대형을 유지하며 전진해 왔다. 더 많은 수가 그들을 뒤따랐다.

한 차례 번갯불이 일었고 그들은 조각조각 부서졌다. 번갯불은 올림푸스 산에서 내리친 번개처럼 갈지자로 공기를 가르며 무시무시한 폭발을 일으켰다. 가장 앞에 있던 세 마리 언데드의 몸이 터졌고 그다음 줄도, 그리고 그다음 줄도 마찬가지 운명을 맞았다.

크레토스는 그을린 뼛조각과 불타는 언데드의 잔해를 조심스럽게 밟고 섰다. 길옆에는 청동 투구가 나뒹굴었다. 검은 깃털에서는 연기가 피어올랐고 그 안에 묶인 언데드의 머리도 연기와 함께 타들어 갔다. 녹아내린 검과 부서진 투구가 길을 따라 곳곳에 흩어져 있었다.

크레토스는 놀란 표정으로 손바닥에 새겨진 흰색 흉터를 바라보았다. 그리고 황급히 손바닥을 내렸다. 만에 하나 손을 바라보는 도중에 의도치 않게 번갯불이 생겨난다면 그 역시 순식간에 처참한 최후를 맞이할 수 있었다.

다시 크레토스는 큰 걸음으로 달렸다. 점점 더 가팔라지는 길을 오를 때 습관처럼 반복하는 동작이었다. 순례자들이 약한 신도들을 위해 공을 들여 깎아 놓은 바위 디딤대가 곳곳에서 눈에 띄었다. 크레토스는 꿈을 꾸는 듯한 기분이 들었다. 그는 아테네의 아크로폴리스에서 파르테논으로 올라가고 있지 않았다. 그가 오르는 곳은 수백 미터나 솟은 어느 바람 부는 산속의 굽은 길이었다. 점점 숨쉬기가 힘들어졌다. 하루에 백 킬로미터를 달려도 지칠 줄을 모르는 그의 다리가 지쳐 갔고 피로와 통증이 느껴지기 시작했다.

크레토스는 앞쪽 깊은 골짜기 위로 세워진 다리에 들어섰다. 다리 위에는 오십 명도 넘는 아테네인들이 나무로 짠 공물 바구니를 들고 아테나 여신의 사원으로 향하고 있었다. 그는 오라클의 사원이 전쟁의 신 아레스의 공격을 어떻게 피해갈 수 있었는지 알 수 있었다. 사원은 파르테논에 있지 않았다. 오라클의 사원은 신앙심이 깊은 사람들만이 마법으로 숨겨진 길을 통해서 이를 수 있는 산꼭대기에 있었다!

크레토스가 서둘러 다리를 건너고 있을 때 공중에서 날카로운 휘파람 소리가 들렸다. 그는 고개를 들었다. 하늘에서 불덩이가 떨어지고 있었다. 아레스는 비록 아테나의 사원이나 사원에 이르는 길을 볼 수 없었지만 크레토스를 볼 수 있는 것이 분명했다. 크레토스는 옆으로 몸을 던져 불덩이를 피했다. 불덩이는 크레토스를 맞히지 못하고 다리를 따라 부서졌다. 수십 명 신도의 비명이 터져 나왔다.

불이 옮겨붙은 몇 명은 다리에서 수백 미터 아래 펼쳐진 바위들 위로 뛰어내렸다. 그들은 작은 태양처럼 빛을 내며 사라져 갔다. 다리 위 사람들은 그리스 화약에 불타면서 몸 전체가 숯덩이로 변해 가고 있었다. 그들은 영혼이 떠나갈 듯이 고통스럽게 비명을 질렀다. 소름끼치는 불길에 휩싸인 그들은 새까만 죽음의 장막에 갇힌 채 살아 있는 일분일초가 영원히 지속될 고통처럼 느껴졌다.

그러나 누군가가 그들에게 자비를 베풀었다. 아테나였을까? 아니면 혹시 제우스였을까? 금속이 돌에 부딪히며 끼익하는 소리가 나더니 다리가 끊어졌고 불타는 아테네인은 멀리 아래 바위로 떨어져 죽을 기회를 얻었다. 크레토스는 뒤쪽으로 몸을 돌려 빠르게 뛰었고 다시 골짜기 너머를 바라보았다.

크레토스는 그때까지 아레스의 불덩이 때문에 다리가 끊어졌다고 생각했다. 그런데 다리는 반 이상이 남아 있었다. 게다가 다리는 반대쪽에서 공중으로 들어 올려져 있었다. 다리를 부수고 들어 올린 것은 멀리 골짜기 너머에 있는 거대한 윈치였다. 작고 튼튼해 보이는 사내가 손잡이를 조작하며 윈치를 고정시켰다.

"멈추어라! 다리를 내려라! 사원에 가야 한다!"

크레토스가 소리쳤다.

"돌아가시오!"

다리지기가 그의 말을 듣고 소리쳤다.

"괴물들이 사방에 들끓고 있소. 당신 뒤에 엄청난 무리가 따르고 있다는 말이오. 여신님을 사랑한다면 날 도와 다리를 파괴해 주시오!"

"나 또한 아테나 여신을 섬긴다! 여신님께서 내게 오라클을 찾으라 말씀하셨다! 다리를 내려라!"

크레토스는 골짜기가 시작되는 바로 앞까지 걸음을 내디뎠다.

"다리를 내린다 해도 삼 분의 일이 넘게 부서졌소! 어떻게 건넌단 말이오? 날 아올 생각이라면 다리는 왜 내리라는 거요?"

"다리를 내려라. 두 번 말하지 않겠소."

크레토스가 성난 목소리로 소리쳤다.

"나는 여신님을 위해 죽을 것이오!"

"좋다."

크레토스는 오른쪽 어깨 뒤로 손을 가져갔다. 그의 손에 단단한 번갯불이 쥐어졌다.

다리지기가 눈을 가늘게 뜨고서 바라보았다.

"이보시오. 그... 손에 든 것이 뭐요?"

다리지기가 자신 없는 목소리로 물었다.

"직접 보시지."

번갯불이 그의 손에서 날았다. 번갯불은 사내가 서 있던 단상에 명중했다. 폭발과 함께 단상이 가루가 되었고 사내의 시신은 골짜기 아래 바위에 흩뿌려졌다. 사내가 남긴 비명이 끝없이 메아리쳤다.

다리지기와 말다툼도 끝이었다. 그러나 크레토스는 아직 골짜기를 건너야 했다. 크레토스는 눈을 찡그리고 윈치를 바라보았다. 만약 길들인 하피를 이용한다면... 아니면 올빼미라도 괜찮았다. 아테나가 정말 크레토스가 오라클을 만나기를 원한다면 그녀의 신성한 새 한두 마리 정도는 보내줄 수 있으리라.

길들인 하피도 올림푸스의 올빼미도 날아들지 않았다. 크레토스는 다시 등 뒤에서 번갯불을 쥐었다.

그는 번갯불을 던져 윈치를 부서뜨렸다. 거대한 사슬이 삐걱거렸고 다리는 다시 흔들리면서 내려왔다. 다리가 마지막으로 원래 있던 높이까지 내려왔을 때 마침내 다리지기의 메아리치는 비명이 멎었다. 크레토스는 걸음을 멈추고 남은 거리를 계산했다. 약 칠 미터, 길어야 팔 미터였다. 그 이상은 아니었다. 정확하게 계산해야 했다. 자칫하면 계곡 아래 바위에 떨어져 죽는 신세가 될 수 있었다.

크레토스는 두어 걸음을 뛰어 추진력을 얻은 다음 공중으로 힘껏 몸을 던졌다. 크레토스가 거의 부서진 다리의 끝에 다다랐을 무렵 하늘에서 휘파람 소리가 들리더니 곧 비명으로 바뀌었다. 크레토스는 다리의 끝을 붙잡았다. 그는 손가락으로 부서진 나무판자와 돌을 잡고 공중제비를 돌아서 조금 더 안쪽 단단한 바닥으로 나아갔다. 그리고 고개를 들어 비명이 커지는 방향을 바라보았다. 또 다른 그리스 화약의 불덩이가 곧장 그를 향해 떨어지고 있었다.

만약 불덩이를 피해 살아남는다고 해도 다리가 부서질 것이 분명했다. 크레토스는 죽은 다리지기를 따라 골짜기 아래 시체 더미에 눕고 싶지는 않았다. 그는 생각할 겨를도 없이 팔을 뻗어 번갯불을 던졌다. 번갯불은 밤을 가르며 날아가 불덩이에 명중했다. 폭발이 일었고 사방에 불이 튀었다. 크레토스는 비처럼 쏟아지는 끈적거리는 불길을 피해 고개를 돌렸다. 얼굴에는 이미 상처가 많았기에 굳이 더할 필요는 없었다. 일부 불씨는 바닥에 떨어졌고 다리의 밧줄을 태우며 다시 타올랐다.

크레토스는 반대쪽으로 뛰었다. 불길보다 빠르게 가야 했다. 그러나 돌출된 바위가 있는 안전한 지역까지 다다르기도 전에 발아래에서 다리가 흔들리는 느낌이 들었다. 다리가 무너졌다.

크레토스는 불타는 나무판자에 매달려 마치 사다리를 타듯 올라갔다. 간신히 바위가 있는 길목까지 올랐을 때 다리가 부서져 아래로 떨어졌다. 크레토스는 고개를 돌려 잠시 바위투성이 골짜기를 바라보았다. 이제 하데스로 떠난 다리지기는 만족하고 있을 것이다. 날개가 달린 것들이 아니라면 어떤 괴물도 골짜기를 건너올 수 없었다. 크레토스는 돌아서서 걸음을 옮겼다.

가파른 길이 산 정상까지 곧장 이어지는 계단으로 바뀌었다. 정상에는 여러 층으로 이루어진 거대한 구조물이 있었다. 아래에 있는 파르테논보다 서너 배는 넓고 열 배는 높은 건물이었다. 건물 전체가 우아한 대리석으로 만들어져 있었고 순금으로 도금이 되어 있었다.

크레토스는 계단을 오르면서 위쪽에서 싸우는 소리를 들었다. 그는 몸을 세우고 혼돈의 블레이드를 뽑아들었다. 혼돈의 블레이드가 천천히 공기를 태우며 쉬익거리는 소리를 냈다. 크레토스는 소리 없이 신속하게 사원으로 들어섰다. 그는 최대한 조용히 움직이면서 칼이 부딪치는 소리가 나는 곳을 찾았다.

신전 중앙의 거대한 기도실은 붉은 피로 물들어 있었다. 한쪽에 우뚝 솟은 아테나 여신상 뒤에서 두 명의 병사가 비틀거리며 대여섯 명의 언데드 중보병을 필사적으로 막아 내고 있었다.

크레토스는 혼자 고개를 끄덕였다. 당연한 수순이었다. 전쟁의 신은 아테나의 신전이 있는 곳을 알아낸 즉시 하데스의 부정한 종자들을 보냈다. 그들은 아테나 여신의 가장 신성한 성소인 이곳에까지 진입해 있었다.

크레토스는 고양이 걸음으로 안쪽까지 나아간 다음 언데드 병사들이 그의 존재를 알아차리기도 전에 넷의 다리를 잘랐다. 그리고 몇 차례 빠르게 검을 휘둘러 나머지 언데드를 처리했다. 병사 하나가 바닥에 쓰러져 깨끗한 신전 바닥에 생명의 마지막 흔적을 쏟아냈다. 다른 아테네 병사가 비장한 표정으로 크레토스에게 고개를 끄덕이며 고마움을 표시했다. 그런 다음 전투 함성을 내지르며 아테나의 여신상 뒤로 달려갔다.

곧 그의 머리가 바닥에 굴렀다.

크레토스는 내키지는 않았지만 아테네인이라고 해서 모두가 겁쟁이는 아니라는 사실을 인정했다. 바로 전 용감한 병사를 하데스로 보낸 괴물이 여신상을 돌아 나와 크레토스에게 다가왔다. 또 다른 언데드 병사였다. 그러나 이 언데드는 미노타우로스보다 키가 컸고 뚫을 수 없는 갑옷으로 무장하고 있었으며 두 팔의 끝에는 손이 아닌 죽음의 낫이 붙어 있었다.

언데드는 빈 눈구멍 속에서 살기 어린 불꽃을 태우며 말없이 전투를 청하듯 크레토스를 노려보았다. 그 끔찍한 괴물은 크레토스도 놀랄 만한 속도로 공격해 들어왔다.

크레토스는 몸을 틀어 날카롭고 무시무시한 낫을 간신히 피한 다음 물러섰다. 그리고 방해받지 않고 싸울 수 있는 사원의 중앙으로 이동했다. 언데드는 크레토스를 덮쳤으나 혼돈의 블레이드에 한쪽 다리를 베이고 말았다. 언데드가 땅으로 넘어지자 크레토스는 두 번째로 검을 휘두르며 언데드의 양손을 잘랐다. 죽음의 낫이 날카로운 소리를 내면서 바닥에 굴렀다. 크레토스는 몸부림치는 괴물을 잠시 바라본 다음 마지막으로 검을 휘둘렀다. 언데드의 머리가 낫을 따라 바닥에 굴렀다.

생긴 모습은 무시무시했지만 결국 강력한 상대는 아니었다.

"도와주십시오! 아테나 여신님을 사랑한다면 제 편에 서십시오!"

여신상 뒤에서 누군가의 목소리가 들렸다. 세 번째 아테네 병사였다. 그는 열 군데도 넘는 부상을 당한 몸으로 두 마리 언데드를 혼자서 상대하고 있었다. 몇몇 상처는 깊었으며 적어도 하나 이상은 치명상이었다.

크레토스는 그를 도와 싸움에 나섰다. 용감한 아테네인을 보는 것은 흔한 일이 아니었기에 이 병사를 살려야겠다고 생각했다. 그는 언데드의 뒤로 다가가서 아테네 병사들이 여신상을 등지고 싸웠던 이유를 알게 되었다. 여신상에는 숨겨진 문이 있었다. 그 문은 지금 부서져 있었고 그 너머로 좁은 통로가 보였다. 크레토스는 아마도 그것이 오라클의 방까지 통하는 길일 것이라고 추측했다.

이 언데드 병사들은 덩치 큰 동료에 비하면 상대도 되지 않았다. 크레토스는 그들에게 죽음의 장막을 치고 죽일 틈을 노리며 압박해 들어갔다. 그때 크레토스 주위에서 세상이 폭발했다. 불덩이가 사원 지붕을 강타했다. 사원의 천장이 뚫리며 그 뒤로 하늘이 드러났다. 커다란 그리스 화약의 불덩이는 아테네 병사를 정통으로 덮쳤고 그는 그자리에서 즉사했다. 용감한 아테네 병사가 상대했던 언데드도 눈부신 불길로 타오르며 하데스로 돌아갔다. 크레토스가 상대했던 언데드도 불길에 사라졌다. 주먹 크기의 불길이 투구에 옮겨붙어서 시체를 태웠고 그 자리에는 앙상한 어깨뼈와 한 줌 청동물만이 남았다.

크레토스가 희생자들에게서 얻은 갑옷에도 열 곳이 넘게 불이 들러붙었다. 크레토스는 빠르게 혼돈의 블레이드를 휘둘러 임시로 방어구를 묶었던 끈을 잘랐다. 갑옷은 바닥에 떨어져 곧 불 속으로 사라졌다.

크레토스는 돌아보지도 않고서 아테네 병사의 불타는 시체를 밟으며 좁은 통로로 들어섰다.

"나는 스파르타의 크레토스요."

그가 소리쳤다.

"아테나 여신께서 오라클과 이야기하라 명하셨소."

아테네에서 만났던 유령 같은 여인이 이제는 완전한 몸으로 나타났다. 크레토스는 그녀의 아름다운 모습에 할 말을 잃고 말았다. 그녀가 걸을 때마다 치마로 입은 반투명한 초록색 비단 조각이 다리와 허벅지와 엉덩이를 드러냈다가 가리기를 반복하면서 시선을 사로잡았다. 오라클의 상의는 속이 다 비치는 옷감이었고 정전기가 인 것처럼 바짝 밀착되어 부드러운 곡선을 드러내고 있었다.

"왔군요."

오라클이 말했다. 마음이 차분해지면서도 기운이 솟는 목소리였다.

"과연 오실 것인지 슬슬 걱정이 되던 참이었어요."

"사원은 안전하지 않소. 아레스의 사악한 군대가 이 안까지 들어왔소."

크레토스가 말했다.

오라클은 눈을 감았다. 그녀의 육감적인 가슴이 들리더니 깊고 우울한 한숨과 함께 내려왔다.

"저의 다른 수호자들이 쓰러졌어요. 그들의 영혼이 사랑 가득한 엘리시움의 들판에서 기쁨만을 누리기를…"

크레토스는 그렇게 생각하지 않았지만 침묵을 지켰다.

"당신만이 남았어요, 크레토스."

오라클은 달빛을 머금은 연못 같은 두 눈으로 크레토스를 바라보았다. 순간 크레토스는 지금이 전쟁 중이라는 사실조차 까맣게 잊어버렸다. 그는 고개를 흔들어 현실로 돌아왔다.

"그리고 내가 당신이 필요한 전부요. 서두르시오."

크레토스는 오라클이 사는 작은 방을 둘러보았다. 침대 하나와 몇 가지 개인적인 물품뿐이었다. 그녀는 단순하고 순박한 존재였다. 가식이나 교활함 따위는 찾아볼 수 없었다.

그러나 방은 전략적인 측면에서는 악몽과도 같은 공간이었다. 아레스의 부하들이 이 방에 들이닥친다면 낮은 천장과 막힌 벽은 혼돈의 블레이드를 휘두르는 데 방해가 될 것이다. 또한 그런 좁은 공간에서 신들의 강력한 마법을 사용한다면 그것은 곧 자살 행위였다. 게다가 방에서 나갈 방법은 길은 사원으로 이어진 통로를 이용하는 것뿐이었다. 충분한 병력을 동원하여 입구를 막는다면 그들은 독 안에 든 쥐 신세가 될 것이다.

"당신에게 전할 말이 있어요."

오라클이 침대 옆에 있는 다리가 셋 달린 의자를 가리키며 말했다.

"앉으세요. 당신이 알아야 할 것을 말씀드리죠."

"어째서 아테나 여신님께서는 내게 아레스를 죽이는 방법을 모두 말해주지 않은 것이오?"

오라클은 손짓으로 그의 말을 막고서 말했다.

"제가 본 것을 알려드리겠어요. 어떤 때는 계시가 정확해요. 하지만 어떤 때는 베일을 통해 보는 것처럼 흐릴 때가 있어요. 아니면 장막이라고 표현해야 할까요?"

오라클은 생각에 잠겼고 수심이 깊었던 얼굴은 현실을 초월한 표정으로 바뀌었다. 크레토스는 그녀의 강력한 재능을 알아볼 수 있었다. 아니, 어쩌면 저주인지도 몰랐다.

"저는 신들에게도 알려지지 않은 비밀을 볼 수 있어요. 신들의 지혜는 아주 멀리까지 미치지만 그런 중에도 가려지는 것들이 있기 때문이죠."

오라클이 말했다.

크레토스는 그녀의 흔들림 없는 눈빛에 모든 것이 노출된 기분이 들었다. 그녀의 시선은 크레토스가 아닌 먼 곳을 향해 있었다. 마치 그를 투시하여 무언가를 바라보는 듯했다.

"제가 살아 있는 매 순간, 꿈을 꾸는 매 순간 계시가 나타나서 당신이 무엇을 해야 하는지 말해주고 있어요."

오라클은 속삭이듯 작은 목소리로 말했다.

"신을 죽일 수 있는 방법이 있어요."

사원의 기둥 사이로 아주 익숙한 비명이 메아리쳤다. 크레토스는 돌아서서 혼돈의 블레이드를 뽑아들었다.

"이 방은 함정이오. 아레스는 당신을 죽일 생각이오. 갑시다. 내가 지켜 주겠소."

크레토스는 다시 사원으로 달려가 아테나의 여신상이 있는 곳에 이르렀다. 바닥에 널브러진 시체와 핏자국을 제외하면 그곳은 인기척도 없이 조용했다. 크레토스는 고개를 들어 부서진 천장 너머로 끔찍한 하피의 무리가 모여드는 것을 보았다.

크레토스는 하피들을 제대로 상대하기 위해 넓은 공간으로 나아갔다. 흉측한 하피 한 마리가 소리를 지르며 먹잇감을 노리는 독수리처럼 크레토스에게 내려왔다. 그는 혼돈의 블레이드를 들어 칼끝으로 하피의 가슴을 찔렀다. 그의 눈 위로 피가 흩뿌려졌다. 그러나 크레토스는 가볍게 손목을 비틀어 하피의 몸을 갈랐다. 그는 눈을 질끈 감고 피를 털어 내면서 검을 휘둘렀다.

더 많은 하피가 시끄럽게 소리를 내며 크레토스 주위로 달려들었다. 혼돈의 블레이드가 번뜩이며 여러 하피의 몸을 갈랐다. 그러나 하피의 발톱은 사방에서 그의 살갗을 찢었다.

크레토스는 마침내 눈에서 하피의 핏덩이를 훔쳐내고, 하피들이 부상을 당한 몸으로 사원 바닥을 가로질러 가는 것을 보았다. 하피들은 상처 부위에서 계속 체액을 흘리면서도 가죽 날개를 퍼덕이며 몸을 끌고 나아갔다. 그중 한 마리가 크레토스와 눈이 마주쳤다. 하피는 다시 비명을 지르며 달려들었고 다른 하피들도 날카로운 이빨을 딸각거리며 그에 가세했다.

크레토스는 마지막으로 눈을 한 번 닦고서 하피들을 처치하기 위해 발을 내디뎠다.

"크레토스!"

오라클이 겁에 질린 목소리로 소리쳤다. 크레토스는 몸을 돌려 아테나 여신상 쪽을 바라보았다. 두 마리 하피가 더러운 발톱으로 오라클을 붙들고 있었다. 크레토스는 혼돈의 블레이드를 들고 하피들에게 뛰어올랐다. 크레토스는 하피가 단 한 마리만 있어도 얼마나 빠르게 인간을 죽일 수 있는지 아주 잘 알고 있었다. 아테네의 자갈길에서 죽어간 아이의 끔찍한 기억과 함께 쓰디쓴 분노가 차올랐다. 그러나 하피들은 오라클을 바로 죽이기보다는 다른 계획을 꾸미는 듯했다.

하피들은 날갯짓을 시작하며 오라클을 땅에서 들어 올렸다. 강인한 발톱이 오라클의 어깨에 파고들었다. 하피들은 무자비한 발톱에 오라클을 매단 채 사악한 웃음소리를 남기고 날아올랐다.

"크레토스!"

오라클이 절망적인 목소리로 그를 불렀다.

"살려 주세요, 크레토스!"

크레토스는 온 힘을 다해 뛰어올랐다. 그러나 또 다른 하피가 기다리고 있다가 토끼를 덮치는 독수리처럼 그의 등에 발톱을 박아 넣었다. 크레토스는 으르렁거리며 돌아서서 혼돈의 블레이드를 휘두르며 하피의 한쪽 날개를 머리 위까지 갈랐다. 하피는 이미 치명상을 입은 것도 모른 채 소리를 지르며 매섭게 크레토스를 공격했다. 다시 혼돈의 블레이드가 공기를 갈랐고 하피의 발톱은 발에서 잘려 나와 사원 바닥에 굴렀다.

그 짧은 시간을 지체한 대가는 너무도 가혹했다.

크레토스가 다시 몸을 추스르고 뛰어오르기도 전에, 오라클을 납치한 하피들은 힘껏 날개를 퍼덕이며 부서진 사원의 지붕 위로 사라졌다. 나머지 하피들도 그들을 뒤쫓았다. 크레토스는 무력하게 하피 무리와 그들의 사냥감이 밤의 어두운 구름 사이로 사라지는 모습을 지켜봐야만 했다.

크레토스는 사원에 혼자 남겨져서 두 손을 벌린 채 아테나 여신의 무표정한 얼굴을 바라보았다. 그는 신들에게 기도하지 않았다. 그는 신들을 저주했다. 그리고 오라클을 구출할 계획을 세웠다.

제13장

여신은 답을 줄 것 같지 않았다. 크레토스는 스스로 계획을 짜야 했다. 이번에도 마찬가지였다.

그는 사원 천장의 그을린 구멍 너머로 하피와 오라클의 모습을 찾아보았으나 아무것도 보이지 않았다. 행운은 없었다.

크레토스는 골똘히 생각에 잠긴 채 밖으로 달려 나왔다. 하늘에서 오라클을 찾는다고 한들 어떻게 구출할 것인가? 제우스의 번갯불을 사용하면 하피와 함께 오라클도 불에 타버릴 것이다. 메두사의 시선은 통할 수는 있겠지만 떨어지는 오라클을 받을 수 있는 위치에 있어야 할 것이다. 아마도 돌로 단단히 변한 하피 한두 마리가 함께 떨어지거나 자칫 오라클마저 돌로 변할 위험이 있었다. 그다지 좋은 계획이 아니었다. 포세이돈의 분노를 사용하려면 도망가는 약탈자 하피들을 손으로 붙잡을 거리에 있어야 했다. 그런 상황이라면 구태여 마법을 쓸 필요도 없을 것이다.

활이다. 크레토스는 성벽의 틈새에서 죽어 가는 아테네 병사에게서 받았던 활을 떠올렸다. 정교하고 강력한 활이었다. 활과 화살 두 발이면 충분하리라.

하피를 맞추고 부상을 입히고 떨어뜨리기까지 단 두 발만 있으면 되었다.

크레토스는 온 정신을 집중하여 하늘을 살폈다. 그러던 중 사원 옆쪽에서 무언가를 긁는 소리가 들리는 것을 뒤늦게 알아차렸다. 크레토스는 건물의 옆으로 달려갔고 새로 파낸 무덤을 하나 발견했다. 그는 무덤에서 날리는 흙을 피해 뒤로 물러섰다. 그리고 다시 천천히 무덤에 다가가 상황을 살폈다. 그때 바위투성이 무덤가에서 불쑥 손이 올라왔다. 크레토스는 돌아서서 혼돈의 블레이드를 꺼내고 싸울 준비를 했다.

더럽고 너덜너덜한 옷을 입은 노인이 혼잣말을 중얼거리며 여윈 몸뚱이를 무덤가에 드러냈다. 노인은 나이 때문에 침침해진 눈을 깜빡이며 크레토스를 바라보다가 쌓아둔 흙 위로 삽을 던졌다. 그런 다음 두 손으로 땅을 딛고 몸을 빼내려 했다. 그러나 올라오지는 못했다.

"그렇게 보고만 있을 텐가? 아니면 노인을 도울 텐가?"

크레토스는 놀랄 수밖에 없었다. 어떻게 인간이, 게다가 저런 노인이 이 바위투성이 땅에 무덤을 팔 수 있다는 말인가?

"자자, 스파르타의 유령이 나한테 뭐 겁날 게 있다고 그러나? 보면 모르겠나? 나는 티탄의 수염에 앉은 먼지보다도 늙었다고."

크레토스는 혼돈의 블레이드를 넣고 노인의 손을 잡았다. 노인은 먼지처럼 가벼웠다.

"나를 아시오?"

"당연하지. 그 검을 가지고 있잖나. 게다가 피부는 달처럼 하얗고! 그러나 바로 자네지. 덕분에 아테네는 살아남을 거야!"

무덤을 파는 노인이 웃었다.

"그래도 조심하라고. 내가 무덤을 다 파기 전에 죽으면 안 되니까."

"전투가 벌어지는 중인데 웬 무덤이오? 노인이여, 그건 누구를 위한 무덤이오?"

"바로 자네 거지, 젊은 친구여!"

노인은 신발에서부터 삭발한 머리까지 크레토스를 면밀히 살펴보았다.

"아직 한참 더 파야 해, 정말로. 적당한 때가 되면 다 알게 될 거야. 그리고 크레토스, 모든 것을 잃었다고 생각할 때쯤 내가 자네를 돕겠네."

"하피에게 끌려간 오라클을 보셨소?"

크레토스가 말했다.

"그럼. 똑똑히 봤지."

노인은 삽을 들어 엄청난 힘으로 무덤 옆의 땅을 팠다.

"오라클에 관해서 많은 얘기를 해줄 수 있네... 마음만 내킨다면 말이지."

노인이 말했다. 만약 그 말라깽이 멍청이가 정말로 마음이 내키지 않았다면 대화는 이렇게까지 이어지지도 않았을 것이다.

"내가 알고 싶은 것은 놈들이 오라클을 어디로 데려갔는지 하는 것뿐이오."

무덤을 파는 노인이 스파르타의 유령을 바라보았다. 그의 목소리에서 노망의 흔적이 사라졌고 눈에서는 저 아래 아테네의 불길이 타올랐다.

"그래. 어디로 데려갔을 거라고 생각하나?"

노인은 경멸스러운 어조로 말했다.

"하피에 관해서 알아야 할 가장 중요한 것이 무엇인가?"

"어떻게 죽이는지는 아오."

"이봐, 그건 전혀 중요한 것이 아니라고! 제일 먼저 알아야 할 건 말이야. 놈들은 죽인 장소에서 먹이를 먹는다는 사실이지. 두 번째로 중요한 건... 높은 곳에 둥지를 튼다는 거!"

무덤 파는 노인은 머리를 젖히고 웃었다. 크레토스는 화를 억누르며 노인을 바라보았다. 그리고 노인은 말없이 돌아서서 사원의 부서진 천장을 올려다보았다. 크레토스는 하피의 시끄러운 소리와 여인의 고통스러운 비명을... 들었다.

크레토스는 양손에 혼돈의 블레이드를 들고 사원으로 다시 들어갔다. 그러나 핏물을 밟는 바람에 차가운 대리석 바닥에 한쪽 무릎을 대고 핏덩이를 가르며 미끄러졌다. 위쪽 사원 꼭대기에서 불과 한두 층 낮은 공중에서 하피들이 무언가를 두고 다투고 있었다. 오라클을 안전한 장소로 데리고 가서 혼돈의 블레이드의 무례한 공격에 방해받지 않고 포식하기를 원하는 하피와 그런 절차를 생략하고 이곳에서 오라클을 먹자는 하피가 서로 다투는 듯했다.

오라클은 인간 육신의 힘을 모두 동원하여 저항했다. 그녀는 주먹으로 하피를 때렸고 어깨에 박힌 강력한 발톱을 밀어내려 애썼다. 하피들이 서로 싸우는 가운데 오라클의 상처에서 흘러나온 피가 가슴을 적셨고 허리를 지나 발가락

끝에서 떨어졌다. 그녀의 저항도 차츰 약해졌다.

크레토스는 블레이드를 놓고 등으로 돌려보냈다. 지금 효과를 볼 수 있는 무기는 번갯불뿐이었다. 번갯불을 정확하게 조준해서 던진다면 세 마리 하피를 모두 튀겨버릴 수 있었다. 그것은 불가능해 보였다. 그러나 달리 생각하면 차라리 빗맞히는 게 나을 수도 있었다. 단, 빗맞히는 것도 잘해야 했다.

크레토스는 다시 오른손에 단단한 번갯불을 불러내어 한두 뼘 정도 높게 조준한 다음 던졌다. 번갯불은 두 마리 하피에 아주 가까이 날아갔고 놀란 하피들을 지나 바로 위 발코니에 명중했다. 번개에 맞아 부서진 거대한 대리석 조각들이 사방으로 튀면서 자신들의 사냥감이 생각보다 위험하다고 의견을 모아 가던 하피들을 강타했다.

그들은 싸움을 멈추고 날개를 있는 힘껏 퍼덕이며 숨을 곳을 찾던 중 오라클을 놓아 버렸다. 크레토스는 오라클이 떨어지는 속도를 빠르게 계산했다. 밑에서 번갯불을 던진다면 두 마리 하피를 통구이로 만들 수 있었으나 마무리 공격을 날릴 시간이 없었다.

크레토스는 오라클이 떨어지는 신전 바닥으로 부리나케 뛰어갔다. 오라클을 구할 수 있다고 생각했다.

그러나 오라클은 떨어지지 않았다.

"살려 주세요!"

오라클은 사원 지붕에 설치된 크레인에서 흘러내린 밧줄에 걸려 있었다.

아레스의 그리스 화약이었는지 아니면 크레토스의 번개였는지 알 수는 없지만 무언가가 밧줄을 느슨하게 만들었다. 오라클은 사원의 정원에서 수백 미터 높이 위에 매달려 목숨이 위태로운 상황이었다. 설상가상으로 밧줄은 변덕스럽게 움직이며 오라클을 산 옆, 가파른 절벽 아래로 던질 듯이 크레토스를 위협했다.

만에 하나 그렇게 된다면 크레토스의 모든 능력도 아무 소용이 없을 것이다. 크레토스는 오라클에게 가까이 다가갈 방법이 있을지 생각하면서 정원을 살폈다. 그는 곧 무너질 듯한 목재 구조물을 발견했다. 그것을 이용해서 위로 올라갈 수 있을 것 같았다.

"크레토스! 살려 주세요! 서둘러야 해요!"

오라클이 공중 높은 곳에서 소리쳤다. 그는 바로 지금 그녀를 구해야 했다.

크레토스는 마치 단검을 쥐듯 혼돈의 블레이드를 뒤집어 잡고서 튼튼한 허벅지에 최대한 힘을 모아 대리석 여신상의 다리로 뛰어올랐다. 크레토스는 조각상의 재료로 쓰인 대리석의 성질을 이용하여 여신상을 자신의 사다리로 선택했다.

크레토스는 혼돈의 블레이드를 연달아 내리꽂았다. 혼돈의 블레이드는 크레토스가 매달려 몸을 위로 던질 수 있을 정도로 단단히 박혔다. 크레토스가 다시 검을 박아 넣기 위해서 블레이드를 뽑자 조각상에는 든든한 발판으로 삼을 만한 틈이 생겼다. 크레토스는 이 방법을 반복하면서 불과 몇 초 만에 거대한 여신상의 봉헌대까지 올라갔다.

"크레토스! 버틸 수가 없어요!"

"그럴 필요 없소!"

크레토스가 말했다. 그는 크게 세 걸음을 뛴 다음 봉헌대의 끝에서 공중으로 몸을 던졌다.

크레토스는 최대한 길게 몸을 뻗었고 마지막 순간에 밧줄이 그가 있는 방향으로 다가왔다. 그는 난투극 도중 적에게 몸을 부딪치듯 어깨로 오라클을 세게 밀쳤다. 오라클은 그 충격으로 밧줄을 붙잡은 손을 놓고 말았다. 그들은 아래로 떨어졌다.

크레토스는 한 손으로 오라클의 가냘픈 허리를 감싸 안고 나머지 한 손으로 다른 밧줄을 잡았다. 그는 손가락으로 거친 밧줄을 쥐었고 잠시 안전하다고 생각했다. 그러나 도르래가 돌아가면서 밧줄이 내려가기 시작했다.

크레토스는 씩씩거리며 손목을 비틀어 밧줄을 단단히 잡았다. 그런 다음 밧줄을 위로 튕겨 보내어 도르래에서 밧줄이 들리게 했다. 밧줄이 걸개에서 뒤엉켰고 더는 내려오지 않았다. 크레토스와 오라클은 무게추처럼 줄에 매달려 앞

뒤로 흔들렸다. 크레토스는 손에서 살짝씩 힘을 빼면서 악마와 같은 밧줄을 타고 사원의 바닥으로 다시 내려온 다음 오라클을 내려놓았다. 오라클은 크레토스를 빤히 바라보면서 말했다.

"크레토스! 아테나 여신님께서 예언하신 대로군요. 그렇지만 너무 늦었어요. 어쩌면 너무 늦어서 아테네를 구할 수 없을지도 몰라요."

오라클은 크레토스에게 더 가까이, 불과 몇 센티미터 거리까지 다가왔다. 그녀는 두 손을 들어 올려 크레토스의 머리를 잡고 양쪽에서 그의 관자놀이를 부드럽게 눌렀다. 크레토스는 뿌리치려 했으나 그녀의 손길은 놀랍도록 강력했고 자신은 놀랍도록 힘을 쓰지 못했다.

"이곳에 온 이유가 아테네를 구하기 위해서인가요? 아니면…"

크레토스는 소리쳤다.

"아, 안 돼…"

크레토스는 눈을 질끈 감은 채 뒷걸음질 치며 그녀의 손에서 바로 몸을 빼내려 했다. 그러나 이미 늦은 것인지 힘을 쓸 수 없었다. 그녀의 저항할 수 없는 힘이 그의 마음속까지 파고들었다.

머릿속이 온통 바늘로 찌르는 듯했다. 찌르는 느낌은 점점 더 빨라졌고 더 참기 어려워졌으며 극심한 고통으로 바뀌었다. 당장에라도 머리가 터질 것 같은 느낌이었다. 크레토스가 눈을 떴을 때 그는 다른 곳에 있었다.

그는 말에 오른 채 검을 쥔 손을 머리 위로 들어 올렸다. 그는 야만인들에게 맞서 피로 물든 전장에서 부하들을 이끌고 있었다.

"내게 결집하라! 스파르타의 병사들이여! 우리는 오십 명뿐이지만 천 명의 군대처럼 싸울 것이다! 죽여라! 놈들을 죽여라! 모조리! 용서는 없다! 포로도 없다! 자비도 없다!"

크레토스는 불꽃 같은 숨을 내쉬었고 그의 심장은 헤파이스토스의 대장간 망치처럼 뜨거웠다. 피와 죽음의 악취가 터질 듯 온몸에 진동했다. 이날 하루 동안 천 명의 목숨이 그의 손에서, 크레토스 한 명의 손에서 사라졌다! 그는 병사들을 이끌었다…

…천 명에 달하는 스파르타 군대가 최전방에 선 크레토스의 명령에 따라 전장으로 달려갔다. 이제 크레토스는 영웅이었다. 전설이 되어 있었다. 스파르타 병사들은 전설적인 영웅인 크레토스를 섬기는 명예를 차지하기 위해 서로 경쟁했다. 크레토스는 거듭 승리했고 병사들의 수는 늘어만 갔다. 크레토스는 두 자루 검을 들고 전투에 임했다. 적들의 뼈와 살을 가르면서 첫 번째 검이 무뎌지면 크레토스는 그 검을 버리고 두 번째 검을 꺼내 들었다. 그는 다시 두 번째 검으로 수십, 수백 명의 적을 베었다. 그리고 두 번째 검이 무뎌지면 그는 죽은 병사들이 떨어뜨린 무기나 도망가는 적이 버린 무기를 들고 공격을 이어 갔다. 크레토스는 학살이 중단되는 것은 물론이고 지체되는 것조차 용납하지 않았다. 크레토스의 용감한 병사들은 그의 지도력을 갈망했다. 그것은 전설적인 지휘관만이 줄 수 있는 지도력이었다. 크레토스는 자신이 체득한 지식을 그들에게 알려 주었다.

크레토스는 적을 죽이는 방법도 보여 주었다.

"용서는 없다! 포로도 없다! 자비도 없다!"

전쟁은 크레토스가 활약하는 무대일 뿐이었다. 그는 전쟁의 신을 위해 적들을 죽였다. 그는 스파르타의 영광을 위해 적들을 죽였다. 그는 자신의 검에 쓰러져 가는 적들을 바라보는 순수한 즐거움을 위해 적들을 죽였다. 모두가 그를 두려워했다. 아군도 적들도…

…단 한 사람만은 예외였다.

그의 차분하고 인내심 많은 아내였다. 그녀는 감히 크레토스의 분노에 맞설 수 있는 유일한 인간이었을 것이다.

"크레토스, 아직 만족할 수 없나요? 도대체 언제 끝나는 거죠?"

"스파르타의 영광이 온 세상에 알려질 때까지!"

그녀는 귀찮은 벌레를 쫓듯이 손을 내저으며 말했다.

"스파르타의 영광이라니."

그녀는 모질게 빈정거렸다.

"그게 무슨 뜻이죠? 무슨 뜻인지 알고나 말하는 건가요? 아니면 당신의 학살을 정당화하기 위해 스스로 변명하는 건가요?"

그녀는 치마로 딸을 감싸 안았다. 그녀의 눈에서 분노의 빛이 사라졌다. 그녀는 체념한 듯 우울한 목소리로 말했다.

"스파르타의 영광이라고요? 당신 자신 때문이잖아요!"

크레토스가 미처 답하기도 전에 아내의 모습이 변했다. 그녀는 더 늙어 갔고 눈에서는 피눈물이 흘러내렸다. 눈물은 그녀의 뺨을 적시며 불타올랐다. 눈물이 떨어진 자리에서 불길이 벽처럼 피어올라 크레토스와 아내 사이를 막아섰다. 바로 자신의 부하들이 적들을 불러내기 위해, 그리고 적들의 아내들을 통곡하게 만들기 위해 질렀던 그 불길이었다. 크레토스는 그 불길에 눈이 멀었고 살을 데었다.

그러나 그의 아내는! 아내는 반대편에 있었다... 그의...

아테나의 오라클이 크레토스의 관자놀이에서 손을 떼고 그를 바라보았다. 그녀의 얼굴은 창백했다.

"맙소사! 왜 아테나 여신께서 당신 같은 자를 보낸 거죠?"

크레토스는 커다란 손으로 오라클의 목을 붙잡았다.

"날 들여다보지 마시오!"

잠시 크레토스는 바람을 맞은 깃발처럼 흔들리며 그녀의 아름다운 목을 부러뜨리고 싶은 욕구에 사로잡혔다. 그의 머릿속에서 전쟁 나팔 소리와 공포와 절망에 휩싸인 비명이 메아리쳤다. 그는 오라클을 옆으로 밀쳤다. 그녀는 사원 바닥으로 넘어졌다.

오라클은 바닥에 손을 짚고 앉은 자세로 크레토스를 노려보았다. 그런 다음 일어서서 두려움 없는 시선으로 스파르타의 유령을 바라보았다.

"당신의 적은 내가 아니에요, 크레토스."

그녀는 크레토스에게서 돌아서서 사원의 벽 쪽으로 걸어갔다. 크레토스는 그녀가 향하는 벽에서 희미한 문의 형태가 드러나는 것을 보았다. 그 옆에는 알 수 없는 휘장이 장식되어 있었고 오라클은 그곳에서 걸음을 멈추었다.

"당신의 짐승 같은 힘만으로는 아레스를 이길 수 없어요."

그녀는 휘장에 손을 대고 밀었다. 벽이 사라지고 문이 열렸다.

"당신이 신을 이기려면 단 한 가지가 필요하죠."

문에서 눈부신 빛이 쏟아져 들어왔다. 크레토스는 눈을 찡그렸다. 빛은 점점 더 강렬해져서 크레토스는 거대한 팔을 들어 눈을 가려야 했다. 게다가 마치 용광로 옆에 선 듯이 엄청난 열기가 전해졌다. 크레토스는 문 너머로 보이는 광경에 어리둥절했다. 문은 밤의 장막이 펼쳐진 바위투성이 언덕으로 통하고 있었다.

그러나 눈이 적응하면서 문 너머로 한낮의 휘몰아치는 모래바람이 나타났다. 오라클은 이 상황이 전혀 특별하거나 놀랍지 않은 듯이 담담하기만 했다.

"판도라의 상자예요. 아테네 성벽 저 멀리 동쪽의 사막에 신들에 의해 감춰져 있어요."

그녀는 차분하면서도 확신에 찬 목소리로 말했다.

"그 힘만이 아레스를 이길 수 있어요."

오라클은 옆으로 비켜서서 무표정한 얼굴로 다시 크레토스를 바라보았다. 크레토스는 누구도, 신조차도 두려워하지 않았다. 그러나 아테나의 오라클 앞에서는 움츠러들었다. 그녀는 그의 마음속에 감춰진 영역에 들어와서 그의 수치심을 목격한 사람이었다.

"하지만 경고해 둘게요, 크레토스. 판도라의 상자를 찾으러 간 사람은 많지만 돌아온 사람은 아무도 없어요."

그녀는 문을 가리켰다.

"크레토스, 저 문을 지나 사막으로 가세요. 판도라의 상자를 찾기 위한 여정이 시작될 거예요. 그것이 아레스를 무찌르고 아테네를 구할 수 있는 유일한 방법이에요. 명심해요, 크레토스. 그것만이 유일한..."

그녀의 목소리는 점점 작아졌고 사막의 바람 소리에 묻혀 갔다.

크레토스는 사원에서 나와 뛰기 시작했다. 그는 몇 분 후 신성한 산의 성벽을 따라 달리고 있었다.

앞쪽에서 무너져 가는 관문이 어른거렸다. 거대한 장갑병 조각상만이 홀로 관문을 지키고 있었다. 그는 멈추지 않고 문을 지나 달렸다. 폭풍이 만들어 낸 강한 바람이 그의 얼굴에 작은 칼날처럼 날카로운 모래를 흩뿌렸다. 크레토스는 돌아서서 마지막으로 아테네를 바라보았다. 아테네는 사라지고 없었다. 어느 곳을 둘러보아도 끝없이 펼쳐진 모래뿐이었다. 그는 혼자였다. 지금껏 그 어느 때보다도 홀로 된 느낌이었다.

제14장

"이제 거의 남지도 않았군요. 그대의 도시가 아레스를 기리며 재건설될 때까지 시간이 얼마나 걸릴지 내기해 보는 건 어떻겠습니까?"

헤르메스는 투영의 웅덩이 위 공중에 떠 있었다. 그의 날개 달린 신발에서 만들어 내는 바람이 잔물결을 일으키며 아테네에서 벌어지는 파괴의 현장을 훑트렸다. 그는 몸을 숙여 손가락을 물속에 담갔다. 물에 투영된 상이 어지럽게 망가졌다. 그의 손가락이 닿은 곳에서 아직까지 손상되지 않고 서 있던 건물이 돌무더기로 무너져 내렸다.

"그만 멈추세요."

아테나가 날 선 어조로 말했다.

"어째서지요? 누가 보아도 아레스가 분명한 승리자입니다."

신들의 전령 헤르메스가 여유 있는 웃음을 지으며 말했다.

"그 건물이 아레스의 공격을 버틸 것이라고 생각했나요? 아레스는 그대에게 아무것도 남기지 않았습니다. 지금은 그 아무것조차도... 남기지 않을 생각이지요."

제우스가 예고 없이 천둥을 치며 나타났다. 그는 토가에 손을 넣은 채 노여운 표정으로 헤르메스를 바라보았다.

"아레스는 생각했던 것보다 잘했소. 보통은 도자기 상점에 들어간 미노타우로스처럼 날뛰기만 했었지."

"생각보다 잘했다고요?"

아테나가 콕 집어 물었다.

"아레스를 지지하기로 마음을 굳히셨습니까?"

"아니오."

제우스는 아직 화난 표정이었다.

"아레스는 내 신전을 너무 많이 망가뜨렸소. 마치 골라서 그러는 것처럼 말이오. 그렇지만 그럴 수는 없겠지. 아레스가 죽이는 것은 그대의 숭배자들이오, 아테나."

아테나는 말없이 제우스를 노려보았다.

"아버지께서는 지금까지 이 일을 성공적으로 처리하셨습니다. 그렇지 않습니까?"

헤르메스가 쾌활한 목소리로 말했다. 아테나는 헤르메스를 날카롭게 쏘아보았다.

"그것이 무슨 말이오?"

제우스는 우레 같은 목소리로 말했다. 그의 수염에서 번개가 번뜩였다.

"크레토스가 아버지의 인간이 아닌가요?"

헤르메스가 다소 겁을 먹은 듯이 뒤로 물러나며 물었다. 헤르메스는 도와 달라는 듯이 아테네를 바라보았으나 아테네는 그럴 생각이 없어 보였다. 아테나는 헤르메스가 염려스러웠다. 만약 크레토스가 길 잃은 영혼들의 사막으로 진정한 임무에 나선 것을 헤르메스가 알게 된다면, 그리고 지루함을 달랠 목적으로 아레스에게 그 사실을 전하여 문제를 더 일으킨다면 아테나는 곤란한 상황에 처할 것이다.

"그자는 아테나의 인간이오."

제우스가 말했다.

"예, 물론이지요. 아버지께서 크레토스를 돕는다고 생각한 제가 틀렸군요. 아테네에 있는 누군가가 아레스의 부하들에게 아버지의 것과 비슷한 번갯불을 던지고 있어도 말입니다."

"그게 확실한 사실입니까, 아니면 신들이 서로 등을 돌리게 만들고자 그대가 속삭이는 또 다른 모략입니까?"

아테나가 물었다.

"지금... 나를... 나를! 올림푸스에서 내분을 조장하는 신이라고 비난하는 건 가요? 절대 그럴 일은 없습니다!"

헤르메스는 다시 제우스에게 주의를 돌렸다.

"하늘의 아버지 제우스시여, 저는 아버지의 충성스러운 신하이자 아들입니다! 누구에게도 위해를 가할 생각은 없습니다. 그저 모두에게 소식을 전할 뿐이지요."

"그리고 즐거워하겠지."

제우스가 말했다.

"그대는 지루함을 피하기 위해서라면 무엇이든 할 것이오."

헤르메스가 고개를 끄덕이며 미소를 짓더니 말을 멈췄다. 그는 웅덩이 위로 더 높이 날아오른 다음 공손히 고개를 숙였다. 헤르메스는 고개를 숙인 채 팔을 거두어들이면서 진지한 표정으로 말했다.

"왕이시여, 저의 충성심은 끝이 없습니다. 왕께서는 제게 명령만 내리시옵소서."

"잘 알았소."

제우스가 이를 갈면서 말했다.

"아레스에게 가서 내 사원을 파괴하고 숭배자들을 죽이는 짓을 멈추라고 전하시오."

"아레스에게 말입니까?"

헤르메스는 몹시 당혹스러운 표정을 지었고 아테나는 그 모습에 터져 나오는 웃음을 간신히 참았다. 그리고 아테나는 사태의 심각성을 깨달았다. 아레스는 절대 제우스의 뜻을 따르지 않을 것이다. 오히려 지금보다 더 사납게 날뛰며 아테나의 숭배자는 물론 제우스의 숭배자들까지 모조리 처단하려 들 수도 있었다.

"아버지, 헤르메스에게 아레스를 막으라 명하실 필요가 없습니다. 전쟁의 신은 그저 본성을 따르고 있을 뿐입니다."

아테나의 회색빛 눈이 제우스의 폭풍 치는 눈과 마주쳤다. 아테나는 시선을 돌리지 않았다. 만약 제우스가 이 명령을 전하라고 명한다면 헤르메스는 의심할 여지도 없이 호기심을 이기지 못하고 크레토스가 판도라의 상자를 찾고 있다는 사실을 알아낼 것이다. 아테나는 신들의 전령 헤르메스를 잘 알고 있었다. 헤르메스는 절대 자제하지 못하고 결국 아레스에게 자기가 아는 사실을 은밀히 귀띔해줄 것이다. 그렇게 되면 아레스는 아테나가 그에게서 숨기고 싶었던 모든 사실을 그 즉시 알아차릴 것이다.

판도라의 상자… 아테나는 생각에 잠겼다. 크레토스는 아레스가 그 임무에 관련된 비밀을 깨닫기 전에 판도라의 상자를 찾아야만 했다.

제우스의 대답에 아테나는 놀랐고 헤르메스는 안심했다.

"아레스에게 명령을 전할 필요 없소."

제우스가 말했다.

"그렇다면 제가 어떤 다른 방법으로 아버지를 도울 수 있겠습니까?"

헤르메스는 위험한 임무에서 벗어났다는 생각에 거의 횡설수설하는 중이었다. 그는 보통은 소식의 내용보다도 신들의 불화를 즐기는 편이었다. 그러나 지금 아레스는 누구든 마다하지 않고 죽일 기세였기 때문에 헤르메스조차 안전하지 않았다. 아레스가 신을 죽이지 말라는 제우스의 명령을 어기지 않는다는 보장은 없었다.

"아버지, 인간들은 분노한 아레스의 공격을 받고 있습니다. 만약 헤르메스가 우리의 사제들에게 경고를 전하여 탈출할 수 있는 가장 좋은 길을 알려 준다면 그들은 목숨을 구할 수 있을 것입니다."

"좋소, 그럼 그렇게 하시오."

제우스가 말했다.

"이 분쟁이 끝나는 것을 보고 싶군."

제우스는 수염을 쓰다듬으며 조금 숨을 고른 다음 아테나를 정면으로 응시했다.

"내 딸이여, 그대가 아레스를 선동하여 사원을 파괴하고 날 모욕하도록 수를 쓴 것은 아니오?"

"아닙니다, 아버지! 절대 제 도시를 파괴하는 일을 거들지 않을 것입니다!"

"그대의 인간을 구해야 한다면, 그래도 그럴 것이오?"

"크레토스는 제게 아무것도 아닙니다."

아테나는 최대한 평정심을 유지하면서 말했다. 아테나는 아레스가 크레토스를 뒤쫓을 것을 염려하여 그를 자극하기를 원하지 않았고 마찬가지로 제우스가 크레토스에게 의혹의 시선을 보내는 것도 원하지 않았다. 아테나는 신들의 왕인 제우스가 인간이 신을 죽이는 임무를 수행한다는 것을 알게 되었을 때 어떻게 반응할지 짐작조차 할 수 없었다. 더구나 그 신은 평범한 신이 아닌 자신의 아들, 아레스였다.

"가시오."

제우스가 우르릉거리는 목소리로 헤르메스에게 말했다. 헤르메스는 방을 한 바퀴 돌아서 속도를 낸 다음 신발에 달린 날개를 퍼덕이며 올림푸스의 하늘 위 구름 속으로 사라졌다.

"언제까지고 남아 있을 것 같더니…"

제우스가 기꺼운 듯이 왕좌에 앉으며 말했다. 지혜의 여신 아테나를 바라보는 그의 눈에는 당당한 위엄이 깃들어 있었다.

"헤르메스 앞에서는 말할 수 없었소. 헤르메스가 어떻게 이야기를 퍼뜨리는지 그대도 잘 알겠지. 아테나, 나는 걱정스럽소. 아레스가 놀랍도록 철저하게 아테네를 파괴하고 있소. 한두 주만 지나면 그대의 숭배자는 한 명도 남지 않을 것이오."

"어려운 싸움이었습니다."

아테나가 인정했다.

"아레스는 전투에서는 승리했습니다. 그렇지만 그럴 것이라고 이미 예상했습니다. 저는 아직 전쟁에서 이길 수 있습니다."

아테나는 혹시 제우스가 자기를 도울 의사가 있는지 기대하면서 그의 얼굴을 살폈다.

"그럴 수 있겠소?"

제우스가 다소 슬픈 목소리로 물었다.

"내 딸이여, 그대에게 큰 믿음이 있지만 아직 반격조차 못 하지 않았소?"

아무것도 하지 않았다고 말을 하더라도 제우스는 의심할 것이다. 그녀답지 않은 행동이기 때문이다. 제우스가 아테나를 걱정하는 마음은 진심으로 들렸고 아테나는 대담한 고백을 결심했다. 아테나는 인간이 신을 죽일 방법이 있다는 것을 알았을 때 제우스가 크레토스를 막지 않을까 걱정했다. 그러나 제우스는 그녀의 용감한 영웅을 돕지는 않더라도 어쩌면 중립으로 남을 가능성도 있었다. 위험한 일이었지만 원하지 않는 간섭을 방지하려면 감수해야 할 일이었다.

"이제 곧 바뀔 것입니다."

아테나는 눈을 가늘게 뜨고 올림푸스의 영원한 여름의 한낮에 걸린 헬리오스의 태양 마차를 바라보았다.

"모든 것이 계획대로 흘러간다면 아테네에 있는 제 오라클은 길 잃은 영혼들의 사막으로 통하는 문을 열고 크레토스를 보냈을 것입니다."

"크레토스는 그곳에서 무얼 하는 것이오?"

아테나는 강력한 능력을 지닌 제우스의 반대를 경계하여 말을 멈추었다. 그러나 곧 아테나는 확실하게 마음을 굳혔다. 그녀는 오라클의 예견에 따라 크레토스가 무엇을 찾고 있는지 설명했다.

"그 상자란 말이오…"

제우스가 자세를 고쳐 앉고 목소리를 가다듬으면서 말했다.

"그렇습니다, 아버지."

아테나는 엄숙한 표정으로 미소를 지으며 대답했다.

"판도라의 상자입니다."

제15장

사방이 눈부신 모래였다. 크레토스는 어디로 가야 할지 알 수 없었다.

눈에서는 계속 눈물이 났다. 입안의 모래와 콧구멍에 가득한 먼지만 아니었다면 바다에서 수영을 하는 것인지 착각이 들 정도였다. 크레토스는 고개를 숙이고 묵묵히 나아갔다. 길을 잘못 들 방향은 무한히 많았다. 그리고 옳은 방향은 하나뿐이었다.

크레토스는 그러기를 바랐다.

옳은 방향이 있는지조차 알 수 없었다.

오라클은 그의 악몽 같은 환영을 불러냈다. 오라클이 그의 머릿속에서 보고 느낀 혐오감은 그녀의 아름다운 얼굴에 고스란히 드러나 있었다. 크레토스는 오라클이 자기처럼 타락하고 사악한 인간은 영원히 인간의 무리에서 격리해야 한다는 결론에 도달했을 것이라고 쉽게 추측할 수 있었다. 이 지독한 사막에 보낸 이유도 그가 죽기를 바라서였는지 모른다.

만약 이 지독한 사막에 보낸 이유가 죽지 않기를 바란 것이었다면 그것은 더 끔찍한 일이었다.

크레토스는 타르타로스에서 티탄이 받는다는 형벌에 관해 이야기를 들은 적이 있었다. 이 끝없는 사막과 끝없는 모래바람과 끝없는 열기와 끝없는 갈증은 그런 이야기들과 너무도 닮았다.

크레토스는 신들을 저주하면서 지친 걸음으로 나아갔다. 그는 오라클도 저주했다. 만약 운 좋게 모래 폭풍 사이로 태양의 모습을 볼 수 있다면 시간이 얼마나 지났는지 짐작이라도 할 수 있을 것이다. 그리고 최소한 이 끔찍한 황무지에서 시간이 실제로 가고는 있는지 아니면 이것이 그의 영원한 운명이 된 것인지라도 알 수 있을 것이다. 지금 그가 아는 것은 더해만 가는 열기와 그치지 않는 바람과 눈부신 모래뿐이었다.

윙윙거리는 바람 소리 너머로 날카로운 소리가 들렸다. 크레토스는 등에 손을 가져갔지만 혼돈의 블레이드를 뽑지는 않았다. 그는 천천히 돌아서서 소리가 나는 쪽으로 조심스럽게 다가갔다. 아레스라면 그런 폭풍 속에 백 개가 넘는 덫을 놓고도 남았을 것이다. 만약 목적지를 벗어나 유인당하는 것이라면 더 끔찍한 일이었다. 크레토스로서는 소리를 따라가 그 정체를 알아내기를 바랄 수밖에 없었다. 그 소리는 모래 폭풍 속을 헤매는 자신의 처량한 발걸음을 제외하면 처음으로 무언가의 존재를 암시하는 증거였다.

눈부신 빛이 한 차례, 두 차례 번뜩이더니 태양만큼 밝게 빛났다. 크레토스의 걸음이 빨라졌다. 앞에 있는 것이 무엇이건 사막에서 무작정 떠도는 것보다는 나을 것이다. 거리가 가까워지자 크레토스는 그 빛의 정체를 볼 수 있었다. 그것은 아테나 여신상의 빛나는 두 눈이었다.

"아테나 여신이시여!"

크레토스는 여신의 회색빛 눈을 응시하며 성난 목소리로 말했다. 그는 버려졌다. 아테나는 올림푸스의 신들 중에서 가장 최근까지 그를 이용하고 버린 신이었다.

"왜 나를 여기에 데려왔소?"

여신상이 입을 열었다.

"크레토스, 앞으로의 여행은 위험하다. 하지만 아테네를 구하려면 반드시 해내야 하는 여행이다."

"오라클이 판도라의 상자에 대해 말했소. 그것이 사실이오?"

"상자는 존재한다. 인간이 사용할 수 있는 가장 강력한 무기지."

"그렇다면 그 무기로 아레스와 싸우겠소."

"상자만 있으면 많은 일이 가능하지. 하지만 그렇기 때문에 찾기 힘든 곳에 숨겨져 있다. 멀리 길 잃은 영혼들의 사막 너머로 가야 한다."

아주 잠깐 휘몰아치는 모래바람이 잠잠해졌다. 크레토스는 지평선을 바라보았다. 잠깐 열렸던 시야는 바로 가려지고 말았다.

"위험한 사막에도 안전한 길이 있다. 그러나 사이렌의 노래를 들어야만 그 길을 발견할 수 있다. 그들만이 티탄 크로노스에게 널 안내할 수 있다. 제우스는 그에게 모래바람이 뼈에서 살을 모두 발라낼 때까지 판도라의 사원을 등에 지고 사막을 헤매게 했다."

"어떻게 찾을 수 있소?"

"크레토스, 사이렌의 노래에 귀를 기울여라. 너의 여행은 이제부터 시작이다. 판도라의 상자를 가지고 다시 아테네로 돌아올 수 있기를 기도하라. 그리고 기억하라. 위를 찾아 올라가라. 아래에는 죽음만이 기다릴 뿐이니. 상자를 찾지 못하면 돌아올 길도 없을 것이다."

"사이렌의 노래에 어떻게 저항할 수 있소?"

크레토스가 물었다. 아테나 여신상은 답하지 않았다. 그는 가까이 다가가 여신상의 눈을 보았다. 그것은 평범한 대리석 구슬에 불과했다. 여신의 영혼은 떠나 버렸다. 그를 버리고 떠났다. 그는 치솟는 분노를 억눌렀다. 지시, 지시뿐이었다!

크레토스는 이를 악물고 걸어나갔다. 인간은 신들의 의도와 이유를 이해할 수 없었다. 일곱 살 어린 나이에 훈련을 시작하기 위해 어머니를 떠났을 때 그녀가 해 준 말이었다. 크레토스는 지금껏 그 말을 "자, 시킨 대로 해"라는 의미로만 받아들였다.

크레토스는 길을 나서면서 여신상에 무언가 바뀐 것이 있음을 알아차렸다. 여신상은 오른쪽 손을 들어 사막의 어느 한 지점을 가리키고 있었다. 크레토스는 그쪽으로 방향을 돌려 나아갔다. 다시 날카로운 소리가 희미하게 들려왔다. 그는 바람을 안고서 몸을 살짝 세웠다. 이제 크레토스는 그것이 사막 사이렌의 노래라는 것을 알았다.

아테나는 또다시 크레토스에게 길을 안내했지만, 이번에도 사이렌의 노래를 극복할 방법에 관해서는 귀띔조차 해 주지 않았다. 크레토스는 아마도 스스로 답을 찾을 수 있으리라고 생각할 만큼 아테나가 자기를 믿은 것이라 생각했다. 아니면 크레토스가 이 임무를 해결할 만큼 영리하지 않다면 영원히 본능적인 야만성과 혼돈의 블레이드에만 의지해야 할 것이라고 생각했는지 모른다.

오디세우스는 밀랍으로 선원들의 귀를 막고 자신은 배의 돛대에 몸을 묶었다. 크레토스는 사이렌의 계속되는 유혹을 막을 방법이 없었다. 이렇게 먼 거리에서도 사이렌의 노래에 심장 박동이 빨라지면서 몸이 반응하고 있었다. 만약 노래에 굴복한다면 그는 사이렌의 저녁거리가 될 것이다.

크레토스는 걸어가면서 사이렌의 은밀한 노랫소리를 덜 듣기 위해 귀 옆에 대고 박수를 쳤다. 그러나 실패였다. 걸음은 빨라졌고 그는 경험하지 못한 간절함으로 모래 폭풍을 헤집고 사이렌을 찾고 있었다.

위에서 무거운 날갯짓 소리가 들렸다. 그는 고개를 들어 올려다보았다. 먼지 구름 사이로 하피 한 마리가 발톱에 누군가의 시신을 매단 채 날고 있었다. 하피는 방향을 바꾸더니 모래 폭풍 사이로 사라졌다. 크레토스는 알고 있었다. 하피는 사냥한 먹이를 사이렌에게 가져갔을 것이다.

예전에 크레토스는 스파르타 바깥의 전장에서 두 마리 사이렌을 마주친 적이 있었다. 그는 부하들에게 화살을 가득 쏘아 보내라고 명령했다. 사이렌들은 온몸에 피를 묻혀 가며 양편 전사자들의 시체를 게걸스럽게 먹어 치웠다. 크레토스는 그들의 죽음의 노래에 세 명의 숙련된 궁수를 잃었다. 사이렌들은 죽어 가면서도 날카롭게 소리를 질렀고 그 소리를 들은 병사들은 머리가 터져 버렸다. 크레토스는 부하들에게 사이렌의 시체를 조각조각 자르도록 명령했고 그들은 까마귀조차 거들떠보지 않을 정도로 시체를 조각냈다. 그는 사이렌의 혼이 영원히 지상에서 떠돌도록 시체 조각을 네 줄기 바람에 날려 보냈다.

크레토스는 두 손으로 귀를 힘껏 눌렀다. 사이렌의 노래가 그를 더 유혹했다.

바람은 잦아들었고 사이렌의 사악한 노래는 저항할 수 없는 욕망을 일깨워 그의 몸을 가득 채웠다. 크레토스는 바람에 잔물결 같은 주름이 생긴 모래 사구 너머를 바라보았다. 뒤로 폐허가 된 고대 사원이 보였다. 아마도 사이렌들이 살고 있는 곳이리라. 그리고 크레토스는 그들을 볼 수 있었다. 유령 같은 네 마리 커다란 생명체가 무너진 사원 입구의 광장 위에서 떠다니고 있었다.

사이렌의 매혹적인 소리에 크레토스는 몸이 약해졌다. 그는 하데스에서 카론의 나룻배에 끌려가는 영혼처럼 온전한 성적 욕망에 이끌려 앞으로 나아갔다. 그의 모든 움직임은 느려졌고 불안정했으며 점점 무너져 갔다. 사이렌 한 마리가 그를 발견했다. 사이렌은 인간의 피 냄새를 맡고 돌아서서 목소리를 높여 노래했다.

크레토스는 검을 뽑으려 했으나 뜻대로 되지 않는다는 것을 깨달았다. 그토록 아름다운 생명체 앞에서 혼돈의 블레이드를 뽑아들 수는 없는 노릇이었다. 크레토스를 본 사이렌이 거부할 수 없이 아름다운 미소를 지은 채 경사로를 따라 기어 내려왔다. 그녀의 입을 따라 날카로운 노란색 이빨이 돋아나 있었지만 조금도 신경 쓸 것은 아니었다. 아름다웠다. 그녀는 너무도 아름다웠다. 가까이 다가올수록 아름다움이 더해졌다.

"이리 오세요, 내 사랑. 당신이 날 원하는 만큼 나도 당신을 원해요."

사이렌의 노래에 그녀의 목소리가 실려 왔다. 크레토스는 그 노래를 알고 있었다. 바로 자기의 죽음을 노래하는 선율이었다. 그럼에도 저항할 수 없었다.

그는 엄청난 의지력을 발휘해서 강제로 한쪽 손을 어깨 뒤로 넘겼다. 혼돈의 블레이드가 손가락에 닿았다.

사이렌은 물러서지 않았다. 그녀는 자신의 사악한 노래가 가진 힘을 알고 있었다.

"그럴 필요 없어요, 내 사랑. 내게 오세요. 날 사랑해 주세요. 난 당신을 사랑해요. 당신을 안고 싶어요."

세상에서 가장 아름다운 여인에게 다가가면서 크레토스의 저항은 사라져 버렸다. 크레토스는 두 팔로 사이렌을 끌어안았다. 사이렌이 입을 벌리고 그의 목을 물자 크레토스는 움찔하면서 물러섰다.

"그대를 위한 사랑의 애무예요."

그녀가 달콤하게 속삭였다.

"당신도 좋아할 거예요. 더 해달라고 조를 걸요!"

크레토스는 목에서 가슴까지 피가 흘러내리는 느낌이 들었지만 그녀가 자기를 사랑한다는 것을 알았다. 크레토스에게는 다른 무엇보다 그녀를 갈구했다.

아프로디테의 쌍둥이 자매보다도… 로라보다도… 그리고…

크레토스는 몸을 뺐다. 사랑하는 여인의 따뜻한 품을 벗어나기란 괴로운 일이었다.

"안 돼. 이건…"

크레토스가 말했다. 그의 귀에 노래가 들렸다. 처음에는 날카로운 소리였지만 점차 감미로운 음으로 변해 갔고 크레토스는 눈물을 흘렸다. 사랑하는 여인이 그를 위해 노래하고 있었다. 그녀는 사랑과 욕망을 일깨우는 노래를 불렀다. 크레토스를 위해서. 크레토스만을 위해서.

"사랑의 애무를 받으세요."

사이렌이 말했다. 그의 목 다른 쪽에서 피가 쏟아졌다. 크레토스는 다시 흠칫 놀랐다.

피였다. 사랑의 밀회가 아닌 전투에서 쏟은 피였다. 크레토스는 팔을 뻗어 사이렌을 힘껏 밀쳤다. 사이렌이 분노만이 가득한 비명을 질렀고 잠시 마법이 풀렸다. 크레토스는 사이렌의 본모습을 보았다. 그녀는 다시 노래를 부르기 시작했다. 노래는 너무도 아름다웠고 매혹적이었다. 크레토스는 그녀가 세상 무엇보다 자기를 원한다는 것을 알았다.

그러나 그녀는 크레토스의 아내가 아니었다… 아내… 딸… 수차례 사랑의 애무를 받는 동안 끔찍한 기억이 머리를 스쳤다. 고통이 쾌락을 밀어냈다. 익히 아는 고통이었다. 끔찍하기 그지없는 고통… 크레토스는 고통에 정신을 집중했다. 아내와... 딸이었다. 그의 아내와 딸이 발밑에 쓰러져 죽어 있었다...

크레토스는 다시 사이렌을 밀쳤다. 그러나 이번에는 다른 목소리가 들려왔다.

"나눠 달란 말이야! 이 욕심쟁이 같으니!"

"배가 고프다고! 우리는 다 굶주렸어. 우리에게 넘겨 줘!"

목소리들이 사납게 바뀌었다. 아름답고 사랑스러운 노래가 점차 귓가에서 사라졌다.

'내 아내가! 내 딸이!'

크레토스는 손을 들어 올렸다. 손에서 힘이 흐르는 느낌이 들었다. 제우스의 번갯불이 만들어지고 있었다. 그러나... 사랑하는 사람이었다. 아름답고 사랑스러운 연인이었다. 그럴 수는 없었다... 안 될 일이었다...

크레토스를 둘러싸고 먹이를 차지하려는 사이렌들의 불협화음이 커지면서 노랫소리가 작아졌다. 크레토스는 마음속 깊은 곳에 정신을 집중했다. 환영이, 악몽이 그의 결의를 부추겼다. 그의 손에서 번갯불이 생겨났다. 이제껏 느껴 보지 못한 엄청난 힘이 느껴졌다. 그는 몸이 들렸고 공중으로 높이 튕긴 다음 방향을 바꾸어 떨어졌다. 그는 정신이 혼미한 상태에서 모래에 처박혔다. 고개를 들어 주위를 살폈을 때 사이렌들은 온몸이 산산이 찢겨 죽어 있었다.

크레토스는 모래를 털고 일어났다. 제우스의 힘으로 처치한 사이렌은 일부에 불과했다. 사이렌 세 마리가 그를 보고 달려왔다. 크레토스는 그렇게 아름답고 사랑스러운 생명체를 본 적이 없었다. 그러나 그는 마법에 걸려들지 않았다. 그는 곧 이유를 깨달았다.

사이렌들은 그를 공격하기 시작했다. 그는 목을 만져 보았다. 방금 물린 상처들에서 피가 흐르고 있었다. 크레토스는 악몽 같은 환영 덕분에 마법에서 깨어 싸울 수 있었다. 그리고 제우스의 번갯불을 사용하여 사이렌을 처치했을 때 번개 소리도 어느 정도 도움이 되었다. 크레토스는 오디세우스가 사용했던 밀랍은 없었지만 임기응변으로 사이렌의 노래를 막을 방법은 있는 셈이었다. 그러나 귓가에서 다시 노래가 들려오기 시작했다. 너무 오래 기다린 것인가?

크레토스는 다시 오른손을 들었다. 그러나 그의 몸이 말을 듣지 않았다. 손은 떨렸고 몸은 저항하며 번갯불을 쥐기를 거부했다. 사이렌들은 안심하라며 그를 달래고 무기를 사용할 필요가 없다고 회유했다. 그들은 크레토스를 사랑했다. 그는 세상 무엇보다 그들을 원했다.

크레토스는 마지막으로 의지를 집중하여 손가락을 모양에 맞게 구부렸다. 그러나 팔에서 힘이 빠져 손을 들고 있을 수가 없었다. 손은 힘없이 떨어졌고 번갯불은 손에서 떨어져 앞쪽 모래를 불태워 유리로 만들었다. 벼락의 충격으로 몸이 휘청거렸다. 그는 두 걸음, 세 걸음 물러났다. 그는 다시 번갯불을 터뜨렸다. 다시 폭발이 일었다. 그러나 이번에는 그 소리조차 거의 들리지 않았다.

"그래, 좋아."

크레토스는 자기 목소리도 듣지 못했다. 그는 사막의 괴물들을 향해 걸어갔다. 결의는 단호했지만 서두르지는 않았다. 사이렌들은 그에게서 뒤로 물러서서 서로 난처한 시선을 교환했다.

"어떻게 인간이 우리의 힘에 저항할 수 있지?"

순간 사이렌들은 크레토스가 정말 인간인지 확신할 수 없었다. 그들은 크레토스를 향해 소리를 질렀다. 소리는 곧 다양한 화음으로 바뀌었다. 인간을 불태울 수 있는 화음과 눈을 멀게 하는 화음과 머리를 모닥불 위의 군밤처럼 터뜨릴 수 있는 화음이었다.

크레토스는 계속 걸었다. 혼돈의 블레이드를 꺼낼 필요도 없었다.

사이렌 무리는 넓게 퍼져 그를 둘러쌌다. 그러나 크레토스는 전에도 사이렌과 싸워 본 적이 있었다. 그리고 이 사이렌들은 불행히도 크레토스와 싸워 본 적이 없었다. 그들은 크레토스가 걷는 이상으로 빠르게 움직이는 모습을 보지 못했고 크레토스가 그 튼튼한 다리와 육중한 몸으로 얼마나 신속하게 몸을 날릴 수 있는지 알지 못했다. 그는 사이렌들이 더 가까이 접근하기를 기다렸다가 충분한 거리에 왔다고 판단했을 때, 단단한 허벅지에 한껏 힘을 주고서 염소를 사냥하는 한 마리 호랑이처럼 순식간에 사이렌을 덮쳤다.

크레토스는 거대한 손으로 사이렌의 길고 미끈한 머리채를 잡고서 나머지 손으로 그녀의 가슴팍을 강타했다. 그 위력에 사이렌의 쇄골과 흉골이 박살 났고 등에서 척추 윗부분을 부러뜨렸다.

크레토스는 사이렌의 목을 꺾어 머리카락을 잡고 철퇴처럼 휘둘렀다. 사이렌의 머리는 남은 두 마리 중에서 가까이에 있던 동료의 얼굴을 강타했다. 사이렌은 머리에 있는 모든 흉악한 뼈가 조각날 정도로 강하게 충격을 받고 모래 바닥에 쓰러졌다. 마지막 남은 사이렌이 돌아서서 도망치기 시작했다. 그러나 크레토스는 첫 번째 사이렌의 머리를 자기 머리 위로 돌린 다음 투척 무기처럼 던졌다. 사이렌의 머리는 도망가는 동료의 어깨뼈 사이에 부딪히며 척추를 부서뜨렸다. 부서진 뼛조각이 폐에 박혔고 그녀의 날카롭고 끔찍한 비명도 따라 멈췄다.

크레토스는 잠시 죽어 가는 사이렌 옆에 서 있었다. 그러나 그의 얼굴에는 연민 비슷한 것도 느껴지지 않았다. 그는 신발로 사이렌의 머리를 짓이겼다.

크레토스는 서둘러 폐허가 된 사원의 계단으로 올라갔다. 신기하게도, 폐허라고 생각했던 그곳은 계단과 복도마다 등에 불이 켜져 있었다. 덕분에 크레토스는 힘들이지 않고 길을 찾을 수 있었다. 그는 빛을 따라갔다… 그리고 마침내 다시 밝은 햇빛 속으로 들어섰다. 크레토스는 현기증이 날 정도로 높은 발코니에 서서 길 잃은 영혼들의 사막을 가로지르며 몰아치는 끝없는 모래 폭풍을 바라보았다. 크레토스는 양쪽 벽에 서툰 솜씨로 조각된 형상을 살폈다. 하나는 신들이 파토스 베르데스 3세 앞에 나타나 이 땅과 올림푸스에서 가장 위대한 무기를 보관할 강력한 사원을 지으라 명령하는 모습을 묘사한 것이었다. 다른 하나는 사원이 크로노스의 등에 사슬로 묶이는 모습을 그린 것이었다. 크로노스가 미래의 왕이 될 제우스를 갓난아이 시절에 먹어 치우려 했다고 해도 아버지인 크로노스를 이렇게 대우하는 것은 제우스로서는 불경한 일이었다. 발코니 끝에는 크레토스보다도 거대한 뿔피리가 사슬에 묶여 바위에 고정되어 있었다. 뿔피리의 기다란 몸통을 따라 신기한 문양이 새겨져 있었고 끝쪽 테두리에는 값비싼 보석이 테두리를 장식하고 있었다. 육중한 사슬은 뿔피리를 발코니 끝에 단단히 고정시켜 주었다. 크레토스는 거대한 뿔피리에 다가가 입술을 대고 숨을 불어넣었다.

뿔피리의 반대쪽에서 거대한 굉음이 일었다. 크레토스가 바라보는 앞에서 휘몰아치는 사막의 모래가 갈라졌고 그 사이에서 길이 펼쳐졌다. 멀리 길의 끝에서 더욱 거대하고 신비한 또 다른 구조물이 모습을 드러냈다. 크레토스는 눈을 가늘게 뜨고서 그것을 자세히 살폈다. 거대한 사원이 크레토스 쪽으로 움직이기 시작했다. 크레토스는 숨을 죽인 채 그 광경을 바라보았다. 크로노스가 허리를 굽힌 채 사슬로 묶은 판도라의 사원을 메고서 걸어오고 있었다. 그가 움직일 때마다 사원은 흔들리며 덜컥거리는 소리를 냈다. 티탄 크로노스는 손과 무릎을 땅에 대고서 몸을 돌린 다음 크레토스가 서 있는 발코니에서 아주 가까운 거리를 두고 지나갔다.

크레토스는 생각할 시간이 없었다. 그는 움직였다. 티탄의 몸 옆쪽에서 무거운 사슬이 내려와 흔들거렸다. 크레토스는 공중으로 힘껏 뛰어올랐다. 그는 손으로 사슬을 붙잡았다. 크로노스가 방향을 틀면서 그 반동에 사슬이 휘청거렸고 크레토스는 깊이를 알 수 없는 사막으로 팽개쳐졌다.

제16장

피투성이 손이 아려 왔다. 크레토스는 마침내 티탄의 산 정상에 다다랐다. 그는 꼬박 사흘 동안 산을 올랐다. 그리고 마지막 하루는 크로노스의 가죽을 타고 올랐다기보다 그의 등에 사슬로 묶인 산을 깎으며 길을 만들어 올라와야 했다. 그는 티탄의 옆쪽에 매달려 몇 차례 잠깐씩 졸기도 했다. 그러나 길고 긴 암벽 등반 동안 진정 휴식이란 것을 취할 수 없었다. 크레토스는 음식도 물도 없이 거대한 크로노스의 몸을 타고 위로만 올랐다. 처음 등반을 시작했을 때는 티탄이 느리게 움직인다고 생각했다. 그러나 한쪽을 타고 위로 올라갈수록 크로노스가 따라서 속도를 낸다는 사실을 알게 되었다. 두 손과 두 무릎으로 기다시피 했으나 크로노스의 움직임은 너무도 거대하여 등반로에 불어닥친 바람에 거의 떨어질 뻔한 것도 수차례였다.

크레토스는 뿔피리를 불어 길 잃은 영혼들의 사막 깊은 곳에서 이 거대한 산과 같은 티탄을 불러냈다. 불멸자 티탄의 얼굴은 시간과 모래에 닳고 닳아서 영원한 슬픔을 담은 부드러운 곡선들을 그렸다.

거의 그만큼이나 커다란 산이 거대한 크로노스의 등에 솟아 있었다. 크레토스는 기어오르기를 반복하여 산 정상의 귀퉁이에 올라섰다. 그를 맞은 것은 한 마리 커다란 독수리였다. 독수리는 죽은 병사의 시체에서 즐거운 듯이 눈알을 파먹고 있었다.

크레토스는 얼굴을 찌푸렸다. 저 병사는 여기에서 무엇을 하고 있었던 것인가? 크레토스는 몸을 펴고 서서 주위를 살폈다. 산의 높이로는 수 킬로미터 밖까지 볼 수 있어야 했다. 그러나 길 잃은 영혼들의 사막에서 끝없이 몰아치는 모래 폭풍이 시야를 막았다. 하지만 크레토스가 관심을 둔 것은 더 가까이에 있었다.

그리 멀지 않은 거리에 평범하면서도 거대한 사암 덩어리들이 솟아 있었다. 그 너머로 웅장한 사원의 투박한 나무 관문이 보였다. 앞에는 광장이 펼쳐져 있었다. 벽은 순금에 바닥은 다이아몬드로 포장된 듯했으나 크레토스는 무신경했다. 그는 재물에 관심이 없었다. 그는 그 사원을 건설하면서까지 보호하고자 했던 물건을 찾아내어 제 길을 떠날 것이다.

순간 하피 한 마리가 위에서 긴 원호를 그리며 급강하했다. 크레토스는 본능적으로 반응하여 혼돈의 블레이드를 뽑고 싸울 자세를 취했다. 그러나 하피는 곡선을 그리며 사원 쪽으로 날아갔다.

그는 앞으로 뛰었다.

크레토스가 경계를 늦추지 않고 지켜보는 가운데 하피 떼가 종탑에 모여드는 박쥐 떼처럼 판도라의 사원 주위로 날아들었다. 그 아래 넓은 석재 단에서 거대한 불길이 타올랐다. 불길은 여기저기에서 기름진 검은색 연기를 피워 냈다. 바람 방향이 바뀌면서 크레토스는 연기의 냄새를 맡을 수 있었다. 익숙한 냄새였다.

불의 연료로 사용된 것은 인간의 시체였다.

마지막 몇 미터는 크레토스에게도 벅찬 길이었다. 그는 적당한 돌덩이를 찾는 데 한참 시간을 보냈고 돌을 깎아 조악한 계단을 만들었다. 크레토스는 평평한 곳에 이르고서 불타고 있는 것이 화장용 장작더미가 아니라 청동과 돌로 만들어진 거대한 통에 담긴 내용물이라는 사실을 깨달았다. 통의 높이는 크레토스 키의 두 배에 달했다.

크레토스가 다가가는 도중 하늘에서 하피가 날카로운 소리를 지르며 그의 눈길을 끌었다. 그 흉물스러운 하피는 발가락을 펴고 다시 시체를 떨어뜨렸다. 또 다른 병사였다. 청동 갑옷이 오후의 태양 빛을 받아 잠깐 반짝이더니 곧 심벌즈가 부딪히는 소리를 내면서 통에 떨어졌다.

"언젠가는 너도 그 꼴을 당할 것이다. 그것도 나중이 아니라 금방에 걸겠다."

크레토스는 돌아서서 혼돈의 블레이드를 꺼내 들었다. 언데드로 보이는 누군가가 기다란 지팡이를 목발 삼아 절뚝거리며 그에게 다가왔다. 그는 보기에도 너무 노쇠하여 검이나 낫을 휘두르지도 못할 것 같았다. 머리는 거의 두개골이 드러날 정도였고 한쪽 팔은 날카롭게 부러진 뼈대였으며 오른쪽 다리는 무릎 아래가 잘려 있었다. 훤히 드러난 한쪽 갈비뼈 사이로 내장인 듯한 것들이 보였다. 그가 느리게 매 걸음을 옮길 때마다 가죽 같은 폐와 검은 심장이 고동쳤다. 몸을 지탱하는 지팡이는 검게 그을렸고 한쪽 끝은 이미 숯이나 다름없었다.

크레토스는 그를 노려보았다. 그는 자기를 죽이려 들지 않는 언데드를 어떻게 상대해야 하는지 몰랐다. 게다가 대화를 하는 언데드는 말할 것도 없었다.

"당신은 누구요?"

"예전에는 군인이었지. 지금은…"

언데드는 고개를 돌려 불타는 통을 가리켰다.

"이것을 관리하네."

하늘에서 하피의 거센 날갯짓 소리가 들렸다. 하피 한 마리가 또 다른 시체를 거대한 통에 떨어뜨렸다.

언데드의 눈구멍에서 반짝 불길이 일었다. 그것은 통 속에서 타오르는 불을 닮아 있었다.

"이곳에 가까이 다가오는 자들은 모두 저 불 속에서 죽는 거야. 나는 아니지만."

"모두라고 했소?"

크레토스가 눈썹을 찌푸리며 물었다.

"다른 사람들이 있다는 말이오?"

"살아 있는 사람은 아마 없을걸. 그렇지만 또 모를 일이지."

"나는 엄청난 거리를 여행해서…"

"그래도 아직 근처에도 못 간 거라네. 정말로. 제우스는 어떤 인간도 그 힘을 사용하지 못하도록 이 끔찍한 사원에 판도라의 상자를 숨겼지. 그리고 그 긴 시간이 지났지만 나는 지금도 더 많은 사람에게 관문을 열어 주고 더 많은 시체를 불태우고 있고."

새로운 하피가 비명을 지르며 나타났다. 그 날개 달린 괴물은 갓 죽은 듯한 시체를 떨어뜨렸다. 시체는 통의 가운데에 떨어지지 않고 가장자리에 걸쳐지고 말았다. 하피는 내려와서 실수를 바로잡지 않고 짜증스럽다는 듯이 비명을 남긴 채 거칠게 날개를 퍼덕거리며 떠났다. 하피는 햇볕에 달궈진 바위산 위로 상승기류를 타고 하늘을 한 바퀴 돌더니 사원의 꼭대기 너머로 사라졌다.

불 관리인은 무언가 검은 덩어리를 내뱉고서 말했다.

"자, 날 도와줘야겠네."

언데드는 통으로 크레토스를 데려간 다음 지팡이를 건네고 자신은 부러진 팔 끝을 불타는 통에 대고 균형을 잡았다.

"저 시체를 안으로 넣어 주게."

크레토스는 지팡이를 이용하여 시체를 통 안쪽으로 집어넣었다. 그는 최소한 지팡이 한쪽 끝이 타버린 이유는 알 것 같았다.

"당신이 관문을 열 수 있다고 말했소."

"내 명령에 따라 열리지."

"그럼 문을 여시오."

"지금은 시간이 없다네, 스파르타인이여. 신들의 사원을 정복할 수 있다고 생각하나? 알다시피 그런 일은 일어나지 않았네. 조만간 하피들이 자네의 시체를 태우라고 가져오겠군. 나라면 차라리 지금 떠나겠어."

"떠날 것이오. 판도라의 상자를 찾아서 떠날 것이오."

"그래, 행운을 빌지."

늙은 언데드는 킬킬거리며 말했다.

"물이 필요한가? 음식은? 갑옷도? 많지는 않지만 원하는 게 있거든 가져가게."

"왜 그러는 것이오?"

"왜 그런 것을 주느냐고?"

언데드는 하나뿐인 어깨뼈를 들어 보이며 말했다.

"왜 안 되겠나? 어차피 난 쓸모가 없는 물건인데."

그는 팔뼈 끝으로 내장... 아니, 위와 간과 창자가 있어야 하지만 누더기만 남은 틈을 가리키며 말했다.

"피에 굶주린 독수리들이 수십 년 전에 뱃속을 쪼아 먹었지."

"음식은 어디에 있소?"

"저것들이야. 시체에서 훔친 것들이지."

"무슨 물건을? 어째서 그런 짓을 하오?"

"뭐든 상관없어. 대개는 재미로 하지. 일 중에서 유일하게 재미있는 부분이니까. 뭐가 나올지 모르거든."

크레토스는 반쯤 찬 물통을 들어 보았다. 담긴 물에서는 염소 냄새가 났다.

"쭉 들이켜게."

언데드가 말했다.

"그리고 이건 괜찮은 고기네. 구더기도 거의 없지. 시체에서 어제 뜯어냈거든. 아니, 그제? 닷새 전이었나? 여기에는 날짜 개념이 없어. 매일 다를 것이 없으니까. 오늘이나 내일이나 모두 어제와 다를 바 없지."

크레토스는 물을 마셨고 먹을 수 있는 것을 먹었다. 그는 차라리 고기에 들끓는 벌레가 낫다고 생각했다. 그는 손가락에 남은 기름기까지 핥으며 허기를 달랬고 물도 모두 비웠다. 언데드는 신경 쓰지 않는 눈치였다. 그럴 이유도 없었다. 그런 다음 크레토스는 무더기에서 청동 갑옷을 꺼내 입었다.

크레토스는 갑옷을 입고서 찡그린 얼굴로 언데드를 바라보았다.

"뭔가 궁금한 표정이군. 안 그런가? 내 이야기를 알고 싶은 거겠지? 질문, 질문... 항상 똑같은 이야기지."

언데드가 말했다.

"힘에 미친 광인들, 영광을 찾는 멍청이들... 알지. 너무 잘 알아서 탈이야. 자네도 이 몰골을 보면 알겠지."

언데드는 불구가 된 몸을 가리키며 말했다.

"난 저들보다 운이 없었네. 정말로, 재수가 없었지. 최소한 저들은 불에 타 죽어서 지하 세계의 주인을 만날 기회라도 얻었는데… 내가 얻은 거라고는… 이것뿐이니."

언데드는 지팡이를 들어 훔친 물건들과 불이 타오르는 통을 가리켰다.

"사원을 정복하려 들었소?"

"그렇다네. 지금은 후회스럽지만. 나는 사원에 들어간 첫 인간이네. 사원에서 죽은 첫 인간이기도 하지. 제우스께서는 내 오만함을 벌하여 이 시체 더미와 불길을 지키는 저주를 내리셨네… 영원히… 아니, 누군가가 판도라의 상자를 가져갈 때까지… 말이네. 그렇지만 어차피 같은 말이야. 어떤 인간도 판도라의 상자를 가져갈 수는 없을 테니까."

언데드는 높이 솟은 관문을 보고서 고개를 끄덕이고는 나지막이 한숨을 내쉬었다.

"이 사원을 지은 건축가는 열성적인 신자였는데 신들을 섬기기 위해서 살았다고 하네. 그리고 우리 모두와 똑같은 대가를 얻었지. 바로 영원한 광기를… 전설에 의하면 아직도 살아 있다는데… 아직도 사원 안쪽에서, 수백 년 전에 그를 버린 신들을 기쁘게 하면서 말이야…"

크레토스는 더 가까이 다가가서 불 속을 바라보았다. 지글거리는 시체가 소리를 내며 터져 나갔다.

"또 궁금한 것이 있나 보군. 하루에 몇 구를 태우느냐고? 궁금하면 물어보라고. 처음 몇 년 동안은 세려고 했었지. 그러다가 십 년쯤 된 다음에는 포기해 버렸어. 다섯 구? 열 구? 궁금한 게 뭔지 알아. 전에도 모두 들었던 질문들이니까. 여기 온 사람들이 모두 사막 사이렌을 죽이고 뿔피리를 불었느냐고? 나도 그렇게 했느냐고?"

크레토스는 불만스러운 듯이 숨을 내쉬고 언데드 너머 너무도 거대한 관문을 살폈다. 만약 관문을 열 수 없다면 청동과 나무로 만들어진 관문 옆쪽으로 벽을 오르는 방법도 있었다. 그러나 공중에서 굶주린 눈으로 그를 감시하고 있는 하피들을 보고서 그 위험을 직감했다.

"너무 생각할 것 없어. 생각할수록 더 미쳐갈 뿐이라니까. 여기 온 걸 보면 이미 미친 게 분명하지만."

언데드의 웃음은 크레토스에게 무언가 그 이상을 경고하는 듯했다.

"나한테 물어보는 게 좋지. 자네가 신들에게 묻지 않아서 어떤 일이 생겼는지 알고 있네."

크레토스는 간담이 서늘해졌다. 그는 언데드를 똑바로 바라보았다.

"자네가 스파르타의 유령이라는 것을 아네."

마치 언데드도 그를 응시하는 것처럼 텅 빈 눈구멍에서 불길이 반짝였다.

"자네 피부가 뼈 색깔처럼 새하얀 까닭도 말이야."

크레토스는 앞으로 달려들어 언데드의 목을 잡았다.

"손발을 잃고 이런 일을 하는 게 쉽지 않겠소만, 머리까지 사라진다면 어떨지 생각해 보시오."

"문이 저렇게 닫혀 있는 한 사원에 발을 디딜 행운은 찾아오지 않을 텐데."

언데드는 목이 잡힌 상황에서도 비아냥거리기를 멈추지 않았다.

"생각해 보라고, 스파르타의 유령이여. 무턱대고 충동에 순응하며 피를 보겠나? 지난번 일을 겪고도?"

크레토스는 좌절스러운 표정으로 말없이 분을 삼키며 언데드를 바닥에 내던졌다. 언데드는 킬킬거리며 일어나더니 한 발로 뛰어가 바닥에서 해골을 하나 집어 들었다. 그는 망가진 몸에 어울리지 않을 만큼 빠르고 정확한 동작으로 위쪽 바위를 향해 해골을 집어 던졌다. 해골은 바위에 부딪혀 산산조각이 나면서 몇 마리 하피들을 놀라게 했다. 하피 두 마리가 날개를 퍼덕거리면서 거대한 관문 꼭대기에 있는 기계 장치로 내려왔다. 크레토스는 하피들이 무엇을 하는지 볼 수 없었다. 그러나 곧 관문이 들썩였고 하피들이 관문 양쪽에서 격렬히 날개를 퍼덕이며 전력을 다해 문을 들어 올리는 모습이 눈에 들어왔다. 관문은 서서히 올라가서 어느 순간 고정되었다.

"행운을 비네, 스파르타의 유령이여!"

언데드가 소리쳤다.

"하피들이 자네를 데려올 때 다시 보자고!"

크레토스는 뒤도 돌아보지 않고 관문을 지나 걸어갔다.

제17장

거대한 문 앞에 책이 펼쳐져 있었다. 신의 것과 닮은 눈이 문 가운데 새겨져 있었고 그 바깥에는 신비한 기호가 장식되어 있었다. 받침대 위에 놓인 책은 일종의 모형으로 전체가 돌을 깎아 만든 조각이었다. 진짜 책이었다면 길 잃은 영혼들의 사막에서 천 년 동안이나 그렇게 펼쳐진 채 남아 있을 수 없었다.

그것은 중요한 문제가 아니었다. 중요한 것은 돌로 만든 책에 새겨 넣은 글의 내용이었다.

이 사원은 위대한 지배자 제우스의 명령을 받들고 그를 기리기 위해 지어졌다.
가장 용감한 영웅만이 사원의 수수께끼를 풀고 위험을 넘겨 살아남을 것이다.
궁극의 힘을 얻을 사람은 단 한 명이리니...
다른 모든 이는 죽음을 맞으리라.
— 수석 건축가이자 신들의 충성스러운 종복, 파토스 베르데스 3세

크레토스는 새겨진 글을 보면서 얼굴을 찌푸렸다. 정말로 건축가가 '가장 용감한 영웅'만이 수수께끼를 풀 수 있도록 판도라의 사원을 설계했다는 것인가? 크레토스는 역겨운 마음에 콧방귀를 뀌었다. 그는 영웅과는 거리가 멀었다. 얼마나 잔인무도한 살인을 저지르고 말았던가? 그렇지만 여기에서 죽음을 맞을 생각은 없었다. 아레스를 향한 증오와 악몽을 지워주겠다는 신들의 약속이 그를 승리로 이끌 것이다. 사원의 거대한 문이 뒤에서 닫혔다. 크레토스는 돌아섰다. 이제 원한다고 해도 돌아갈 방법은 없었다.

그는 주위를 살폈다. 앞으로 나아갈 방법은 기이한 기호가 새겨진 문을 지나는 것뿐이었다. 둥근 문의 중앙에는 커다란 보석들이 박혀 있었다. 크레토스의 뒤에서 햇빛이 새어 들어오고 있었지만 보석들은 빛을 잃은 듯 흐릿했다. 크레토스는 다이아몬드로 생각되는 거대한 보석에 손을 가져다 댔다. 곧 그는 진동을 느끼고 손을 거두었다.

크레토스는 돌아서서 혼돈의 블레이드를 뽑았다. 키가 거의 삼 미터는 되어 보이는 중무장한 언데드가 나타났다. 언데드는 거대한 칼날로 힘껏 크레토스를 내리쳤고 그는 혼돈의 블레이드를 머리 위로 들어 공격을 막아 냈다. 그 일격은 너무나 강력해서 크레토스가 바닥에 무릎을 꿇을 정도였다.

크레토스는 억지로 다시 일어서지 않고 갑자기 검에서 힘을 뺀 다음 언데드의 다리 사이로 굴렀다. 그러는 동시에 그는 뼈대뿐인 무릎을 붙잡아 언데드를 넘어뜨렸다. 언데드 병사는 앞으로 고꾸라지면서 빈틈을 드러냈다. 크레토스는 일어서서 온 힘을 다해 언데드를 내리쳤다. 두 가지 일이 일어났다. 하나는 예상한 것이고 다른 하나는 예상치 못한 것이었다. 언데드의 목에 달린 머리가 터졌다. 예상한 대로였다.

크레토스가 건드렸던 문의 다이아몬드가 빛나기 시작했다. 그는 적의 시체를 밟고 올라서서 불꽃처럼 밝게 타오르는 다이아몬드에 굳은살투성이 손을 가져갔다. 그는 손을 뻗어 다음 보석을 쓸었다. 그 보석은 여전히 차가웠고 아무 빛을 내지 않았다.

크레토스의 뒤에서 키클롭스가 생겨났다. 그는 빠르게 전투에 돌입했다. 키클롭스는 맹렬히 싸웠으나 크레토스는 다리를 공격하는 척하면서 외눈박이 괴물이 허리를 굽히도록 유도한 다음 그를 처치했다. 크레토스는 왼손으로 혼돈의 블레이드를 괴물의 눈에 깊이 찔러 넣었다. 안구의 체액과 뇌가 터져 나왔다.

문의 보석이 붉은색으로 밝게 빛나기 시작했다.

"그래.. 건축가여, 이게 문의 열쇠인가. 빌어먹을!"

크레토스가 험악한 표정으로 웃으며 말했다. 그는 빠르게 남은 두 개의 보석을 조작하여 두 마리 괴물을 더 불러냈다. 문의 비밀을 알고 있었기에 힘들이지 않고 괴물들을 원래의 하데스로 돌려보낼 수 있었다. 남은 보석 두 개는 초록빛이 감도는 노란색 감람석과 눈부시게 푸른 사파이어였다. 보석에서 나온 빛이 둥근 문을 감쌌다. 천천히, 문이 열렸고 판도라의 사원 안으로 통하는 입구가 드러났다.

크레토스는 길고 굽이진 복도에 들어섰다. 복도를 따라 문이 나란히 나 있었다. 여기에도 벽마다 환한 횃불이 밝혀져 있었다. 횃불 역시 마법이리라. 정도의 차이는 있었지만 이곳에 있는 모든 것은 마법임이 분명했다. 건축가의 작품일 리는 없었다. 침입자를 방지할 목적이라면 내부를 밝히는 것은 말이 되지 않았다. 횃불이 없었다면 돌로 만들어진 내부는 칠흑 같은 장막만이 펼쳐졌을 것이고 그 안에서는 움직이는 것도 두 배는 더 어려웠을 것이다. 게다가 누구든 판도라의 상자를 찾는 이는 횃불의 기름이 떨어지기 전에 그 일을 마쳐야 했을 것이다.

크레토스는 거기까지 생각이 미치자 크게 웃음을 터뜨렸다. 이 미궁에 들어선 사람은 그를 기다리는 괴물을 마주쳐야 했다. 건축가는 괴물들이 침입자의 투지를 꺾고 공포를 조성하며, 두려움에 양팔의 힘이 풀리고 오금이 저린 자들을 더 확실한 죽음으로 이끌리라고 생각한 것이 틀림없었다. 판도라의 사원은 단지 상자를 찾는 자들을 내쫓기 위한 곳이 아니었으며 상자를 찾기 위해 감히 여기까지 발을 들인 자들에게 간담이 섬뜩한 공포심을 심어 주도록 설계되어 있었다. 아레스는 크레토스에게 전쟁의 목적이 적을 죽이는 것이 아니라 적의 영혼을 깨뜨리고 죽이는 것이라고 몇 번이나 말했었다.

크레토스는 양쪽 옆을 살피며 각도를 계산했다. 복도는 아주 거대한 고리 형태임이 분명했다. 가장 먼저 해야 할 일은 그 구조를 조사하는 것이었다. 사원의 어느 곳도 불시에 벌어질 전투에서 안전할 수 없었기 때문이다. 그는 둥근 복도를 따라 뛰었다... 그리고 처음 출발했던 지점에 돌아왔을 때, 안으로 들어왔던 거대한 원형 문이 닫힌 것을 보았다. 크레토스는 힘껏 문을 열어 보았지만 꿈쩍하지 않았다.

아무래도 상관없었다. 그의 사전에 후퇴는 없었다. 승리가 아니면 죽음뿐이었다. 지금까지 그랬던 것처럼…

크레토스는 계속 복도를 따라 달리다가 아치형 입구를 발견했다. 조금 전 처음 지났을 때는 닫혀 있던 곳이었다. 입구 안쪽에는 복도가 펼쳐져 있었다. 복도 너머에서 무언가를 찾을 수 있을 것 같았다. 양쪽 벽에는 몇 미터 간격으로 커다란 못이 박힌 벽들이 서로를 찍어 대고 있었다. 그 충격은 크레토스가 선 돌 바닥이 흔들릴 정도였다. 건축가가 침입자를 물리치기 위해 이렇게까지 공을 들였다는 사실을 생각하면 이 길은 임무를 수행하기에 적당한 출발점일 수 있었다.

크레토스는 시간을 계산하여 빠르게 몸을 던지기를 반복했고 거의 상처도 입지 않고 복도를 건넜다. 그는 멈춰서 뒤를 돌아보았다. 그는 판도라의 사원에 있는 첫 번째 시험을 통과했다. 이런 것들이 얼마나 더 있을까? 답은 분명했다.

그는 넓은 지역에 들어섰다. 벽에는 바깥에서 보았던 알 수 없는 기호들이 새겨져 있었다. 크레토스는 주의를 기울이지 않았다. 갑자기 방 곳곳에 괴물들이 나타났기 때문이다. 그는 등에서 혼돈의 블레이드를 뽑은 다음 사슬의 최대 길이까지 던졌다. 그리고 빠르게 몸을 돌려 블레이드의 예리한 칼날로 파멸의 원을 그리며 주위를 휩쓸었다. 언데드 병사 두 마리가 이유도 모른 채 쓰러졌다. 크레토스는 그들이 다시 일어서서 싸우지 못하도록 다리를 잘라 바닥에 내동댕이쳤다. 그다음으로 몰려든 언데드 무리는 그렇게 쉽게 당하지 않았다.

크레토스는 혼돈의 블레이드를 잡고 능수능란하게 적들을 제압하기 시작했다. 그는 기술과 경험과 아레스를 향한 무한한 분노를 칼끝에 실은 채 한층 더 위력적으로 적을 찌르고 베었다. 그는 몇 군데 가벼운 상처만을 입은 채 방의 건너편까지 다다랐다. 그는 아치형 입구를 마주 보고 섰다. 그것은 위험해 보이지는 않았지만 크레토스는 경계를 늦추지 않았다. 그는 입구를 향해 다가가다가 방을 채우는 누군가의 낮은 목소리를 듣고서 무기를 쥔 채 뒤로 물러섰다.

크레토스는 방을 둘러보았고 새하얗게 빛나는 원형의 문을 발견했다. 옆쪽 아치형 입구에서 누군가의 형상이 나타났다. 살아 있는 불길이 여신의 얼굴을 그려 내고 있었다. 그녀는 아프로디테처럼 관능적이지도 않았고 아테나처럼 엄숙하지도 않았다. 그녀의 얼굴에 깃든 묘한 순수함은 황금처럼 빛나는 영원한 청년기를 사는 듯한 느낌을 주었다.

다른 누군가일 수가 없었다. 크레토스는 고개를 숙이며 진심으로 경의를 표했다.

"아르테미스 여신님."

"크레토스, 신들은 그대에게 더 많은 것을 요구하고 있다!"

크레토스가 고개를 끄덕였다. 신들은 항상 더 많은 것을 요구했다.

"그대의 실력에 많은 것들이 달려 있다."

올림푸스의 사냥꾼 아르테미스가 말했다.

"지금도 혼돈의 블레이드를 잘 다루고 있지만 그것만으로는 임무를 완수하지 못할 것이다. 그대에게 티탄을 처치할 때 사용한 검을 주겠다. 나의 선물을 사용해서 임무를 완수하라."

크레토스는 손을 내밀었다. 그의 두 손에 검이 나타났다. 너무도 거대하여 다루기조차 불편해 보였다. 크레토스의 키보다 길었으며 모양은 소박한 스파르타의 검과 닮은 구석이 없었다. 넓고 휘어진 칼날은 한 뼘의 길이보다 넓었고 이교도 이집트인들이 좋아하는 코피스처럼 칼자루에서 돌출되어 있었다.

"고맙소, 아르테미스 여신이여."

"신들과 함께 가거라, 크레토스. 올림푸스의 이름으로 싸우거라!"

사냥의 여신 아르테미스의 얼굴은 그 말을 남기고 사라졌다. 그 자리에는 사원 깊은 곳으로 통하는 입구만이 열린 채 그를 기다리고 있었다.

크레토스는 아르테미스의 검에서 전해지는 차가운 기운을 느끼며 입구를 자세히 살폈다. 그는 몇 가지 기호를 읽을 수 있었지만 대부분은 알 수 없는 낯선 문자였고 이해할 수 없었다. 그것을 읽을 수만 있다면 앞으로 닥칠 위험에 관하여 미리 정보를 파악할 수도 있었을 것이다. 그는 입구 너머로 펼쳐진 방을 살폈다. 아무도 없었다. 그곳은 크레토스가 익히 보았던 왕실의 현관 같은 공간이었다. 호화로운 장식이 걸려 있었지만 크레토스가 스파르타의 영광을 위한 전쟁에서 차지한 전리품 중에는 더 우아한 가구와 조각상과 태피스트리도 많았다.

나아가는 길은 계단뿐인 듯했다. 크레토스는 계단을 오르면서 벽이 좁아지는 것을 눈치챘다. 계단 위에 오를 때쯤에는 넓은 어깨가 거친 돌벽에 긁혔다. 복도를 따라 내려갈 때도 좁은 벽은 계속 이어졌다. 그리고 단상이 나타났다. 위쪽 방에는 회전하는 장치가 가득했고 멀리서 고통스러운 비명이 들렸다. 희미한 빛 사이로 거대한 괴물이 방 건너편 통로에서 그를 막아섰다.

괴물은 말없이 크레토스를 한 번 바라본 다음 돌격해 들어왔다. 괴물의 왼손을 대신하는 거대한 망치가 무겁게 바닥에 내리꽂혔다. 통로가 흔들렸고 구조물 전체에 진동이 전해졌다. 크레토스는 바로 혼돈의 블레이드를 휘둘렀지만 자신의 상대가 강하기만 한 것이 아니라 영리하기까지 하다는 사실을 깨달았다. 보통 적들을 상대할 때 사용했던 방식이 통하지 않았다. 크레토스는 적을 약하게 만든 다음 목에 칼날을 찔러 넣으려 했지만 그 괴물은 크레토스의 빠른 찌르기와 베기 동작을 교묘하게 피했고 거대한 망치를 내려치며 크레토스가 물러서도록 압박했다. 그 엄청난 망치에 살짝이라도 맞는다면 그것은 곧 죽음으로 이어질 수 있었다. 게다가 괴물은 크레토스가 건너지 못하도록 통로를 부술 생각인 듯했다.

"신들께 맹세하건대 너는 정말 다르구나."

크레토스가 말했다. 그는 뼈만 남은 이마 아래에 움푹 들어간 눈에서 지성이 반짝이는 것을 보았다고 생각했다. 아주 영리한 녀석이었다. 다시 괴물이 공격했다. 이번에는 망치를 휘두르지 않고 전략을 바꿔서 오른손으로 크레토스의 눈을 노렸다. 크레토스는 간단히 옆으로 몸을 움직이며 주먹을 피했다. 그러나 괴물의 의도는 그것이 아니었다. 괴물은 더 교묘한 공격을 감행했다. 괴물은 망치의 자루로 크레토스의 무기를 막고서 더 가까이 다가왔다.

괴물은 크레토스와 육탄전을 벌이려 했으나 그의 공격은 강력한 한 차례 박치기에 그치고 말았다. 조금만 더 가까이 접근했다면 크레토스는 눈을 찔렸을 것이다. 크레토스는 그에 대처할 남은 한 가지 방법을 동원하여 쌍검의 칼자루로 괴물의 우람한 어깨를 내리쳤다. 괴물은 크레토스가 목격한 하데스의 어떤 생명체보다도 가볍게 뒤로 물러섰다.

크레토스와 괴물은 원을 그리며 상대의 약점과 공격할 틈을 찾았다. 크레토스의 뺨에서 피가 흘러내렸다. 그것은 이 괴물이 뛰어난 상대이며 공격 또한 신중하게 계산된 것이라는 반증이었다. 그러나 괴물은 스파르타의 유령을 상대한 적이 없었다.

크레토스는 함성을 지르며 앞으로 달려갔다. 그리고 괴물이 한 발짝 물러서자 공격의 방향을 바꾸어 바닥으로 넘어진 다음 발로 괴물을 걷어찼다. 청동 경갑이 괴물의 무릎을 강타했고 괴물은 중심을 잃고 주춤했다. 크레토스는 다른 발을 괴물의 다리 뒤로 가져가 세게 밀쳤다. 괴물은 더 심하게 휘청거렸다. 크레토스는 이에 만족하지 않고 몸을 돌려 두 발로 괴물의 다리를 비틀었다. 싸움을 마칠 시간이었다.

괴물은 몸의 중심을 잡지 못하고 크레토스를 피해 단상 끝으로 휘청거리며 나아갔다. 크레토스는 하데스에서 벼려낸 혼돈의 블레이드를 사슬 끝까지 던져 괴물의 맨살이 드러난 등에 꽂아 넣었다. 괴물이 앞으로 고꾸라지며 아래로 떨어졌다. 비명은 괴물이 멀리 바닥에 부딪힐 때까지 이어지더니 요란한 충돌음과 함께 멎었다.

크레토스는 단상 끝에서 아래를 내려다보았지만 승리했다는 생각은 들지 않았다. 망치를 휘두르는 괴물은 상대할 만한 적수였다. 그러나 그뿐이었다. 판도라의 상자를 찾는 길에서 마주친 방해물에 불과했다. 크레토스는 좁은 통로를 바라보고 그 위로 걷기 시작했다. 길은 신발이 겨우 들어갈 정도의 너비였다. 괴물의 시체가 뻗어 있는 바닥까지는 수십 미터 거리였지만 그는 흔들리지 않았다. 크레토스는 확신에 찬 발걸음으로 장치의 손잡이가 위치한 방 중앙 단상까지 나아갔다. 그는 주위를 면밀히 살폈다. 벽 아래쪽으로 약 십 미터 거리에 있는 또 다른 입구에 갈 수 있는 유일한 방법은 벽 양쪽을 이어주는 밧줄이 있는 곳까지 다가가는 것뿐이었다. 몸을 던진 다음 떨어지면서 줄을 잡을 수 있을 것이다. 그러나 줄을 놓친다거나 이 안전한 발판에서 뛰어내리는 궤적을 잘못 계산한다면 그의 운명은 봉인될 것이다. 밧줄을 놓치면 그 아래에는 아무것도 잡을 것이 없었다.

또 다른 길이 눈에 들어왔다. 크레토스는 손잡이와 이어진 기계장치를 살피며 그 손잡이를 조작하면 거대한 무게추를 아래층으로 떨어뜨릴 수 있다는 것을 깨달았다. 무게추에 연결된 사슬을 이용하면 안전하게 밧줄이 있는 곳까지 내려갈 수 있을 것이다. 무게추가 내려가는 곳은 쭉 뻗은 밧줄의 반대쪽 끝이었다. 즉, 두 손으로 줄에 매달려 입구까지 건너가야 한다는 것을 뜻했다. 크레토스는 주저하지 않았다. 그는 손잡이를 고정한 끈을 풀고 힘을 주어 손잡이를 잡아당겼다. 거대한 장치와 도르래가 움직이기 시작했다. 그는 무게추가 지나가는 순간 몸을 던져 무게추를 지탱하는 사슬에 매달렸다. 그의 무게가 더해지자 사슬이 풀리고 철제 추를 내리는 균형이 흐트러지면서 사슬이 흔들렸다. 그러나 크레토스는 곧 안정을 되찾고 기다렸다. 그는 다리에 힘을 모은 다음 무게추가 밧줄을 지나는 짧은 순간을 놓치지 않고 힘껏 몸을 던진 다음 손을 뻗쳤다. 성공이었다. 크레토스는 두꺼운 밧줄을 잡았다. 그의 무게가 더해진 밧줄은 살짝 출렁거리기만 했다.

크레토스는 두 손으로 밧줄에 매달려 방 건너편으로 나아갔다. 그는 기계장치가 딸각거리고 삐걱거리는 아래쪽을 보지 않고 목적지에만 정신을 집중했다. 밧줄을 놓치면 바로 몸이 조각난 채 하데스에게로 보내질 것이다. 그는 빠르게 손을 놀렸고 밧줄 중간쯤에 이르렀다. 밧줄은 불과 몇 초 전에 비교할 수 없을 만큼 휘청거렸다. 그는 밀림의 동물처럼 몸을 돌려 지나온 길을 살폈다.

그리고 한쪽 손을 밧줄에서 떼고 혼돈의 블레이드를 뽑았다. 두 마리 괴물이 공중에 걸린 밧줄을 타고 그를 뒤쫓고 있었다. 괴물들은 침이 뚝뚝 떨어지는 날카로운 송곳니를 드러낸 채 찍찍거리는 소리를 내면서 크레토스가 도저히 흉내낼 수 없는 동작으로 줄을 흔들고 몸을 움직였다. 크레토스는 밧줄을 잘라버릴 생각도 했다. 줄을 끊는다면 괴물들이 매달린 반쪽 줄은 멀리 저쪽 벽에 부딪힐 것이다. 크레토스 자신이 매달린 반쪽도 앞으로 떨어지겠지만 벽에 부딪히기 전에 입구로 올라갈 기회가 있을 것이다.

그런 일은 일어나지 않았다. 괴물들은 바로 달려들었다. 크레토스를 죽이기 위해서 앞다투어 서로의 몸을 밀치며 다가왔다. 그들은 날카로운 손톱을 휘둘렀고 크레토스는 흠칫 놀랄 수밖에 없었다. 그는 두 다리를 들고 괴물들을 차면서 위협했으나 잠시뿐이었다. 크레토스가 다리를 내리자마자 그들은 공격을 재개했다. 크레토스는 밧줄을 단단히 붙들고서 과감하게 혼돈의 블레이드를 휘둘렀다. 검은 첫 번째 괴물의 몸에 닿았지만 빗나가면서 거의 피해를 주지 못했다. 괴물은 날카로운 손톱을 휘두르며 검을 든 크레토스의 팔에 길고 깊은 상처를 남겼다. 크레토스는 혼돈의 블레이드를 놓고 싶을 정도로 고통스러웠지만 그보다 더 끔찍한 것은 밧줄을 따라 첫 번째 괴물을 넘어서서 다가오는 두 번째 괴물이었다.

두 번째 괴물은 검을 든 손을 노리지 않고 밧줄을 잡은 손을 노렸다. 괴물은 예리한 이빨로 크레토스의 손가락을 물었다. 크레토스는 거의 손가락이 잘릴 듯한 고통을 느꼈다. 그는 분노의 포효를 내지르며 거의 십 년 만에 온전한 살의에 몸을 내맡겼다. 그는 허벅지로 두 번째 괴물을 단단히 잡아 비튼 다음 아래로 당겼다. 그리고 몸을 앞뒤로 움직이면서 괴물을 밧줄에서 떼어 내고 아래쪽 먼 바닥으로 떨어뜨렸다. 그러나 괴물은 바닥에 떨어지지 않았다. 괴물의 몸은 회전 톱니에 튕기더니 다시 그 안으로 빨려 들어갔고 죽음을 갈아내기 위해 만들어진 듯한 거대 기계장치 속에서 가루가 되었다.

첫 번째 괴물은 아래로 동료의 죽음을 지켜보는 치명적인 실수를 저질렀다. 크레토스는 한 손으로 밧줄을 잡은 채 혼돈의 블레이드를 놓고 괴물에게 손을 뻗었다. 그의 손가락이 괴물의 드러난 목을 죄었다. 크레토스는 팔의 힘줄이 모두 튀어나올 정도로 힘을 주고서 괴물의 생명을 쥐어짰다. 그는 괴물의 몸부림이 멈춘 다음에도 손을 거두지 않았다. 깊이 팬 상처에서 피가 흘러나와 그의 손을 적시고 죽은 괴물의 시체를 물들였다. 크레토스는 출혈의 정도로 괴물이 영원히 하데스의 품에 들어갔다는 사실을 확인한 후에야 만족한 표정을 지으며 괴물의 시체를 떨어뜨렸다. 첫 번째 괴물도 동료와 마찬가지로 기계장치 속에서 온몸이 조각났다.

크레토스는 원래 위치로 돌아와 밧줄을 잡다가 손가락이 미끄러지며 거의 죽음을 향해 떨어질 뻔한 위기를 모면했다. 베이고 긁힌 상처에서 흐른 피 때문에 손가락이 미끄러웠다. 힘은 충분했지만 밧줄 역시 미끄러웠기에 그의 무게를 지탱할 만한 마찰력을 낼 수 없었다. 크레토스는 밧줄에서 오른손을 떼고 아슬아슬하게 매달렸다. 그는 손에서 피를 닦으면서도 방법이 없다고 생각했다. 상처에서 피가 더 흘러나와 다시 손을 적셨다.

크레토스는 몸을 웅크리고 두 발을 흔든 다음 밧줄에 걸어서 더 단단히 매달렸다. 그는 뼈처럼 흰 살갗에 흐르는 피를 멈출 방법이 없었다. 그러나 무릎을 밧줄에 걸고 움직인다면 괴물들의 뒤를 따라 아래 바닥으로 떨어질 일은 없을 것이다.

그는 밧줄에 거꾸로 매달려서 최대한 빠른 속도로 전진했고 마침내 건너편 끝에 다다랐다. 그는 빠르게 몸을 틀어 입구 아래에 돌출된 바위 위에 내렸다.

그리고 두 손에서 차례로 피를 닦아낸 다음 위로 올라섰다. 그의 앞에 짧은 통로가 펼쳐져 있었다. 크레토스는 드디어 판도라의 상자가 있는 곳에 도착했는지 확인하기 위해 성큼성큼 나아갔다. 그리고 잠시 후 기대가 엇나갔음을 깨달았다.

제18장

"저 검을 알고 있소."

제우스가 예언의 웅덩이를 바라보며 말했다.

"온 세상에서 가장 강력한 무기 중 하나지. 어떻게 아르테미스를 꼬드겨 저 검을 크레토스에게 주게 했소?"

"꼬드기다니요, 아버지. 제가 말입니까?"

아테나가 고개를 저으며 말했다.

"두 신이 일종의 휴전 국면에 접어들긴 했어도 아르테미스는 광기에 미쳐 날 뛰는 아레스의 사악한 모습을 직접 목격했습니다. 아르테미스는 그 검을 쉽게 내주지 않았을 겁니다. 제 생각에는 판도라의 사원에서 크레토스를 도와 자신의 지지를 보여주고 싶었던 것 같습니다."

"나 역시 피에 굶주린 아들의 광기를 보았소."

제우스가 우울한 목소리로 말했다.

"아레스는 아테네 대부분을 깡그리 불태웠지. 중앙 광장 주변 건물 몇 개와 아크로폴리스 위쪽 사원 몇 개만 남아 있소. 그대의 파르테논조차 불길에 검게 그을리고 부서지고 말았소."

"아버지의 사원도 대부분 파괴되었습니다. 아레스는 제 숭배자들은 물론 아버지의 숭배자들까지 잔혹하게 죽였습니다."

"전쟁은 원래 지저분한 것이오."

제우스가 말했다.

"날 알현하고 내 숭배자들을 그렇게 공격한 이유를 설명하라 명했지만 아레스는 또다시 거절했소. 아테네를 잿더미로 만든 것은 그렇다 치더라도 내 심기를 건드리면서까지 자기의 행동을 과시하는 것은 이해할 수 없는 일이오. 만약…"

제우스가 생각에 잠긴 듯 말했다.

"아레스의 전쟁을 향한 열정이 암세포처럼 그의 뇌를 불태우고 있는 게 아니라면 말이오."

"스스로 자초한 일입니다."

아테나는 특유의 집중력과 결의로 대화를 다시 자기 쪽으로 이끌었다.

"크레토스는 어떻게 하실 생각이십니까, 아버지? 호의를 베풀어 주시겠습니까?"

제우스는 그답지 않게 선뜻 답하지 못했다. 그는 아테나를 직접 보지 않고 예언의 웅덩이에 비친 그녀의 표정을 자세히 살폈다.

"나의 사랑하는 딸에게 묻고 싶소. 지금껏 그 오랜 시간 동안 그대는 이 스파르타인을 보호하고 지지해 왔소."

"그는 아테네의 마지막 희망입니다."

"정말이오? 그런데 그대는 나는 물론이고 다른 신들과 이야기할 때도 그대의 숭배자들을 위해 도움을 청하지 않더군. 그대의 도시도, 그대의 사제들도 구해 달라 하지 않았소. 크레토스가 그들의 희망이라고 말하면서도, 아니면 그대가 크레토스의 희망인지도 모르겠지만 그대의 설득과 책략으로 직접적인 도움을 구하는 게 낫지 않았겠소? 예를 들어 헤파이스토스라면 그 모든 불길을 손짓한 번으로 꺼뜨릴 수도 있었을 테고… 아폴론이라면 부상당한 이들의 상처를 치료해 주었을 것이오. 또, 나는…"

"그렇습니다, 아버지. 저도 잘 압니다. 제대로 보셨습니다. 항상 그렇듯이 아버지는 다른 누구보다 더 깊이 보십니다."

아테나는 깊이 숨을 들이쉬었다. 그녀는 궁지에 몰려 있었지만, 어쩌면 지금 자기 뜻을 단도직입적으로 밝히는 것이 최선일 수 있다고 생각하고 마음을 굳혔다.

"아버지, 아레스의 진정한 목표는 제가 아닙니다. 제 도시도 아닙니다."

제우스가 아테나를 바라보았다. 그의 얼굴은 무표정했고 생각을 짐작할 수 없었다.

"아레스의 목표는 아버지의 왕좌입니다!"

"그렇다면 그대의 목표는... 결국 그대의 최후의 진실이... 모두 나를 보호하기 위함이라는 말이오?"

"무례인 줄 압니다만... 아버지께서 자식들을 아낀다는 사실은 널리 알려진 대로입니다. 그 때문에 아레스에 대한 판단이 흐려질까 염려했던 것뿐입니다."

"아니면 자식을 아끼는 마음에 그대에 대한 판단이 흐려질 수도 있겠지."

제우스는 여전히 감정을 드러내지 않았다. 그러나 아테나는 아레스가 도시 곳곳에서 제우스를 기리는 사원을 잔혹하게 파괴한 것에 제우스가 노여워한다는 것을 눈치챘다.

"그대가 원하는 것이 내게서 나를 구하는 것뿐이오? 내가 나의 삶에서 배운 교훈을 잊어버렸을까 봐 걱정이 되었소?"

"모든 올림푸스가 아레스의 죽음을 원합니다."

"과연 그렇겠소? 아니면 한쪽에 모여서 올림푸스에서 부자간 참극이 벌어진 이후 남은 권력의 찌꺼기나 얻기를 바라지는 않겠소?"

"아버지께서는 티탄과의 전쟁에서 승리하신 후 티탄인 아버지를 죽이지 않고 길 잃은 영혼들의 사막에서 영원히 손과 무릎으로 기어 다니게 하셨습니다. 왜냐하면 아버지께서는 가족 간 살해의 결과를 너무도 잘 아셨기 때문입니다. 그래서 올림푸스에서는 그런 일이 일어나지 않도록 직접 명령까지 내리셨지요. 하지만 아레스는 크로노스와 비슷한 운명, 즉 부서지지 않는 사슬에 묶인 채 영원한 고통을 받아야 하는 운명을 아버지에게 지우려는 마음을 품고 있을지도 모릅니다. 그것도 아레스가 충분히 자제력을 발휘하여 자신의 광기를 극복했을 때의 이야기입니다."

"그리고 그대는 언제부터 아레스의 야심을 알고 있었소? 언제부터 크레토스를 파괴의 도구로 이용하여 형제를 죽일 생각을 하고 있었느냐는 말이오!"

다시 아테나는 단순한 진실을 말했다.

"아레스가 크레토스를 속이고 그를 부추겨 제 마을의 사원에서 피의 광란을 일으킨 그날부터입니다. 그때, 그의 광기가 선을 넘었고 야망은 끝이 없다는 사실을 알았습니다. 아레스가 크레토스를 어떻게 할 계획이었다고 생각하십니까? 어째서 인간에 불과한 자에게 올림푸스의 신에 필적할 만한 힘과 강인함을 주었다고 생각하십니까? 크레토스의 팔에 혼돈의 블레이드를 감은 이유가 무엇이겠습니까? 혼돈은... 아버지의 할아버지이신 우라노스께서 정복하고 질서를 세운 태고 세계의 이름이 아닙니까?"

아테나는 일어서서 몸을 곧게 세우고 제우스를 바라보았다.

"크레토스는 처음부터 신을 죽이기 위한 무기였습니다. 그리고 크레토스에게 희생될 그 신은 바로 아버지였습니다. 이것은 제가 지금껏 겪었던 가장 끔찍한 공포였습니다. 아레스는 크레토스에게 지금 제가 생각하는 일을 맡기려 했고 같은 이유로 그를 단련시켰습니다. 신을 죽이더라도, 가족의 피를 본 자에게 내려지는 가이아의 영원한 저주는 피해야 했기 때문입니다. 아버지, 크레토스를 도와주셔야 합니다! 사실 크레토스는 아테네의 진정한 희망이 아닙니다. 그는 올림푸스의 희망입니다! 저의 아버지이신 왕이시여, 저는 어둡고 어두운 악몽 속에서 이 미래를 보았습니다. 크레토스가 쓰러진다면 올림푸스도 무너집니다."

예지의 여신이자 현명한 전략의 여신인 아테나는 숨이 막힐 듯 울먹였다. 그녀에게는 진실과 사랑만이 남아 있었다.

"아버지, 부탁드립니다."

"내 명령은 그대로요. 어떤 신도 다른 신을 죽일 수 없소."

아테나는 할 말을 잃었다.

"크레토스는 기억의 투기장까지 이를 겁니다. 그곳에서 마지막 도전을 맞이

하겠죠. 그렇지만 그것이 끝은 아닐 것입니다."

제우스의 표정은 단호했다. 그의 턱수염에서 구름이 드리웠고 번개가 번뜩였다.

"내 사랑하는 딸이여, 그건 시작일 것이오. 그때까지 크레토스도 극복해야 할 것이 많소. 자기 자신의 본성이 가장 어려운 고비가 될 거요. 정말로 크레토스가 해낸다면... 자격이 있는 셈이지."

"어떤 자격 말씀이십니까, 아버지?"

제우스는 대답하지 않았다.

제 19장

살아 있는 바위를 뚫어 만든 그 굴은 이리저리 휘어지다가 오른쪽으로 급히 꺾였고 마지막은 절벽에 이어져 있었다. 크레토스는 위를 살폈다. 거대하게 돌출된 바위를 지나 위로 올라가려면 손발을 디딜 곳을 찾아야 한다는 결론에 이르렀다.

크레토스는 살짝 아래로 시선을 돌렸다. 그곳에서 그를 기다리는 것은 죽음뿐이었다. 그는 마지막 남은 핏자국을 다시 허벅지에 닦아냈다. 상처는 이제 응고되어 있었다. 그는 적들을 죽이면서 에너지를 얻고 체력을 회복했다. 야만인 왕과 싸웠던 날, 아레스가 그의 기도를 들어준 날부터 크레토스는 그렇게 싸웠다. 상처는 빨리 회복되었다. 그러나 항상 후유증이 남았다. 몸은 비록 온전하게 회복되었어도 정신은 그러지 못했기 때문이다.

"자비는 없다!"

크레토스는 그 역겨운 마을에 들어서면서 부하들에게 명령했다. 마을 끝에는 아테나 여신에게 바쳐진 신전이 있었다. 아레스 신을 모욕하고 크레토스를 심기를 건드린 사원이었다. 전쟁의 신을 노하게 만드는 것은 무엇이든 그의 종복을 노하게 만들었다.

크레토스는 가장 먼저 횃불에 불을 붙이고 초가지붕에 던졌다. 불길이 타오르며 밤의 어둠을 환하게 밝혔다. 그렇지만 그 불길은 크레토스의 내면에서 휘몰아치던 분노와 살의에 비하면 촛불에 불과했다. 그 마을은 존재 자체가 모욕이었다.

"모두 태워버려라!"

크레토스는 소리쳤다. 그리고 혼돈의 블레이드를 휘두르면서 부하들에게 사람을 베는 방법을 보여줬다. 그는 주저하지 않고 마을의 한쪽 끝에서 다른 쪽 끝까지 나아가며 사람들을 죽였다. 혼돈의 블레이드는 규칙적으로 죽음의 곡선을 그리면서 낫과 대장간 망치를 들고 저항하는 주민들을 죽였고 살려 달라고 애걸하는 주민들을 죽였다.

크레토스는 자비를 베풀지 않았다. 그는 사원에서 다리를 절뚝이며 나온 그 늙은 여자에게도 자비를 베풀지 않았다. 크레토스는 그 여자를 옆으로 밀쳤다. 사원 안에 있는 사람들도 그의 검에 죽음을 맞이해야 했다.

"조심하게, 크레토스."

그 여자는 늙고 갈라진 목소리로 말했다.

"사원 안에는 큰 위험이 기다리고 있어!"

크레토스는 비웃었다. 그는 누구도 두렵지 않았다. 아무것도 두렵지 않았다. 더구나 사원 수행자들의 무력한 저항이야 말할 것도 없었다. 그의 혼돈의 블레이드가 공기를 가르며 사람들을 베고 자르고 죽였다. 곧 그곳에는 붉은 피의 장막이 펼쳐졌다. 그리고 그의 발밑에는 두 구의 시선이 놓여 있었다. 피에 굶주린 광기에 갓 희생된 생명들이었다. 크레토스는 그들에게서 시선을 떼지 못했다. 그리고 비명을 터뜨렸다.

아레스의 차가운 목소리가 사원을 가득 채웠다.

"스파르타인이여, 내가 바라던 자가 되어 가고 있구나..."

크레토스는 아레스가 자신을 그토록 비열하게 이용했다는 사실에 새롭게 분노가 치밀었다. 그는 깊이 숨을 들이마신 다음 자기를 집어삼키는 어두운 악몽을 애써 밀어냈다. 아테나의 명령을 이행하지 않는다면 그 환영에서 영원히 벗어날 수 없을 것이다. 신들이 그의 악몽을, 그의 기억을 지워 줄 것이다. 그렇게만 된다면 다시 평화롭게 살 수 있으리라. 지금 그에게 필요한 것은 저 가파른 바위투성이 절벽을 지나는 것이었다.

크레토스는 작은 바위틈에 신발을 밀어 넣고 길게 팔을 뻗쳐 간신히 시야에 들어온 돌출부를 붙잡았다. 그는 바위에서 살짝 튀어나온 돌출부에 손가락 끝을 고정시킨 다음 다른 쪽 발을 움직이며 벽면을 타고 나아갔다. 크레토스는 적에게 선수를 치기 위해 산을 오른 적도 수차례였고 이런 정도는 새로울 것도 없었다.

"신이시여… 안 돼!"

위쪽에서 볼록하게 튀어나와 있던 바위가 부풀기 시작하더니 모양을 갖추었다. 크레토스는 자기도 모르게 소리를 쳤다. 바위가 터지면서 인간만큼이나 크고 전갈을 닮은 꼬리를 지닌 생명체가 그의 길을 막아섰다.

자세가 안정되지 않아 혼돈의 블레이드를 뽑을 수도 없는 상황이었다. 크레토스는 새로 손과 발을 지지할 곳을 찾아서 몸을 던지고 전갈을 닮은 생명체를 붙잡았다. 괴물은 꼬리를 휘둘렀지만 크레토스는 괴물의 목을 단단히 감은 채 몸통을 뒤집으며 치명적인 독이 있는 꼬리를 무사히 피했다. 그는 온 힘을 다하여 괴물의 딱딱한 목을 으깰 듯이 죄었다. 키틴질 껍질에 금이 가면서 괴물은 몸을 마구 뒤틀었다. 살기를 머금은 꼬리는 한층 더 위협적이었다. 꼬리가 공기를 가르는 소리를 내면서 그의 눈을 노리고 날아들었다. 크레토스는 순간 몸을 젖혀 꼬리를 피했다. 꼬리 끝에 구슬처럼 맺힌 독액 한 방울이 그의 이마에 튀었고 독은 불꽃처럼 타올랐다. 독이 눈썹까지 흘러내리자 괴물의 목을 쥔 크레토스의 손에서 힘이 빠졌다. 독은 그의 눈썹을 태우면서 눈 바로 위까지 내려왔다.

눈이 멀 위기에 처한 크레토스는 팔을 들어 독을 닦아냈다. 그러나 그의 팔은 피에 젖어 있었다. 피가 눈에 흘러들자 앞에 보이지 않았다. 과거 전투에서도 경험한 대로 피는 그의 눈에 스틱스 강에 견줄 만한 온전한 어둠을 선사했다. 그는 피를 흘려보내기 위해 필사적으로 눈을 깜빡였다. 평생 장님이 되는 것보다는 눈에 피가 들어가는 것이 나았겠지만 곧 아래쪽 바위에서 발톱 소리가 나면서 그 구분조차 무의미해지고 말았다.

크레토스가 손을 떼면서 몇 미터 아래로 떨어진 전갈 괴물이 그를 죽이기 위해 올라오고 있었다. 그리고 크레토스는 괴물을 볼 수 없었다.

크레토스는 고통이 느껴질 정도로 힘을 주어 두 눈을 감았다. 기억 속에서 아테나의 신전에서 보았던 두 구의 시신이 다시 떠올랐다. 분노와 눈물이 터져 나왔고 그는 다시 앞을 볼 수 있었다. 바위 전갈은 바로 밑까지 다가와 꼬리에 독을 잔뜩 모은 채 치명타를 노리고 있었다. 크레토스는 다시 전갈의 목을 거칠게 붙잡고 힘껏 비틀었다. 전갈의 꼬리가 공중에서 곡선을 그리면서 내려왔다. 꼬리는 아슬아슬하게 크레토스를 비켜 갔고 괴물의 머리를 지나 바위를 찍었다.

크레토스는 다시 한 번 크게 소리치며 힘과 분노를 끌어모아 손가락에 힘을 집중했다. 바위 괴물의 목이 그의 손에서 부서졌다. 크레토스는 괴물을 바위에서 떼어 냈다. 괴물이 죽었는지 눈으로 확인할 필요도 없었다. 괴물은 힘없이 경련하더니 곧 생기를 잃고 늘어졌다. 크레토스는 괴물을 떨어뜨렸다. 괴물은 몇 차례 바위에 튕긴 다음 멀리 아래로 사라졌다.

크레토스는 손에 묻은 피를 닦고서 계속해서 바위를 타고 나아갔다. 그러면서도 힘을 주어 눈을 깜빡이며 시야를 회복해야 했다. 절벽 위로 곧장 오를 만한 지점을 바라보며 불과 몇 걸음을 옮기기도 전에 또 다른 전갈 괴물들의 등장을 알리는 발소리가 들려왔다.

"아테나 여신이시여, 내게 너무 많은 걸 원하시는군."

크레토스는 눈여겨봐 둔 길을 따라 더 서둘러 바위벽을 건넜다. 크레토스가 위로 곧장 오를 것이라 생각한 지점에 도착하자마자 괴물 두 마리가 수직으로 뻗은 절벽을 마치 평평한 땅 위에서 움직이듯이 달려와서 그를 덮쳤다.

크레토스는 바위가 튀어나온 곳을 발견하고 그곳에 두 발을 디디고 섰다. 그는 단단한 돌출부를 붙잡아 몸을 지지한 채 오른손으로 부서진 바위 조각을 하나 집어 들고 온 힘을 다해 던졌다. 돌은 정확히 명중했다. 가까이에 있던 전갈이 즉시 반응하면서 위협적으로 휘어진 꼬리를 휘둘렀다. 그러나 이것은 준비 작업에 불과했다. 크레토스는 두 번째 돌을 던졌고 돌은 곧바로 전갈의 정수리를 가격했다. 전갈은 새로운 공격을 막기 위해 꼬리를 휘둘렀지만 자기 꼬리에 찍히고 말았다. 크레토스는 죽어가는 전갈이 떨어지기를 기다리지 않고 다시 세 번째 돌을 던져 절벽에서 전갈을 떨어뜨렸다. 남은 괴물은 한 마리뿐이었다. 괴물은 등을 세우더니 날카로운 가시를 사방으로 흩뿌렸다. 크레토스는 석회 화된 가시를 막기 위해 얼굴을 가리고 다시 집어 던질 돌을 찾았지만 돌이 남아 있지 않았다. 그는 위를 바라보고서 올라갈 길을 가늠한 다음 절벽을 타고 오르기 시작했다. 바로 밑에서 전갈이 쫓아오고 있었다. 전갈은 크레토스가 그 평평한 절벽에서 예상할 수 있는 속도보다 더 빠르게 다가왔다.

크레토스는 절벽 꼭대기를 지척에 남겨 둔 지점에서 손에서 힘을 빼고 떨어졌다. 그는 전갈과 정면으로 부딪쳤고 전갈은 여덟 개의 다리로 간신히 절벽에 매달렸다. 크레토스는 몸을 돌려 전갈의 등에 올라탄 다음 그를 찌르기 위해 포물선을 그리며 내려오는 독침을 붙잡았다. 노란색 독이 한 방울 꼬리에서 떨어졌다. 크레토스의 무게를 온전히 지탱하던 전갈은 머리에 독을 맞고 기절하여 다리의 힘이 차례로 풀리기 시작했다.

크레토스는 난동치는 꼬리를 붙잡고 전갈 괴물이 완전히 힘이 빠질 때까지 기다렸다. 그리고 무자비하게 꼬리를 비틀어 괴물을 떨어뜨렸다. 그는 동시에 절벽을 힘껏 차고서 디딜 틈을 만들었다.

전갈은 동료를 따라 멀리 땅으로 떨어졌다. 크레토스는 손가락 끝으로 조그마한 먼지투성이 바위 면에 대고 절벽에 매달렸다. 조금씩 손가락이 미끄러졌다. 그는 아래를 내려다보았다. 떨어질 곳을 보기 위해서가 아니라 발을 지지할 곳을 찾기 위해서였다. 그러나 마땅한 곳이 보이지 않았다. 크레토스는 온 힘을 다하여 절벽을 찼다. 고통이 다리를 타고 올라왔으나 그의 발가락은 절벽을 파고 들어가 발을 디딜 만한 틈을 만들어 냈다. 바위에서 손이 완전히 미끄러졌지만 그는 발로 몸을 지탱할 수 있었다. 그제야 긴장이 풀렸다.

크레토스는 어렵게 얻은 지지대에 서 있다가 곧 절벽을 타고 꼭대기까지 올라갔다. 언덕 위에 올라선 크레토스는 무릎을 꿇고 신들에게 조용히 기도를 올렸다. 신들에게 어떤 도움을 받았는지는 알 수 없었다. 그는 자신의 노력으로 살아남았고 앞으로도 그럴 것이다.

앞쪽 산 한편에 열린 입구에서 무언가 부딪히는 소리가 들렸다. 기계가 돌아가는지 덜컹거리는 소리가 났지만 그 이상은 알 수 없었다. 크레토스는 혼돈의 블레이드를 뽑아들고 입구를 통과하여 굴로 내려갔다. 그는 돌출된 바위 속으로 사라지는 컨베이어 벨트 옆에 멈춰 섰다. 크레토스는 혼돈의 블레이드로 바위를 내려쳤다. 그러나 바위는 강력한 마법이 깃든 혼돈의 블레이드를 맞고도 조금도 부서지지 않았다. 크레토스는 빠르게 움직이는 컨베이어 벨트의 반대 방향을 바라보고 돌아섰다. 그리고 부딪히는 소리의 정체를 알아낼 수 있었다. 기다란 쐐기가 박힌 거대한 바위들이 반복해서 서로 부딪히는 소리였다.

앞으로 나아갈 수 있는 유일한 방법은 규칙적으로 열렸다 닫히기를 반복하는 바위의 입속을 지나 컨베이어 벨트가 움직이는 반대 방향으로 달리는 것뿐이었다. 크레토스는 혼돈의 블레이드를 등에 걸치고 치명적인 바위의 움직임을 가늠하면서 컨베이어 벨트 위로 뛰어올랐다.

크레토스는 속도를 잘못 판단하는 바람에 컨베이어 벨트에 밀려 뒤쪽 돌벽에 부딪히고 말았다. 그는 고통스러운 비명을 지르며 몸을 움츠렸다. 벽면은 평범한 돌처럼 보였지만 살짝 닿기만 해도 타는 듯한 고통이 날카롭게 몸을 파고들었다. 크레토스는 달리기 시작했다. 그는 곧 컨베이어 벨트의 속도를 따라잡고 제자리를 유지할 수 있었다. 그리고 다시 더 힘껏 달리면서 벨트 속도를 추월하여 서로 부딪히고 있는 첫 번째 바위틈을 향해 나아갔다. 그 뒤에도 그런 바위들을 여럿 지나야 했다.

크레토스는 이미 발을 들인 이상 앞으로 달려나갈 수밖에 없었다. 발을 잘못 디디는 일이 있어서는 안 되었다. 조금이라도 실수를 한다면 쐐기가 박힌 바위틈에서 몸이 꿰뚫리고 말 것이다. 컨베이어 벨트에 떠밀린다면 그는 벽으로 쓸려 들어가 몸을 온통 불태우는 고통을 겪을 상황이었다.

크레토스는 그러한 생각에 자극을 받아 더 속도를 냈고 첫 번째 바위틈을 안전하게 지나갔다. 진퇴양난의 상황이었기에 그는 온전히 정신을 집중하여 덕분에 위력적인 바위와 날카로운 쐐기를 피할 수 있었다. 다시 크레토스는 앞으로 달렸다. 그리고 제자리를 유지하면서 속도를 잰 다음 열린 틈을 향해 힘껏 달려나갔다. 그는 그런 과정을 반복하며 부상을 피했다. 마지막 관문은 규칙이 없는 혼돈 그 자체였다.

크레토스는 몸을 돌리다가 미끈한 곡선형 칼날에 이두박근을 베이고 자리에서 얼어붙었다. 그러나 벨트에 끌려갈 위험을 생각하고서 핏덩이 근육 조각을 남긴 채 맹렬히 질주하기 시작했다. 그는 컨베이어 벨트 반대 방향으로 뛰어가 바위 지지대 위로 안전하게 올라섰다. 그러나 기계 장치 소리는 작아지지 않았다. 앞쪽에서 더 큰 소리가 들려오고 있었다. 굴의 끝을 지나자 방이 나타났다. 크레토스는 그 방을 보고서 건축가가 신들 때문에 미친 것이 확실하다고 생각했다. 깊게 파인 한 쌍의 홈들이 서로 교차하며 방을 가득 채우고 있었다. 홈마다 한 쌍의 회전날이 끝없이 회전하며 굴러갔다. 크레토스는 회전날의 번뜩이는 빛 때문에 눈을 찡그린 채 지나가는 회전날을 바라보았다. 방 한쪽으로는 강철 관문이 나가는 문을 막고 있었으나 크레토스는 문의 열쇠를 볼 수 있었다. 방 가운데에 손잡이가 설치되어 있었다. 손잡이를 조작하면 문을 열 수 있을 것이다. 그러나 손잡이까지 이르려면 컨베이어 벨트를 따라 설치된 쐐기 벽면에서보다도 훨씬 더 정확하게 시간을 계산해야 했다. 회전날은 절대 가만히 있거나 멈추는 법이 없었다. 한 걸음이라도 실수를 했다가는 그의 몸은 갈가리 찢겨나갈 것이다.

크레토스는 힘차게 몸을 던졌다. 그는 회전날을 건너뛰고서 회전날 사이에 있는 정사각형 바닥에 안전하게 착지했다. 그의 옆과 뒤에서 회전날이 빠르게 지나갔다. 크레토스는 앞에서 지나는 회전날의 속도를 가늠한 다음 날이 지나자마자 몸을 움직여 중앙 손잡이에 조금 더 가까이 접근했다. 그는 그제야 회전날의 미친 듯한 속도가 한층 더 빨라졌다는 사실을 알아차렸다. 회전날들은 손잡이에 더 가까이 접근할수록 더 빠르게 굴렀다.

크레토스는 혼돈의 블레이드를 꺼내어 길을 가로막는 회전날을 부수려다가 동작을 멈췄다. 건축가가 그런 기계에도 보호 장치를 걸어 두었을까? 회전날은 은빛이 나는 금속 재질이었고 크레토스는 지금껏 그런 물질을 본 적이 없었다. 혼돈의 블레이드가 마법으로 만들어진 무기이긴 했지만 크레토스는 그 무기가 망가질 수 있는지 알 수 없었고 아레스에게서도 들은 바가 없었다. 크레토스는 이 회전날에는 혼돈의 블레이드를 사용하지 않는 게 나으리라는 내면의 직감을 따르기로 결심했다. 다른 무기가 없는 것은 아니었지만 크레토스는 혼돈의 블레이드를 사용하여 아레스를 처치하고 싶었다. 전쟁의 신 아레스는 크레토스의 팔에 혼돈의 블레이드를 감은 장본인이었고 크레토스는 십 년 동안 아레스의 이름으로 혼돈의 블레이드를 휘두르며 사람들을 죽였다. 스파르타의 유령 크레토스는 아레스가 직접 선사해 준 무기를 그의 몸에 꽂아 넣고 죽어 가는 모습을 지켜보는 것만이 합당한 처사라고 생각했다.

크레토스는 혼돈의 블레이드를 집어넣고 앞으로 몸을 굴렀다. 그는 회전날의 배치를 계산하고 타고난 유연성을 발휘하면서 회전하는 죽음의 날을 피해 나아갔다.

그는 손잡이가 설치된 칸에 들어서서 몸의 균형을 바로잡은 다음 손잡이를 힘껏 당겼다. 결과는 크레토스가 기대한 대로였다. 방 한편에서 강철 관문이 철컹거리는 쇳소리를 내면서 열렸다. 크레토스는 잠시 후 침착하게 기지를 발휘하여 회전날을 뛰어넘은 다음 방의 출구 쪽으로 나아갔다. 그리고 문이 서서히 내려오는 것을 보았다.

"당신은 악마보다도 사악하군."

크레토스가 대여섯 가지 독창적인 욕설을 내뱉으며 건축가의 재치를 저주했다. 문은 손잡이를 놓은 후 아주 잠깐 동안만 열린 상태로 남아 있었다. 크레토스는 두 차례 이상 손잡이를 당기면서 죽음의 날이 난무하는 방의 반쪽을 얼마나 빠르게 건너가야 하는지 시간을 재 보았다. 시간은 길지 않았다.

그러나 충분할 것이다.

크레토스는 몸을 추스르고 손잡이를 당긴 다음 옆 칸으로 몸을 던졌다. 그는 힘을 모으고 다음 칸으로, 그리고 그다음 칸으로 뛰어갔다. 아직 두 칸을 건너야 했지만 시간이 없었다. 그는 순간적으로 속도를 냈고 지나는 회전날에 가슴을 긁히는 바람에 갈비뼈에 가벼운 상처를 입었다. 그는 관성을 유지한 채 몸을 돌려 그를 막아선 마지막 회전날 위로 공중제비를 돌았고 불과 몇 센티미터 거리와 일이 초의 시간을 남기고 문 안으로 굴렀다.

크레토스는 땅에 등을 대고 누운 채 복도의 낮은 천장을 바라보며 기운을 차렸다. 그는 뒤에서 강철이 바위에 부딪혀 덜컹거리는 소리를 들으며 천천히 앞으로 나아갔다. 크레토스는 통로를 지나 거대한 원형 문을 만났다. 그는 바위 문 가운데 벌어진 틈에 눈을 가져다 대고서 사막의 눈부신 햇살 속에서 솟아 있는 제단을 보았다. 크레토스가 아무리 힘을 써도 그 작은 틈으로는 문을 열 수 없었다. 그는 자신이 가야 할 곳을 눈으로는 볼 수 있었지만 안타깝게도 문을 열 방법이 없었다. 크레토스는 돌아서서 거대한 방을 내려다보았다.

크레토스는 방에 들어서서 고개를 들어 위쪽을 바라보았다. 그는 이미 그것을 본 적이 있었다. 위쪽에는 선반과 통로가 있었고 아틀라스의 석상이 강인한 어깨로 세계를 이고 있었다. 크레토스가 온갖 고역을 겪으며 다다른 곳은 티탄의 사원이라고밖에 설명할 수 없는 장소였다. 그는 통로에서 불과 몇 미터 아래에 있는 지점까지 뛰어가면서 주위의 상황을 살폈고 문을 열 방법을 생각했다.

아틀라스는 세계의 무게에 짓눌리고 있었다. 그 짐을 덜어 주어야 했다. 크레토스는 반신반의하면서 거대한 조각상 앞에 솟은 크랭크에 다가가서 힘껏 밀어 보았다. 크랭크는 살짝 밀리더니 어느 순간 저항이 커졌다. 밀기를 멈추거나 더 힘을 주어 밀어야 하는 상황이었다. 크레토스는 조각상에서 고개를 돌려 자기가 아래로 지나온 통로를 살폈고 그곳에서 두 번째 손잡이가 설치되어 있는 것을 발견했다. 크레토스는 문을 열 수 있다는 생각에 빠르게 결단을 내렸다. 그는 크랭크를 바라보고 돌아섰다.

크랭크는 아주 조금씩 움직였다. 그는 더 힘을 주어 한 바퀴 완전한 원을 그리며 크랭크를 돌렸다. 크레토스는 다시 더 힘을 주었다. 저항이 더 심해지면서 근육은 더할 수 없이 부풀고 땀이 비 오듯 쏟아졌다. 그는 두 번째로 크랭크를 돌렸다. 어깨에 세계를 진 아틀라스의 석상은 이제 반쯤 일어서 있었다. 크레토스는 방법을 알아냈다고 확신하면서 등을 구부린 다음 근육질의 다리를 바닥에 대고 다시 천천히 크랭크를 돌리기 시작했다. 크랭크가 한 바퀴 돌 때마다 아틀라스의 어깨 위에 있는 세계가 조금씩 들어 올려졌다. 마침내 아틀라스 석상이 허리를 펴고 일어섰다.

크레토스는 크랭크를 더 돌렸지만 아무리 애를 써도 더는 움직이지 않았다. 그는 물러서서 거대한 제단과 손잡이를 잇는 다리를 살폈다. 그는 자리를 박차고 빠르게 계단을 지나 통로에 올라섰다. 크레토스는 아틀라스의 눈높이에 서 있었다. 그는 차가운 돌로 만들어진 그 눈동자를 바라보면서 이아페토스의 아들이자 프로메테우스와 에피메테우스의 형제인 그 석상이 자신을 안도하는 눈으로 바라보고 있다고 생각했다.

크레토스는 통로에 있는 손잡이를 움직였다. 이 손잡이는 아틀라스가 진 세계를 드는 것보다는 힘이 덜 들었다. 놀랍게도 석상은 더 꼿꼿이 몸을 세우더니 거대한 돌덩이를 그에게 던졌다. 더 도망갈 곳도 없었던 크레토스는 죽음을 기다렸다. 그러나 세계를 표현한 돌덩이는 두 차례 바닥에 튕기더니 통로를 따라 굴러갔다. 크레토스는 잽싸게 돌아서서 돌이 구르는 방향을 바라보았다. 돌덩이는 크레토스가 열 수 없었던 문에 부딪혀 길을 만들었다. 돌덩이의 크기는 원형 문의 지름과 정확히 일치했다.

크레토스는 밖으로 제단을 살펴보았다. 바랜 황금색 석관이 뜨거운 태양의 햇살에 밝게 빛나고 있었다. 크레토스는 통로에서 뛰어내린 다음 건축가가 자신의 길에 마련한 새로운 함정을 살펴보기 위해 나아갔다.

제 20장

크레토스는 사막 태양의 찌는 열기 속으로 걸어 들어갔다. 지금까지 어두운 미궁 속에 갇혀 있었던 그는 천천히 고개를 들어 햇볕을 쬐면서 그 기분을 만끽했다. 크레토스는 숨을 깊게 들이쉬고 뜨거운 공기가 몸속을 채우는 기분을 느껴 보았다. 팔의 상처는 거의 나아가고 있었다. 그는 팔을 크게 돌리면서 다시한 번 근육에 힘이 돌아오는 것을 확인했다. 게다가 그의 시야를 위협했던 독도 깨끗하게 사라지고 없었다. 다시 떠올리고 싶지 않은 기억이었다. 그러나 그것은 벗어날 수 없는 여러 기억 중 하나에 불과했다. 그는 머뭇거릴 시간이 없었다. 아레스가 아테네에 불러온 참극은 크레토스가 아레스를 증오하는 것만큼이나 그를 괴롭혔다. 아테나는 크레토스에게 매우 급박한 상황이라고 경고했다. 뜨거운 바위 위에서 도마뱀처럼 늘어져 있는 동안에는 아무것도 이룰 수 없었다.

크레토스는 포장된 길을 따라 달려가 제단에 다다랐다. 제단에는 거대한 석관이 햇빛에 반짝이고 있었다. 크레토스는 반사되는 빛을 피해 눈을 찡그린 채 석관이 놓인 받침대에 가까이 나아갔다. 그리고 몸을 펴고서 관 뚜껑을 살폈다. 그런 요란스러운 관에 묻힌 사람은 분명 중요한 인물일 것이다. 그는 손가락으로 관 뚜껑의 가장자리를 잡고서 괴력을 발휘하여 뚜껑을 열었다. 안에는 건조된 시신이 안치되어 있었다.

"이게 다란 말인가?"

크레토스는 양팔을 벌린 채 하늘을 올려다보았다.

"겨우 이걸 위해 날 보낸 것이오?"

크레토스는 몸을 숙이고 해골의 머리를 잡아 뜯었다. 머리는 부러진 척추 주위로 먼지를 일으키며 쉽게 떨어져 나왔다. 그는 팔을 뒤로 뻗은 다음 하늘 높이 해골을 던졌다. 마치 올림푸스에 해골을 던져 경멸의 뜻을 전하려는 듯했다.

해골은 위로 솟구쳐 오른 다음 궤적을 따라 다시 크레토스의 쭉 뻗은 손으로 떨어졌다. 그는 다시 해골을 던졌다. 이번에는 바깥쪽이었다. 해골은 햇빛을 받아 하얗게 빛나며 곡선을 그리더니 다시 돌아왔다. 크레토스는 다시 해골을 위로 던져 보았다. 그리고 상식적인 결론이 그의 분노를 잠재웠다. 만약 그렇게 버리기 어려운 물건이라면 가지고 있어야 할 물건임이 분명했다. 그는 몸을 숙이고 석관의 받침대 황금색 면에 새겨진 문자를 손가락으로 더듬었다. 점차 글자의 의미가 분명해졌다. 크레토스는 몸을 일으키고 손바닥에 들린 해골을 노려보았다.

"건축가의 아들이라고? 이 멋진 관에 네 불쌍한 시신을 넣은 사람이 네 아버지란 말이냐? 이건 무슨..."

받침대가 돌을 가는 소리를 내면서 움직였고 제단 지하로 통하는 거대한 입구가 드러났다.

크레토스는 고개를 젖히고 의기양양하게 환호성을 내질렀다. 그리고 아래로 몸을 던졌다. 그는 입구를 통과하여 영원히 계속될 듯한 구덩이 속으로 떨어졌다. 그가 떨어진 곳은 하데스가 아닌 구덩이의 단단한 바닥이었다. 그는 몸을 숙이고 주위를 둘러보았다. 길은 하나뿐이었다. 그는 해골을 들고 텅 빈 눈구멍을 노려보았다.

"여기를 본 적이 있나? 아레스가 날 배신한 것처럼 네 아버지도 널 배신한 건가?"

크레토스는 대답을 기대하지 않았고 예상대로 대답을 듣지 못했다. 그는 언제 들이닥칠지 모를 적의 공격에 대비하며 낡은 복도를 따라 달려 내려갔다. 크레토스는 복도 끝에서 해골 문양이 선명하게 새겨진 거대한 문을 마주쳤다. 그는 힘을 주어 문을 밀어 보았다.

문은 열리지 않았다. 그는 바닥에 손가락을 밀어 넣고 문을 들어 올렸다. 그러나 등이 휘어지도록 힘을 주어도 문은 움직이지 않았다. 크레토스는 숨을 헐떡거리면서 힘으로는 문을 열 수 없다는 사실을 깨달았다. 그러나 어떻게 열 수 있다는 말인가?

그는 두 발짝 물러서서 문에 새겨진 무늬를 살폈다. 그는 잠시 지켜보다가 언제나 끓고 있는 내면의 분노를 터뜨렸다. 그는 절제된 두 차례 동작으로 혼돈의 블레이드를 뽑아들고 두꺼운 문에 검을 휘둘렀다. 반복해서 문을 내리쳤지만 반응은 없었다. 열 차례 넘게 검을 휘두르는 동안 쇠가 그을리면서 생긴 매캐한 냄새만 공기를 가득 채울 뿐이었다. 크레토스는 분한 듯 씩씩거리면서 더욱 힘을 주어 문을 내리쳤다. 결국 그는 물러섰다. 분노는 사라지지 않았지만 이성의 한 부분이 깨어나고 있었다.

"해골일까?"

크레토스는 혼잣말로 중얼거렸다.

"문에 해골 무늬가 새겨진 걸 보면..."

그는 조각가 아들의 해골을 들어 문에 새겨진 무늬에 맞게 가져다 댔다. 그는 문에 더 가까이 다가갔다. 무늬 중앙에 살짝 파인 틈은 그의 손에 쥐인 해골과 완벽하게 들어맞았다. 그는 해골을 앞으로 밀었다. 그리고 잠시 아무 일도 일어나지 않았다. 곧 그의 손에서 해골이 문 쪽으로 빨려 들어갔고 윤곽선만 남았다.

크레토스는 문 밑으로 손가락을 밀어 넣고 다시 분노를 터뜨렸다. 이번에는 문이 들렸다. 문은 한 번에 몇 센티미터씩, 아주 천천히 들렸다. 바닥이 그의 가슴까지 올라왔을 때 크레토스는 몸을 굴러 문 건너편으로 넘어갔다. 육중한 문이 다시 원래대로 내려갔다. 크레토스는 마음속으로 분노에 찬 비명을 내질렀다. 어두운 환영을 억누르는 것은 그가 사원에서 물리친 하데스의 졸개들을 무찌르는 것만큼이나 쉬운 일이었다. 그러나 지금 그 악몽이 현실 속에서 죽은 자를 감싸는 수의처럼 그를 집어삼키고 있었다.

그는 기억과 싸우면서 마치 기억을 따돌리려는 듯이 복도를 따라 비틀거리며 내려갔다. 그는 앞으로만 나아갔다. 악몽의 마수에서 벗어날 수만 있다면 그곳이 어디라도 상관이 없었다. 아테네 군인의 갑옷을 입고 널브러진 한 구의 시체가 그의 앞길을 막았다. 생명을 잃은 손에는 아직도 검이 쥐어져 있었다. 그가 싸웠던 유일한 흔적은 머리에서 발끝까지 뒤집어쓴 언데드의 검은색 핏자국이었다. 얼룩마다 지독한 악취가 풍겨 나왔다. 크레토스는 시체를 밟고 서서 복도의 더 먼 곳에 흩어져 있는 뼛조각들을 보았다. 뼛조각들은 뒤로 아치형 입구에 이르기까지 점점 높게 쌓여 갔다.

그는 입구 너머로 펼쳐진 지옥 같은 광경을 보았다. 그 거대한 방은 죽은 시체에서 타오르는 불에 밝혀져 있었다. 불길에서 피어나는 검은 연기는 언데드의 피보다 더 지독한 악취를 풍겼다. 해골의 무더기가 거대한 산처럼 솟은 방의 중앙에서는 붉게 타오르는 불길이 춤을 추며 소름 끼치는 생명의 환영을 그려내고 있었다.

수천 개가 넘는 해골이었다. 크레토스는 과거 자신의 손으로 그런 피라미드를 쌓은 적이 있었기에 그 숫자를 알았다. 지금은 적이 된 그 신을 섬길 때였다. 아레스가 크레토스의 기도에 응해 주었을 때 그는 야만인들의 해골로 이런 피라미드를 쌓아 올렸다.

아무리 애를 써도 이제는 환영을 억누르기란 불가능했다. 기억은 부서진 제방에 휘몰아치는 대양의 물처럼 그의 머릿속을 휘저었다. 그 방과 그 사원과 판도라의 상자를 위한 여정이... 모든 것이... 그의 머릿속에서 뜯겨 나갔다. 그는 오래된 기억에 사로잡혔다. 아주 오래된 기억이었다. 스파르타의 가장 젊은 장군이었던 크레토스는 나날이 커지는 부대를 이끌며 승리에 승리를 거듭하고 있었다...

전장에는 침묵이 감돌았다. 죽음과도 같은 침묵이었다. 쓰러진 병사들의 시체를 마음껏 먹어 치운 까마귀와 독수리 떼가 포만감을 과시하며 울부짖는 소리만이 멀리서 들려왔다. 다른 소리는 없었다. 부상당한 몸으로 간신히 버티고 있는 병사의 신음 소리조차 없었다.

그는 생존자의 소리를 듣지 못했다. 그렇게 명령했기 때문이었다. 그는 완전한 죽음을 명령했다.

용서는 없었다. 포로는 없었다. 자비는 없었다.

그의 부하들은 약한 적들을 쓰러뜨리고 나아갔다. 적군의 장군이 투항하겠다고 알려 올 때는 그 자리에서 전령을 처치했다. 전장을 떠나기에 부상이 너무 심한 병사는 그들을 따르던 민간인들에게 목이 잘렸다. 그들은 전리품으로 귀를 챙겼고 현상금을 받았다. 크레토스는 죽인 사람의 수만큼 그들에게 돈을 주었다.

피가 땅을 물들였다. 시체 더미 사이를 걷는 것은 폭우가 쓸고 간 진흙탕을 지나는 느낌이었다. 단지 피라는 것만 달랐을 뿐이다. 수십 통이 넘는 피였다. 베이고 찔리고 목에 구멍이 뚫린 천 구의 시신에서 흘러나온 피였다.

그는 순간 현기증을 느꼈다. 그리고 다음 순간 그는 말을 타고 피로 물든 검을 흔들고 있었다.

"돌격하라!"

그의 입에서 명령이 떨어지자마자 군대가 달려나갔다. 크레토스는 몸을 낮게 숙인 채 말을 달리며 검을 휘둘렀다. 그가 휩쓸고 지난 자리마다 전사들이 쓰러졌다. 시체가 산을 이루었다. 그는 큰 소리로 웃었다. 스파르타의 군대는 달려나갔다...

... 그리고 패배했다.

크레토스는 땅에 등을 대고 누워 흉한 멍 자국처럼 어둠이 짙게 드리운 하늘을 올려다보았다. 무거운 구름이 전장을 가득 뒤덮었고 야만인들은 자비를 잊은 채 병사들을 학살했다. 크레토스는 사방에서 자신의 뛰어난 병사들이 야만인들에게 쓰러져 가는 소리를 들었다. 그는 일어서려 했으나 그럴 수 없었다.

야만인의 창이 그의 한쪽 팔을 꿰뚫고 땅에 박혀 있었기 때문이다. 그는 다른 쪽 손으로 창을 뽑아냈다. 야만인 왕이 거구의 몸을 이끌고 그를 내려다보았다. 그의 커다란 손에는 가시가 박힌 거대 전투 망치가 들려 있었고 망치에는 스파르타 병사의 핏덩이가 엉겨 있었다. 야만인 왕은 피범벅인 입술로 미소를 지었다. 스파르타 병사의 목을 물어뜯었을 때 묻은 것이었다. 야만인 왕이 앞으로 다가왔다. 그리고 가장 위대한 스파르타 장군의 목숨을 끊기 위해 무적의 망치를 들어 올렸다...

그리고 그의 악몽 속에서 크레토스는 십 년도 더 지난 지금 그 끔찍한 날에 내뱉었던 그 말을 끊임없이 반복하고 있었다.

"전쟁의 신이여!"

그의 목소리가 귀와 기억 속에서 동시에 울렸다.

"내 적을 물리쳐 준다면 내 생명을 바치겠소!"

그때 번개가 치면서 학살의 현장을 밝게 비추었고 야만인 왕은 망치를 든 손을 멈췄다. 그는 어깨너머로 뒤를 돌아보았다... 그리고 하늘을 보았다... 야만인 왕의 입에서 공포에 질린 비명이 터져 나왔다.

올림푸스 신의 손에 구름이 찢겨지며 갈라진 하늘 틈으로 산보다도 거대한 사내가 내려왔다. 그의 머리와 수염은 살아 있는 불길이었다. 신의 손이 닿기가 무섭게 야만인 왕의 부하들은 피가 끓어오른 듯 터져 나가면서 입과 귀에서 검은 피를 쏟아냈고 생명을 잃은 채 땅에 고꾸라졌다. 곧 신에게서 더 멀리 있던 자들도 마찬가지 운명을 맞았다. 그리고 더 멀리 있던 자들도... 결국 크레토스의 요청대로 스파르타의 모든 적이 쓰러져 죽었고 단 한 사람만이 남았다.

크레토스가 비명을 지르는 가운데 혼돈의 블레이드에 묶인 사슬이 그의 팔목에 감겼다. 사슬은 그의 살을 불태우고 들어가 뼈와 하나가 되었다. 그는 하데스의 가장 깊은 곳에서 빚어진 그 검을 들고 타오르는 불길을 바라보았다. 그리고 곧바로 앞으로 달려나가 혼돈의 블레이드로 자기 앞에 서 있던 자를 베어 냈다. 야만인 왕의 목이 혼돈의 블레이드의 모양을 따라 V자로 베어졌고 크레토스는 검을 뒤로 거두었다. 야만인 왕의 목이 어깨에서 떨어져 전장에 나뒹굴었다. 동시에 크레토스는 승리의 함성을 내질렀다.

아레스의 그림자가 그의 새로운 종복에게 드리웠다…

크레토스는 휘청거리는 몸을 추슬렀다. 다시 판도라의 사원이었다. 그의 손에는 아르테미스의 검이 들려 있었다. 그는 떨리는 손으로 이마에서 땀을 닦아 냈다. 크레토스는 환영이 사라진 것에 감사했다. 그러나 다른 어떤 기억이 그를 붙잡을지 누가 알겠는가? 그것은 크레토스가 끝내 답할 수 없는 질문이었다.

"아테나 여신이시여, 당신은 내게서 이 기억과 환영을 지워주겠다고 약속하셨소!

그는 나지막이 중얼거렸다.

"부디 날 배신하지 마시오."

크레토스는 이글거리는 불길이 살을 태우는 냄새를 맡고 다시 걸음을 멈췄다. 이것 역시 전쟁의 신을 섬기는 동안 익숙해진 감각이었다. 그렇지만 감사하게도 다시 옛 기억을 불러일으키지는 않았다. 크레토스는 웅크린 채 옆으로 미끄러지듯 움직였다. 그는 푸른 불빛이 번뜩이는 아르테미스의 검을 낮게 들고 싸움에 대비했다.

가까이에서 게걸스럽게 쿵쿵거리는 소리가 들렸다. 만찬을 즐기는 식충이처럼 누군가가 목을 게우며 쩝쩝거리고 있었다. 크레토스는 발소리를 죽인 채 잘린 머리가 쌓인 시체 더미를 돌아선 다음 몸을 기울여 소리의 주인공을 발견했다.

키클롭스 한 마리가 몸을 숙이고서 인간의 엉덩이로 보이는 것을 먹어 치우고 있었다. 누렇고 부서진 이빨이 대퇴골에 부딪혔다. 키클롭스는 시끄럽게 쩝쩝거리며 골수를 빨아먹기 시작했다. 키클롭스는 먹고 남은 뼈를 무심히 팽개친 다음 또 다른 통통한 엉덩이를 찾았다. 키클롭스는 시체에서 남은 다리를 뜯어내더니 갑자기 야생의 본능으로 크레토스의 존재를 감지한 듯 고개를 쳐들고 하나뿐인 커다란 눈을 깜빡거렸다. 처진 입속으로 썩은 이빨에 끼인 인간의 살점 조각이 보였다.

크레토스는 아르테미스의 검을 치켜들고 다가갔다. 이 키클롭스는 짐승에 불과했다. 위대한 장인이자 석공이었던 과거의 형제들과는 다른 존재였다. 게다가 그 괴물은 피라미드를 건설하기는커녕 그것이 무엇인지도 모를 정도로 멍청해 보였다. 괴물은 한 마리일 리 없었다.

"이 더러운 만찬을 즐기는 동료들은 어디에 있느냐?"

키클롭스는 대답 대신 일어서서 크레토스의 키보다 더 커다란 쇠막대기를 집어 들었다. 막대기가 공기를 가르는 소리를 냈고 크레토스의 칼자루 윗부분을 강타했다. 크레토스는 검을 돌려 칼날로 키클롭스의 무기를 막았다. 쇠막대기가 한 뼘 길이만큼 잘려나가 바닥에 뒹굴었다.

괴물은 눈이 휘둥그레진 채 도망가기 시작했다. 그러나 크레토스에게 도망가는 적이란 아직 죽지 않은 적일 뿐이었다. 그는 괴물을 쫓아 뛰어오른 다음 오른쪽 어깨에 아르테미스의 검을 내리쳤다. 검은 아무런 저항 없이 괴물의 등을 갈랐다. 거대하고 살이 통통한 팔과 우악스러운 손가락이 달린 손이 바닥에 떨어졌다.

키클롭스가 미처 부상의 상태를 깨닫기도 전에 크레토스는 다시 충격을 선사했다. 그는 다시 푸르게 빛나는 아르테미스의 검으로 괴물의 목과 어깨 사이를 갈랐다. 마법의 칼날에 근육과 뼈가 잘려나갔다. 예리한 칼날은 괴물의 척추를 갈랐고 몸통이 다리에서 떨어져 나갔다. 괴물은 얼굴을 바닥에 대고 쓰러졌다. 둔탁한 소리가 메아리치며 울려 퍼졌다.

크레토스는 다른 방으로 이어지는 입구에 다다랐다. 그 방은 키클롭스가 만찬을 벌이던 곳보다 두 배는 커 보였다. 그리고 크레토스의 수염을 태울 듯이 뜨거운 불길이 타오르고 있었다. 방의 대부분을 차지하는 불구덩이는 사원의 관문 앞에서 보았던 것과 별로 다를 것이 없었다. 불길 위로 천장에는 사슬에 연결된 우리가 걸려 있었다. 우리 안에 들어 있는 것은 한 구의 시체였다. 서서히 사슬이 풀리고 우리가 불구덩이를 향해 내려왔다.

크레토스는 걸음을 내딛다가 얇은 철사가 발에 감기는 느낌이 들어 제자리에 멈추었다. 그는 검의 넓은 면을 이용하여 철사가 이어진 곳을 찾았다. 철사는 반들반들한 한쪽 벽을 지지하는 단순한 돌 지지대에 이어져 있었다. 크레토스는 다리에 걸린 철사의 장력을 풀고 물러서는 대신에, 철사가 늘어지지 않도록 조심스럽게 지지대에 아르테미스의 검을 찔러 넣었다.

아르테미스의 검이 바닥에 안정감 있게 고정되어 넓은 면으로 철사를 팽팽하게 잡아당겼다. 크레토스는 그런 다음 뒤로 물러나서 지지대를 조사했다. 기둥 아래쪽 작은 구멍에서 거의 보일 듯 말 듯한 철사가 나와 있었다. 다른 쪽 끝에는 지지대가 없었고 점토 항아리 주둥이에 박힌 코르크 마개에 철사가 감겨 있었다.

만약 크레토스가 조금만 더 앞으로 나아갔다면 항아리가 넘어지고 코르크 마개가 뽑혀 내용물이 흘렀을 것이다. 크레토스는 이 덫의 효과를 확인해 보기로 마음먹었다. 그는 문 쪽으로 물러선 다음 철사를 잡아당겼다. 주둥이에서 코르크 마개가 빠지면서 검고 끈끈한 액체가 흘러나왔다. 크레토스는 웃으면서 고개를 흔들었다. 이렇게나 어설프다니! 그 검은 당밀이 치명적인 독이라고 해도 덫을 건드린 사람은 이미 한참 전에 지나고 없을 것이 분명했다.

검은 당밀이 석재 바닥을 태우면서 연기가 피어나기 시작했다. 크레토스는 웃음을 거두었다. 곧 벽 전체가 기울더니 사람을 죽이고도 남을 힘으로 지지대와 바닥에 차례로 부딪혔다. 그리고 날렵한 사람이라면 무너지는 벽을 피해 뛰었을 그다음 바닥이 불타는 검은 물질이 넓게 퍼진 웅덩이에 가라앉으며 녹기 시작했다. 몇 초 만에 돌을 녹일 물질이라면 인간의 육체는 어떻게 되겠는가?

크레토스는 군이 알고 싶지 않았다.

돌 표면에서 거품이 생기더니 틈새마다 연기인지 가스인지 알 수 없는 것이 새어 나오기 시작했다. 가닥 하나가 길게 꼬리를 그리며 크레토스의 손 위로 올라왔다. 가스가 닿은 곳에서 그의 피부가 검게 변하고 물집이 생겨나더니 타기 시작했다. 크레토스는 이 물질을 들이마셨을 때 어떤 일이 일어나는지 이번에도 알고 싶은 생각이 들지 않았다. 크레토스가 서 있던 바닥이 흔들리더니 가라앉기 시작했다. 바닥의 연결부마다 검은 기름이 끓어올랐다.

새로운 방의 문 옆으로 삼사 미터 떨어진 거리에 또 다른 지지대가 서 있었다. 이 지지대에도 영원히 타오를 것 같은 화로가 걸려 있었다. 크레토스는 혼돈의 블레이드를 최대한 멀리 던진 다음 사슬이 화로에 걸리도록 잡아당겼다. 그런 다음 문 쪽으로 온 힘을 다해 뛰어올랐다. 사슬로 감은 화로를 무게 중심으로 삼아서 검은 액체를 건너뛰고 건너편 바닥으로 안전하게 내릴 생각이었다. 그 편리한 화로는 그의 예상보다 조금 더 편리했다. 그의 무게가 온전히 더해졌을 때 화로가 지지대에서 살짝 뽑혀 나왔고 그 반동이 다시 벽에 전해지며 약 십 미터 가량의 바닥이 죽음의 액체 속으로 가라앉았다.

크레토스는 절박한 심정으로 천장을 향해 다른 혼돈의 블레이드를 힘껏 던졌다. 블레이드는 일이 초 동안 그를 지탱할 수 있는 각도로 천장 돌에 깊이 박혔다. 그는 초인적인 힘으로 다른 블레이드의 사슬을 잡아당겨 화로를 통째로 벽에서 뜯어내고 아래로 펼쳐진 끔찍한 죽음을 피해 방 중앙에서 위압적으로 타오르는 거대한 불구덩이를 향해 몸을 던졌다.

스파르타의 소년들은 누구나 열 살이 되면 불 위를 걷는 의식을 치렀다. 미래의 전사가 공포에 지배당하지 않고 스스로 공포를 지배하도록 고안된 훈련이었다. 인간이라면 본능적으로 돌아서서 왔던 길로 돌아갈 생각이 드는 것이 당연했다. 그러나 뒤에는 끈적거리는 검은 죽음과 살을 태우는 가스만이 가득했다. 크레토스는 발에 힘을 모은 다음 곧장 위로 뛰어올라 천장에 매달린 우리를 붙잡았다. 철제 우리는 손에 물집이 잡힐 정도로 뜨거웠다. 우리는 크레토스가 부딪힌 충격으로 흔들렸고 크레토스는 그 흔들림을 이용하면 불구덩이 너머로 충분히 몸을 던질 수 있을 것이라고 생각했다.

크레토스는 위기를 벗어난 상황에서 잠시 숨을 골랐다. 그리고 고개를 돌려

왔던 길을 살펴보았다. 뜨거운 공기가 그의 폐를 가득 채웠다. 그때 우리에 갇혀 있던 여윈 사내가 웅크린 몸을 펴고서 바닥에서 일어섰다. 크레토스는 흠칫 놀라며 고개를 돌렸다. 사내는 창살을 잡은 채 크레토스를 바라보며 말했다.

"이보게, 이게 끝이 아니네. 그 벽, 그 기름… 그것들은 시작일 뿐일세."

그의 노쇠한 목소리는 갈라졌고 매우 탁했다. 크레토스는 자기에게 말을 건 그 노인이 가끔 그 가스를 마셨다고 생각할 수밖에 없었다.

"도망가는 게 좋을 거야. 내가 여기에 먼저 갇히지 않았다면 바로 자네가 이 우리에 갇히고 말았을 것이네."

크레토스는 창살을 잡고 몸을 꼿꼿이 세운 다음 우리 안에 갇힌 노쇠한 사내를 내려다보면서 말했다.

"난 쥐새끼처럼 갇힐 일은 없소."

"아니라고? 그럼 바로 달려가 보게나. 성미 급한 사람을 잡을 덫은 많이 있으니까."

사내의 머리카락은 불에 그슬려 있었고 옷가지는 화장한 시체의 검댕처럼 시커멓게 변해 있었다. 사내는 아래 불구덩이를 바라보며 고개를 끄덕였다.

"어쨌든 자네도 여기로 오게 될 거야."

"당신은 이 덫에 대해 잘 아오? 말씀해 주시오."

크레토스는 불구덩이를 내려다보았다. 구덩이 벽까지 이어진 수상한 관들이 보였다. 그것들은 크레토스가 짐작할 수 없는 어떤 역할을 하는 것 같았다. 그걸 모르고서는 위험을 감수할 수밖에 없었다.

"난 오랫동안 이곳에 있었기 때문에 조사하고 생각할 시간이 있었지. 이 열기로 물을 끓이는 것일세. 건축가는 그 증기를 이용해서 거대한 엔진을 움직인다네. 알렉산드리아의 영웅이 건설한 장치와 비슷한 원리지."

"기력계라는 말이오? 그 힘을 어디에 공급하는 거요?"

크레토스가 물었다.

"판도라의 사원 전체를 조종하는 안티키테라 기계지."

"증기 장치에 관한 이야기는 들어 봤지만 이 안티키테라라는 것은 모르겠소. 만약 불길이 죽는다면 장치도 동작하지 않는 것이오?"

"이런 불구덩이가 많을 것이네."

불에 익어가는 노인이 말했다. 크레토스는 그것이 거짓말임을 눈치챘다.

"자네가 사원의 중심부로 들어가면 여기에서 증기 발전을 중단한다고 해도 아무런 상관이 없을걸세."

"어떻게 들어갈 수 있소?"

"저기네. 용기가 있다면 가 보게!"

노인은 제우스의 인장이 새겨진 거대한 문을 가리켰다. 문은 잠겨 있었다. 크레토스는 그의 말을 사실로 믿었지만 무언가가 더 있을 것이라고 생각했다.

"자, 자네를 도왔으니 날 여기에서 풀어 주게."

크레토스는 아주 잠깐 생각한 다음 결정을 내렸다. 그는 더 힘껏 우리를 흔들기 시작했다. 우리는 점점 더 심하게 흔들리더니 불구덩이 끝에 닿을 만큼 가까워졌다.

"신들께 감사를! 이 은혜는 평생 잊지 않겠네."

"당신의 희생도 신들의 뜻에 부합할 수 있으니 그걸로 만족하시오."

크레토스가 말했다. 그는 발가락을 구덩이 끝에 대고 안정된 자세를 잡은 다음 우리의 위치를 조절하는 손잡이 옆에 섰다. 크레토스가 기다란 나무 손잡이를 밀었고 우리는 다시 불구덩이의 중앙을 내려다보는 위치로 돌아갔다.

"이러지 말게나. 제발 살려만 주게."

"신들은 살아 있는 제물을 원하오."

크레토스는 신에게 제물을 바쳐야만 사원의 다음 장소로 통하는 길을 열 수 있을 것이라고 생각했다.

"안 돼! 제발! 제발, 살려 주게!"

크레토스는 손잡이를 당겼다. 아래에서는 불길이 타오르며 이글거리는 열기를 올려보내고 있었다. 크레토스가 죽음의 불길로 우리를 내리자 사내는 비명을 질렀다.

"제우스시여, 제물을 받아 주시오."

크레토스가 말했다.

"그리고 내가 가는 길을 지켜봐 주시오."

그는 구덩이에서 들려오는 비명을 무시하고 학살의 현장에서 등을 돌린 채 문 쪽으로 나아갔다. 판도라의 상자는 곧 그의 손에 들어올 것이다.

그는 이미 아레스의 피를 맛보았다.

제21장

"아버지이신 제우스시여, 크레토스는 아버지의 호의를 얻기 위해 제물을 바쳤습니다."

아테나가 말했다.

"그의 기도에 답하시겠습니까?"

"크레토스는 무례하오."

제우스는 구름이 모인 수염을 손가락으로 쓰다듬으며 아테나에게서 시선을 거두고 예언의 웅덩이를 응시했다.

"내게 올바른 존경을 표하지 않았소."

아테나는 제우스가 제대로 대답하지 않았다고 생각했다.

"무례할지는 모르나 제가 보기에 아버지께서는 그런 행동이 즐거우신 것 같습니다."

아테나는 조심스럽게 말했다.

"딸이여, 그대의 무례함은 즐겁지 않소."

제우스가 무뚝뚝하게 말했다. 아테나는 예언의 웅덩이를 바라보는 제우스의 표정을 살폈다. 그녀는 제우스의 즐거움을 방해하지 않을 생각이었다. 크레토스는 그녀의 기대를 뛰어넘어 생각했던 것보다 훨씬 더 빠르게 판도라의 사원 내부까지 이르렀다. 너무도 많은 위험이 있었지만 그는 잘 싸웠다. 더 희망적인 것은 크레토스가 이제는 학살의 욕망을 다스리고 생각하기 시작했다는 사실이었다. 생각이 없이 대담하기만 한 자들은 건축가가 설계한 덫에 죽음을 맞았을 것이다. 그러나 크레토스는 덫을 극복했다. 몹시 어려운 고비도 있었지만 그는 지금도 판도라의 상자를 향해 나아가고 있었다.

"생각해 보았소. 제물을 바친 것은 기쁜 일이오. 특히 아레스가 내 숭배자들을 그리도 많이 죽인 상황이 아니겠소?"

제우스는 얼굴을 찌푸리며 말했다.

"크레토스는 진정한 패기를 보여 주었소."

"그렇다면 우리에 갇힌 자는 아레스의 지지자였습니까?"

제우스는 답하지 않았다. 그러나 아테나는 아버지의 표정을 잘 읽을 수 있었다. 아레스는 판도라의 상자를 손에 넣기 위해 판도라의 사원에 인간을 보냈다. 아레스의 야망은 아테나가 생각했던 것보다 훨씬 더 원대했다. 아레스는 아테네를 파괴하기를 원했지만 그것은 아레스의 오만함이 올림푸스를 턱밑까지 위협하고 있다는 반증에 불과했다. 판도라의 상자는 신에게 위대한 힘을 줄 수 있었다. 그러나 그 안에 신을 죽일 방법이 있다는 것을 예견한 이는 아테나의 오라클뿐이었다. 아레스는 이 비밀을 알아서는 안 되었다. 설령 안다고 해도 크레토스에게 손을 쓸 수 없게 된 이후여야 했다. 크레토스는 모든 힘과 지혜를 동원해서 나아가고 있었지만 아테나는 그조차 너무 늦은 것은 아닌지 걱정스러웠다.

"그대의 인간은 뛰어난 전사요. 보이시오?"

제우스는 그의 옆쪽을 가리켰다. 그들은 함께 크레토스가 끔찍하게 고안된 죽음의 덫을 연달아 피해 가는 모습을 바라보았다.

"그는 정말로 재능이 있소."

제우스는 즐거운 목소리였다.

"광기에 사로잡힌 건 안타까운 일이오, 그렇지 않소? 그 끔찍한 환영들을… 그렇게 오랫동안 견디고 있다는 것도 놀라운 일이지."

"아버지, 크레토스는 악몽에서 벗어나기를 바라고 있습니다. 기억하십니까? 전에도 이야기한 적이 있습니다. 아버지께서는 직접 크레토스가 성공하면 그의 죄악이 용서받을 것이라고 말씀하셨습니다. 그 용서라는 것은 악몽을 내쫓는 것이겠지요?"

제우스는 살짝 손을 저었다. 제우스는 이제 크레토스가 또 다른 언데드와 고르곤과 미노타우로스 무리를 쓰러뜨리는 모습을 관심 있게 지켜보고 있었다. 그는 하데스에서 벼려낸 혼돈의 블레이드와 아르테미스에게서 받은 검을 차례로 사용하며 싸워나갔다.

"억겁의 세월 동안 이런 재미있는 광경을 본 적이 없소."

"아버지, 크레토스의 악몽은 어떻게..."

"딸이여, 저기를 보시오."

제우스는 다시 예언의 웅덩이를 가리키며 말했다. 아테나는 크레토스의 악몽에 관해서 제우스의 대답을 들을 수 없다는 사실을 깨달았다.

아테나가 크레토스를 위해 던진 질문이었다. 그녀는 제우스와 마찬가지로, 끝없이 펼쳐지는 전투에 점점 몰입해 갔다. 그리고 아테나는 더 말이 없었다.

제22장

크레토스가 문을 통과하자마자 뒤에서 문이 굳게 닫혔다. 크레토스는 이제 판도라의 사원에서 갇히는 일에 익숙했다. 건축가의 장치는 교묘했고 크레토스는 화가 치밀어 올랐다. 속았다! 그는 중심부를 감싸고 도는 고리 형태의 복도를 완전히 돌아 결국 제자리로 돌아왔다. 그 모든 노력이 헛수고나 다름없었다. 그는 분노를 터뜨리며 주먹으로 안쪽 벽을 힘껏 때렸다. 벽의 판이 옆으로 미끄러졌고 크레토스는 뒤로 물러섰다. 또 다른 고리 모양의 복도로 통하는 입구가 열렸다. 그러나 이번 복도는 훨씬 더 휘어져 있었으며 그것으로 미루어 중심부에 더 가까이 접근했다는 사실을 알 수 있었다. 크레토스는 임무의 완수도 가까워졌다는 사실을 깨닫고 분노가 누그러졌다. 달리 설명할 방법이 없었다. 그는 입구를 지나 안으로 들어갔다. 뒤에서 입구가 즉시 닫혔다.

안쪽 복도는 더 급격히 휘어 있을 뿐, 바깥쪽 복도와 다를 것이 없었다. 크레토스는 판도라의 상자를 찾기 위해 안쪽 길을 차례로 살폈다. 그는 가까운 곳에 있었다. 그때 크레토스는 무언가 다른 것을 느꼈다. 바닥이 흔들리고 있었다.

크레토스는 고개를 돌렸다. 복도를 가득 채우는 거대한 굴림대가 구르기 시작했다. 처음에는 느렸지만 점차 구르는 속도가 빨라졌다. 그는 굴림대의 무게와 엄청난 위력을 재빨리 가늠했다. 그리고 자신의 힘으로 그것을 멈추기는 불가능하다는 것을 깨달았다.

크레토스는 굴림대를 등지고 굽은 복도를 따라 달리기 시작했다. 양쪽 벽에 사다리가 눈에 들어왔지만 조금만 살펴보아도 함정임을 알 수 있었다. 사다리는 어느 정도 올랐을 때 풀려 그를 바닥으로 떨어뜨릴 것이 분명했다. 그것은 곧 굴림대에 짓이겨지는 것을 의미했다.

크레토스는 고리 모양의 복도 어딘가에 탈출구가 있을 것이라고 생각했다. 건축가가 돌에 새긴 약속은 거짓이 아닐 것이다. 굳이 거짓말할 이유가 있겠는가? 크레토스는 달리면서 벽에 위로 이어지는 계단이 파인 것을 발견했다. 그리고 계단 위로 뛰어올랐다. 동시에 굴림대가 그의 팔을 긁으면서 옆으로 지나갔다. 크레토스는 계단 위를 바라보았으나 올라가지는 않았다. 대신 천천히 시간을 재면서 기다렸다. 굴림대는 꼬박 일 분이 지나 다시 굴러 지나갔다.

크레토스는 다시 복도로 뛰어 내려가 달렸으나 벗어날 길은 없었다. 한 발이라도 잘못 디뎠다가는 곧 피할 길 없는 그 복도에서 결국은 굴림대에 추월당해 짓이겨지는 신세가 될 것이다. 그는 다시 돌계단을 타고 둥근 벽의 꼭대기에 올랐다. 중앙에는 커다란 물웅덩이가 있었다. 그러나 크레토스의 신경은 온통 다른 탈출구에 쏠려 있었다. 복도 건너편 벽 위에는 사원의 중심부로 향하는 통로가 뻗어 있었다.

그곳에 가기는 어려운 일이었다. 복도 바닥에서 사다리를 타고 오르면 통로에 갈 수 있었지만 사다리는 그전 나무 사다리와 마찬가지로 위험했기 때문이다. 굴림대가 덜컹거리는 소리를 내면서 지나갔다. 크레토스의 입가에 미소가 지어졌다. 그는 자세를 잡고 굴림대가 다시 지나기를 기다려 그 위로 뛰어내렸다.

석재 굴림대가 고리 모양의 복도를 따라 돌아가는 가운데 크레토스는 발아래에서 회전하는 굴림대에 속도를 맞추어 거꾸로 달렸다. 굴림대가 고리 모양의 복도를 한 바퀴 돌 즈음 크레토스는 굴림대 끝쪽으로 다가갔다. 그리고 굴림대와 통로가 같은 높이에서 만난 순간을 노려 몸을 던졌다. 그는 힘껏 다리를 굴러 나아갔지만 그것만으로는 충분하지 않았다. 크레토스는 미친 듯이 손을 휘저었고 간시히 사다리 끝 부분을 붙잡을 수 있었다. 그의 예측이 맞았다. 사다리는 함정이었다. 사다리는 곧 그의 무게를 지탱하지 못하고 무너졌다.

크레토스는 등에서 혼돈의 블레이드를 뽑아 위로 던졌다. 휘어진 칼끝이 단단한 바위에 박혔다. 그는 아래로 몇십 센티미터 가량 떨어진 채 손목에 연결된 사슬에 매달려 있었다. 그는 발길질로 몸을 움직인 다음 등을 젖히고 벽을 타기 시작했다. 굴림대가 다시 돌아오고 있었다. 전보다 더 빠른 속도였다. 크레토스는 사슬을 더 힘껏 잡아당기고 서둘러 통로에 올라갔다. 바로 아래에서 빠른 속도로 굴림대가 지나갔다. 살짝만 늦었어도 굴림대에 깔리고 말았을 것이다. 그는 통로를 따라 달렸다. 그리고 한쪽으로 방향을 틀어 그곳에 이어진 굴을 따라 긴 계단을 올랐다. 신선한 공기가 느껴졌다. 아마도 사원 밖으로 나가는 중일 것이다. 크레토스는 점점 걸음을 늦추더니 잠시 멈춰 섰다. 그는 혹시 길을 잘못 들어서 안쪽 동심원 모양의 구조에서 멀어지는 것이 아닌지 생각했다. 그리고 곧 도망칠 모든 기회가 사라졌다. 계단 위쪽에서 귀청이 찢길 듯한 함성이 들렸다. 희미한 빛에 공기를 가르며 칼을 휘두르는 언데드의 윤곽이 보였다. 뒤로 돌아가는 것은 생각조차 할 수 없었다.

크레토스는 혼돈의 블레이드를 휘둘러 죽음의 장막을 그리면서 계단 위로 달려갔다. 크레토스의 검이 언데드 병사의 장검에 부딪혔고 튕겨 나왔다. 언데드는 몸을 틀어 어깨에 박힌 쐐기로 크레토스를 노렸다. 그는 가슴을 꿰뚫리지 않도록 옆으로 몸을 피했다. 언데드는 위협적으로 비명을 지르며 공격을 재개했다. 크레토스는 맹렬히 반격하면서 언데드를 빛이 드는 바깥으로 몰아갔다. 넓은 공지가 나타났다. 그곳에 있는 것이라고는 저주받은 언데드 뒤로 그의 머리보다 높게 솟은 거대한 상자뿐이었다. 크레토스의 심장이 방망이질 쳤다. 이것이 판도라의 상자일까? 크레토스는 다시 힘을 모아 언데드를 밀고 나갔다. 그러나 언데드 전사 역시 만만치 않은 상대였다. 언데드는 크레토스의 다리를 베고 경갑을 붙잡아 그를 땅에 내팽개쳤다. 크레토스는 그 언데드가 영리하고 재빠르며 무서운 적이라는 사실을 깨달았다.

언데드는 들쭉날쭉한 칼을 그의 청동 경갑에 박아 넣었다. 그러나 크레토스는 칼이 박힌 채로 발을 차고 비틀고 구르며 언데드의 사나운 손아귀에서 칼을 빼냈다. 칼은 아직 그의 경갑에 박혀 있었다. 크레토스는 돌아서서 몸을 일으켰고 혼돈의 블레이드를 들어 늦지 않게 언데드의 뼈대만 앙상한 주먹과 무장한 팔꿈치의 맹공을 막았다. 언데드의 양쪽 팔꿈치에 박힌 쐐기가 그의 내장을 가르기 위해 다가왔으나 크레토스는 빠르게 몸을 돌려 배를 긁힌 채 공격을 피했다.

언데드는 크레토스의 균형을 무너뜨리고 아직 그의 경갑에 박힌 검을 빼내려했지만 기회는 주어지지 않았다. 크레토스는 혼돈의 블레이드를 넣고 맨주먹으로 언데드를 난타했다. 언데드는 무릎을 꿇었다. 이것이면 충분했다. 크레토스는 언데드의 어깨 가시를 피해서 그의 뒤로 다가간 후 언데드의 턱과 투구를 쓴 머리를 붙잡았다. 그는 강력한 힘으로 목을 당겨 부러뜨렸다.

크레토스는 몸을 숙이고 경갑에 박힌 언데드의 칼을 빼내어 옆으로 내팽개쳤다. 그 언데드의 중갑옷은 자신이 아테네에서 대강 꿰어 입고 내버렸던 방어구보다 좋아 보였다. 그는 몸에서 마른 피와 딱지를 털어 냈다. 그의 몸에는 스파르타의 지도자 계급임을 알리는 붉은 문신만이 남았다. 어둠이 다시 그를 위협하고 있었다. 크레토스는 악몽 같은 기억을 애써 외면했다. 떠오르는 기억을 억누를 수 있는 여지는 매우 적었다. 깊은 절망과 끔찍한 악몽에서 자신을 지키는 것은 오직 의지력뿐이었다. 그는 죽은 언데드의 몸에서 청동과 판금으로 만들어진 단단한 갑옷을 벗겨 내고 걸쳐 보았다. 갑옷은 그를 위해 만든 것처럼 그의 건장한 몸에 잘 맞았다. 크레토스는 그런 다음에야 자기의 키보다 높이 솟은 거대한 상자를 살펴보기 시작했다.

"신들이시여, 이것이란 말입니까?"

크레토스는 강력한 유물에서 뿜어져 나올 힘을 느끼기 위해 장식이 없는 면에 손을 가져다 댔다. 아무런 느낌도 나지 않았다. 그는 뛰어올라 상자의 끝 부분을 잡고 위로 올라갔다. 그는 간단히 자물쇠를 풀고 안을 살펴보았다. 안은 비어 있었다. 그는 성급한 희망을 주고 그것을 빼앗아 간 신들에게 저주 섞인 욕을 퍼부었다. 그때 불화살이 날아와 새로 얻은 청동 갑옷에 맞고 튕겨 나갔다. 크레토스는 몸의 균형을 잃고 자세를 바로잡으려 했으나 그보다는 아래로 떨어지는 것이 나은 상황임을 깨달았다. 크레토스가 상자 뒤로 숨기가 무섭게 열 개가 넘는 불화살이 그가 서 있던 자리를 통과하여 지나갔다.

불화살이 박힌 자리마다 소규모 폭발이 일어나면서 돌을 튕겨 냈다. 크레토스는 그의 새 갑옷에 움푹 들어간 홈을 보고 불화살이 폭발하면서 갑옷이 거의 뚫릴 뻔했다는 사실을 알아챘다.

그가 처치한 언데드 전사의 뒤에는 언데드 궁수 부대가 있었다. 크레토스는 재빨리 거대한 상자 주위를 살폈다. 산을 휘감으며 난 길을 따라 여섯 마리 언데드 궁수가 길 위쪽 중턱에 나란히 자리하고 있었다.

"앞으로 간다."

크레토스가 중얼거렸다.

"제우스의 이름으로 후퇴하지 않는다!"

크레토스는 상자 뒤로 간 다음 발가락을 땅에 박고 온 힘을 다해 상자를 밀었다. 상자는 긁히는 소리를 내면서 몇 센티미터 가량 움직이다가 무언가에 걸리는 듯하더니 지속적인 힘에 밀려났다. 상자는 점점 더 빠르게 미끄러졌다. 크레토스는 상자의 반대쪽으로 계속 쏟아지는 화살의 충격을 느꼈다. 화살은 닿을 때마다 작은 폭발을 일으켰다. 이 맹공에 노출된다면 죽음은 불을 보듯 뻔한 일이었다.

크레토스는 더 힘을 주어 상자를 밀었다. 상자는 불화살을 쏘아 대는 언데드 궁수들에게 근접한 곳까지 나아갔다. 크레토스는 언데드 궁수들이 서 있는 언덕에 상자를 부딪쳤다. 그리고 상자 뒤에 숨을 공간이 거의 남지 않았다는 사실을 깨달았다. 숨는 것은 스파르타의 유령에게 어울리지 않는 행동이었다. 크레토스는 혼돈의 블레이드를 뽑아 오른손으로 검을 던졌다. 그리고 손목에 이어진 사슬이 끝까지 뻗어 가기를 기다려 사슬을 흔들었다.

혼돈의 블레이드는 궁수를 공격하지 않았다. 그러나 앞쪽에 있던 궁수가 살짝 몸을 돌려 혼돈의 블레이드를 향해 화살을 발사했다. 다른 궁수들도 그 언데드를 따라 화살을 발사했다. 궁수들은 일제히 새 화살을 시위에 걸었고 크레토스는 순간 공격할 기회를 얻었다. 그리고 크레토스는 공격을 감행했다. 그는 혼돈의 블레이드를 등반 고리처럼 사용하여 상자의 옆면을 타고 오른 다음 언데드들이 서 있는 언덕으로 뛰었다. 그리고 사슬을 돌려서 혼돈의 블레이드로 죽음의 소용돌이를 그렸다. 방심한 언데드 궁수들의 팔과 다리가 잘려나갔다. 크레토스는 혼돈의 블레이드를 당겨 잡고서 직접적인 공격을 시작했다. 저주받은 언데드 궁수 두 마리가 쓰러졌다. 그리고 한 마리가 더 쓰러졌다. 남은 궁수들이 지척의 거리에서 무시무시한 불화살을 쏘아 보냈다. 첫 번째 화살이 갑옷에 맞고 터졌다. 그 충격으로 크레토스는 바닥에 강하게 부딪히며 미끄러졌다. 또 다른 궁수가 화살을 쏘았으나 빗나가고 말았다. 크레토스는 그 거리에서 혼돈의 블레이드를 던지거나 화살을 오래 피할 수는 없으리라고 판단했다.

크레토스는 등에서 메두사의 머리를 꺼냈다. 고르곤의 눈에서 광선이 뻗어나갔다. 남은 궁수들은 제자리에서 얼어붙었고 잠시 몸이 단단한 돌로 변했다. 크레토스는 주어진 시간이 몇 초에 불과하다는 것을 알고 있었다. 그는 두 발로 뛰어올라 혼돈의 블레이드를 던지고 무시무시한 죽음의 원을 만들어 냈다. 크레토스는 소용돌이를 일으키며 칼날이 여러 차례 적을 가르는 것을 느꼈다. 그는 한쪽 무릎을 꿇고 검을 집어넣은 다음 숙련된 눈으로 한 차례 전장을 살폈다. 그는 전에도 그런 학살의 현장을 본 적이 있었다. 자주, 어쩌면 너무 자주 보았다.

그의 적들은 조각나 부서졌고 팔과 다리가 잘려 여기저기에 흩어져 있었다. 몇 미터 앞에는 갈라진 머리가 나뒹굴었다. 저주받은 언데드 궁수의 화살 두 개는 땔감이 되어 불타고 있었다. 살아남은 이는 크레토스뿐이었다.

스파르타의 유령은 크로노스의 등에 솟은 산의 측면을 따라 잔인한 의도가 엿보이게 만들어진 길을 달려 올라갔다. 그 바위투성이 길은 곧 산비탈에 난 동굴로 이어졌다. 동굴에 들어서자 미노타우로스 한 마리가 그의 앞을 막아섰다. 괴물은 왼손을 대신하는 전투 망치를 치켜들고 험악하게 땅을 두드렸다. 진동이 바위를 타고 크레토스의 다리에까지 전해졌다. 크레토스는 무릎이 흔들리는 느낌이 들었다.

"날 막다가는 죽음을 면치 못할 것이다."

크레토스는 미노타우로스를 단념시킬 생각은 없었다. 그것은 죽음으로만 가능한 일이었다. 그보다는 목소리가 울리는 것에 귀를 기울였다. 그는 거대한 미노타우로스 뒤로 나 있는 동굴의 크기를 가늠하고 있었다. 미노타우로스는 크레토스가 어리석게도 더 접근하려 든다면 머리를 가루로 만들어 버리겠다는 동작을 취하며 그를 위협했다.

크레토스는 다리를 넓게 벌리고 피치 못할 순간을 기다렸다. 그 순간은 바로 다가왔다. 미노타우로스가 그를 향해 달려들었다. 크레토스는 몸을 웅크리며 피했다. 그러나 미노타우로스는 생각보다 더 빨랐다. 괴물은 크레토스의 뒤에서 방향을 틀었다. 그리고 힘차게 발을 굴러 공중으로 뛰어올랐다. 괴물은 망치로 크레토스의 머리를 겨누고 곧장 그를 향해 내려왔다.

크레토스는 앞으로 굴러가면서 미노타우로스의 육중한 망치 공격을 간신히 피했다. 동시에 검을 휘둘렀지만 작은 상처만 남겼을 뿐이었다. 크레토스는 돌아서서 괴물을 마주했다. 앞선 상대한 언데드처럼 이 미노타우로스 전사도 다른 동료들보다, 그리고 평범한 인간보다 훨씬 더 공격적이었다. 미노타우로스는 끈질긴 싸움꾼이었고 전투에서는 두려움의 대상이었다. 크레토스는 망치 공격을 피하고서 미노타우로스에게서 작은 틈을 찾아 검을 휘둘렀다. 그는 손목과 다리 뒤쪽과 갈비뼈를 공격했다. 크레토스가 검을 내리치자 마노타우로스는 새까만 뿔로 공격을 막았고 재빨리 머리를 흔들어 충격을 흘렸다. 크레토스는 어떻게 해도 치명타를 가할 수 없었다.

그들은 앞뒤로 움직이며 공격을 피하고 뛰어오르기를 반복했다. 미노타우로스가 조금씩 약해졌다. 크레토스는 다시 미노타우로스의 육중한 망치 공격을 피했다. 그는 미노타우로스의 수비를 뚫고 적의 배에 검을 찔러 넣을 생각이었다. 그러나 크레토스는 미노타우로스의 뿔에 위쪽 팔이 꿰뚫리고 말았다. 피가 쏟아졌고 오른손의 감각이 사라졌다. 손에서는 혼돈의 블레이드가 미끄러졌다. 그는 무방비 상태였다.

미노타우로스는 전투를 끝낼 기회라고 생각하고 머리를 낮춘 채 크레토스에게 달려들었다. 미노타우로스는 크레토스처럼 하데스에서 벼린 검을 쓰지는 못했지만 그렇다고 그에게 무기가 없는 것은 아니었다. 크레토스는 미노타우로스의 공격을 피하고 옆으로 비켜서서 왼손으로 괴물의 목을 감쌌다. 미노타우로스는 고개를 젖히고 몸을 일으키면서 크레토스를 옆으로 내동댕이치려 했으나 크레토스는 꿋꿋이 매달린 채 손가락으로 괴물의 날카로운 뿔을 붙잡았다. 크레토스는 오른손으로 미노타우로스의 매끈한 어깨를 지지대 삼아 붙잡고 힘껏 팔을 벌렸다. 그의 첫 번째 시도는 괴물의 분노만 키우고 말았다.

괴물은 부상의 기색도 없이 망치를 들어 크레토스를 내리치려 했다. 그러나 미노타우로스가 크레토스를 공격하려 들수록 정작 피해를 보는 것은 괴물 자신이었다. 크레토스는 전투 망치를 들어 올린 미노타우로스의 어깨를 더욱 단단히 붙잡을 수 있었다. 게다가 이제는 양손을 쓸 수 있었다. 그는 오른팔로 괴물의 근육질 목을 감싸고 왼손으로 다시 뿔을 붙잡고서 사력을 다해 등을 폈다.

"신들에게 고하노니, 제발 죽어라!"

크레토스의 몸이 회전하면서 공중을 날아 멀리 벽에 부딪혔다. 그는 발을 딛고 일어섰다. 현기증이 일었지만 계속 싸울 수 있었다. 그러나 그럴 필요가 없었다. 크레토스는 맨손으로 미노타우로스의 목을 부러뜨렸다. 거대한 괴물의 몸이 바닥에 쓰러져 있었다. 미노타우로스는 갸냘픈 신음을 내면서 마지막 발길질과 함께 마침내 죽음에 굴복했다.

크레토스는 거칠게 숨을 고르며 괴물의 시체를 밟고 동굴 안쪽 방으로 들어섰다. 들어온 입구를 제외하면 나가는 길은 하나뿐이었다. 원형의 문에는 포세이돈의 삼지창이 표시되어 있었다. 크레토스는 문을 밀어 보았으나 문은 미동도 하지 않았다. 이번에는 문을 옆으로 밀어 보았다. 역시 꿈쩍하지 않았다. 크레토스는 방법을 바꾸어 돌문 아래로 손가락을 집어넣고 문을 들어 올렸다. 아주 조금씩, 문이 올라가기 시작했다. 크레토스는 문을 허리 높이까지 들었다. 크레토스는 고함을 지르며 힘을 모은 다음 문을 위로 던지고서 몸을 앞으로 굴렀다. 크레토스가 몸을 일으키자마자 그의 뒤에서 문이 무겁게 달혔다. 안쪽에서는 문을 열 방법이 없었다. 문이 바닥에 닿은 부위에는 보호대가 세워져 있었고 손을 넣을 공간이 없었다.

크레토스는 개의치 않았다. 그의 길은 앞에 있었다.

산비탈에서 시작된 좁은 굴은 안쪽 깊이 이어져 있었다. 크레토스는 굴을 따라 더 안쪽으로 들어갔다. 멀리 앞쪽 끝에 있는 방 안의 화로에서 빛이 새어 나와 어둠을 밝혔다.

크레토스는 그 거대한 방에 들어섰다. 빛은 즉시 눈부신 섬광으로 바뀌었다. 그 빛은 정오의 헬리오스의 태양 마차보다 밝게 빛났다. 크레토스는 거대한 팔을 들어 눈을 가렸다. 빛은 점차 약해졌고 크레토스는 겨우 눈을 뜰 수 있었다. 그의 눈앞에 포세이돈의 인장이 새겨진 거대한 문이 서 있었다. 그리고 그 앞쪽에는 바위에 박힌 삼지창이 반짝였다.

"포세이돈의 삼지창이라..."

크레토스는 주위를 살피며 앞으로 다가갔다. 그 조심성이 없었다면 그는 그곳에서 죽었을지도 몰랐다. 붉은색 광선이 방을 휩쓸면서 문에 다가오지 못하게 막았다. 크레토스는 공중제비를 돌면서 광선을 피했고 다시 일어서서 생령을 마주했다.

크레토스는 혼돈의 블레이드를 뽑기 위해 등에 손을 가져갔으나 대신 아르테미스에게 받은 검을 뽑아들었다. 그리고 검의 넓은 면으로 붉은 광선을 반사했다. 생령의 광선은 닿는 것은 무엇이든 불태우고 있었다. 그 광선에 잠시라도 노출된다면 그의 육신도 뼈에서부터 타버렸을 것이다.

생령이 적의 피를 얼리고도 남을 전투 함성을 내지르며 공격해 들어왔다.

생령은 다리를 대신하는 반투명한 검은 안개의 흔적을 흘리며 이리저리 움직였다. 크레토스는 생령이 있는 곳이 아니라 생령이 나타날 곳을 예상해 가면서 아르테미스의 검을 휘둘렀다. 아르테미스 여신의 검이 생령의 하체인 새까만 안개를 갈랐고 괴물은 귀가 찢어질 듯한 비명을 질렀다. 온전한 고통만이 느껴지는 소리였다.

생령의 깊은 눈에서 다시 무시무시한 붉은색 광선이 빛났다. 크레토스는 아르테미스의 검을 최대한 길게 잡고서 몸을 돌렸다. 거추장스러울 정도로 두꺼운 아르테미스의 검은 뱀처럼 가볍고 날렵하게 공기를 가르면서도 강철 같은 단단함을 잃지 않았다. 칼날이 생령의 팔에 깊이 박혔다. 괴물은 고통 그 자체나 다름없는 고음의 비명을 내질렀다. 크레토스는 생령의 팔에서 아르테미스의 검을 뽑아들고 몸을 돌려 다시 한 번 적의 하체를 노렸다. 생령은 공중에서 몸을 둥글게 말고 최후의 일격을 피해 몸을 웅크렸다.

아르테미스의 검이 생령을 반으로 갈랐다. 크레토스는 괴물의 토막 난 몸이 바닥에 떨어지기도 전에 검을 휘둘러 조각들을 다시 반 토막으로 만들었다. 곧 조각들은 소용돌이치는 안개가 되어 사라졌다. 크레토스는 푸른색 빛이 감도는 아르테미스의 검을 바라보면서 그 검이 물질로 이루어진 적은 물론 형체가 없는 적들에게도 강력한 무기가 된다는 사실을 깨달았다. 아레스와의 전투에서도 유용할 것이 분명했다. 그는 빠르게 주위를 살피며 다른 적의 존재를 확인했지만 아무것도 찾을 수 없었다. 크레토스는 바닥에 박힌 삼지창을 살피기 위해 다가갔다. 자루에서 나오는 빛 때문에 눈을 찡그려야 했다. 크레토스는 혹시 모를 방어 장치에 대비하면서 팔을 뻗어 삼지창에 손을 댔다. 손에서 차가운 금속의 기운이 느껴졌다. 그는 손잡이를 붙잡고 힘껏 당겼다. 거대한 석재 문을 들어 올렸던 크레토스였지만 삼지창은 바위에 박힌 채 꿈쩍도 하지 않았다.

크레토스는 두 발을 바닥에 단단히 고정하고 온 힘을 다해 창을 뽑았다. 결과는 마찬가지였다. 그는 손을 거두고 다시 주변을 살폈다. 포세이돈에게 바쳐진 그 제단에는 거대한 인장과 박힌 삼지창 말고도 다른 것이 더 있었다. 오른쪽에는 석재 단상이 있었다. 크레토스는 그 크기를 유심히 살피고 방 주위를 걷다가 기둥 뒤에 숨겨진 상자를 발견했다. 상자는 석재 단상에 완벽하게 들어맞을 만한 크기였다. 크레토스는 상자 건너편으로 가서 몸을 굽히고 상자를 밀었다. 상자는 바닥을 타고 쉽게 미끄러졌다. 그는 점점 더 빠르게 상자를 밀고 가서 제단 옆 석재 단상으로 가져간 다음 마지막으로 상자를 밀어 단상 위에 올려놓았다. 눈부신 노란색 빛이 생겨나 잠시 단상 위에 있는 상자를 감쌌고 상자의 무게로 그 아래 바닥이 가라앉았다.

크레토스는 다시 다가가 삼지창을 붙잡고서 천천히 당겼다. 이번에는 삼지창이 바위에서 뽑혔다. 그는 치즈에 박힌 칼을 꺼내듯 쉽게 삼지창을 빼냈다. 크레토스는 의기양양하게 삼지창을 치켜들고 잠시 바라본 다음 등 뒤로 가져갔다. 삼지창은 그의 등 뒤에서 마법에 반응하면서 신에게서 받은 다른 선물과 함께 자리를 잡았다. 크레토스는 오른손을 들어 흰색 상처를 살폈다. 제우스가 내린 축복이었다. 그는 고개를 들어 포세이돈을 기리는 제단을 바라보았다. 그러나 크레토스는 바위틈에서 뽑아든 삼지창이 바다의 신이 내린 또 다른 능력인지 알 수 없었다.

"감사하오, 제우스 신이시여."

크레토스가 말했다.

"감사하오, 아테나 여신이시여."

그리고 좀 더 부드러운 목소리로 덧붙였다. 그러나 크레토스는 감사가 적절한 상황인지 확신할 수 없었다. 아직 넘어야 할 산이 많았다. 그는 몸을 움직이며 쑤시는 근육을 모두 풀어 주었고 무엇이 기다리는지 모를 다음 단계로 나아갈 준비를 마쳤다.

크레토스는 포세이돈의 인장이 얹힌 둥근 문 쪽으로 다가간 다음 두 손으로 눌렀다. 아무리 힘을 주어도 열리지 않았다. 그는 혼돈의 블레이드를 휘둘렀다. 그러나 칼날은 그냥 튕겨 나오면서 주위로 두꺼운 푸른색 불꽃을 만들어 냈다. 크레토스는 신들이 자기에게 조금이라도 호의를 베푸는 것인지 의구심이 들기 시작했다. 그는 등에 손을 가져간 다음 삼지창을 뽑아들었다. 그리고 자신의 눈높이에서 세 개의 작은 구멍을 발견했다. 크레토스는 몸을 앞으로 기울이고 삼지창의 세 갈래 끝을 정확하게 배열된 세 개의 구멍 속에 깊이 밀어 넣었다.

거대한 문이 가볍게 열렸다. 크레토스가 삼지창을 뽑자 문은 즉시 닫히기 시작했다. 크레토스는 그 육중한 문의 아래 틈으로 몸을 숙이고 달려나갔다. 뒤에서 문이 닫혔고 크레토스는 둥근 연못의 가장자리에 서 있었다. 그 작은 방에는 출구가 없었다. 방금 지나온 문을 안쪽에서 열 수 없다는 것은 굳이 돌아보지 않고서도 알 수 있었다. 판도라의 사원에 있는 모든 길은 한 방향, 즉 앞으로만 나아가도록 설계되어 있었다.

이번에는 수정처럼 맑은 물속이었다. 크레토스는 무릎을 꿇고 수차례 전투에서 얻은 핏자국을 몸에서 씻어내면서 자신의 피가 많지 않다는 사실에 내심 만족했다. 크레토스는 다시 일어서서 몸을 풀었고 싸울 수 있는 상태인지 점검했다. 더 열악한 상황에서 전투에 나선 적도 많았다. 그러나 한 가지 걱정스러운 것이 있었다. 그는 머리를 물속에 집어넣고 바닥의 깊이를 살폈다. 바닥은 거의 끝이 보이지 않을 만큼 깊었다. 어떤 인간도 숨을 참고서 그 정도 깊이까지 내려갈 수는 없었다. 숨을 참을 수 있을 때까지 물속을 조사하면서 대응하는 것이 최선으로 보였다.

크레토스는 최대한 숨을 들이마신 다음 차가운 물 속으로 뛰어들었다. 그는 세차게 물을 가르며 아래로, 다시 아래로 내려갔다. 여기저기에서 희미한 빛이 나고 있었다. 크레토스는 양쪽 벽에 새겨진 마법의 기호를 보았다. 여기까지 오는 내내 익히 보았던 수수께끼의 문자들이었다. 만약 그것을 읽을 수만 있다면 더 쉽게 함정을 뚫고 판도라의 상자가 있는 방을 찾았을 것이다.

크레토스는 더 깊이 내려갔다. 그리고 그곳에서 바닥까지 구불구불하게 이어지는 거대한 통로를 발견했다. 조금씩 숨이 차 오기 시작했다. 그는 살짝 숨을 내쉬었다. 콧구멍에서 만들어진 공기 방울이 그의 눈앞에서 멀리 물 위로 사라져 갔다. 크레토스는 공기도 없이 터질 듯한 숨을 참고 얼마나 나아갈 수 있을지 계산해 보았다. 그것은 위쪽에서 감사한 마음으로 숨을 들이쉬면서 내려야 할 결정이었다. 그는 몸을 돌려 위로 올라갔다. 그러나 양옆에서 쇠창살이 나오면서 위를 뒤덮기 시작했다. 크레토스는 한껏 속도를 높였다. 물속에서 완전히 갇히기 전에 그곳을 벗어나야만 했다.

그러나 실패였다. 창살이 있는 곳까지 도착했을 때는 이미 양쪽 창살이 단단히 닫혔고 그사이에는 작은 사각형 틈만이 남아 있었다. 크레토스는 몸을 펴고 위로 손을 뻗었다. 손은 물 위까지 닿을 수 있었다. 그러나 손가락으로는 숨을 쉴 수 없는 노릇이었다! 그는 몸을 웅크린 다음 어깨로 창살을 쳤다. 그러나 창살은 견고했다. 크레토스는 위치를 옮겨 벽에 몸을 지지한 채 다시 시도해 보았다. 그러나 마찬가지였다. 쇠창살은 그의 힘에 끄떡하지 않았다.

금방이라도 폐가 터져 나갈 것 같았다. 그는 숨을 더 내쉬었다. 공기 방울들은 그를 비웃듯이 머리 바로 위에서 사라졌다. 창살은 잔인했다. 물속에 있는 사람에게 거짓된 희망을 주고서 눈앞에서 그것을 빼앗아 갔다.

크레토스는 혼돈의 블레이드를 뽑기 위해 등으로 손을 가져가면서 물속에서 몸을 돌렸다. 더 많은 공기 방울이 그의 몸에서 빠져나왔다. 숨이 막혔지만 방법이 없었다. 시야가 흐려지고 귀에서는 바다의 굉음이 들렸다.

바다의 소리... 바다의 신, 포세이돈...

포세이돈의 삼지창!

크레토스는 한계가 가까워짐을 느꼈고 물을 삼켜 가면서 어깨 뒤를 더듬어 삼지창의 차가운 자루를 찾았다. 그는 삼지창을 꺼내고 어떻게 쇠창살에 사용해야 하는지 생각했다. 폐가 더는 버티지 못하고 숨을 터뜨리고 말았다. 죽음이 물이라는 모습을 하고 그를 익사시키기 위해 몸 안으로 밀려들었다.

크레토스는 폐에 물이 차는 것을 느꼈다. 그리고... 편안해졌다. 시야가 다시 돌아왔다. 어쩌면 전보다 더 선명했고 흔들리는 물에 방해받지도 않았다. 그의 폐는 규칙적으로 움직이며 물을 들이마시고 내뱉기를 반복했다. 그는 마치 물고기처럼, 아니면 바다의 신처럼... 숨 쉬고 있었다.

삼지창은 크레토스를 바다의 영역에 사는 생물처럼 만들어 주었다. 그는 창살을 흔들고 밀치고 움직여 보았으나 소용이 없었다. 다른 문들과 마찬가지로 한 번 닫힌 창살은 다시 열리지 않았다. 그러나 포세이돈의 삼지창이 있었기에 나아갈 길은 분명했다. 크레토스는 몸의 방향을 돌리고 아래로 내려갔다. 그는 힘 있게 물을 차면서 바닥까지 돌아와 구불구불한 통로를 따라 나아갔다. 단단한 바다에서 걷는 것처럼 몸이 가벼웠다.

크레토스는 힘차게 물을 저어 또 다른 웅덩이에 다다랐다. 그는 바닥에서 잠시 멈춰선 다음 위를 쳐다보았다. 그리고 빠르게 두 발을 가위처럼 놀려 위로 올라갔고 물 위로 불쑥 솟아났다. 그런 다음 웅덩이를 감싼 타일 바닥으로 올랐다. 크레토스는 폐가 수중 호흡에 적응한 탓에 공기에 노출되면 숨이 막히지 않을까 걱정스러웠다. 그는 삼지창을 등에 집어넣으면서 콜록거렸다. 그는 입에서 물을 게워 냈고 다시 원래대로 숨을 쉴 수 있었다.

"신이 된다는 것이 이런 것인가?"

크레토스는 크게 소리쳤다. 그는 포세이돈의 삼지창을 다시 사용하고 싶을지 자신도 알 수 없었다. 그러나 목적을 이루는 데 필요하다면 선택의 여지가 없음을 알았다. 방은 작은 대기실 정도의 크기였다. 그는 방 끝으로 걸어가서 아래쪽으로 길게 벌어진 틈을 살폈다. 수상한 소리가 들렸다. 아래 물속에서 꼬르륵대는 소리와 찍찍거리는 소리가 뒤섞여 들려왔다. 그는 경사진 바닥에 곧바로 발을 대 보았다. 그의 의심은 사실로 드러났다. 그 기울고 미끄러운 바닥에 발을 디뎠다가는 다시 위로 올라오기는 불가능해 보였다. 사원에서 경험했던 여타 길과는 다를 것이 없었다.

그렇다면 그 소리는 무엇이란 말인가? 그 소리는 유혹적이면서도 동시에 거부감이 들었다. 사이렌의 소리는 아니었다. 무언가 다른 존재가 그를 기다리고 있었다.

크레토스는 앞으로 발을 내디뎠다. 그의 발이 쑥 미끄러졌다. 그는 무겁게 떨어지면서 몸을 세우고 발을 뻗었다. 그리고 수면을 통과하여 다시 한 번 완전히 물에 삼켜졌다.

나이아드의 굶주린 비명이 들려왔다. 나이아드가 그를 공격했다.

제23장

　나이아드들은 해파리처럼 투명했고 물속 움직임도 마찬가지로 우아하고 부드러웠다. 크레토스는 삼지창을 쥐고 나이아드의 공격에 대비했다. 나이아드는 몸에서 빛을 내면서 물결을 따라 움직였고 크레토스가 공격할 만한 거리를 살짝 벗어난 채 크게 원을 그리며 돌았다. 한 마리가 우아하게 헤엄치며 가까이 다가와 그를 유혹했다. 크레토스는 삼지창으로 나이아드를 찌르려다 동작을 멈췄다. 나이아드가 위험한 존재인지 확신할 수 없었기 때문이다. 그들은 무기라 할 만한 것도 없었다. 하지만 해파리처럼 치명적이진 않아도 고통스러운 독을 쏠 가능성도 있었다. 나이아드의 노래가 들렸다. 나이아드의 노래는 사막 사이렌의 노래와는 차이가 있었다. 가장 가까이 있던 나이아드가 조금 더 거리를 좁히며 기다란 손가락을 그에게 뻗쳤다. 크레토스는 숱한 훈련을 받았고 아레스의 살인 도구로 쓰였으며 신들을 위해 봉사했다. 모두가 죽음과 피로 점철된 시간이었다. 손에 든 삼지창으로 찔러 넣기만 하면 그 아름다운 생명체의 목숨을 끊을 수 있었다.

　크레토스는 삼지창을 내리고 가까이에서 유영하는 나이아드에게 손을 뻗었다. 나이아드의 가녀린 몸은 완벽히 수중 생활에 적응한 탓인지 거의 형태조차 없었지만 크레토스는 그 속에서도 희미하고도 유혹적인 곡선을 보았고 그것으로 미루어 그 존재가 여성임을 확신할 수 있었다. 그는 삼지창을 더 낮추고 나이아드에게 나아갔다. 나이아드의 손가락이 그의 몸에 닿았다. 크레토스는 무언가에 찔린 듯이 뒤로 물러났다. 그러나 고통은 느껴지지 않았다. 고통은 그의 마음과 기억 속에만 존재했다. 나이아드의 손길은 깃털처럼 부드럽고 유혹적이었으며 조금도 아프지 않았다.

나이아드가 두 팔을 벌렸다. 크레토스는 본능적인 의심을 거두고 두꺼운 청동 판금 갑옷을 벗은 다음 그 우아한 생명체를 두 팔로 껴안고 몸을 단단히 밀착했다. 그는 나이아드와 입을 맞추었다. 그리고 마음속 깊은 곳에서 목소리를 들었다.

'드디어 오셨군요. 이 수중 감옥에서 우리를 해방시켜 주세요. 다시 넓은 바다를 누비게 해 주세요.'

"어떻게 말이오?"

'사원에서 판도라의 상자를 가져가 주세요. 그러면 우리는 자유롭게 될 거예요. 우리는 다시 바다로 헤엄쳐 갈 거예요. 그렇게 해 주신다면 우리를 구해 주신 당신의 명예를 기리겠어요.'

크레토스는 웃음을 터트렸다. 물속 웃음소리는 기이하게도 음악처럼 들리기도 했다. 나이아드는 그의 웃음에 기뻐하면서 미소를 짓고 몸을 더 밀착했다. 그들은 다시 입을 맞추었다. 크레토스는 마음속으로 그녀의 목소리를 들었다.

'손잡이를 미세요. 계단을 오르세요. 하지만 꼭대기까지는 가지 마세요. 왼쪽 물로 뛰어들면 우리를 풀어 줄 수 있을 거예요.'

"또 뭘 하면 되겠소?"

크레토스는 다시 나이아드에게 입을 맞추었다. 욕정과 알 수 없는 평화가 동시에 느껴졌다. 그는 이 물속에서 그들과 함께, 아니 그녀와 함께 영원히 머물고 싶은 생각이 들었다.

'판도라의 고리 중심으로 다시 헤엄쳐 가서 하데스로 들어가요.'

나이아드는 그의 품 안에서 몸을 떨면서 이 말을 전한 다음 꼬리를 흔들며 빠르게 멀어져 갔다.

크레토스는 아무리 자기가 강하고 물속에서 삼지창의 도움을 받는다고 해도 멀리 사라져 가는 나이아드를 따라잡을 수 없다고 생각했다. 그에게는 나이아드의 우아함이 없었다. 그리고 이곳은 그의 세계가 아니었다.

여기에서 나이아드의 곁에 머무는 것은 그의 임무가 아니었다.

"이름이 뭐요? 알려 주시오!"

크레토스의 말은 공기 방울에 실려 흩어졌다. 그러나 물속에서 돌아오는 답은 없었다. 다시, 크레토스는 혼자가 되었다. 혼자였다.

크레토스의 강력한 발길질도 나이아드에 비하면 초라할 정도였다. 그는 계속 헤엄치고 나아가 위쪽 입구를 발견했다. 크레토스는 물 위로 나왔다. 그곳에는 거대한 석상이 높이 솟아 있었다. 포세이돈의 아내에게 바쳐진 석상이었다. 그러나 그것이 전부는 아니었다. 방 건너편 받침대 위로 손잡이가 보였다. 나이아드가 말한 계단은 없었지만 손잡이를 조작하면 답을 알 수 있을 것이다. 크레토스는 건너편으로 간 다음 힘껏 장치를 조작했다. 그는 물의 영원한 저항력을 거스르거나 이용할 필요 없이 공기 속에서 움직인다는 사실이 경이롭게 느껴졌다. 손잡이가 덜컥 소리를 내면서 움직였다. 그리고 덜그럭거리는 굉음이 그 거대한 방을 가득 채웠다. 방 중앙에서 고급스러운 비취로 만들어진 계단이 올라왔고 곧 그 석상, 즉 암피트리테의 제단까지 연결되었다.

크레토스는 물을 건너뛰고서 계단을 따라 올랐다. 그러던 중 점차 속도를 늦추고 계단 왼쪽 물속을 바라보았다. 나이아드는 여기에서 물속에 뛰어들라고 말했다. 크레토스는 입술을 핥았다. 그는 짭짤한 맛을 느끼면서 나이아드의 입술이 닿던 촉감을 다시 떠올렸다. 크레토스가 누군가를 믿은 것은 정말이지 오랜만의 일이었다. 자기를 파멸로 이끌지도 모르는 바닷속 생물의 말을 믿어야 할 까닭이 있을까? 크레토스는 삼지창을 꺼내지도 않고 계단 왼쪽 물속으로 곧장 뛰어들었다.

그는 서너 차례 빠른 손동작으로 물을 가르며 건너편에 있는 우리 쪽으로 나아갔다. 그리고 한 치 망설임도 없이 그 안으로 들어갔다. 우리는 철컹거리는 소리와 함께 닫혔고 그를 가둔 채 빠르게 올라가기 시작했다. 그는 다시 물 위에 있었다. 그 방은 어딘가 익숙해 보였다. 크레토스는 열린 입구를 통해 안을 살폈다. 고리 모양의 복도를 따라 거대한 석재 굴림대가 빠르게 지나갔다. 나이아드는 그에게 판도라의 고리로 돌아가라고 말했다. 그것은 이 고리 모양의 복도일 수밖에 없었다. 크레토스는 나이아드에게 조용히 감사를 전했다.

그리고 크레토스는 즉시 다시 한 번 굴림대 앞에 갇힌 신세가 되고 말았다. 빠르게 회전하는 굴림대는 그의 생명을 뼈에서부터 갈아버리겠다는 기세로 달려왔다. 크레토스는 가볍게 굴림대를 앞서 달리다가 위로 통하는 계단을 발견하고 꼭대기까지 올라갔다. 이번에는 건너편 통로가 아니라 고리의 중심에 있는 물웅덩이를 바라보았다. 전에는 그 웅덩이의 깊이를 알 수 없었기에 반대쪽 방향으로 갈 수밖에 없었다. 그러나 지금 그에게는 포세이돈의 삼지창이 있었다.

그리고 나이아드는 거기로 뛰어들라고 말했다. 크레토스는 삼지창을 손에 들고 물속으로 뛰어내렸다. 그는 강력한 물살에 몸을 내맡긴 채 아래로 내려가 해골 모양이 그려진 문에 이르렀다. 거칠게 문을 두드려 보았으나 아무런 반응이 없었다. 크레토스는 문에서 물러나 얼마간 헤엄치며 수로를 건넜고 앞으로 나아갈 다른 길을 찾았다. 그리고 새로운 웅덩이의 바닥까지 이르렀다. 위에서는 빛이 깜빡거리며 마치 하데스의 불길처럼 춤을 추고 있었다.

이번에도 나이아드의 말대로였다. 아테네의 파괴를 막고 전쟁의 신을 죽이는 것 외에도 판도라의 상자를 찾아야 할 이유가 하나 더 생긴 셈이었다. 크레토스는 나이아드 자매들을 자유롭게 풀어줄 생각이었다. 그들이 수천 년 동안의 감금에서 벗어나 마음껏 바다를 누빌 수 있게 해 주고 싶었다.

크레토스는 두 차례 발을 차서 물 위로 올라온 다음 웅덩이 가장자리로 향했다. 그리고 몸을 돌려 열린 입구의 안쪽을 살폈다. 안에서 엄청난 열기와 강렬한 빛이 새어 나왔다. 위쪽 높은 곳에서 자라는 바위를 타고 흘러내린 용암이 바닥의 받침대로 떨어졌다. 크레토스는 입구로 다가가 거대한 방의 상황을 빠르게 점검했다. 아치형 천장은 삼십 미터는 되어 보일 정도로 높았고 녹아내린 바위가 그의 머리 수 미터 위에서 흩뿌려지며 뜨겁고 유독한 기운을 퍼뜨렸다. 멀리 왼쪽에는 지옥의 군주 하데스를 기리는 동상이 높이 솟아 있었다. 그러나 오른쪽에는 더욱 재미있는 장치가 있었다. 통로 아래에 놓인 노포였다. 크레토스는 사다리를 발견하고 오른 다음 발사 장치로 다가갔다. 그는 충동적으로 손잡이를 조작해 보았다. 그의 발아래에서 통로가 흔들리면서 노포에서 거대한 불덩이가 튕겨 나가 동상에 명중했다.

동상의 아랫부분이 닿은 바닥에서 눈부신 빛을 내는 원이 생겨나 회전하기 시작했다. 크레토스는 그것을 보고 무기를 꺼내 들었다. 판도라의 사원에 들어온 이후 여러 차례 보았던 것과 같은 기호들이 푸른색 빛으로 반짝이고 있었다. 그와 동시에 창을 든 네 마리 켄타우로스가 회전하는 원과 통로 사이의 넓은 공간으로 달려 나왔다.

크레토스는 혼돈의 블레이드가 익숙했지만 더 강력한 무기가 필요함을 직감했다. 아르테미스의 검이 소리를 내면서 그의 손에 쥐어졌다. 크레토스는 길게 몸을 던진 다음 켄타우로스 근처에 웅크리며 착지했다. 크레토스는 곧바로 그들의 공격에 반응하면서 아르테미스의 검을 휘둘러 선두에 있던 켄타우로스의 다리를 잘랐다. 그리고 유연하게 몸을 돌려 머리를 베었다. 그와 동시에 바닥에서 큰 원을 그리며 돌아가는 네 개의 원 중 하나에서 푸른색 불길이 일었다.

크레토스는 공중으로 뛰어오른 다음 옆으로 몸을 구르면서 또 다른 하데스의 종자가 휘두른 창을 간신히 피했다. 그는 몸을 일으키고 아르테미스가 선물해 준 검을 힘껏 내려쳐 남은 세 마리 켄타우로스가 다가오지 못하게 막았다. 그러나 이것은 스파르타의 유령에게 어울리는 방식이 아니었다. 방어는 곧 죽음을 의미했다. 크레토스는 공격했다. 그는 미친 사람처럼 함성을 지르면서 앞으로 뛰어나갔다. 그의 검은 정확하고 치명적이었다. 다시 인간이자 말인 괴물 하나가 쓰러졌다. 크레토스는 쓰러진 켄타우로스의 시체 위로 뛰어올라 목에 검을 찔러 넣었다. 첫 번째 불길의 반대쪽 원에서 다시 새로운 불길이 일었다.

남은 두 마리 켄타우로스는 죽은 동료들에 비해 확신을 잃은 듯 조심스러운 눈치였다. 그러나 마법의 푸른 불길을 내뿜는 크레토스의 검 앞에서는 그런 신중함도 소용이 없었다. 크레토스는 검을 휘두르고 찌르고 베었다. 남은 두 괴물도 하데스로 돌아갔고 바닥에서 회전하는 고리의 남은 두 지점에서 불길이 타올랐다. 그리고 덜컥거리는 소리가 들렸다. 돌로 만들어진 문이 열리면서 지옥의 선홍색 불길이 어른거리는 또 다른 통로가 나타났다.

크레토스는 상황이 급박함을 느꼈다. 그는 뛰어서 문을 통과했다. 그의 뒤에서 문이 닫혔다. 돌아볼 필요도 없었다. 크레토스는 그 좁은 통로에서 건축가가 준비해 놓은 장치들을 빠르게 발견했다. 통로 바닥이 갈라지면서 유황색 용암의 구덩이를 드러내더니 다시 큰 소리를 내면서 닫혔다. 크레토스는 바닥의 덫을 건너뛰면서 나아갔다. 갑자기 벽에서 화살이 쏟아져 나왔고 그는 몸이 꿰뚫릴 고비를 넘겼다.

크레토스는 굳은 표정으로 웃었다. 여기까지 오는 동안 더한 위기도 견뎌낸 그였다. 그는 판도라의 상자를 손에 넣을 것이다. 그는 전쟁의 신을 죽일 것이다. 신들은 그의 악몽을 지워줄 것이다.

크레토스는 구불구불한 복도를 따라 달렸다. 그는 생령을 죽였고 저주받은 언데드 전사들을 쓰러뜨렸다. 그는 거침없이 나아갔다. 크레토스는 임무가 거의 끝나감을 직감했다. 다음 방을 찾으면, 다음 적을 쓰러뜨리면 판도라의 상자는 그의 전리품이 될 것이다.

크레토스는 길을 따라 달려갔고 아치형 천장 쪽으로 반쯤 뻗은 복도에 다다랐다. 고개를 돌리면 동상의 가슴을 공격했던 노포를 볼 수 있었다. 그러나 크레토스는 돌아보지 않고 아래를 내려다보았다. 용암 구덩이에서 머리가… 뿔이 달린 머리가 올라오고 있었다. 그다음으로 윤기 없는 검은색 금속으로 만들어진 어깨와 팔을 접은 상체가 나타났다. 하데스의 새로운 동상 목 주위에 설치된 통로가 크레토스의 눈높이까지 올라왔고 동상은 그 위치에서 멈췄다. 크레토스는 혼돈의 블레이드를 놓고 최대한 힘을 모아서 뛰었다. 그는 간신히 동상의 어깨 끝에 매달렸다. 그리고 거칠게 발길질을 반복하면서 몸을 끌어올려 통로에 올랐다.

목의 옆으로 손잡이가 나와 있었다. 크레토스는 윈치를 돌리는 뱃사람처럼 손잡이를 잡아 밀었다. 동상의 머리가 천천히 돌아갔다. 윈치가 돌면서 동상의 입이 열렸고 그 안에서 눈부신 노란색 광선이 뻗어 나왔다. 광선은 거대한 방의 한쪽 면에 닿았으나 아무런 일도 일어나지 않았다. 크레토스는 그것을 보고 더 힘껏 손잡이를 밀었다. 동상의 입에서 나온 광선도 그에 맞추어 움직였다. 광선은 방의 끝에 멀리 떨어져 있는 그슬린 동상을 정면으로 향했다.

광선에 닿은 지점이 점점 불에 익어가면서 색깔도 주홍색으로, 그리고 더 강렬한 붉은색으로 바뀌었다. 붉은색은 다시 새하얀 색으로 바뀌면서 더 달아올랐고 크레토스는 팔을 들어 눈을 가려야 했다. 멀리서 바라보는 크레토스의 맨 가슴에 땀이 송골송골 맺힐 정도로 엄청난 열기가 전해졌다. 녹아내린 금속에서 연기가 일었고 동상의 가슴팍에 구멍이 뚫렸다. 다음 갈 길은 분명했다.

크레토스는 새로운 동상의 측면을 타고 바닥까지 내려왔다. 그리고 다시 한번 건축가의 사악한 덫을 마주해야 했다. 통로에 들어서자 불타는 바위 덩어리가 쏟아져 나왔다. 크레토스는 뼛가루처럼 새하얀 그의 피부에 물집이 생길 만큼 강렬한 열기를 느끼면서도 속도를 늦추지 않았다. 그것은 곧 죽음을 의미했기 때문이다.

크레토스는 쏟아지는 죽음의 불덩이를 피하면서 쿵쾅거리는 소리가 날 정도로 속도를 내어 뛰었다. 통로에서 십여 미터 정도 거리에 하데스의 웃는 얼굴이 새겨진 문이 나타났다. 크레토스는 몸을 구르고 던지기를 반복하면서 죽음의 불덩이가 무차별적으로 날아드는 길을 건넜고 마침내 문 밑바닥에 손을 가져다 대었다. 오른쪽에서 또 다른 바위 덩어리가 굉음을 내면서 곧장 그에게로 날아들었다.

크레토스 혼신의 힘으로 문을 들어 올린 다음 그 아래에 벌어진 틈으로 몸을 던졌다. 간발의 차이로 불타는 바위 덩어리가 떨어져 부서졌다.

그의 앞에는 통로가 펼쳐져 있었다. 크레토스는 확신에 찬 걸음으로 나아갔다. 그는 거대한 방의 바닥으로 돌아왔다. 녹아내리는 바위 덩어리가 벽에 쏟아지면서 사원이라기보다 지하 세계에 어울릴 듯한 기괴한 빛을 만들어 냈다. 끔찍한 광경이었다. 게다가 지금껏 보았던 존재들 중에서도 가장 끔찍한 괴물이 방의 저쪽에서 길을 막고 서 있었다. 미노타우로스였다. 괴물은 병사처럼 갑옷으로 무장한 채 십 미터 높이에서 크레토스를 내려다보고 있었다. 콧구멍에서 내뿜는 숨은 매번 검은 연기의 기둥을 만들어 냈다. 미노타우로스가 입을 벌리자 크레토스는 바로 몸을 피했다. 입에서는 지옥의 불길이 한 움큼 뿜어져 나왔고 크레토스는 빠르게 몸을 움직였지만 등과 팔을 그슬리고 말았다.

크레토스는 앞으로 공중제비를 돌며 혼돈의 블레이드를 꺼내 휘둘렀다. 갑옷으로 무장한 그 거대한 괴물은 살아 있는 짐승, 아니 언데드라기보다 기계에 가까웠다. 그러나 움직임이 둔한 탓에 크레토스는 여러 차례 괴물을 내려칠 기회를 잡을 수 있었다. 조금씩 괴물의 갑옷이 부서지기 시작했다. 그러나 그것만으로는 충분하지 않았다. 괴물은 너무도 컸고 너무도 강력했으며 크레토스의 무시무시한 맹공을 대부분 견뎌 냈다. 크레토스는 이미 아르테미스의 검을 사용해 본 경험으로 그 강력한 검조차 충분치 않음을 알 수 있었다.

거대한 괴물의 무장한 주먹이 날아들었다. 크레토스는 몸을 굴러 간신히 공격을 피했고 주먹은 바닥을 부수며 돌 부스러기만을 남겼다. 그는 혼돈의 블레이드로 괴물을 내려쳤지만 긁힌 자국만 생겼을 뿐이었다. 거대한 미노타우로스는 몸을 일으키고 목 갑옷에서 눈부신 빛을 뿜어냈다. 광선이 닿은 돌벽마다 거대한 구멍이 생겼다. 미노타우로스는 고개를 흔들며 크게 함성을 내지르고 크레토스를 납작하게 으깨어 버릴 생각으로 두 주먹을 내리쳤다. 크레토스는 괴물의 강철로 무장한 손목을 혼돈의 블레이드로 튕겨 내고 앞으로 몸을 구른 다음 혼돈의 블레이드를 등반 고리처럼 던졌다. 그는 블레이드의 굽은 칼끝을 미노타우로스의 갑옷에 걸고 잡아당기면서 강철 가시가 솟아난 괴물의 등을 타고 올랐다. 크레토스는 흔들리는 몸의 중심을 잡고 사슬을 단단히 당기며 두 발로 괴물의 목을 힘껏 밟았다. 그리고 괴물의 목에서 힘이 빠지는 것을 노려 고개를 젖히고 목이 드러나도록 했다.

괴물은 포효하면서 저항했고 두 주먹을 바닥에 내리꽂았다. 크레토스는 잠시 공중에 튕겼지만 다시 괴물의 등에 내려앉았다. 크레토스는 위를 올려다보앗다. 무장한 미노타우로스의 두 눈에서 지옥의 불꽃이 타올랐다. 괴물은 입을 벌리고 치명적인 불길을 내뿜었다. 크레토스는 괴물의 복부 쪽으로 몸을 굴리며 끔찍한 화염의 숨결을 아슬아슬하게 피했다. 크레토스는 괴물의 배 위에서 다시 몸을 던지며 혼돈의 블레이드를 휘둘렀다. 그는 괴물의 왼쪽 손목을 노렸다. 그리고 미노타우로스의 손을 덮은 장갑의 부위를 서로 연결하는 띠를 잘라냈다. 아주 작은 성과였으나 이제부터가 시작이었다.

크레토스는 뒤로 물러서서 무엇을 해야 할지를 생각하고 실행에 옮겼다. 크레토스는 검을 휘둘러 괴물이 똑바로 서도록 유도한 다음 공중제비를 돌면서 방 한쪽으로 물러났다. 그리고 곧장 아래 통로로 이어지는 길을 찾아 노포를 조작하는 손잡이 쪽으로 달려갔다. 미노타우로스는 괴성을 질렀고 복수심에 찬 두 눈에서 불꽃이 일었다. 괴물은 입을 벌려 더 강력한 불꽃을 내뿜었다. 크레토스는 손잡이를 아래로 내려서 괴물의 가슴을 정조준하여 노포를 발사했다. 미노타우로스는 몸을 똑바로 세우고 크레토스가 갑옷 조각을 부서뜨린 지점을 만지다가 분노의 함성을 내지르며 다시 그를 노리고 달려들었다.

크레토스는 통로에서 돌 바닥으로 몸을 던졌다. 그리고 반동을 이용하여 앞으로 몸을 날리면서 강력한 힘으로 혼돈의 블레이드를 휘둘렀다. 이번에는 미노타우로스의 왼쪽 손목을 베었다. 괴물은 귀가 터질 듯이 크게 비명을 질렀다. 크레토스는 그 고통을 짐작할 수 있었다. 그리고 괴물을 죽일 수 있다는 사실도 깨달았다. 크레토스는 다시 공격하기 위해 나아갔다. 그러나 동시에 그는 조심성을 잃고 말았다. 작은 승리를 맛보고서 과도한 자신감에 취해 있었다.

미노타우로스의 무장한 오른손이 혼돈의 블레이드와 부딪히며 사슬이 손에 감겼고 크레토스는 바닥에서 높이 들어 올려졌다. 크레토스는 손목과 연결된 사슬에 매달려 공격도, 탈출도 할 수 없는 신세가 되었다. 그는 미노타우로스의 불타는 눈을 바라보았다. 인간이자 소인 미노타우로스는 크레토스의 몸을 두 동강 낼 기세로 입을 크게 벌렸다. 그러나 크레토스는 미노타우로스의 입속에서 불길이 이는 것을 보고 괴물의 의도를 알아차렸다. 크레토스는 혼돈의 블레이드에 연결된 사슬에 매달린 채 통구이가 되어 버릴 상황이었다. 크레토스는 순간 옆으로 몸을 틀어 사슬을 흔들었다. 그리고 무게를 실어 반대쪽 방향으로 회전하면서 강력한 복부 근육에 힘을 모으고 힘껏 발을 굴렀다. 미노타우로스의 어깨 갑옷에서 돌출된 쐐기에 발이 닿았다. 크레토스는 멀리 몸을 틀어 지옥의 생명체 미노타우로스의 입에서 뿜어져 나온 불길을 피했다.

크레토스는 갑옷 쐐기에 발을 감고 최대한 몸을 비튼 다음 괴물을 타고 올랐다. 그는 사슬을 풀고 사방에 박힌 쐐기를 피하면서 미노타우로스의 등으로 내려갔다. 그리고 쐐기 하나를 붙잡고 내려가기를 멈춘 다음 공격을 재개했다. 그는 다시 혼돈의 블레이드를 갈고리처럼 던졌다. 그러나 이번에는 칼끝이 갑옷을 꿰뚫고 미노타우로스의 맨살에 파고들었다.

미노타우로스는 괴성을 지르면서 크레토스를 떨어뜨리기 위해 몸을 뒤로 젖혔다. 크레토스는 끈덕지게 매달렸다. 그는 중단할 수 없었다. 죽을 수 없었다. 크레토스는 발을 단단히 대고 힘껏 사슬을 잡아당겼다. 혼돈의 블레이드가 뽑혔고 동시에 미노타우로스의 목에서 핏덩이가 터져 나왔다. 고개가 처진 것으로 보아 미노타우로스는 약해지고 있었다. 크레토스는 검의 자루를 단단히 붙잡고 괴물의 등에서 뛰어내린 다음 미노타우로스의 몸이 노출된 곳마다 혼돈의 블레이드를 휘둘렀다. 크레토스가 장갑을 벗겨 낸 왼손은 특히 취약한 부위였다. 크레토스는 미노타우로스의 팔에 치명적이지는 않아도 깊은 상처를 내며 돌 바닥으로 떨어졌다. 상처를 입은 미노타우로스는 스파르타의 유령을 으스러뜨리지 못한다는 사실을 깨닫고 비통한 비명을 내질렀다. 괴물은 몸을 짓이겨 버리겠다는 듯이 두 주먹으로 크레토스를 내리쳤지만 이번에도 간발의 차이로 빗나가고 말았다. 크레토스는 혼돈의 블레이드를 휘둘러 미노타우로스의 왼쪽 손목에서 동맥을 베어냈다. 피가 터져 나왔다. 괴물은 비명을 지르며 목과 눈에서 광선을 내뿜었다. 크레토스는 그 치명적인 광선이 벽과 바닥에 닿는 것을 보고서 전보다 위력이 약해졌다는 사실을 알아차렸다.

또 한 차례 매서운 주먹이 날아들었고 크레토스는 몸을 굴러 피했다. 그리고 다시 한 번 통로로 이어지는 계단으로 달려갔다. 미노타우로스는 분노를 터트리며 몸을 꼿꼿이 세웠다. 크레토스는 완벽하게 조준할 기회를 얻었다. 그는 손잡이를 힘껏 잡아당겨 노포를 발사했다. 거대한 나무 화살이 곧장 날아가 미노타우로스의 얼굴을 꿰뚫었고 괴물의 몸을 매단 채 뒤쪽 문에 박혔다. 죽음의 고통이 괴물의 몸에 퍼져 나가면서 비명도 서서히 잦아들었다.

크레토스는 숨을 고르고 문이 열리기를 기다렸다. 문은 열리지 않았다. 잠긴 문에는 아직 미노타우로스의 시체가 걸려 있었다.

방 꼭대기에서 용암이 쏟아지는 소리만이 들릴 뿐 사방이 고요했다. 죽어 가는 미노타우로스가 크레토스를 조롱하듯이 최후의 발작을 일으키며 으스스한 소리를 더했다.

크레토스는 점점 분노했다. 그는 노포의 화살이 더 있는지 찾아보았으나 허사였고 그에 더욱 화가 치밀었다. 미노타우로스는 거대한 화살을 맞고 죽었다. 크레토스는 그런 화살을 다시 한 발 날려 보내면 문을 부술 수 있으리라 생각했지만 화살은 없었다. 그는 혼돈의 블레이드를 뽑아들고서 통로에서 내려가 성큼성큼 나아갔다. 혼돈의 블레이드가 번뜩이면서 공기를 가르는 소리를 냈다. 크레토스는 미노타우로스의 시체를 조각내고 문을 부술 생각이었다. 누구도 그를 막을 수 없었다!

크레토스는 문에 다가가면서 새로운 위험을 발견했다. 인간이자 소인 미노타우로스의 베어진 머리에서 피가 떨어지고 있었다. 피는 바닥에 떨어져 돌을 불태웠다. 검은색 피의 웅덩이는 점차 커졌고 크레토스는 그 위를 뛰어넘어야 했다. 크레토스는 위를 올려다보았다. 뿔이 난 미노타우로스의 머리가 한쪽으로 늘어지더니 화살이 꿰뚫은 부위에서 떨어져 나왔다. 한 방울씩 피가 고이던 웅덩이가 순식간에 폭포로 변하고 말았다.

크레토스는 앞으로 달렸다. 스파르타인에게는 후퇴란 없었다! 등과 팔과 다리에 산성 피가 튀겼다. 그는 고통 속에서 얼굴을 찡그리면서도 물러서지 않고 나아가 거대한 소의 다리가 걸린 문에 부딪혔다. 그는 거칠게 숨을 쉬면서 미노타우로스의 몸뚱이를 올려다보았다. 머리통이 떨어진 몸뚱이는 서서히 문을 따라 미끄러지고 있었다. 더 많은 피가 아래로 흘러내렸다. 그러나 크레토스는 그것을 무시한 채 그의 앞을 가로막은 문의 상태를 살폈다.

화살이 미노타우로스를 꿰뚫고 박힌 지점에 생긴 틈이 아래쪽까지 벌어져 있었다. 희망이 솟았다. 크레토스는 두 자루 혼돈의 블레이드를 그 틈에 박아 넣었다. 그는 강력한 어깨가 부서질 만큼 힘을 주고서 문의 틈을 벌렸다. 처음에는 아무 일도 일어나지 않았다. 혼돈의 블레이드는 휘어지지 않았고 틈도 벌어지지 않았다. 세상에 존재하는 것은 혼돈의 블레이드가 박힌 틈과 위에서 떨어지는 유독한 핏물뿐인 것 같았다.

타는 듯한 고통이 느껴졌다. 근육은 금방이라도 끊어질 듯했다. 그리고 크레토스는 승리의 함성을 내질렀다. 틈이 사방으로 벌어지며 문의 일부가 유리처럼 부서졌다. 크레토스의 거대한 몸이 간신히 들어갈 만한 공간이 생겼다. 크레토스는 몸을 옆으로 돌려 구멍을 통과한 다음 문 건너편에서 무릎을 대고 쓰러졌다. 그리고 뒤따라 흘러들어오는 미노타우로스의 피를 피하여 몸을 굴러 앞으로 나아갔다.

크레토스는 일어서서 새로운 길을 따라 내려갔다. 그는 이리저리 휘어지는 길을 따라 벽들 사이를 통과하면서 전에 보았던 것과 같은 석관 앞에 다다랐다. 돌로 만든 받침대와 책이 건축가의 둘째 아들의 죽음을 기리고 있었다.

크레토스는 야수와도 같은 소리를 지르며 관 위로 뛰어오른 다음 뚜껑을 밀치고 미라가 된 시신에서 머리를 뜯어냈다. 그는 머리를 높이 들어 올렸다. 그러나 이번에는 던지지 않고 그저 바라보기만 했다. 크레토스는 그 머리로 무엇을 해야 할지, 그리고 그 머리가 어디에 맞는 것인지 알고 있었다. 그것은 판도라의 사원의 열쇠였다.

크레토스는 다시 돌로 만든 굴림대를 피해서 판도라의 고리 옆 계단을 타고 올라가 물이 채워진 중심부의 가장자리에 섰다. 그는 물속 바닥에서 길을 막고 있는 석재 문을 볼 수 있었다. 그 문에는 해골 모양이 새겨져 있었다. 크레토스는 물속으로 뛰어들었다. 그리고 힘 있게 발을 차면서 아래로 나아가 문 앞에 이르렀다.

그는 문에 새겨진 해골 모양에 맞게 건축가 아들의 머리를 가져다 댔다. 그의 주위에서 물이 빨려 들어갔다. 웅덩이 중앙의 수위가 빠르게 낮아졌고 크레토스는 문을 열 수 있게 되었다.

문을 통과하니 승강기가 있었다. 크레토스는 그 안으로 들어갔다. 승강기는 숨을 멈출 정도의 엄청난 속도로 떨어졌다. 그리고 어느 순간 갑자기 멈추었다. 크레토스는 무릎을 대고 앉으면서 겨우 중심을 잡았다. 그러나 문이 열렸을 때 그는 그곳이 어디인지 알고 있었다.

크레토스는 판도라의 상자를 차지하기 위해 발을 내디뎠다.

제24장

크레토스는 원형의 방에 서 있었다. 방에는 두 개의 아치형 입구가 정확하게 서로를 바라보며 각기 다른 길을 보여 주고 있었다. 그는 두 문에서 괴물이나 적들이 쏟아져 나올 것에 대비해서 뒤로 물러났다. 그리고 벽에 등을 댄 채로 몰려들 죽음이 몰려들기를 기다렸다.

아무것도 오지 않았다.

크레토스는 당황하여 주위를 둘러보았다. 끝없이 길이 이어진 이 고대의 건축물 속에서 아무런 의미가 없는 방이 하나라도 있었던가? 괴물도, 치명적인 함정도, 통과할 수 없는 장애물도 보이지 않았다.

단지 두 개의 길뿐이었다. 그것이 다였다. 크레토스는 처음으로 걱정스러운 마음이 들었다.

크레토스는 한쪽 아치형 입구로 다가가 안을 살폈다. 바닥은 휘어지면서 아래로 이어져 있었고 수 미터 정도만 보일 뿐 그 아래에는 무엇이 있는지 알 수 없었다. 크레토스는 벽에 귀를 가져다 댔다. 아무런 소리도 들리지 않았다. 그는 돌아섰다. 검을 쥔 손에 힘이 들어갔다… 그러나 뒤에서 그를 노리는 존재는 없었다.

다른 아치형 입구는 그와는 반대로 통로가 위를 향해 휘어져 올라가고 있었다. 간단한 선택이었다. 너무도 명료했다. 위가 아니면 아래였다. 아테나는 판도라의 상자가 정상에 놓여 있고 아래에는 죽음과 패배뿐이라고 말했다. 크레토스는 아테나 여신을 의심한 자신이 너무 지나쳤다고 생각했다. 그는 조심스럽게 위쪽으로 올라가는 통로에 들어섰다. 그는 혼돈의 블레이드를 손에 쥔 채 무엇이라도 상대할 준비를 하면서 위로 올랐다. 무엇이라도 상관없었다.

그러나 그의 앞에 나타난 것은 전혀 다른 것이었다.

크레토스가 들어선 공간은 거대했다. 천장은 한밤의 하늘에 뚫려 있었고 수많은 별들이 차갑게 빛났다. 그러나 그곳에도 빛은 있었다. 타오르는 불이 만들어 내는 빛이었다. 그 불은 불타는 도시의 색깔이었고 무기와 갑옷으로 무장한 채 크레토스의 앞에 선 거대한 존재의 머리카락과 수염에서 타오르고 있었다.

크레토스는 차갑고도 끔찍한 소름을 느끼며 겨울의 강풍에 날리는 죽은 낙엽처럼 흔들렸다. 그는 간신히 숨을 내쉬고서 작은 목소리로 말했다.

"아레스…"

신들은 언제든 자기의 이름을 부르는 존재의 목소리를 들을 수 있었다. 설령 세상의 반대편에 있는 누군가가 꿈속에서 부르는 것이라고 해도 상관없었다. 전쟁의 신 아레스는 자신을 부르는 크레토스의 목소리를 듣고 회오리바람을 만드는 폭풍처럼 돌아섰다.

"크레토스…"

아레스의 목소리는 산사태를 일으킬 듯이 울렸다.

"난 네 어리석음을 알아보았지. 내게서 영원히 도망칠 수 있으리라 생각했느냐!"

드디어 그 끝이 다가왔다. 크레토스는 어쨌든 자신이 아레스를 맞을 준비가 되어 있음을 깨달았다.

"도망친다고? 네게서?"

크레토스는 몸이 터질 듯이 소리치면서 혼돈의 블레이드를 든 두 팔을 넓게 벌렸다.

"넌 나를 너무도 잘 훈련시켰다. 도망가기에는 너무 많은 것을 배우고 말았지!"

아레스는 함선만큼이나 커다란 검을 꺼내 들었다. 검에서는 살해당한 아이들의 비명 같은 소리가 났다. 아레스가 앞으로 걸어 나오자 그의 머리카락에서 타오르는 불길이 크레토스에게 쏟아졌다.

"넌 사내처럼 말하지만 몸은 여자처럼 떨고 있구나. 네 아내도 그리 떨었느냐?"

크레토스의 모든 자제력이 새하얗게 타오르는 분노에 깡그리 사라져 갔다. 그는 혼돈의 블레이드를 놓고 등에서 아르테미스의 검을 뽑아든 다음 초인적인 힘을 남김없이 끌어모아 아레스에게 몸을 던졌다. 그리고 무엇도 거스를 수 없는 아르테미스의 검을 아레스의 발에 내리꽂았다.

아르테미스의 검은 올림푸스의 신 아레스의 발에 칼자루가 닿을 정도로 깊이 꽂혔다. 아레스는 웃음을 터트렸다.

"고맙구나, 스파르타인이여. 사막 벼룩 때문에 발이 간지러웠다."

"얼마든지 더 베어 주마."

크레토스는 씩씩대는 소리로 답한 다음 아레스의 발등으로 몸을 굴렀다. 그리고 다리 뒤쪽 힘줄을 자를 생각으로 몸을 한 바퀴 돌리며 무릎을 향해 뛰어올랐다. 그러나 아레스의 거대한 검이 내려오더니 마치 귀찮은 파리나 모기를 쫓듯이 크레토스를 공중에서 쳐냈다.

크레토스는 공중을 날아 엄청난 힘으로 벽에 부딪혔다. 그의 등에 부딪힌 벽이 무너져 내렸고 그는 바닥으로 미끄러졌다. 시야가 흐릿해지면서 윙윙거리는 소리가 들렸다. 크레토스는 머리를 흔들면서 정신을 추슬렀다.

전쟁의 신이 검으로 그를 쳤다. 검의 넓은 면으로 그를 때렸다. 스파르타의 아버지들이 말을 듣지 않는 아이들을 훈련시킬 때 쓰는 방법이었다.

아레스는 크레토스에게 칼날을 쓸 필요도 없다고 생각한 셈이었다.

"네게 칼날을 써야 하겠느냐?"

전쟁의 신이 크레토스의 마음을 읽기라도 한 듯이 말했다.

"내가 널 구해주지 않았다면 넌 뼛조각과 까마귀의 배설물로만 남았을 것이다. 기억하느냐, 스파르타인이여? 내게 무릎을 꿇고 눈물을 흘리며 애걸복걸하던 것을 잊었느냐? 노예처럼, 채찍에 맞은 개처럼, 네 무가치한 생명을 살려

달라고 빌지 않았느냐? 만약 네 부하가 그랬더라면 너는 스파르타의 명예를 더 럽혔다며 처치하고 말았겠지!"

"날 죽였어야 했다."

크레토스가 성난 소리로 말했다.

"내 나약함은 스파르타의 명예를 떨어뜨렸다. 그날 내가 전장에서 죽었더라면 오늘 이 세상도 지금보다는 나았을 것이다."

"네가 말하는 스파르타의 명예는 내게 아무런 의미도 없다. 넌 목숨을 구걸했고 난 답해 주었다. 올림푸스의 침대에서 일어나 세상으로 내려가서 네 눈물을 말려 주었지. 그리고 너를 위해 싸워 주었다. 네가 패배한 전투에서 이기기 위해서, 네가 실패한 곳에서 승리를 거두기 위해서 말이다."

아레스는 크레토스를 짓밟으려는 듯이 집채만 한 발을 들어 올렸다. 크레토스는 몸을 던져 피했으나 전쟁의 신은 거대한 만큼이나 빠르게 움직였다. 아레스의 신발이 크레토스의 머리를 땅에 처박았다. 크레토스는 입에서 흙과 피를 맛보았다. 그리고 다음 순간 야만인 왕의 거대한 전쟁 망치에 만신창이가 된 자신의 모습을 보았다. 그리고 아레스에게 영원한 복종을 맹세하면서 외친 자신의 목소리를 들었다.

"그날 내게 맹세한 말을 기억하느냐? 네 무가치한 목숨을 구한 대가를 기억하느냐? 지금 말해 보아라, 크레토스. 자, 말해 보란 말이다."

그의 등을 누르는 거대한 신발에 힘이 더 들어갔다. 크레토스는 갈비뼈가 으스러지는 느낌이 들었고 더 숨을 쉴 수가 없었다.

그리고 머릿속에서 그날 자기가 했던 말을 들었다.

'내 생명을 바치겠소, 아레스 신이여. 맹세하오.'

그러나 지금 여기에서는 그 말을 내뱉을 수가 없었다. 크레토스는 실제로 그 말을 하려고 했다. 그 일곱 마디 말이 아무런 의미가 없다고 스스로 설득하면서 신에게 하찮은 승리를 선사해 준 다음, 판도라의 상자를 손에 넣고 동등한 조건에서 피와 광기에 굶주린 올림푸스의 신을 상대하려 했다. 그러나 말이 나오지 않았다.

그는 그 말에 관해 진정 생각할 수도 없었다.

몸을 짓누르는 신의 무게와 방 전체가 크레토스의 눈앞에서 사라졌다. 동시에 그의 삶을 피와 고통만이 가득한 바다로 바꾸어 버린 악몽이 깨어났다.

크레토스는 아레스를 섬겼다. 검으로만 섬겼던 것이 아니라 진심을 다했다. 저지할 수 없는 그의 모든 힘과 정신은 아레스에게서 받은 것이었다.

스파르타의 군대는 무적이었다. 상대편 전사들은 전장에 나타난 크레토스와 스파르타 전사들의 모습을 보고서 몸을 떨었다. 적들은 날아드는 첫 번째 투창을 보자마자 무기를 던지고 벌벌 떨면서 어머니의 치마 뒤로 몸을 숨겼다. 아레스의 주먹은 자비를 몰랐다. 도망치는 병사들은 마지막 한 사람까지 몸이 베였다. 평화를 협상하는 무리는 잔혹하게 학살당했다. 크레토스가 이끄는 스파르타의 군대가 전쟁의 함성을 지를 때면 온 세상이 두려움에 휩싸였다.

용서는 없었다. 포로도 없었다. 자비도 없었다.

항복을 받아달라고 청해 온 군주들도 많았다. 그들은 남은 병력이 노예가 되고 도시가 스파르타인의 부엌이 되는 한이 있더라도 사람들을 살리고자 했다. 크레토스는 그런 요청을 거절했다. 그는 항복을 받아들인 적이 없었다. 전투에서 받아들일 수 있는 결과는 승리가 아니면 죽음뿐이었다. 크레토스는 자기의 부하들도 마찬가지로 대했다.

크레토스는 부하들에게 아레스의 명령에 따라 적들을 죽였다고 말했다. 그러나 실제로는 자신의 만족감을 채우기 위해서였다. 적을 학살하는 것은 그의 재능이자 욕구였다. 그는 피 냄새를 사랑했고 죽어가는 자들의 비명을 사랑했다. 그는 전장에서 썩어 가는 부대의 시체 더미를 보면서 기뻐했다.

"만약 그 맹세가 진실이라면…"

싸움터가 된 방에서 크레토스를 밟은 아레스가 낮게 울리는 목소리로 말했다.

"넌 아직 세상에서 아레스의 주먹이 될 수 있다. 그러면 스파르타가 전쟁에 나선다는 소문만으로도 온 세상이 두려움에 떨 것이다. 크레토스, 이 모든 일이 네가 날 사랑하는 마음이 부족했기 때문이다. 만약 아직 네 맹세를..."

"아니..."

크레토스는 숨이 넘어가는 소리로 마지막 말을 내뱉었다.

"거절하겠다..."

그리고 환영이 크레토스를 완전히 집어삼켰다. 그는 전쟁의 신을 섬겼던 마지막 밤을 보고 있었다.

"이 마을 주민들은 아테나 신에게 먼저 무릎을 꿇었다! 아테나 신에게 말이다! 이 마을은 아레스 신을 모욕했다! 모두 태워 버려라!"

크레토스는 횃불을 집어 던졌다. 횃불은 빙빙 돌면서 밤의 공기를 가르고 나아가 초가지붕에 떨어졌다. 작은 불꽃이 거대한 불길이 되어 지붕을 집어삼켰고 곧 집 전체가 불길에 휩싸였다.

크레토스는 전쟁 함성을 내지르면서 피에 굶주린 부하들을 이끌고 마을을 덮쳤다. 몇몇 주민들이 집을 지키기 위해 삽과 곡괭이를 들고 그들에게 맞섰다. 그러나 전투에 단련된 전사들을 상대로 희망은 없었다. 크레토스는 힘도 들이지 않고 주민들을 베고 쓰러뜨리며 나아갔다. 그는 자신이 사람들을 죽이고 있다는 사실도 자각하지 못했다... 그리고 마침내 마을 사원에 이르렀다. 아테나의 사원이었다. 세월에 시들고 쭈글쭈글한 얼굴을 한 노파 오라클이 그의 앞을 막아섰다.

그는 왠지 모를 긴장감을 느꼈다. 집들이 차례로 잿더미로 무너졌고 살과 나무와 초가지붕이 타는 냄새가 뒤섞였다. 사원은 버려진 듯했다. 크레토스는 불길한 예감을 느끼고 잠시 걸음을 멈췄다...

그러나...

그것은 아테나의 사원이었다. 이 학살의 이유가 바로 그것이었다. 어찌 그것을 그냥 둘 수 있다는 말인가?

"모두 나와라!"

크레토스는 검의 자루로 두꺼운 나무문을 거칠게 두드리며 소리쳤다. 아무도 대답하지 않았다. 크레토스는 뒤로 물러서서 혼돈의 블레이드를 휘둘러 문을 조각냈다. 작고 등이 굽은 누비아 여자가 그를 막았다. 여자가 입은 빛나는 초록색 가운의 정면에는 오메가 글자가 새겨져 있었다.

"신성을 모독하지 말게."

여자가 크레토스에게 손가락을 흔들어 보이면서 말했다.

"크레토스! 아테나 여신을 모독해서는 안 되네. 이곳에 들어가지 말게나!"

크레토스는 그 늙은 여인을 밀치고 땅에 쓰러뜨렸다.

"스파르타인에게 명령할 생각은 마시오!"

크레토스는 문을 박차고 사원 안으로 들어섰다. 두 명의 사제가 그의 앞에 나타났다. 혼돈의 블레이드가 번뜩였고 두 사람은 불 속에서 죽음을 맞았다. 크레토스는 분노의 함성을 질렀다. 그리고 사원 안에 있던 수행자들이 몸을 피하기 시작했다. 그는 앞으로 달려나갔다. 희생자들의 얼굴을 볼 필요도 없었다. 그는 왼쪽으로, 오른쪽으로, 다시 왼쪽으로 검을 휘두르고 앞으로 나아갔다. 저항을 생각할 필요도, 조심할 필요도 없었다. 크레토스의 본능 속에는 피와 죽음과 승리만이 있을 뿐이었다... 그리고 망설임 없이 마지막 두 명의 수행자를 처치했다. 그 두 사람은 한 여인과 어린 딸이었다...

크레토스는 자신이 저지른 끔찍한 행동을 다시 떠올리면서 환영에서 벗어났다. 그는 다시 판도라의 사원 투기장에서 전쟁의 신에게 깔려 죽어 가고 있었다. 그러나 순간 기적적으로, 그의 등을 짓누르던 무게가 사라졌다. 아레스는 발을 들고 거대한 투기장의 중앙으로 다시 돌아갔다.

"넌 비난 받아 마땅하다! 미친 살인마일 뿐이지! 싸우기를 원했느냐? 자, 그럼 싸우자!"

크레토스는 바닥에서 몸을 일으키고 머리에서 흙을 털어 냈다. 전쟁의 신이 크레토스를 짓눌렀던 발은 아르테미스의 검으로 찔린 발이었다. 크레토스는 마법이 깃든 아르테미스의 검이 신의 육신을 뚫고 바닥에 남긴 홈을 똑똑히 볼 수 있었다...

그러나 바닥에 난 홈은 사원 바깥에 펼쳐진 길 잃은 영혼들의 사막만큼이나 말라 있었다.

피는 없었다.

크레토스는 고개를 돌려 벽을 바라보았다. 곳곳에 걸린 횃불에 비친 그림자가 그 흔적을 드리우고 있었다. 그리고 다시 아레스의 뒤에 있는 벽을 바라보았다. 거대한 신의 몸은 그림자를 만들어 내지 않았다.

아레스는 아레스가 아니었다. 그 존재는 전쟁의 신이 아니었다.

"스파르타인이여, 난 너를 박살 내고도 남을 만큼 실재하는 존재다. 날 죽이길 원하느냐? 와서 날 죽여 봐라, 보잘것없는 인간이여!"

크레토스는 신의 신발에 짓밟히고 짓눌린 기억이 생생했고 갈비뼈에서는 아직도 통증이 느껴졌다. 게다가 아레스가 휘두른 칼날의 넓은 면에 맞았을 때 머리에 찢긴 상처에서는 아직 피가 흘러내리고 있었다. 크레토스는 이 아레스를 해칠 수 없었지만 그 반대는 아니었다.

"뭘 망설이느냐? 신을 죽이는 일이 얼마나 부질없는 생각인지 깨달은 것이냐?"

크레토스는 아레스를 죽이기를 원했다. 그는 온몸 가득 아레스의 피를 보고 싶은 욕망을 느꼈다. 그러나 이것은 아레스가 아니었다. 이 전쟁의 신이 자신의 마음을 읽는 것도 놀랄 일은 아니었다. 허상일 뿐인 이 "신"은 크레토스의 마음 속에서 만들어진 존재였다.

환영 속에 등장하는 야만인 왕도...

악몽 속 아내와 딸도 마찬가지였다.

크레토스는 아레스의 환영을 물리치려면 마음을 다스릴 수 있을 만큼 강해져야 한다고 생각했다. 그러나 애초에 그런 힘이 있었다면 아테나를 섬길 필요도 없었을 것이다. 스스로의 힘으로 악몽을 정복하고 죄악의 기억을 추방시켰을 것이다. 그러나 그런 힘은 없었다. 스스로도 알고 있었다. 그는 십 년 동안 머리에서 그 목소리를 지우고 기억을 잊기 위해 온갖 고초를 겪었다. 스스로를 먼저 정복하지 않는 한... 이 아레스의 환영은 물리칠 수 없는 적이었다.

크레토스는 물러섰다.

제25장

여명이 붉은 장밋빛 손가락으로 동쪽 사막을 어루만질 무렵 크레토스는 산 위에 우뚝 솟은 건물의 지붕에 서 있었다. 판도라의 사원은 길 잃은 영혼들의 사막을 영원히 떠도는 고된 운명을 떠안은 티탄의 등에 메인 산에 지어진 건물이었다. 그 판도라의 사원 중앙에는 또 다른 산이 솟아 있었고 크레토스는 그 정상에 있는 건물의 꼭대기에 와 있었다.

멀리 지평선에서 헬리오스의 태양 마차가 첫 번째 빛을 내뿜어 크레토스 주위에 있는 세 개의 커다란 조각상을 비추었다. 십 미터가 넘는 높이로 세워진 제왕 형제의 조각상이었다. 제우스와 포세이돈과 하데스의 조각상이 서로의 얼굴을 마주하고 서서 각자 두 손으로 가운데에 있는 운동장만 한 원반을 들고 있었다. 조각상과 같은 재질로 보이는 원반은 마차의 바퀴처럼 중앙에 구멍이 뚫려 있었다. 유리보다도 투명하고 신비로운 그 재료는 조각상의 굴곡에서 퍼져 나오는 빛을 받아 반짝였다. 아직 헬리오스의 태양 마차는 조각상 전체를 비추지 않았고 그 때문에 세 형제의 모습은 온전히 드러나지 않았다.

크레토스는 빠른 걸음으로 그들을 향해 나아갔다. 아테나의 말에 의하면 판도라의 상자는 사원의 꼭대기에 있어야 했다. 그리고 이곳은 누가 보아도 사원의 꼭대기가 틀림없었다. 그러나 크레토스가 신들의 조각상에 이르렀을 때 그늘에 가려진 그들의 하체는 보이지 않았을 뿐만 아니라 실체 자체가 없었다. 조각상들은 새벽의 빛으로만 존재하는 것 같았다.

제우스의 조각상은 동쪽을 바라보고 있었고 덕분에 조금 더 빛에 드러나 있었다. 크레토스는 햇빛이 비친 표면을 만질 수 있는지 확인할 생각으로 올림푸스의 왕 제우스의 조각상을 향해 높이 뛰어올랐다. 그는 가장 높이 올라갔을 때 조각상을 만졌다. 표면은 단단하고 따뜻했으나 기름을 바른 유리보다도 미끄러웠다. 그는 혼돈의 블레이드를 하나 꺼내 들고 다시 뛰어올라 조각상에 내리쳤다. 혼돈의 블레이드가 조각상에 부딪혔다. 그러나 거대한 조각상은 커다란 수정 구슬처럼 울리는 소리만 낼 뿐, 거의 보이지 않는 표면에는 흠집 하나 남지 않았다.

그러나 그 소리는 사라지지 않고 종소리처럼 깊고 넓게 퍼져 나갔으며 동시에 더 커져갔다. 크레토스는 점차 귀가 아파 오는 것을 느끼고 손으로 귀를 막아야만 했다. 그다음으로 지붕의 동쪽 끝에 가까운 조각상은 포세이돈의 것이었다. 크레토스는 포세이돈의 조각상으로 달려갔다. 그는 귀에서 손을 떼었을 때 들려올 소리의 고통에 대비하면서 새벽의 빛 속으로 뛰어오른 다음 혼돈의 블레이드로 힘껏 포세이돈의 조각상을 내리쳤다.

소리는 제우스의 조각상을 때렸을 때보다 더 깊고 강력하게 울려 퍼졌다. 지하 세계의 왕 하데스의 조각상은 언뜻 보아도 여명의 빛에서 가장 멀리 떨어져 있었다. 크레토스는 하데스의 조각상을 내리쳤고 그의 소리는 더 깊고 사악하게 울려 퍼졌다.

세 조각상에서 울리는 소리는 서로 뒤섞여 화음을 이루었고 크레토스는 온 세상이 그 소리로 가득 찬 것처럼 느꼈다. 귀를 막아도 더는 소용이 없었다. 그는 세 조각상이 선 중앙으로 비틀거리면서 걸어가 무릎을 꿇고 쓰러졌다. 마침내 해가 솟아올라 크레토스가 웅크린 곳을 비추었다. 그리고 아무런 특징이 없어 보였던 돌 바닥에 투명한 마법의 창이 생겨났다. 바로 아래에 건축가의 방이 보였다. 갑옷으로 무장한 건축가는 세상을 파괴할 듯이 울려 퍼지는 위쪽의 굉음을 듣지 못한다는 듯이 무심한 태도로 의자에 앉아 있었다.

그 창은 조각상과 같은 재질로 만들어진 것이 분명했다. 즉, 크레토스가 아무리 애를 써도 흠집 하나 낼 수 없었다. 크레토스는 거기에까지 생각이 미치자 로도스의 거대한 황동 징에 관한 이야기를 떠올렸다. 그 징은 너무도 강력해서 몇 킬로미터 밖에 있는 유리잔을 깨뜨릴 정도라고 했다. 크레토스는 이 소리를 들으면서 이미 머리가 터질 듯한 고통을 느끼고 있었고, 따라서 시도해 본다고 한들 손해 볼 것이 없다고 생각했다. 그는 투명한 창 쪽으로 내려간 다음 날카롭게 주먹을 날렸다.

창은 날카로운 소리를 내면서 곧바로 부서졌다. 부서지는 잔해들은 떠다니는 먼지처럼 몹시 작았다. 동시에 그 끔찍한 소리도 사라졌다. 크레토스는 부서진 구멍을 통과하여 돌덩이처럼 아래로 떨어졌다.

크레토스는 공중에서 잽싸게 몸을 틀어 건축가 위로 다리를 벌린 다음 의자 팔걸이에 두 발을 대고 섰다.

요란하게 덜컹거리며 톱니바퀴가 돌아가는 소리와 함께 의자가 돌아가기 시작했다. 크레토스는 팔걸이에서 몸을 던져 의자를 받치고 있는 연단으로 뛰어내렸다. 의자는 회전을 멈추었다.

"그래, 건축가여."

크레토스가 말했다.

"당신은 내가 죽을 것이라 말했지만 난 여기에 있소."

코린트 투구가 살짝 돌아갔다. 크레토스는 눈구멍 사이로 빛나는 차가운 녹색 불길을 볼 수 있었다.

"기억의 투기장에서 살아남은 사람은 없었다."

"지금까지는 그랬겠지."

"그러나 판도라의 상자는 네 것이 되지 않을 것이다."

건축가는 무장한 손가락을 들어 올렸다. 그의 무릎에 있는 상자의 뚜껑이 미끄러지며 열렸다. 크레토스는 인간이 뿌리칠 수 없는 힘으로 건축가의 손목을 쥐었다. 놀랍게도 갑옷은 따뜻했다.

"더는 장난할 생각은 마시오."

크레토스가 말했다.

"어디에서 판도라의 상자를 찾을 수 있는지 말하시오. 그럼 목숨은 살려 주겠소.”

“찾지 못할 것이다. 왜냐하면 난 말하지 않을 테니까.”

크레토스는 건축가의 손목을 더 세게 쥐었다. 그의 손가락 사이에서 갑옷이 찌그러졌다.

“살아 있으니 말을 하는 것이겠지. 살아 있으니 고통도 느낄 수 있을 것이오.”

“마음대로 해라.”

크레토스는 성난 소리를 내면서 주먹을 꽉 쥐었다. 갑옷은 마른 낙엽처럼 부서졌다. 그러나 손가락 사이에서 피가 흐르지 않았다. 손을 델 정도로 뜨거운 증기만 퍼져 나올 뿐이었다. 크레토스는 욕설을 내뱉고 팔을 붙잡았다. 팔이 어깨에서 뜯겨 나왔다. 부러진 관절 부위에서 다시 증기가 쉭쉭거리는 소리를 내면서 뿜어져 나왔다. 곧 증기도 사라지고 갑옷에서 금속판이 미끄러지며 나와 팔이 떨어진 구멍을 덮었다.

크레토스는 험악하게 인상을 쓰고서 갑옷 속을 들여다보았다. 살이나 뼈는 없었다. 익숙하지 않은 모양의 황동 관과 톱니바퀴만 보일 뿐이었다.

“당신의 정체가 뭐요?”

“나는…”

건축가의 목소리가 말했다. 그 목소리는 투구가 아니라 연단 아래에서 들려오는 것 같았다.

“건축가가 남긴 유산이다. 그의 마지막 작품이지.”

크레토스의 눈이 휘둥그레졌다.

“안티키테라 기계…”

“난 사원을 관리한다. 그리고 마지막 도전의 수호자이다. 내 무릎에 있는 상자를 보아라.”

크레토스는 가까이 다가가서 상자 안을 들여다보았다. 작은 막대가 빼곡히 차 있는 장치였다. 아니었다. 그것은 막대가 아니라 바늘이었다. 수많은 바늘이 세로로 세워져 있었다. 바늘은 여기저기가 눌린 채 높이가 제각각이었다. 눌린 모양은 크레토스의 손에 들린 빈 장갑의 손가락 지름과 정확히 일치했다. 크레토스는 그 형태와 높이로 미루어 그 바늘이 사원의 다양한 장치를 조작하는 것이라고 짐작했다. 네 개의 벽에 가로로 박힌 바늘도 있었다.

"아무것이나 눌러라."

크레토스는 잠시 고민에 빠졌다. 단지 바늘만 채워 넣은 상자가 아니라는 사실은 분명했다. 게다가 바늘 끝은 탈색되어 있었다. 독일까? 천 년이 지나도 효과가 있는 독이 있을까? 건축가 본인이 아니고서는 누구도 모를 일이었다.

크레토스는 자신의 손가락을 사용하지 않고 들고 있던 장갑의 손가락으로 바늘을 눌렀다. 그 즉시 수평으로 나 있던 바늘이 상자 벽에서 뻗어 나와 장갑의 손가락을 찔렀다. 그리고 다시 제자리로 돌아갔다.

"만약 네 손가락을 사용했다면 손가락은 바늘에 박히고 말았을 것이다. 그리고 죽어 갔겠지. 바늘 끝에 발라진 레르네 히드라의 독에 엄청난 고통을 느끼면서 말이다."

"그럼 뭐요? 판도라의 상자를 찾으려면 바늘의 모양을 알아내야 한다는 것이오?"

"그렇지는 않다."

건축가, 아니 안티키테라 기계가 말했다.

"내가 말해 주지. 그것은 인간의 얼굴 모양이다. 인간의 얼굴을 눌러야 한다."

크레토스는 사원 곳곳에서 보았던 많은 조각상과 양각 장식을 생각했다. 인간 크기 조각상의 머리라면 분명...

"피부가 있는 얼굴이어야 한다. 바늘이 들어가 고정되어야 하지."

안티키테라 기계의 감정이 없는 목소리가 들려왔다.

"판도라의 상자를 손에 넣으려면 인간을 희생해야 한다."

크레토스는 우리에 갇혀 있던 포로를 생각했다. 아주 잠깐, 크레토스는 그 명청이 노인을 죽인 것을 후회했다.

"그리고 이것은 네 유일한 기회다. 이 바늘 장치는 위쪽 창이 부서진 후 일정 시간 동안만 작동하게 되어 있다. 헬리오스의 태양 마차가 하늘을 지배할 때가 되면 세 신의 조각상과 그들이 들고 있는 원반은 한낮의 빛이 되어 사라질 것이다. 여기까지 온 자는 너뿐이다. 다음에 오는 자에게는 기회가 없다."

크레토스는 고개를 끄덕였다. 그는 고상하고도 복잡한 마지막 덫의 비밀을 이해했다. 그리고 입을 열었다.

"그렇지만 당신은, 그러니까 당신을 만든 건축가는 항상 나갈 길을 마련해 두었잖소?"

"지금까지는 그랬지."

크레토스는 얼굴을 찌푸리면서 형제 왕들이 손에 들고 있는 원반을 바라보았다. 멀리 그 뒤로 태양이 빛나고 있었다. 이제 원반에서 점이 보였다. 그의 마음 속에 분노가 차올랐다. 여기까지 와서 물러설 수 없었다. 상자를 볼 수 있는 곳까지 와서 실패할 수 없었다.

"아테나 여신께서는 판도라의 상자를 얻지 못하면 이 사원을 빠져나갈 수 없다고 했소."

크레토스가 말했다.

"그럼 여기에서 죽어 가면서 상자를 찾거나 아니면 상자를 찾지 못한 채 죽어야 한다는 말이오?"

"넌 어차피 죽게 되어 있다."

"어차피 죽어야 한다면 비밀을 지킬 필요도 없겠군?"

크레토스가 말했다.

"사원을 왜 이렇게 만들었는지 말해 보시오. 어째서 모든 덫과 미로와 수수께끼에 해답을 만들어 놓았는지 말이오. 세상에서 가장 강력한 무기와 환상적인 방어 장치를 만들어 놓고 또 각자 빠져나갈 구멍을 만들어 놓은 것이오?"

"제우스께서 그렇게 명령하셨기 때문이다."

"제우스께서?"

크레토스가 찌푸린 얼굴로 말했다.

"그렇지만 어째서?"

"난 신들의 충성스러운 하인이다. 난 감히 질문하지 않는다. 그저 따를 뿐이지."

논리는 분명했다. 제우스는 모든 수수께끼를 풀 방법과 모든 덫을 빠져나올 방법을 고안하도록 명령했고 건축가는 충성스럽게 명령을 이행했다. 그것은 이 무시무시한 마지막 수수께끼도 마찬가지라는 의미였다.

건축가는 자식들을 관에 눕혔다. 제우스의 명령이었을까? 그들의 머리는 점점 더 위험해지는 도전의 문을 열기 위한 열쇠였다. 그것도 두 번씩이나... 만약 자식들을 그렇게 학대할 수 있었다면...

"마지막 질문이오."

"시간이 얼마 남지 않았다."

"알고 있소."

크레토스는 마음속으로 그건 안티키테라 기계의 사정일 것이라고 생각했다.

"마지막 질문은... 아무리 천재적인 발명품이라고 해도 고작 증기로 작동하는 기계가 어떻게 내 모든 말을 이해하고 답할 수 있는 것이오?"

크레토스는 대답을 기다리지 않고 범처럼 날쌘 동작으로 의자 뒤로 달려가 어깨 방어구 사이에 있는 코린트 투구를 두 손으로 붙잡았다. 투구는 팔보다 몸에 더 단단히 붙어 있었다. 크레토스는 사납게 목을 비튼 다음 전력을 다하여 머리를 뽑았다. 그리고 한쪽 팔로 투구를 안고 껍질에 숨은 달팽이를 찾듯이 안을 더듬었다.

인간의 머리였다. 수백 년 전 머리카락이 있었을 자리에는 부서진 먼지만이 남았지만 머리는 아직 분명한 생명의 흔적을 간직하고 있었다. 눈동자가 흔들리면서 눈물이 쏟아졌고 입은 소리를 내지 못하고 뻐끔거렸다. 연단 아래에서 목소리가 들려왔다. 그 목소리에도 드디어 감정이 묻어나왔다.

두려움이었다.

"멈춰라! 뭘 하는 것이냐! 이럴 수는 없다!"

"안 될 것 없지."

크레토스는 사원 앞에서 시체를 태우던 늙은 언데드에게 정말로 그의 말이 옳았다고 말해 주리라 생각했다. 판도라의 사원을 지은 미친 건축가는 천 년이 넘는 세월 동안 자신의 작품 속에 살아 있었던 것이다.

크레토스의 손에는 마지막 관문의 열쇠가 들려 있었다. 주저할 이유가 없었다.

"아, 안 돼! 제발! 안 돼애애!"

크레토스는 건축가의 죽지 않는 머리를 바닥 쪽으로 향하게 한 다음 상자 안으로 밀어 넣었다. 상자의 네 면과 아래 바닥에서 독이 칠해진 바늘이 뻗어 나와 머리를 찌르자 파이프와 리드의 소리 같은 연단 아래 목소리도 절망과 공포의 비명을 질렀다. 바늘은 건축가의 얼굴과 목과 관자놀이에 박혔고 종기를 터뜨리듯이 눈알을 찔렀다. 바늘에 박힌 입술은 고정되어 소리를 만들지 못했고 인공 목소리도 신음과 흐느낌만을 내뱉을 뿐이었다.

방의 벽이 굉음을 내면서 마치 살아 있는 생명체처럼 크레토스 주위로 내려왔다. 크레토스는 곧 실제로 움직인 것은 벽이 아니라 자기가 서 있던 의자의 연단이었다는 것을 깨달았다. 연단은 돌기둥처럼 솟구치며 계속 위로 올라갔다. 연단은 천장에서 부서진 창의 구멍에 완벽하게 들어맞았다. 그리고 천장을 통과한 다음에도 계속 올라갔다. 크레토스와 의자는 십 미터 높이의 공중에 이르렀다. 연단은 크레토스를 거대한 원반의 중앙 구멍으로 밀어 올린 후에야 오르기를 멈췄다. 크레토스는 잠시 서서 자기를 바라보는 세 형제 왕의 눈빛을 느꼈다. 한두 걸음 거리에 거대한 상자가 놓여 있었다. 높이는 크레토스의 키만 했으며 너비는 그의 세 배는 되어 보였다. 눈을 의심할 만큼 매끄럽게 빛나는 금속 상자였다. 크레토스의 머리보다 큰 황금색 보석들이 둘레를 장식하고 있었다.

이것이었다. 바로 이것이 판도라의 상자였다.

드디어...

그러나 크레토스는 안도하거나 승리의 기쁨을 느끼지 못했다. 이것이 임무의 끝은 아니었기 때문이다. 임무를 수행하기 위해 지나야 하는 관문에 불과했다. 이야기의 마지막은 아테네여야 했다.

크레토스는 위를 올려다보았다. 제우스의 조각상이 떠오르는 태양의 빛을 받아 눈썹까지 사라져 있었다. 크레토스가 바라보는 중에도 제우스의 눈썹을 그리는 구름이 증발하고 있었다. 포세이돈의 머리 윗부분도 마찬가지였다.

크레토스는 연단에서 뛰어내린 다음 투명한 원반을 가로지르며 그 거대한 상자에 다가갔다. 그리고 상자에 거의 도착할 때쯤 새로운 문제를 발견했다. 그는 멈추려 했지만… 그럴 수가 없었다. 크레토스는 상자에 그대로 부딪히며 숨이 멎을 듯한 충격을 느꼈다. 상자 역시 의자 반대쪽으로 몇 미터 밀려났다.

그 신비로운 물질은 아직도 기름을 바른 유리보다 더 미끄러웠다.

크레토스는 망연자실한 표정으로 주위를 둘러보았다. 그리고 조심스럽게 돌아서 상자의 먼 옆쪽으로 다가갔다. 옆면 안쪽에 갇힌 불길이 올라왔다. 덮개를 장식한 황금 보석은 에너지로 고동쳤다. 그러나 이것들 중 도움이 될 만한 것은 없었다. 저 거대한 판도라의 상자를 밀거나 끌 만큼 안정적으로 발을 디딜 곳이 없었다. 무언가 던질 것만 있어도… 밀어낼 수 있을 것이다… 그러나 그것도 상자를 움직일 만큼 무거운 것이어야 했다.

크레토스는 순간 판도라의 상자가 원반에 놓인 위치가 우연의 산물이 아닐 수도 있다고 생각했다. 상자는 원반의 테두리를 잇는 직선거리에서 거의 중간 지점에 있었다. 그리고 정확하게 의자와 제우스 조각상 사이의 중앙이었다. 크레토스는 마치 이 마지막 시험이 그를 위해 특별하게 만들어진 것이 아닌지 생각했다. 그는 하늘의 아버지 제우스의 사라져 가는 거대 조각상을 바라보면서, 제우스가 선물해 준 능력만이 그 미끄러운 표면에서 짧은 시간 동안 육중한 상자를 옮길 수 있는 유일한 방법이라는 것을 깨달았다.

크레토스는 조심스럽게 제우스의 조각상 쪽으로 몇 걸음을 옮기고 고개를 숙이며 말했다.

"제우스시여, 이 순간을 예견한 것이오? 내게 당신의 힘 일부를 허락한 이유가 바로 이것이오?"

아무런 대답도 들리지 않았다. 크레토스는 돌아서서 오른쪽 어깨 뒤로 손을 가져간 다음 단단한 번개를 쥐었다. 그는 넓게 다리를 벌려 균형을 잡고서 판도라의 상자 바로 앞 지점에 번갯불을 던졌다. 번갯불은 강력하게 폭발했고 정확하게 크레토스가 노렸던 효과를 냈다. 판도라의 상자가 의자 쪽으로 얼마간 미끄러졌다. 크레토스는 다시 여섯 차례 번갯불을 던져 상자를 의자의 연단 끝에 붙일 수 있었다. 크레토스는 힘겹게 몸을 움직여 바닥에 단단히 발을 디딘 다음 건축가의 의자 등에 발을 가져다 댔다.

"당신은 정말로 신들을 사랑하는군."

크레토스는 말을 마치고 의자를 멀리 차 냈다. 의자는 빙글빙글 돌면서 하데스의 조각상 쪽으로 밀려갔다.

"신들과 영원히 함께하시오."

크레토스는 돌아서서 상자의 튀어나온 금속 장식을 잡고 아레스를 파괴할 비밀이 담긴 상자를 의자가 있던 자리 위로 끌었다. 바닥 기둥은 즉시 내려가기 시작했다.

크레토스는 아래로 내려가는 긴 시간 동안 판도라의 상자를 골똘히 바라보았다. 크레토스가 들은 바로는 그것은 무기였다. 인간이 신을 처치할 수 있는 유일한 무기였다. 그러나 제우스는 건축가에게 사원을 설계하도록 명령했고 결국 인간이 상자를 찾아내어 그 힘을 손에 넣을 수 있도록 했다. 그는 아테나의 말을 기억했다. 제우스는 신들끼리 전쟁을 일으키는 행위를 금지했다. 그렇다면 제우스 자신도 그에서 예외가 될 수 없을 것이다.

제우스는 천 년 전에 신을 죽일 유일한 방법을 봉인하지 않고 남겨 두었다. 그는 언제가 신을 죽여야 할 일이 생길 것이라고 예견했던 것일까?

제 26장

"내 딸이여, 그대의 선택은 현명했소."

제우스가 말했다. 제우스와 아테나는 예언의 웅덩이에서 건축가의 의자 기둥이 서서히 아래로 내려가는 모습을 함께 지켜보고 있었다.

"아레스가 선택한 인간입니다. 저는 그를 단련시켰을 뿐입니다."

아테나가 돌아보지 않고 말했다. 그녀는 크레토스가 판도라의 상자를 가지고 사원 입구에 도착할 때까지 눈을 떼지 않을 것 같았다.

"아레스는 자신이 크레토스에게 무슨 짓을 저질렀는지 이해하지 못했습니다."

"그래서 자기가 가진 최고의 무기를 잃었지."

"이제 아레스가 만든 그 어떤 것보다도 치명적인 무기가 되었습니다."

아테나가 말했다. 아레스가 아테네 뒤쪽 산 정상에 있는 사원을 살피는 가운데 그들은 크레토스의 움직임을 주시하고 있었다.

"아버지께 궁금한 것이 있습니다. 이것을 모두 계획하셨습니까?"

제우스는 아테나에게서 시선을 돌려 예언의 웅덩이를 바라보았다.

"아버지…"

아테나는 다시 말했지만 올림푸스의 왕 제우스는 시선을 고정한 채 고개를 끄덕이고만 있었다. 기둥은 아직도 일정한 속도로 사원 내부의 수많은 층을 내려가고 있었다.

"그대의 스파르타인 전사는 거의 사원의 대기실에 이르렀소."

제우스가 말했다.

"그가 밖으로 나가기 전에 전하고 싶은 말은 없소?"

"왜 그것을 물으십니까?"

"판도라의 상자를 밖으로 가지고 나간 후에는 사건이 빠르게 진행될 수 있소."

아테나는 기둥이 이제 거의 대기실까지 내려온 것을 보았다. 기둥은 천장을 통과하여 바닥을 부수고 아래로 내려갔다. 그로 인해 지진이 시작되어 사원이 통째로 흔들렸고 사원의 위와 아래에 있는 산들이 흔들렸다. 기계 장치의 압력으로 돌벽이 통째로 터져 나오면서 거대한 돌덩이들이 크로노스의 머리에 쏟아졌다.

아테나는 올림푸스에서 판도라의 사원 대기실로 이동한 다음 모습을 드러내지 않은 채 기둥이 내려와 크레토스와 판도라의 상자가 나타날 때까지 기다렸다.

그리고 크레토스가 나타났다. 그는 평소와 달리 생각에 잠긴 얼굴로 판도라의 상자에 어깨를 대고 사원의 거대한 입구로 상자를 밀기 시작했다. 그때 상자의 거대한 보석에서 치직거리는 에너지가 세차게 뿜어져 나왔다. 지글거리는 빛이 모여들어 아테나의 얼굴을 만들었다.

"크레토스, 네 여정은 끝났다. 인간으로서는 처음으로 네가 판도라의 상자를 손에 넣었다. 아직 아테네를 구할 시간이 남았다. 판도라의 상자를 아테네로 가져가서 아레스를 죽여라."

크레토스는 눈을 들어 아테나를 바라보았다. 아테나는 판도라의 상자를 얻기 위한 도전의 과정 동안 크레토스에게 일어난 변화를 알아보았다. 살의가 누그러진 자리에는 신중함이 깃들어 있었다. 자비는 그의 능력 밖의 것이었으나 그는 더 강력한 무기로 담금질되었다. 지금 그는 아레스조차 놀랄 무기였다.

"아테네로 돌아가라, 크레토스. 돌아가서 내 도시를 구하라!"

아테나는 크레토스가 그 무거운 상자를 밀면서 내뱉는 신음 소리를 들으며 다시 올림푸스로 돌아갔다. 그리고 다시 제우스의 옥좌 앞에 나타났다.

제우스는 아직 옥좌에 앉아 예언의 웅덩이를 바라보고 있었다. 아테나도 예상하지 못한 일이었다.

"자, 보시오. 그가 문을 열고 있소. 지금이오."

"아버지, 제가 아테네로 크레토스와 판도라의 상자를…"

"걱정하지 마시오."

"하지만 아버지, 판도라의 상자를 크로노스의 등에서 내리는 것만 해도…"

"말하지 않았소? 걱정하지 마시오."

"지금 이 순간에도 아테네는 불타고 있습니다!"

제우스가 예언의 웅덩이에 비친 상을 가리키며 말했다.

"보시오."

크레토스는 상자를 밀면서 사원의 입구를 빠져나왔다. 판도라의 상자가 천년 만에 처음으로 길 잃은 영혼들의 사막을 비추는 아침 햇살 속으로 모습을 드러냈다.

제우스가 손짓을 하자 예언의 웅덩이가 다른 장면으로 바뀌었다.

불타는 아테네였다. 아레스는 거리를 걸으며 도망가는 아테네인들을 짓밟고 있었다. 그의 검은 마을 하나를 통째로 무너뜨렸고 그의 망치는 집들을 납작하게 찌그러뜨렸다. 그의 사악한 웃음소리가 산에서부터 항구에까지 메아리쳤다.

전쟁의 신 아레스는 주먹을 들어 또 다른 건물을 부쉈다. 그리고 마치 보이지 않는 손이 그의 어깨를 두드린 듯이 갑자기 동작을 멈춘 다음 주먹을 치켜들고 동쪽을 바라보며 돌아섰다.

"스파르타의 전사여, 제우스의 소중한 상자를 찾아냈군."

아레스의 머리카락인 불꽃이 태양처럼 타올랐다. 그의 눈은 감출 수 없는 분노로 타올랐고 근육마다 분노가 깃들면서 온몸이 흔들렸다.

"하지만 그것을 열기 전에 넌 죽을 것이다!"

아레스는 파르테논의 거대한 대리석 기둥을 하나 집어 들고 그것을 부러뜨렸다. 그리고 몹시도 날카롭게 부러진 기둥을 마치 어린아이의 장난감 창을 다루듯이 가볍게 쥐었다. 아레스는 땅을 뒤흔들며 몇 걸음을 뛰어 그 거대한 창을 던졌다. 기둥은 하늘을 향해 날았고 천둥소리를 남기고 순식간에 사라졌다.

아레스는 비웃음 깃든 표정으로 다시 도시를 파괴하기 시작했다. 그는 무기가 목표물에 명중했는지 굳이 확인할 생각도 없었다.

"잘 가라, 스파르타인이여. 넌 하데스의 심연에서 영원토록 썩게 될 것이다."

아레스의 웃음소리가 하데스의 파멸의 뿔피리처럼 아테네의 폐허 위로 크게 울려 퍼졌다.

"아버지, 아레스를 멈춰 주십…"

"아테나."

제우스가 그녀의 말을 잘랐다.

"그대의 계획은 거의 마무리되어 가고 있소. 이 모든 것이 끝나기 전에 그대가 할 일이 하나 있소."

아테나는 크레토스와 아테네의 운명을 걱정하면서도 고개를 숙이며 말했다.

"그것이 무엇입니까, 아버지?"

"지켜보시오."

제 27장

크레토스는 계속 발이 미끄러졌다. 그는 판도라의 상자에 더 가까이 다가가 바닥에 단단히 발을 대고서 더 세게 상자를 밀었다. 거대한 상자가 서서히 움직였다. 대기실의 바닥은 매끄럽게 닦여 있었지만 상자의 엄청난 무게 때문에 밀기가 쉽지 않았다. 게다가 지진 때문에 바닥에 신발을 제대로 지지할 수 없었다. 사원의 거대한 문을 지나 밖으로 나온 후에도 돌덩이가 날아들면서 그의 주위에서 부서졌다.

크레토스는 상자를 문 앞에 세워 두고 마지막으로 힘껏 밀치기 위해 자리에 서서 기운을 모았다. 그는 아름다운 사막 하늘을 올려다보았다. 눈부신 쪽빛 하늘이 펼쳐졌고 그늘이 드리운 서쪽은 더 진한 남색으로 물들어 있었다. 하늘을 수놓은 각양각색의 구름은 긴장을 풀어 주었다.

그러나 구름 말고도 다른 것이 보였다. 하늘 높은 곳에서 네 개의 점이 움직이고 있었다. 점들은 어둡고 거의 보이지 않았지만 미끄러지듯 구름 속으로 사라졌다가 나타나기를 반복하면서 다가오는 위험을 알리고 있었다.

하피였다!

크레토스는 다시 판도라의 상자를 바라보았다. 길 잃은 영혼들의 사막을 건너는 것도 문제였지만 먼저 크로노스의 등에서 상자를 내리는 것조차 난감한 상황이었다. 그는 손을 뻗어 덮개를 붙잡았다. 아무리 힘을 주어 밀어도 덮개는 열리지 않았다. 상자 안에 있는 힘을 얻는다면 그것이 무엇이건 간에 상자 전체를 아테네로 가져가는 일도 더 쉬워질 것이다. 그 거대한 상자를 판도라의 사원에서 아테네까지 옮길 능력이 아니라고 해도 괜찮았다. 크레토스는 어쨌든 운

반 작업에 도움이 될 것이라고 생각했다.

크레토스는 덮개를 밀어도 보고 들어도 보고 옆으로 흔들어도 보았다. 그러나 상자를 봉인한 힘을 이길 수는 없었다. 어쩌면 아테네로 옮긴 후에야 열 수 있는 것인지도 몰랐다. 아니면 아테나의 사원으로 가져가서 오라클에게 힘을 부여받아야 하는 것일 수도 있었다. 크레토스는 더 알고 싶었지만 어림짐작에 낭비할 시간이 없었다.

크레토스는 다시 상자를 밀었다. 사원 밖으로 가지고 나가는 것이 급선무였다. 마침내 그는 상자를 밀면서 사원의 바깥으로 나왔다. 그의 뒤에서 사원의 육중한 문이 굉음을 내면서 닫혔다. 크레토스는 멈춰 서서 숨을 고르고 길을 살폈다. 그리고 하늘에서 하피들이 내려오는 것을 발견하고서 얼굴을 찌푸렸다.

그때였다. 낮게 드리운 구름의 중앙에서 마치 제우스가 손가락으로 찌른 것처럼 거대한 구멍이 생겨났다. 동시에 잔잔한 연못에 파문이 일 듯이 구멍 주위로 파동이 번졌다. 크레토스의 인상이 더 험악하게 변했다.

순간 세상이 하얗게 변하면서 크레토스는 보이지 않는 티탄이 휘두른 보이지 않는 망치에 가슴이 꿰뚫리는 듯한 고통을 느꼈다. 수십 년 동안 온갖 전투를 치렀지만 그런 강력한 충격은 경험하지 못한 것이었다. 크레토스는 뒤로 튕기며 공중을 날아 판도라의 사원의 거대한 돌문에 꽂히고 말았다.

크레토스는 돌문에 박힌 채, 이해할 수 없다는 듯이 가슴팍에 꽂힌 거대한 흰색 대리석 기둥을 바라보며 죽을 힘을 다해 숨을 몰아쉬었다. 대리석 기둥은 너무도 빠르게 날아들었고 크레토스가 기둥을 보았을 때는 이미 몸이 꿰뚫린 다음이었다. 그는 아래를 내려다보면서 급격히 기능을 잃어 가는 몸의 생명이 몇 초 남지 않았음을 직감했다. 가슴에서부터 폐, 심장, 간, 위, 비장이 모두 꿰뚫린 상태였기에 말조차 나오지 않았다. 그는 힘이 빠진 손으로 기둥을 더듬었다. 크레토스는 머리에 남아 있는 피가 이 마지막 순간에 그의 의식을 지탱해 주고 있다는 것을 알았다...

그리고 죽어 가는 순간까지 악몽은 그를 내버려 두지 않았다.

크레토스는 다시 과거 자신의 모습을 보고 있었다. 그는 전쟁의 신 아레스의 손에서 움직이는 인간 병기였다. 그는 수많은 전투에서 승리를 거두었고 상상할 수 없을 만큼 사람을 죽였다. 그러나 그로서는 상상할 필요가 없었던 두 사람의 죽음을 경험했다. 그는 그들의 죽음을 기억했다.

크레토스는 매일 밤 꿈속에서 그들을 보았다. 그는 쭈글쭈글한 노파 오라클을 보았고 다시 그녀의 목소리를 들었다.

"여신을 모독해서는 안 되네, 크레토스! 이곳에 들어가지 말게나!"

그 말에 귀를 기울일 지혜만 있었어도…

다시 마을 사원에서는 학살이 벌어지고 있었다. 십 년 동안 매일 반복해서 보았던 장면이었다. 그는 사제들을 죽였고 그곳에 모여 있던 아테나의 숭배자들을 죽였다. 그리고 마지막으로 두 사람, 여인과 소녀를 죽였다. 둘의 모습은 불에 비친 그림자로만 보였다. 그 불길 역시 자신이 마을의 건물과 사원에 직접 지른 것이었다… 마지막 두 사람의 그림자는 무릎을 꿇지도, 도망가지도, 목숨을 구걸하거나 살려달라고 애원하지도 않았다…

크레토스는 다시 혼돈의 블레이드 사슬이 손목을 불사르며 휘감는 것을 느꼈다. 크레토스는 그들의 영혼이 자기가 죽였던 수많은 다른 사람들처럼 하데스로 떠난 것을 알고 있었다. 그는 너무도 오랫동안 너무도 많은 사람들을 죽였기에 뛰어난 군인이 될 수밖에 없었다. 그는 너무도 효율적이었다.

그의 마지막 두 희생자는 무릎을 꿇지 않았고 도망가지 않았고 목숨을 구걸하거나 살려달라고 애원하지 않았다… 그의 아내와 딸은 남편이자 아버지인 크레토스가 자신을 해치리라고 상상조차 하지 못했다.

크레토스는 다시 무릎을 꿇고 있었다. 그곳에서 본 것으로부터 도망치게 해달라고 애원하고 간청하고 싶었다. 그의 앞에 다시 사랑하는 아내와 소중한 딸의 모습이 어른거렸다. 크레토스의 손에 쓰러진 그들은 피를 흘리며 도축당한 양처럼 누워 있었다.

"내 아내와… 딸이… 어… 어떻게…?"

크레토스는 목이 메어 말을 잇지 못했다. 그의 마지막 질문은 누구를 향한 것이 아니었다. 그 불타는 사원에 살아 있는 사람이라고는 크레토스뿐이었다.

"스파르타에 안전하게 있어야 할 내 가족들이…"

사원을 불태우는 불길이 그에게 답했다. 그의 주인 아레스의 목소리였다.

"넌 내가 바라는 괴물이 되어 가고 있다, 크레토스. 이제 아내와 아이가 죽었으니 널 방해할 것은 없다. 너는 죽음 그 자체가 될 것이다!"

그날 밤, 크레토스는 자신의 진정한 적이 그가 너무도 충실히 섬겼던 전쟁의 신이라는 것을 깨달았다. 그는 세상에서 유일하게 사랑했던 두 사람의 차가운 시신을 끌어안고서 전쟁의 신을 죽일 때까지 싸우겠다고 비장하게 맹세했다.

크레토스가 장작더미 옆에 서서 사랑하는 아내와 소중한 딸의 시신을 화장하고 있었을 때 그 작고 오래된 마을의 늙은 마녀, 아테나 신전의 오라클이 그의 앞에 나타났다. 노망이 난 듯한 노파의 웃음소리는 잠깐 동안 신들의 것처럼 깨끗하고 힘 있는 목소리가 되어 울러 퍼졌다.

"오늘 밤을 기점으로 모든 이가 자네의 끔찍한 죄악의 흔적을 보게 될 것이네. 아내와 아이의 유골이 자네의 몸에 붙어 영원히 떼어지지 않을 것이야."

아내와 아이의 뼛가루가 무덤에서 날아와 그의 살갗을 영원히 물들였다. 크레토스는 선 채로 슬픔을 삼키며 신들이 내린 저주를 받아들일 수밖에 없었다. 그 저주로 인해 세상의 모든 이들이 그가 어떤 괴물이 되었는지 알아볼 것이다.

크레토스의 피부는 죽은 가족의 뼛가루처럼 하얗게 변했다. 스파르타의 유령이 태어난 순간이었다. 그러나 크레토스는 목표에 그렇게 가까이 이를 수 있으리라고 생각하지 못했다. 그리고 길 잃은 영혼들의 사막에서 죽게 되리라고, 그의 감기는 눈이 마지막으로 보는 것이 판도라의 상자일 것이라고는 상상조차 하지 못했다.…

죽음의 어둠이 그의 눈을 가리기 시작했고 네 마리 하피가 하늘에서 날갯짓하며 내려와 발톱으로 판도라의 상자를 들고서 멀리 날아갔다.

하피들은 서쪽으로 사라졌다. 그곳은…

아테네였다.

크레토스는 자신의 계획이 완전히 실패한 것을 깨닫고 더는 생명을 붙잡을 수가 없었다. 그는 마지막으로 경련하듯 몸을 떨고서 죽었다.

그러나 스파르타의 유령에게는 죽음조차 끝이 아니었다.

제 28장

크레토스는 떨어지고 또 떨어졌다. 그의 주위에서도 수많은 남자와 여자들이 그와 함께 떨어지고 있었다. 크레토스는 핏빛 안개가 감도는 하데스의 영역에서 아래 스틱스 강가로 떨어지고 있었다.

그는 이곳이 어디인지 알았다.

전에도 와 본 적이 있었다.

그러나 전에 왔을 때는 살아 있는 인간의 몸이었다. 그때는 죽은 자들의 영혼 사이에 섞인 인간 침략자였다. 지금 크레토스는 자신이 죽은 영혼이 되어 있었다. 어떤 영혼도, 살아생전에 아무리 위대한 업적을 이룬 영웅이라도 하데스의 왕국에서 빠져나간 이는 없었다. 그는 끝없이 추락하는 자신의 몸을 살폈다. 그의 피부는 살았을 때처럼 창백한 흰색이었고 문신은 선명한 붉은색이었다. 그의 육신은 예전과 마찬가지로 단단했으며 두 팔에서는 힘이 느껴졌다. 그의 가슴을 뚫고 생명을 거두어 갔던 거대한 무기의 흔적은 남아 있지 않았다. 크레토스의 온몸은 놀랄 만큼 온전했다.

크레토스는 자기보다 먼저 지하 세계로 떠났던 아내와 딸을 생각했다. 그는 신선한 과일과 깨끗한 물을 눈앞에 두고서 맛보지 못하는 탄탈루스처럼 영원히 아내와 딸을 죽이면서 스스로의 행동을 멈추지 못하는 형벌을 받을지도 몰랐다.

크레토스는 얼굴에 매서운 바람을 맞으면서 마음속으로 결의를 다졌다. 그는 스파르타의 전사였다. 카론의 배에 오르기 전까지는, 스틱스 강을 건너기 전까지는 죽은 것이 아니었다. 아직은 아니었다. 지금 그가 어떤 상태에 인지는 철학자에게 맡길 질문이었다. 크레토스는 추상적인 관념에 관심이 없었다. 그는 죽는 것도 상관없었다. 그에게 중요한 것은 아레스의 흐느끼는 영혼이 자기보다 먼저 스틱스 강에 이르는 것뿐이었다.

크레토스는 이미 한참이나 떨어져서 지하 세계의 풍경이 눈에 들어오기 시작했다. 아직도 스틱스 강을 보기에는 너무 높았으나 아래로 드리운 핏빛 어둠 사이로 단단한 하얀색 구조물들을 볼 수 있었다. 구조물들은 똑바로 솟은 것도 있었고 연결된 것들도 있었으며 멀리 흐릿하게만 보이는 것들도 있었다. 크레토스는 얼마간 더 떨어진 후에 그 구조물들이 뼈처럼 새하얀 색깔을 띠는 충분한 이유를 찾았다.

그것들은 뼈였다.

신의 것이라고 하기에도 너무 큰 뼈들이었다. 크레토스는 갈비뼈를 지나 떨어졌다. 갈비뼈는 뼈대 하나하나가 히드라의 본 머리보다도 컸다. 갈비뼈 아래에는 척추뼈가 보였다. 척추의 각 마디는 파르테논만 했다.

크레토스는 두 팔을 접어 몸에 바짝 붙이고 다리를 살짝 벌려 머리가 아래쪽으로 가도록 몸의 방향을 바꾸었다. 크레토스는 떨어지면서 다리 사이의 거리와 한쪽 손이나 양쪽 손의 각도를 살짝씩 조정하면서 거대한 뼈대가 튀어나온 쪽으로 다가갔다. 그는 뼈에 부딪히면서 받을 충격은 걱정하지 않았다. 이미 죽은 몸인데 얼마나 해를 입을 수 있겠는가? 크레토스는 엄청난 속도로 척추를 향해 떨어졌다. 거리가 점점 가까워지면서 크레토스는 아주 작은 형체로만 보이는 다른 영혼들도 비슷한 시도를 하고 있다는 것을 알았다. 그들은 뼈대 위에 앉아 있기도 했고 누워 있기도 했으며 필사적으로 매달려 있기도 했다. 모두 스틱스 강으로 떨어질 최후의 순간을 조금이라도 미루고 싶은 듯했다.

마지막 몇 미터는 빛과 같은 속도로 떨어졌고 낙하의 충격으로 온 세상이 하얗게 보였다. 예상한 대로 고통은 전혀 느껴지지 않았다. 그러나 예상하지 못한 것이 있었다. 그는 튕겨 나갔다.

크레토스는 다시 허우적거리며 떨어졌다. 그는 또 다른 척추 마디에 부딪혔으나 미처 손으로 잡기도 전에 미끄러지고 말았다. 크레토스는 필사적으로 손을 움직이면서 닿는 것은 무엇이든 붙잡으려 했다. 크레토스는 곧 꼬리뼈를 지나가게 되어 있었고 그 너머로 하데스의 경계를 그리면서 느리게 흘러가는 검은색 강물까지는 아무것도 없는 빈 공간이었다.

마지막 순간 크레토스는 무언가를 붙잡았다. 공포에 질린 비명이 들렸고 그는 최후의 추락 직전에서 한쪽 손에 의지한 채 매달려 있었다. 크레토스가 붙잡은 것은 볼품 없이 뼈만 앙상한 발목이었다.

"이거 놔, 이 멍청아!"

크레토스가 매달린 사내가 소리쳤다.

"두 명은 버틸 수 없어!"

"버텨라!"

크레토스가 이를 갈면서 말했다.

"단단히 잡고 있으란 말이다. 내가 올려 줄 테니까."

크레토스는 단호했다. 그는 다른 손으로 사내의 무릎을 잡고서 몸을 끌어올렸다.

"아악… 팔이…"

사내가 소리쳤다.

"팔이 빠질 것 같다고! 제발, 떨어져!"

크레토스는 운이 좋다고 생각했다. 그 남자는 몹시 야위었고 크레토스는 손으로 그의 허벅지를 쥘 수 있었다.

남자는 크레토스를 발로 차서 떨어뜨리려 했다.

"저주받은 저 강으로 날 끌고 들어갈 생각은 말라고!"

"아직 땅 위에서 끝내야 할 임무가 남아 있다."

크레토스가 성난 목소리로 말했다.

"난 그것을 끝낼 것이다!"

"내가 알 바 아니라고! 떨어지란 말이야!"

크레토스가 몸을 들어 올리자 남자는 비명을 질렀다. 크레토스는 창으로 찌르듯이 남자의 옆구리에 손을 박아 넣었다. 그리고 손가락으로 그의 엉덩이를 붙잡고 계속 올라갔다.

그다음으로 어깨를 붙잡았다. 그다음은 다른 쪽 어깨였다. 마침내 크레토스는 그 남자가 매달린 높이까지 올라갔다. 거대한 뼈마디 위로 올라가는 것은 쉬웠다. 크레토스는 돌아서서 사다리처럼 타고 오른 남자를 바라보았다.

그는 배의 무덤에서 만났던 상선의 선장이었다.

동시에 선장도 크레토스를 알아보았다. 그의 얼굴은 극심한 공포로 일그러졌다.

"또 너야?"

크레토스는 선장에게 가까이 다가가 뼈마디를 붙잡은 그의 손을 발로 찼다. 선장의 영혼은 절규하는 목소리로 비명을 지르면서 아래로 뒤집혀 곤두박질쳤고 스틱스 강의 핏빛 안개 속으로 사라졌다.

크레토스는 돌아서서 온통 뼈밖에 없는 주위 풍경을 살폈다. 그리고 위로 오르기 시작했다.

그는 계속 척추뼈를 타고 올랐다. 시간이 얼마나 지났는지 알 수 없었다. 빛은 항상 일정했고 크레토스는 피로를 느끼지 않았다. 그는 계속해서 오르기만 했다.

크레토스는 갈비뼈에 다다랐다. 얼마간 더 올라가면 추락을 시작한 지점일 것이다. 그리고 크레토스는 이 기이한 영역에서 또 다른 신기한 존재들을 발견했다. 언데드 병사와 해골이었다. 그러나 그들은 영혼으로만 존재하지 않았다. 그들은 지상의 세계에서와 마찬가지로 갑옷과 갖가지 무기로 무장한 채 피를 탐하고 있었다. 그들은 넓게 퍼져 크레토스의 길을 막았다. 게다가 그들이 전부가 아니었다. 전투 도끼를 든 두 마리 미노타우로스와 크레토스의 키만큼이나 커다란 검을 휘두르는 거대한 켄타우로스가 나타났다. 켄타우로스는 어딘가 낯이 익었다.

"널 알고 있다, 스파르타인이여!"

켄타우로스가 위협적인 목소리로 말했다.

"불과 며칠 전에 네가 날 이리로 보냈지. 아테네의 거리에서 말이다!"

"그렇다면 너희 모두겠구나. 다들 내 손에 죽은 것이냐?"

켄타우로스가 그를 맞이하듯 두 팔을 벌린 채 크게 웃으며 말했다.

"그리고 모두가 그 신세를 갚기 위해 왔다!"

크레토스는 더 멀리 위를 올려다보았다. 그리고 자기를 기다리는 괴물들의 위치를 연결하여 길을 그릴 수 있겠다고 생각했다. 위로 향하는 뼈대마다 크레토스의 손에 죽어 간 괴물들이 득실거렸다. 그는 첫 번째 무리가 있는 뼈대 위로 올라가기 시작했다. 켄타우로스가 거대한 검을 목 주위로 빙빙 돌리면서 우렁차게 고함을 질렀다.

몇 시간인지, 며칠인지, 몇 달인지, 몇 년인지 모를 시간 동안 크레토스는 싸웠다. 그는 지치지 않았고 주위의 빛도 그대로였다. 적들도 끝이 없었다. 그는 오르고 싸우기를 반복했다. 그는 다시 위로 뛰어올랐다. 그리고 엄청난 높이의 기둥을 발견했다. 기둥은 무시무시하고 예리한 칼날이 박힌 여러 개의 고리로 이루어져 있었는데 고리마다 서로 다른 방향으로 회전하고 있었다.

크레토스는 뒤로 물러서서 기둥 위를 바라보았다. 그러나 핏빛 안개에 가려져 보이지 않았다. 회전하는 칼날들이 공기를 가르며 휙휙거리는 소리를 내는 중에도 멀리 아래에서 하데스의 품을 향해 떨어지는 남자와 여자의 비명이 들려왔다. 크레토스는 엄청난 거리를 올라와 이 기둥에 이르렀다. 그러나 신을 죽이기 위해서는 더 높이 올라가야 했다.

크레토스는 심호흡을 한 다음 회전하는 칼날을 바라보면서 '안전한' 고리를 찾아보았다. 하지만 어느 고리도 안전할 수 없다는 사실을 알고 있었다. 고리들은 일정한 속도로 도는 것이 아니었다.

위쪽 일부는 더 빠르게 돌았고 양쪽 옆은 조금 더 천천히 돌고 있었다. 일단 기둥을 타기 시작하면 돌아올 생각은 접어야 했다. 쉬는 것도 불가능했고 망설임조차 치명적일 수 있었다.

크레토스는 빠르게 두어 걸음을 뛰어 휘어진 칼날이 박힌 첫 번째 고리에 올랐다. 칼날이 왼쪽 신발을 살짝 자르고 지나갔다. 하데스의 손아귀에서 탈출하려는 크레토스의 몸부림이 거의 끝날 뻔한 위기의 순간이었다. 크레토스는 재빨리 위로 올라갔다. 그리고 어리석게도 아래쪽을 바라보고 말았다.

쉴 수도, 멈출 수도 없었다. 위쪽 칼날들은 그의 눈높이에서 빠르게 다가왔다. 크레토스는 끊임없이 돌아가는 고리에서 발을 디딜 곳을 찾은 다음 위로 힘껏 몸을 던져 날아갈 뻔한 목을 살렸다. 그는 속도를 늦춘 다음 다시 빠르게 위로 올라갔다. 그리고 계속해서 손가락으로 잡을 곳을 찾아 칼날의 고리를 피해가며 다음 고리로, 그리고 그다음 고리로 올라갔다. 위쪽의 다음 고리는 다른 고리와 반대 방향으로 돌고 있었고 크레토스는 그것을 보고서 후퇴할 수밖에 없었다. 그는 아래로 내려갔다가 다시 그 치명적인 고리에서 틈을 찾아 올라갔다.

크레토스는 제각각 돌아가는 것처럼 보이는 죽음의 고리에서 규칙을 찾아냈다. 고리는 일정한 방식으로 움직였다. 그때 뒤쪽에서 하피 소리가 들렸다. 크레토스는 칼날 가득한 고리의 기둥에서 눈을 돌릴 수 없는 상황이었기에 계속 올라갈 수밖에 없었다. 등에서 흥건하게 피가 튀겼고 기둥을 오르기 시작한 지점까지 흘러내렸다. 그러나 하피는 크레토스에게 정신이 팔려 반대쪽에서 다가오는 칼날들을 놓치고 말았다. 그리고 대가를 치렀다. 크레토스는 재빨리 고개를 돌려 상황을 살폈다. 머리가 잘린 하피의 몸통이 한쪽으로 굴러떨어지고 있었다. 크레토스는 하피의 머리를 볼 수 없었다. 그런 운명을 피하려면 고리의 움직임에 집중해야 했다.

크레토스는 무시무시한 기둥의 꼭대기가 막 보이기 시작했을 때 번뜩이는 칼날에 두 차례나 거의 몸이 잘릴 뻔한 위기를 넘겼다. 첫 번째는 작은 상처에 그쳤지만 두 번째는 갈비뼈 부위를 깊게 파고들었고 출혈이 이어졌다. 그는 고지를 눈앞에 두고 기운을 냈다. 힘을 많이 쓴 탓에 온몸에 땀이 흥건했으나 칼날에서 내뿜는 바람이 열기를 식혀 주었다. 정상까지는 마지막 칼날의 고리 하나가 남아 있었다. 크레토스는 몸을 위로 던졌고 예리한 칼날에 다리를 긁히며 기둥 위로 올랐다.

그리고 즉시 불꽃의 갑옷으로 무장한 장신의 언데드 병사를 상대해야 했다. 크레토스는 공중제비를 돌면서 몸을 세우고 혼돈의 블레이드를 뽑아들었다. 기둥을 오르느라 심장은 고동쳤고 감각은 한껏 고조되어 있었다. 언데드는 그의 상대가 될 수 없었다. 크레토스는 혼돈의 블레이드를 휘두르며 빠르게 공중으로 뛰어오른 다음 칼끝을 내민 채 언데드를 향해 떨어졌다. 칼날의 끝이 언데드의 뒷머리를 깊게 갈랐고 동시에 언데드는 불덩이가 되어 터지고 말았다.

크레토스는 그 자리에 서서 언데드의 유골이나 다름없는 잿더미를 바라보았다. 그는 잿더미를 발로 차서 기둥 아래로 날려 보냈다. 결국 스틱스 강 위를 떠다니게 되리라.

크레토스는 주위를 돌아보았으나 기둥의 꼭대기에서 더 위로 오를 곳이 없었다. 그는 다시 아래로 시선을 돌려 회전하는 칼날들이 만들어 내는 그늘 밑을 살폈다. 만약 돌아가야 한다면 다른 길을 찾고 싶었다. 크레토스가 다시 내려가기 위해서 기둥 가장자리에 발을 걸쳤을 때 공중에서 새로운 소리가 들렸다. 지하 세계로 떨어지는 불운한 이들의 비명이었다. 그때 공중에서 무거운 바위 덩어리가 떨어졌다. 크레토스는 늦지 않게 뒤로 몸을 던져 바위를 피했다.

크레토스의 입가에 의미심장한 미소가 일었다. 바위 덩어리에는 밧줄이 묶여 있었고 위쪽 보이지 않는 곳까지 연결되어 있었다. 하피를 만날 위험이 있긴 했지만 아래쪽에 있는 회전 칼날의 기둥은 이제 지나간 이야기였다.

크레토스는 자세를 낮추고 힘을 모은 다음 높이 뛰어올라 밧줄을 잡았다. 그는 두 손으로 번갈아 밧줄을 잡고 적들의 시체에서 흘러나온 수십, 아니 수천의 무기를 피해 가면서 계속 탈출했다. 그는 비록 영혼이었지만 적에게 해를 입을 수 있다는 사실을 깨달았다. 그러나 승리할 때마다 상처가 나왔다.

크레토스는 희미해져 가는 지하 세계를 뒤로하고 계속 올라갔다. 마침내, 위쪽으로 천장이 보였다. 천장 바닥에는 뿌리처럼 보이는 것들이 매달려 있었다.

조금 더 거리가 가까워졌을 때 크레토스는 그것들이 실제로 뿌리라는 것을 알아보았다. 지상의 살아 있는 식물들이 내린 뿌리였다. 살아 있는 세계가 바로 위에 있었다!

크레토스는 더 빠르게 밧줄을 따라 모든 감각을 차단하는 구멍을 뚫고 올라갔다. 어깨는 흙투성이였고 구멍은 점점 더 좁아졌다. 그러나 밧줄은 여전히 팽팽하게 그를 지탱해 주고 있었다. 온몸이 짓눌리면서 점점 숨이 막혔다. 그는 조금 천천히 밧줄을 타고 올랐다. 코와 입에서 익숙한 냄새와 맛이 느껴졌다.

부스러기... 모래...

흙이었다.

크레토스는 입에 들어간 모래와 흙을 뱉어낸 다음 자신도 놀랄 만한 힘으로 손과 팔을 움직였다. 그리고 괴력을 집중하여 위로 손을 뻗은 다음 몸을 압박하는 흙을 밀어냈다. 손이 움직일 정도의 공간이 생겨났다. 다시 다리에 힘을 주었다. 그는 필사적으로 무릎을 굽히고 다리를 벌렸다. 심장이 방망이질치고 숨이 막혀 왔다...

크레토스는 끊임없이 되뇌었다. 영혼은 숨을 쉬지 않는다...

크레토스는 지금 벌어지는 기적에 놀라거나 그 힘이 어디에서 온 것인지 생각할 겨를도 없이 손으로 흙을 파면서 위로 길을 만들었다. 호흡은 가빠졌고 입에서는 씩씩거리는 소리가 새어 나왔다. 크레토스는 힘이 빠져 가는 팔을 억지로 움직이면서 위로, 위로 올랐다. 심장은 쿵쿵거리며 뛰고 거의 죽을 듯이 숨이 막힌 순간 마침내 위쪽 흙이 벌어지면서 빛과 공기가 새어 나왔다. 그의 손이 땅을 뚫고 솟아났다.

상쾌한 공기가 그의 얼굴을 어루만졌다. 크레토스는 피로마저 사라지는 것을 느끼면서 흙을 비집고 땅 위로 얼굴을 내밀었다. 아래쪽 도시의 불길에 핏빛으로 물든 밤하늘의 구름이 그를 맞이했다.

"아테네..."

크레토스는 갈라지는 목소리로 중얼거렸다.

"아테네에 오다니..."

그는 밑에서부터 파낸 구멍 위로 완전히 몸을 빼냈다. 그리고 아직도 이 미터 정도 높이를 더 올라야 한다는 사실을 깨달았다.

크레토스는 열린 무덤 속에 서 있었다.

제 29장

크레토스는 열린 무덤 속에 서서 순간적으로 몸이 오싹해지며 피부에서 소름이 돋는 것을 느꼈다. 그는 돌아서서 위를 바라보았다. 그랬다. 크레토스가 생각한 그곳이었다. 아테나의 신전 옆에서 노인이 파던 무덤이었다.

크레토스는 무덤에서 뛰어올라 불타는 아테네를 바라보았다. 멀리에서 아레스가 거대한 몸을 이끌고 도시를 누비면서 닥치는 대로 건물을 짓밟고 있었다.

"아, 크레토스. 딱 맞춰서 왔군. 무덤 파는 일을 이제 막 끝낸 참일세."

크레토스는 예기치 않게 들려온 목소리에 놀라 돌아섰다. 그는 새로 얻은 목숨을 지키기 위해 자세를 낮추고 싸울 태세를 갖췄다. 그러나 이곳에 위험은 없었다. 그의 뒤에 서 있던 사람은 늙은 무덤 일꾼이었다.

무덤을 파던 그 노인은 예전처럼 나이가 들고 노쇠해 보이지 않았다. 노망이든 것처럼 떨리던 목소리도 더는 그런 흔적을 찾을 수 없었다. 탁하게만 보였던두 눈에서는 지성이 반짝였다.

"당신은 누구요?"

"꽤 흥미로운 질문이군. 그렇지만 그런 이야기를 할 시간이 없네. 서두르게, 크레토스. 아테네는 자넬 필요로 하고 있네."

"하지만, 어떻게 알고…"

크레토스는 완전한 당혹감에 휩싸인 채 빈 무덤을 가리키며 말했다.

"내가 여기 올 줄을 어떻게…"

"자네를 주목하는 신이 아테나뿐만이 아니라네, 크레토스. 자네는 험난한 여정을 통해 실력을 증명했어. 이제 마지막 임무를 완수하게."

아테네 방향에서 우레와 같은 함성이 터져 나왔고 크레토스는 그 소리에 돌아섰다. 도시 위로 우뚝 솟은 아레스가 참혹한 파괴의 현장을 살피며 승리의 웃음을 터뜨리고 있었다. 크레토스는 분노가 치밀어 올랐다. 그는 노인을 향해 돌아보지도 않고 물었다.

"당신은 누구요?"

크레토스는 허공에 대고 말한 것이나 다름없었다. 무덤을 파던 노인은 바람에 날리는 연기처럼 사라지고 없었다. 산들바람을 타고 그의 귓가에 속삭임이 전해졌다.

"임무를 완수하게, 크레토스. 신들이 자네 죄를 용서할 거야..."

크레토스는 암울한 표정으로 고개를 저으며 말했다.

"판도라의 상자도 없이 어떻게 그 일을 할 수 있겠소?"

크레토스는 가진 무기를 전부 동원해도 아레스의 불타는 머리카락에 흠집 하나 내기 힘들다는 사실을 알고 있었다.

그는 폐허가 된 아테네를 바라보았다. 전쟁의 신 아레스는 폐허 위에서 서서 하늘에 대고 자신의 승리를 알리고 있었다. 크레토스는 스파르타인은 원하는 무기가 아니라 가진 무기로 싸운다는 옛 격언을 생각하면서 결심을 굳혔다.

마침내 결정을 내릴 순간이었다. 죽여야 할 순간이었다.

죽을 순간이었다.

크레토스는 걸음을 떼었다. 그는 사원으로 오던 길목에서 골짜기를 건널 수 있었던 유일한 수단인 다리 쪽으로 향했다. 물론 그 다리는 부서져 있을 것이다. 그때 거친 숨소리에 섞인 신음이 들려왔다. 아테나의 사원 안쪽이었다. 죽음을 앞둔 마지막 순간 고통스럽게 숨을 헐떡이는 여자의 목소리였다.

크레토스는 그 소리를 듣고 최소한 아내와 딸은 그런 고통을 겪지 않았다는 사실을 다행스럽게 생각했다. 그들은 거의 고통이 없이 신속한 죽음을 맞았다. 사원 안에 있는 여자보다는 더 깨끗하게 죽을 수 있었다. 아마도 오라클일 것이다. 그는 걸음을 멈췄다.

정말로 오라클이라면 마지막으로 물을 것이 있었다.

크레토스는 서둘러 사원 앞 계단을 올랐다. 바닥에는 마른 핏자국이 가득했다. 그는 걸음을 옮겨 거대한 아테나 석상을 마주하고 선 다음 여신의 텅 빈 대리석 눈동자를 바라보았다.

"판도라의 상자는 없소. 전에 얻었던 무기뿐이오."

크레토스는 혼돈의 블레이드를 휘두르며 말했다.

"내게 전하실 말씀은 없소?"

대리석 석상의 무표정한 얼굴은 아무런 변화가 없었다. 크레토스는 제단 뒤로 돌아가서 오라클의 방으로 이어지는 복도에 들어섰다. 크게 몇 걸음을 걷자 빈방이 나타났다. 방에는 아무것도 없었고 시든 나뭇잎 몇 장뿐이었다. 크레토스는 다시 사원으로 나와 그 가녀린 신음이 어디에서 나는지 찾았다. 그는 천천히 몸을 돌리며 소리에 집중했다. 위쪽이었다. 위쪽 어딘가였다.

사원 지붕은 조각조각 부서져 있었다. 크레토스는 빠르게 제단 위로 뛰어올라 아테나 석상의 옆을 타고 머리까지 뛰었다. 그런 다음 다시 엄청난 힘으로 도약하여 부서진 지붕의 가장자리까지 다가갔다. 그는 아슬아슬하게 지붕에 닿았다. 크레토스는 왼손으로 부서진 서까래를 붙잡고 간신히 매달렸다.

다시 환영이 그의 마음을 사로잡았다. 그는 처참하게 살해당하여 사원 바닥에 쓰러진 아내와 딸을 팔에 안고 있었다. 그는 오라클의 저주로 인해 스파르타의 유령이 되었다. 가족의 뼛가루가 소용돌이치며 그의 피부에 들러붙었고 그의 육신과 영혼에 지워지지 않는 흔적을 남겼다. 크레토스는 힘껏 고함을 내지르면서 지붕 위로 올라왔다.

몇 걸음 떨어진 곳에 아테나의 오라클이 쓰러져 있었다. 몸이 비틀린 것으로 보아 척추가 부러진 듯했다. 크레토스는 수많은 전투를 겪으며 그런 모습으로 쓰러진 병사들을 익숙히 보아 왔다. 죽기까지는 몇 시간, 아니 며칠이 걸릴 수도 있었다.

크레토스는 오라클 옆에 무릎을 꿇고 앉았다. 그녀는 전보다 작아 보였고, 실제보다도 늙고 연약해 보였다. 그녀는 크레토스의 손가락이 볼에 닿는 것을 느끼고 눈썹을 깜빡이면서 눈을 떴다. 그리고 멀리 아테네를 집어삼키는 불길을 본 듯이 얼굴을 찡그렸다.

"돌아오셨군요."

오라클은 속삭이듯 작은 목소리로 말했다.

"상자를 찾아냈지만... 잃어버리셨죠... 계시를 통해서 봤습니다..."

"그렇다면 내게 무슨 일이 있었는지도 알겠군."

오라클은 눈을 감았다. 그녀의 살결이 밀랍과도 같이 변하더니 양피지처럼 투명해져 피부 속 핏줄이 다 드러났다. 크레토스는 손가락에 더 힘을 주어 그녀의 뺨을 눌렀다. 그녀는 몸을 떨었다.

"무엇을 보았는지 말해 주시오."

크레토스가 말했다.

"전쟁의 신을 어떻게 죽일 수 있소?"

오라클의 입술이 들썩였다. 크레토스는 머리를 더 숙였다.

"판도라의 상자..."

오라클은 경련하면서 고개를 저었다.

"아테나 여신께서 왜 당신 같은 자를 고르신 겁니까? 당신은 끔찍한 인간입니다... 괴물입니다..."

"괴물을 죽일 괴물이오."

그리고 답은 없었다. 크레토스는 죽은 사람과 이야기하고 있었다.

그는 일어서서 오라클의 몸을 바라보았다. 생전에 어떤 힘을 누렸는지는 모르지만 지금은 거의 어린아이만한 몸이었다. 그녀의 영혼은 지하 세계를 다스리는 하데스의 품에 들었다.

크레토스는 아테네를 내려다보았다. 그리고 골짜기 아래를 바라보았다. 여기에서 어떻게 내려간다는 말인가?

크레토스는 골짜기 옆에서 불에 타는 건물 하나가 움직이는 것을 발견했다.

그 불길은 마치 도시 위로 움직이는 듯했다. 그러나 불길 속에서 하늘을 바라보는 얼굴이 드러났다. 크레토스는 건물이라고 생각했던 그 불길이 실제로는 위에서 내려다본 아레스의 불타는 머리카락이라는 사실을 깨달았다. 전쟁의 신은 하늘을 바라보며 무언가를 생각하는 듯했다.

눈 깜짝할 사이에 아레스가 사라졌다. 크레토스는 소름이 돋는 것을 느꼈다. 그 모습은 기억의 투기장에서 만났던 아레스의 환영과 너무도 비슷했다. 만약 실제 아레스도 그 환영처럼 무적이라면… 크레토스는 더 생각하고 싶지 않았다.

그리고 악몽 속에서 그를 괴롭히던 목소리가 바로 뒤에서 쩌렁쩌렁 울렸다.

"제우스 신이여! 아들의 능력이 보이시나요?"

크레토스는 바로 돌아섰다. 다시 심장이 두근거리기 시작했다. 아레스는 크레토스가 그곳에 있다는 사실을 알지 못했다. 아테나의 가장 신성한 사원이 그 산의 정상에 있었기 때문에 그쪽으로 걸음을 옮긴 것뿐이었다.

아레스는 하늘을 바라보면서 목청을 높였다.

"아테나를 편애하셨지만 누이의 도시는 제 손에 파괴됐습니다!"

아레스의 우렁찬 목소리는 사원의 돌벽까지 그 울림을 전했다. 아레스는 마치 위협하듯이 하늘에 주먹을 쥐어 보였다.

"판도라의 상자도 제 손에 넣었죠! 이걸 올림푸스를 상대로 써볼까요?"

크레토스는 모든 것이 훤히 내려다보이는 사원 지붕 위에서 아레스의 말이 사실임을 알 수 있었다. 거대한 판도라의 상자는 그의 주먹 아래로 매달려 있었다. 주먹의 크기 때문에 상대적으로 작아 보이긴 했지만 보석에서 퍼지는 신비한 황금색 빛은 너무도 분명한 증거였다. 길고 가느다란 사슬의 끝에 매달린 판도라의 상자는 마치 행운의 목걸이나 부적처럼 보이기도 했다.

아레스는 계속해서 고함을 질렀다. 그러나 크레토스에게는 들리지 않았다. 크레토스의 관심은 아레스의 주먹에서 내려온 얇은 사슬과 그에 연결된 판도라의 상자에 쏠려 있었다. 크레토스는 사슬에서 시선을 돌려 자기 손바닥에 있는 흰색 상처를 바라보았고 다시 사슬을 바라보았다.

"신을 공격하지 말라고 하셨소?"

크레토스는 사나운 늑대처럼 밤 하늘에 이빨을 드러내며 말했다.

"좋소."

크레토스는 조용히 말했다.

"아레스."

크레토스는 조용히 그의 이름을 불렀다.

아레스는 그의 이름을 듣고서 고개를 돌려 크레토스를 바라보았다. 그리고 마치 좋은 냄새를 맡은 듯이 킁킁거리며 숨을 들이쉬었다.

"크레토스! 지옥에서조차 살아 돌아왔군."

아레스는 놀라는 기색도 없이 즐거운 표정이었다. 그는 다시 하늘을 바라보면서 거대한 두 팔을 들어올린 채 말했다.

"겨우 이건가요, 아버지? 고작 약해 빠진 인간을 보내 전쟁의 신인 저를 없애려는 건가요?"

크레토스는 약하다고 느끼지 않았다.

크레토스는 오른손을 들어올렸다. 손에서 제우스의 번갯불이 단단히 쥐어졌다. 그는 발을 내디디며 신과의 전쟁을 시작했다.

제 30장

"저 무덤 일꾼은 누구입니까?"

제우스는 아테나의 기습적인 질문에 놀란 듯했다.

"왜 묻소? 그저 무덤… 파는 사람일 뿐인데."

"그건 답이 아니지 않습니까?"

"대답이 왜 아니오? 듣고 싶은 답이 아닌 것이겠지."

아테나는 번지는 미소를 감췄다. 하늘의 아버지 제우스의 말은 결국 한 가지 결론일 수밖에 없었다. 무덤 일꾼은 제우스 자신이었다. 제우스는 크레토스를 지지한 것이다. 아테나는 제우스가 자신의 명령 때문에 공공연히 크레토스의 편을 들 수 없다는 것을 알고 있었다. 만약 그랬다면 다른 신들의 항의를 피하지 못했을 것이다. 아레스가 명령을 거역하여 올림푸스에서 극심한 혼란이 이는 지금 제우스는 신중할 수밖에 없었다. 제우스는 신들의 왕이었지만 다른 모든 신들이 공개적으로 반란을 일으킨다면 그것을 감당할 수 없었다.

아테나는 기뻤다. 제우스는 아테나가 알지 못하는 방식으로 크레토스를 도왔다. 그렇다면 크레토스가 성공할 확률이 더 높아진 셈이었다.

제우스는 비밀스럽게 크레토스에게 번개를 다스릴 능력을 전해 주었다.

그러나 아테나는 그보다 더 많은 것을 받아 내고자 했다.

"아버지, 우리는 전면에서 크레토스를 도와야 합니다. 우리의 도움이 없이는 아레스를 이기지 못합니다."

"안 될 일이오!"

제우스는 태도가 돌변하여 갑자기 자리에서 일어섰고 그늘 속에서 몸을 세운 채 아테나를 내려다보았다.

"그대는 크레토스를 도울 수 없소. 아레스의 피로 손을 더럽혀서는 안 되기 때문이오!"

모든 것이 맞아떨어졌다. 아테나는 제우스의 정교한 계획에 할 말을 잃을 정도였다. 모든 것이 제우스의 책략이었다. 올림푸스의 왕 제우스는 아레스를 죽이기 위해 아테나가 크레토스를 지금의 자리까지 이끌도록 계획을 꾸민 것이다.

"아버지, 무엇이 더 남았습니까? 크레토스가 자신의 가치를 증명해야 한다고 말씀하셨습니다. 어떤 가치를 말씀하신 겁니까? 아레스를 죽이는 것 말고 또 다른 계획이 있습니까?"

"그대는 인간을 이용해서 자신의 목적을 이루려 했소. 그러나 난 실패를 예견했소. 이제 그에게는 신을 죽이고... 그 이상을 해낼 가능성이 있소."

"가능성이란 말입니까?"

아테나가 말했다.

"그렇다면 확실하지는 않다는 말씀이로군요."

제우스는 답하지 않았다.

제 31장

번갯불은 빠르게 날았다. 그러나 크레토스가 보기에는 끈적거리는 점액 속을 지나는 듯이 느리기만 했다. 손에서 떠난 번갯불이 목표물에 닿기까지 걸린 시간은 그의 전 생애보다 길게 느껴졌다.

크레토스는 번갯불이 명중할 때까지 기다리지 않았다. 빗나간다고 해도 어차피 죽을 것이다. 그래서 크레토스는 성공했을 때 가장 유리한 지점으로 움직였다. 그는 번갯불이 손을 떠난 순간 사원 지붕의 가장자리로 몸을 던진 다음 장식용 조각을 지지대로 사용하여 아테나의 석상 쪽으로 뛰었고 지상으로 내려왔다. 크레토스는 번갯불이 목표물에 명중했을 때까지도 공중에 있었다. 아레스는 그때까지도 제우스에게 도전적인 말을 퍼붓고 있었으며 번갯불이 날아오는 것을 보지 못했다. 아레스는 오른손에서 따끔한 고통과 함께 상자의 무게가 사라졌음을 느끼고서야 번갯불이 날아온 것을 깨달았다.

번갯불은 사슬에 정확히 명중했고 제 역할을 다했다. 사슬이 끊어지자 판도라의 상자는 신의 손에서 떨어졌다.

"이건 뭐지?"

아레스는 마치 손이 자기의 뜻을 거역하기라도 한 듯이 주먹을 바라보면서 말했다.

"무슨 짓을 한 것이냐?"

아레스의 들어 올려진 주먹에서 지면까지는 삼십 미터가 넘는 거리였다. 크레토스는 판도라의 상자가 떨어질 위치를 계산하여 전속력으로 뛰었다. 그의 계산은 들어맞았다. 판도라의 상자는 크레토스에게서 몇 걸음 떨어진 돌무더기에 떨어졌다. 크레토스는 아레스가 상황을 파악하기 전에 서둘러 판도라의 상자로 달려갔다.

크레토스는 돌무더기 위에 올라서서 상자의 덮개를 잡고 힘껏 밀었다. 판도라의 사원에서와는 달리, 판도라의 상자는 열어 주기만을 기다렸다는 듯이 손쉽게 열렸다.

아테나의 무너진 사원에서 스파르타의 크레토스가 천 년 동안 크로노스의 등에 얹힌 사원에 숨겨져 있었던 판도라의 상자를 열었다.

크레토스는 돌무더기를 밟고 상자 가장자리로 다가가 따뜻하고 눈부신 빛 속을 들여다보았다. 빛이 너무 밝은 탓에 내용물을 볼 수 없었다. 크레토스는 순간 끔찍한 현기증을 느꼈다. 마치 우주보다도 더 깊은 구멍 속으로 머리가 빨려드는 것 같았다. 곧 어지러운 느낌은 사라졌고 온몸에서 따뜻한 빛이 퍼져 나오기 시작했다. 판도라의 상자가 작아지더니 할머니의 보물 상자만 한 크기로 변했다.

크레토스는 몸과 정신에 힘이 가득 차는 느낌이 들었다. 그러나 그것이 다가 아니었다. 그는 두 팔을 머리 위로 들어 올렸다. 손가락 사이에서 작은 불꽃이 튀었다. 크레토스는 그런 힘을 상상조차 해 본 적이 없었다. 신이 된다면 이런 느낌일까?

크레토스는 전쟁의 신을 바라보았다. 그리고 판도라의 상자가 작아진 것이 아니라는 사실을 깨달았다.

크레토스가 커진 것이었다.

고작 아레스의 복사뼈 높이에 불과했던 크레토스가 지금은 같은 높이에서 아레스의 눈을 바라보고 있었다. 크레토스는 순간 아레스의 눈에 두려움이 스치는 것을 보았다.

아레스는 분노를 터뜨리며 충격을 털어냈다. 그는 얼굴을 일그러뜨리며 경멸스러운 웃음을 지었다.

"그래 봤자 넌 아직도 내게 살려달라고 구걸하던 그날처럼 약한 인간일 뿐이다."

"그때의 내가 아니다."

크레토스는 몸을 꼿꼿이 세웠다. 크레토스의 목소리도 온 산에 쩌렁쩌렁 울렸다.

"십 년을 기다렸다. 오늘 너는 죽는다."

아레스의 비웃는 미소가 사악한 웃음으로 바뀌었다.

"아테나가 널 약하게 만들었구나."

크레토스는 전투태세로 섰다.

"널 죽일 만큼 강하게 만들었지!"

"그런 일은 없다!"

아레스는 사랑하는 아들을 반가이 맞이하듯 두 팔을 넓게 벌렸다.

"가족에게 내 안부나 전하거라."

아레스는 크레토스와 직접 싸우지 않고 어둡고 섬뜩한 힘을 불러내어 크레토스의 몸과 마음을 완전히 집어삼켰다. 크레토스의 눈앞에서 사원과 산과 아테네와 아레스가 사라졌고 불길에 휩싸인 마을이 나타났다.

크레토스는 무릎을 꿇고 앉았다. 그는 이 끔찍한 장소를 기억하고 있었다. 밤에는 꿈에서, 낮에는 환영을 통해 살아 있는 매 순간마다 보았던 곳이었다.

그를 비웃으며 조롱하는 말소리가 들려왔다.

"크레토스, 네게 적을 죽이는 여러 방법을 가르쳐 줬지. 살은 불타고 뼈는 부러질 수 있다. 그러나 진정으로 적을 죽이는 방법은 영혼을 파괴하는 것이다."

크레토스는 말없이 분을 삭이며 아레스의 말을 거부했다. 그는 자리에서 일어섰다. 그리고 비틀거리면서 아내와 딸이 죽어 갔던 마을 사원으로 불길을 뚫고 걸어 들어갔다.

"여기를 기억하느냐, 스파르타인이여? 어쩌면 네 죄악을 물릴 방법이 있을 것이다. 내게 자비를 구하면 네 끔찍한 행동을 막아 줄 수도 있다."

크레토스는 불타는 사원의 문을 지나 들어갔다. 아내와 딸이 멀쩡히 살아서 그의 앞에 서 있었다. 살아 있었던 지난 시간 동안 모든 신에게 올렸던 모든 기도가 이루어진 것 같았다. 크레토스는 말하려 했지만 감정이 북받치고 목이 메어 말이 나오지 않았다. 끔찍했던 지난 십 년의 세월 동안 그를 괴롭혔던 모든 악몽이 서로 뒤섞여 육신의 형체를 띄고서 그의 눈앞에 나타났다.

"크레토스?"

아내가 팔을 들어 크레토스의 등 뒤에서 타오르는 불빛에 눈을 가리면서 반신반의하는 목소리로 물었다.

"어떻게 된 거예요? 여기가 어디죠?"

"아빠!"

딸이 그의 품으로 뛰어왔다. 그러나 아내는 딸의 손을 가두어 그녀를 품에 안았다.

크레토스는 영혼이 찢기는 고통을 느꼈다. 아레스가 던진 기둥에 꿰뚫려 판도라의 사원 정문에 꽂혔을 때에 버금가는 고통이었다.

"맙소사, 이건 말도 안 돼!"

"크레토스?"

아내가 말했다.

"우리를 집에 데려가러 왔나요?"

갑자기 사원 벽의 색깔이 희미해졌다. 벽은 마치 물체가 아닌 것처럼 물결이 일기 시작했고 흔들리는 빛 속에서 누군가가 걸어 나왔다.

그것은 크레토스였다.

십 년 전의 젊은 크레토스가 사원으로 걸어 들어와 움직이는 모든 것을 베기 시작했다.

크레토스는 젊은 크레토스와 가족 사이에 섰다.

젊은 크레토스는 특유의 저돌적이면서도 효율적인 공격을 구사하며 다가왔다. 그의 모든 걸음은 공격이었다. 그의 모든 공격은 걸음이었다. 젊은 크레토스는 지금의 크레토스보다 더 빠르고 더 강력했다. 그러나 승리를 결정하는 것은 힘과 속도만이 아니었다.

혼돈의 블레이드가 공중을 가르며 쉭쉭거리는 소리를 냈다. 크레토스의 주위에서 칼날이 번뜩였고 그의 몸에 작은 상처를 냈다. 크레토스는 혼돈의 블레이드 앞에 서는 것이 그리 유쾌하지 않은 일이라는 것을 깨달아야 했다.

젊은 크레토스는 곧바로 혼돈의 블레이드를 공중에 날려 보냈다. 늙은 크레토스는 공격 반경 안으로 들어가 블레이드의 사슬을 붙잡았다. 사슬의 뜨거운 열기가 손을 태웠다. 그러나 크레토스는 개의치 않았다. 고통은 익숙했다. 가족을 다시 살릴 수 있다면 무엇이라도 견딜 수 있었다.

크레토스는 블레이드의 자루를 쥐고 힘껏 사슬을 잡아당겼다. 그 반동에 젊은 크레토스가 공중으로 튕겼다. 그러나 젊은 크레토스는 과거의 자신이 그랬던 것처럼 유연하고 민첩했다. 젊은 크레토스는 무력하게 굴러떨어지지 않고 공중에서 몸을 돌려 다른 혼돈의 블레이드를 세워 든 채 크레토스를 덮쳤다.

늙은 크레토스는 젊은 크레토스가 크게 놀랄 것이라고 생각하면서 그의 팔꿈치를 베어냈다. 젊은 크레토스의 팔과 혼돈의 블레이드와 사슬이 힘없이 바닥에 떨어졌다. 늙은 크레토스는 젊은 크레토스에게 그 이상의 충격을 주지 않고 자비롭게 그의 머리를 반으로 갈랐다.

"아레스, 보고 있나? 옛날에는 내 가족을 데려갈 수 있었지만 이제는 내가 허락하지 않는다!"

마치 그의 말에 답하듯이 사원의 벽이 다시 희미해지기 시작했다. 세 개의 벽이 일렁였다.

그리고 각각의 벽에서 젊고 강한 새 크레토스가 걸어 나왔다.

크레토스는 아레스에게 욕을 퍼붓고 혼돈의 블레이드를 휘두르며 세 명의 자신을 상대했다.

"하나씩 상대하기는 너무 싱거운 일일 테지."

세 크레토스는 그의 가족을 향해 다가왔다. 크레토스는 다시 걷잡을 수 없는 살기가 치미는 것을 느꼈다. 피를 갈구하는 혼돈의 블레이드의 익숙한 느낌이 손에서 전해지며 그의 분노를 부추겼다.

크레토스는 세 명의 적 사이로 뛰어들어 동시에 두 명의 크레토스를 상대했다. 세 번째 크레토스는 기회를 놓치지 않고 크레토스의 측면을 파고들어 그의 가족을 노렸다. 그러나 불행히도 늙은 크레토스는 그의 공격을 기다리고 있었다. 그리고 반격했다. 그의 목이 잘렸고 피가 뿜어져 나왔다. 그의 머리는 바닥에 나뒹굴었다.

크레토스의 복제물들은 젊고 강했지만 크레토스를 최악의 범죄로 몰아넣은 피의 광기에 물들어 있었다. 늙은 크레토스는 육신의 힘은 상대적으로 약할 수도 있었지만 피의 분노를 조절할 수 있었고 무분별한 살인을 일삼는 전쟁 병기가 아니었다. 그의 아내가 원했던 것처럼 그는 피를 보기 위해서가 아니라 명예와 가족을 지키기 위해 싸웠다. 불과 십 초도 지나지 않아서 두 명의 젊은 크레토스도 그의 앞에 시체가 되어 쓰러져 있었다.

크레토스는 숨을 헐떡이며 그들의 시체를 내려다보았다. 열 곳 남짓한 상처에서 피가 흘러내렸다.

그는 기다렸다.

"크레토스, 제발요. 우리가 어디에 있는 거예요?"

아내가 울부짖었다.

"여보, 우릴 집으로 데려가 줘요."

"곧 데려다주겠소."

크레토스가 부드럽게 말했다.

"아직 여기에서 할 일이 남았소."

이번에는 다섯 명이었다. 그들도 다른 이들과 똑같은 운명을 맞았다.

"아레스, 절대로 내 가족을 건드리지 못할 것이다. 열 명을 보내도, 천 명을 보내도 상관없다. 모두 죽일 것이다. 누구도 내 가족을 데려가지 못한다."

사원의 벽을 태우는 불길이 아레스의 목소리로 답했다.

"넌 궁극의 힘을 얻기 위해 가족을 버렸다. 얻는 게 있으면 대가가 따르는 법이지."

"이런 대가는 아니다. 가족을 죽게 둘 순 없다."

"어리석구나! 너에게 준 힘에 비하면 그건 아무것도 아니다! 감히 신에게 거역할 셈이냐?"

불길의 목소리는 누그러져 부드러우면서도 사악하게 변했다.

"어리석은 행동의 대가를 치르거라."

"상관없다. 무엇이든 상대해 주마."

크레토스는 혼돈의 블레이드를 들었다.

"준비는 되었느냐?"

혼돈의 블레이드가 마치 자기 의지가 있는 듯이 저절로 움직이기 시작했다. 혼돈의 블레이드는 절대 풀리지 않는 매듭으로 그의 팔목을 감싼 채 아내와 딸이 있는 곳으로 크레토스를 끌고 갔다.

"안 돼!"

크레토스는 울부짖었다.

"안 돼! 다시는!"

크레토스는 혼돈의 블레이드를 멀리 던져 버리려 했지만 두 자루 검은 자기의 의지대로 그의 손에 돌아왔다. 팔목을 감은 사슬은 엄청난 분노로 타오르며 영혼을 찢는 고통으로 그의 시야를 흐렸다. 지금은 크레토스가 혼돈의 블레이드를 휘두르는 것이 아니라 혼돈의 블레이드가 크레토스를 다스리고 있었다.

"다시는 안 된다!"

혼돈의 블레이드가 공중으로 솟구쳤다. 그리고 아래로 내려왔다.

다시, 십 년이 지난 지금, 크레토스는 아내와 딸의 시체를 내려다보고 있었다. 그들은 전쟁의 신에게 죽어 쓰러져 있었다.

"내 명령에 복종했어야 했다, 크레토스."

크레토스는 무릎을 꿇으며 비명을 질렀다. 그 비명은 두려움이 아니었다. 후회도 아니었다. 그는 슬픔 때문에 무릎을 꿇은 것이 아니었다. 그것은 분노였다.

그의 심장에서 분노의 불길이 타올랐다. 혼돈의 블레이드보다 더 뜨거운 불길이었다.

"더 강했어야 했다."

크레토스는 치미는 분노에 입을 뗄 수 없었다.

"네게는 힘도, 마법도, 무기도 남아 있지 않다."

보이지 않는 손들이 크레토스의 손에서 혼돈의 블레이드를 잡아당겼다. 보이지 않는 손은 크레토스의 양옆으로 움직이며 그의 두 팔을 대자로 벌렸다. 크레토스는 바퀴 교수대에 몸이 부서지고 어깨가 빠지는 듯한 고통을 느꼈다. 고통은 점점 더 심해졌고 양어깨에서는 비명이 들려왔다.

그러나 어깨가 빠지기 전에 그의 살이 뜯겨 나갔다.

사슬이 그의 팔목을 조각내며 뜯겨 나갔고 누더기가 되어 버린 팔목에서는 검은 연기가 피어났다.

"네게 남은 것은... 죽음뿐이다!"

전쟁의 신 아레스의 마지막 말과 함께 불타는 사원이 크레토스의 눈앞에서 사라졌다.

크레토스는 밤의 그림자가 드리운 아테나의 사원 안 돌무더기에 무릎을 꿇고 앉아 있었다. 그 아래에는 신성한 산이, 그리고 그 아래로는 폐허뿐인 아테나의 신성한 도시가 펼쳐져 있었다. 한 방울 눈물이 크레토스의 뺨을 타고 흘러내려 돌벽이 무너진 잔해에 떨어졌다. 크레토스는 손을 들어 엉망으로 타버린 팔목을 바라보았다. 그리고 거대한 아테나의 석상이 자기의 몸에 비해 얼마나 작아졌는지 확인하려는 듯이 사원 쪽으로 시선을 돌렸다.

크레토스의 눈은 말라 있었다.

아레스는 폐허 너머에서 크레토스를 바라보았다. 그는 붉게 타오르는 거대한 혼돈의 블레이드가 지팡이라도 되는 것처럼 검에 몸을 기대고 서 있었다.

"마법이 없다고?"

신만큼 거대해진 크레토스의 목소리는 아테네 너머에 있는 산에까지 전해지며 메아리쳤다.

"마법은 충분하다."

"넌 아직도 쓸모없고 약해 빠진 인간에 불과하다."

아레스가 빈정거렸다.

"이 사원의 바닥에 죽은 여자가 있다. 나더러 괴물이라고 하더군. 그 여자의 말은 틀린 적이 없었다."

크레토스는 사방에 선혈을 흩뿌리며 웅크렸던 몸을 펴고 일어섰다.

"네가 만들어낸 괴물이 널 죽이러 돌아왔다."

아레스는 큰 소리로 웃음을 터뜨렸다.

아레스의 분노가 거대한 불길이 되어 솟아올랐다. 아레스는 백만 병사가 한 목소리로 내지르는 전쟁의 함성에 견줄 만한 고함을 내질렀다. 그는 거대한 검을 머리 위로 치켜들었다.

"덤벼라! 감히 용기가 있다면 말이다!"

아레스는 산의 정상을 성큼성큼 걸어 넘었다. 아레스가 걸음을 내디딜 때마다 산과 사원이 부서질 듯이 흔들렸다. 크레토스는 한 마리 사자처럼 아레스를 노려보았다. 드디어 진짜 전투가 시작되었다.

아테나는 제우스의 옆에서 올림푸스의 왕좌 앞에 놓인 예언의 웅덩이를 통해 싸움을 지켜보고 있었다. 그녀의 심장은 방망이질 쳤고 숨조차 편하게 쉴 수 없었다. 십 년이 넘도록 이어진 계획의 마지막 결과를 지켜보는 걱정이나 불안감이 아니었다. 놀랍게도 아테나는 크레토스를 걱정하고 있었다!

아테나는 자신도 믿기 어려웠지만 어떻게 된 일인지 무례한 살인자에 불과한 인간을 걱정하기에 이르렀다. 크레토스가 돌격해 오는 아레스의 눈에 부서진 돌무더기를 집어 던졌을 때 아테나는 숨을 골랐다. 크레토스가 아레스의 마구잡이 검 공격을 피해 옆으로 물러난 다음 다시 달려들어 전쟁의 신을 땅에 쓰러뜨렸을 때 아테나는 숨이 막혔다. 다음 순간, 크레토스는 산의 기반암에서 수 톤은 되어 보이는 바위를 들어 올렸다. 크레토스는 올림푸스의 신인 아레스의 머리를 핏덩이가 되도록 짓이겨 버리기 위해 사력을 다하고 있었다. 아테나는 자기도 모르게 자리에서 일어나 그 광경을 바라보았다.

"그렇지, 이것이 싸움이지!"

제우스가 소리쳤다. 그의 눈은 춤을 추듯 움직였고 볼은 상기되어 있었다. 수염을 이루는 구름에서는 작은 번개가 일며 번뜩였다.

"검과 방패를 들고 뛰어다니기만 하는 현대의 전투에서는 볼 수 없는 광경이 아니오? 싸움이라는 건 원래 이런 것이었소."

올림푸스의 왕 제우스는 예언의 웅덩이 가에 조금 더 편하게 자세를 고쳐 앉았다.

"크레토스는 그대의... 판단이 옳았다는 것을 잘 보여 주고 있소. 인간에 대한 그대의 판단도 말이오. 지금 아레스의 심정이 어떨지 상상할 수 있겠소?"

아테나는 크레토스를 응원하듯이 주먹을 쥐고 어깨를 들썩이고 있었다. 그녀는 아레스가 크레토스를 발로 차서 넘어뜨리고 자세를 바로잡는 모습을 숨을 죽인 채 바라보았다. 그러나 크레토스도 곧장 일어나 다시 싸울 태세를 취했다.

"이 스파르타인은 그대에게 무척이나 중요하지 않소?"

아테나는 제우스의 질문에 깜짝 놀라며 마음을 들킨 사실이 부끄러운 듯 얼굴을 붉혔다. 아테나는 걱정스러운 마음을 애써 침착하게 억누르며 답했다.

"아버지께서 독수리를 아끼시듯이 저도 이 인간이 다치지 않고... 행복하기를 바랍니다."

"만약 크레토스가 우리의 아레스 문제를 해결해 준다면 최소한 자신의 가족을 살해한 저주에 관해서는 걱정하지 않아도 될 것이오. 내가 이야기한 대로, 크레토스가 아레스를 무찌른다면 죄악을 용서받을 것이오."

"크레토스가 바라는 것은 그것뿐입니다. 죄악을 용서받고 광기에서, 즉 환영과 악몽에서 영원히 벗어나는 것이지요."

아테나가 말했다.

"누가 악몽에서 벗어날 수 있다고 이야기했소?"

제우스는 곁눈질로 아테나를 바라보면서 말했다. 아테나는 제우스의 눈을 바라보았다. 그녀는 섬뜩하고도 날카로운 충격이 온몸에 퍼져 나가는 것을 느꼈다.

"아버지, 크레토스가 그 긴 시간 동안 싸운 것은 악몽에서 벗어나기 위해서였습니다!"

"그리고 가족의 복수를 위해서이고."

제우스가 날카롭게 꼬집었다.

"흘러가는 상황을 볼 때 복수는 이룰 수도 있을 것 같군."

"복수는 과정의 일부일 뿐입니다!"

아테나가 말했다.

"용서를 받는다고 한들 무슨 소용입니까? 크레토스에게 필요한 것은 죄를 씻는 것이 아니라 편안한 잠입니다!"

"그럴 수도 있겠지."

제우스가 말했다.

"그러나 필요로 하는 것과 받을 수 있는 것은 다른 것이지 않겠소?"

"아버지, 그자는 십 년 동안 우리를 위해 봉사했습니다. 그렇게 눈앞에서 희망을 보여 주고서 인제 와서 빼앗아 가실 수는 없습니다!"

"난 아무것도 보여 준 것이 없소. 그대와 크레토스 사이에서 어떤 협상이 있었는지 모르겠지만 그건 내가 상관할 바가 아니오. 이 싸움에는 그대가 아는 것보다 더 많은 것들이 있소."

아테나는 놀란 얼굴로 앉아 있을 수밖에 없었다.

제우스는 자리에서 똑바로 일어섰다. 그의 얼굴에서 호쾌한 웃음과 장난스러운 기운이 사라졌고 제왕의 위엄이 태양처럼 빛났다.

"가족의 피를 보는 것보다 끔찍한 죄악은 없소. 나 자신도 그 저주를 받았으니까… 나 스스로를 보호하고 그대들 모두를 살리기 위해서였다고 정당화할 수는 있겠지. 그러나 내가 저지른 죄악은 영원히 남을 것이오. 크레토스는 단지

피의 광기에 휩쓸려 그런 짓을 저질렀소. 그 사실은 절대 변하지 않소."

"크레토스는 책임이..."

"그의 죄는 용서받을 것이오. 그러나 여전히 책임은 있소. 한 번 저지른 일은 되돌릴 수 없지. 아무리 사악한 행동이라도 언젠가는 속죄할 수 있겠지. 용서받을 수도 있을 것이오. 그렇다고 해서 그것이 잊히는 것은 아니오. 크레토스는 자신의 방식으로 평화를 찾아야 할 것이오."

"하지만 아버지..."

"딸이여, 진정하시오. 그대의 스파르타인을 두려워할 필요는 없소. 크레토스는 내가 알아서 할 테니 걱정 마시오."

제우스는 고개를 끄덕여 보인 다음 예언의 웅덩이를 바라보았다.

"보시오. 어쩌면 아레스가 크레토스를 처리해 줄 수도 있겠지. 그렇게 되면 문제가 없지 않겠소?"

"아레스가 이길 것이라고 생각하십니까?"

"당장은 유리해 보이는군..."

크레토스와 아레스는 한데 뒤엉켜 성난 두 마리 곰처럼 으르렁거리며 서로를 향해 손을 휘둘렀다. 크레토스는 싸우는 내내 아레스가 무기를 쓸 만한 공간을 내주지 않고 바짝 붙어 있었다. 크레토스는 검을 쥔 아레스의 손목을 잡고 다른 손으로 아레스의 턱을 밀어 고개를 젖혔다. 아레스의 수염 불길이 손을 태웠지만 크레토스는 오랜 세월 혼돈의 블레이드를 사용한 덕분에 그런 고통에는 익숙해져 있었다.

아레스는 굳게 다문 이빨 사이로 욕설을 내뱉으면서 무기를 들지 않은 손으로 크레토스의 복부를 수차례 강타했다. 크레토스는 배가 마비되는 듯한 느낌이 들면서 무릎을 꿇고 주저앉았다. 크레토스는 관절에 힘이 풀리는 것을 느꼈다. 그는 스파르타의 전사답게 주어진 상황을 이용하여 반격했다. 다리가 버티지 못한다고 해서 쓸모가 없는 것은 아니었다. 그는 다리로 아레스의 사타구니를 가격했다. 아레스가 주먹으로 크레토스를 칠 때마다 크레토스는 다리를 들어 아레스의 고환을 공격했다. 마침내 머리카락과 수염의 불길 사이로 보이는 아레스의 얼굴에서 고통스러운 기색이 드러나기 시작했다.

크레토스는 턱을 밀던 손을 거두고 아레스의 머리 측면을 팔꿈치로 가격했다. 이미 힘이 빠지고 있던 아레스는 머리를 맞고 휘청거렸다. 아레스가 중심을 잃고 쓰러지자 크레토스는 아레스의 왼쪽으로 몸을 던져 아레스의 검을 든 손이 온전히 깔릴 수 있도록 손목을 비튼 다음 함께 옆으로 쓰러졌다.

아레스의 주먹과 손가락 관절이 기반암에 부딪히며 부서졌다. 크레토스는 그 사이에서 무릎이 깔리고 말았다. 그는 무릎으로 아레스를 차 냈고 동시에 아레스의 손을 비틀어 검을 빼앗았다. 아레스는 빠른 동작으로 부서진 손을 움켜쥔 채 비틀거리면서 일어섰다. 크레토스는 여유 있게 일어서서 아레스의 검을 휘두르며 눈부신 불길을 그려 냈다.

크레토스의 입가에 미소가 지어졌다.

"네가 만든 괴물의 실력이 어떠냐?"

아레스는 몸을 똑바로 세우고 부상당한 손을 옆으로 떨어뜨렸다. 아레스는 야생의 포식자와도 같은 사나운 미소를 지었다. 그 얼굴은 크레토스와 아주 닮아 있었다.

"진짜 괴물이 뭔지 모르는군, 크레토스. 이번에는 내가 직접 가르쳐 주지."

아레스는 등을 굽히고 온몸에 힘을 주었다. 그의 얼굴이 일그러졌다. 아레스의 등에서 그의 부서지지 않는 갑옷을 뚫고 관절로 연결된 촉수가 튀어나왔다. 촉수는 악몽에나 등장할 전갈의 다리처럼 흔들거렸고 단단한 껍데기로 덮여 있었으며 파르테논 신전의 기둥보다 기다란 끝 마디는 송곳처럼 날카로웠다.

"다음 가르침은 없을 것이다. 어차피 살지 못할 테니까."

아레스는 칼날처럼 예리한 촉수를 움직이면서 독거미처럼 뛰어올랐다. 모든 촉수가 크레토스의 피를 노리고 날아들었다.

크레토스는 침착하게 맞섰다. 그는 이런 적을 상대하리라고는 상상조차 하지 못했다. 아레스는 크레토스를 압박하며 공격했다. 전갈을 닮은 복잡한 촉수들이 일사불란하게 그를 찌르기 위해 다가왔다. 그것들을 모두 막아내기는 불가능했다. 크레토스는 뒤로 물러서면서 필사적으로 촉수를 막았고 틈을 노려 반격하기도 했다. 하지만 촉수의 검은색 갑피는 아레스의 신비로운 갑옷만큼이나 단단했다. 크레토스는 한편으로 그 신비로운 갑옷도 아레스의 몸 전체를 덮고 있지는 않다는 사실을 알아차렸다.

아레스는 다시 크레토스를 노리고 다가왔다. 크레토스는 아레스에게 달려들어 붉게 타오르는 아레스의 대검을 허벅지 안쪽 부위에 수 미터 깊이로 찔러 넣었다.

크레토스는 허벅지 동맥을 크게 베어냈다. 인간이었다면 심한 출혈로 수 초 내에 죽고 말았을 것이다. 상처에서 끈적끈적한 검은색 체액이 흘러나왔다. 그러나 아레스는 별 영향을 받지 않은 듯이 날카로운 촉수로 땅을 딛고 일어섰다. 촉수는 그의 검을 대신했고 이제 그의 다리를 대신하고 있었다.

아레스는 다시 크레토스에게 달려들었다. 크레토스는 뒤로 물러나 아레스 주위를 돌며 예측할 수 없는 죽음의 물결을 그리는 촉수의 틈으로 더 치명적인 일격을 가할 기회를 노렸다. 크레토스는 빠르게 지쳐 갔다. 생명력을 공급해 주는 혼돈의 블레이드를 빼앗긴 지금 그의 상처는 낫지 않았고 바닥 돌에 생명력의 일부를 흩뿌리고 있었다.

크레토스는 잠시 아레스에게 패배할 것이라고 생각했다... 그러나 그 순간 아내와 딸의 얼굴이 떠오르며 이제껏 겪어 보지 못한 분노에 불을 지폈다. 온몸에서 힘이 솟구쳤다. 다시 아레스가 달려들었고 크레토스는 날아드는 촉수를 옆으로 피한 다음 강력한 힘으로 내리쳤다. 촉수는 옆 촉수에 부딪히며 껍질을 깨뜨렸다.

크레토스는 부서진 촉수 껍질 틈으로 검은색 체액이 흘러나오는 것을 보았다. 이것이 약점일 수 있을까?

아레스는 순간 자신감을 잃고 뒤로 물러섰다. 그러나 곧 기운을 차리고 다시 공격해 들어왔다.

'이제 끝내야 한다.'

크레토스는 마음속으로 생각했다. 그는 다리에서 힘을 빼고 현기증이 이는 듯이 비틀거리다가 검을 든 손을 늘어뜨렸다. 칼날의 끝이 바닥 돌에 닿았을 때 그는 손가락에서 힘을 빼고 검을 바닥에 떨어뜨렸다. 아레스는 크레토스의 힘이 빠진 모습을 보고서 공중으로 높이 뛰어올랐다. 그리고 날카로운 두 개의 촉수로 그의 몸을 노리고 떨어졌다.

그러나 아레스가 공중에 뛰어오른 순간 크레토스의 나약한 모습도 사라졌다. 그는 동시에 아레스를 향해 뛰어올랐다. 크레토스는 두 손으로 촉수의 마디가 연결된 관절을 잡고 거부할 수 없는 힘으로 비틀어서 구부렸다. 그런 다음 아레스의 갑옷과 가슴에 뾰족한 끝을 박아 넣었다. 아레스는 경련을 일으켰고 둘은 서로 뒤엉켰다. 크레토스는 아레스를 눕힌 채 자신의 체중을 더하여 바닥에 떨어졌다. 촉수는 아레스의 가슴을 완전히 관통하여 등까지 꿰뚫었다.

아레스는 고통이라기보다 분노에 가까운 비명을 내질렀다. 그는 크레토스를 밀어낸 다음 촉수에 의지하여 몸을 일으키고서 당황스러운 표정으로 가슴을 관통한 촉수를 내려다보았다. 크레토스는 그 당혹감을 익히 알고 있었다. 아레스가 던진 거대한 기둥에 꿰뚫려 판도라의 사원 문에 매달려 있었을 때 크레토스도 그런 당혹감을 맛보았다.

아레스는 무릎을 꿇고 주저앉았다.

크레토스는 일어서서 아레스의 검을 집어 들었다.

아레스가 고개를 들어 크레토스를 바라보았다. 그는 두려움 깃든 두 눈으로 자비를 청하고 있었다.

"크레토스… 크레토스… 기억하느냐… 가장 절실했을 때 널 구해준 건 나였다는 사실을 명심해라!"

크레토스는 검을 높이 들어 올렸다.

"그날 밤… 크레토스, 제발… 나는 널 최고의 전사로 만들려 했다!"

크레토스는 아레스의 가슴에 그의 검을 찔러 넣었다.

크레토스는 절뚝거리면서 아레스의 시체를 등지고 돌아섰다. 아레스의 시체는 무수히 많은 빛으로 반짝이기 시작했다. 그 빛은 춤추는 먼지로 바뀌어 아레스의 몸에서 하늘로 올라갔다. 눈부신 번개가 세상을 끝장낼 듯이 번쩍이며 천둥을 일으켰다. 동시에 아레스의 흔적은 사라졌다.

크레토스는 만신창이가 되었고 곳곳에서 피를 흘리며 다시 인간이 되어 있었다. 그는 방금 전까지 그토록 가볍게 휘둘렀던 거대한 검을 경이로운 표정으로 바라보았다. 지금 그의 몸은 검에서 가장 좁은 폭의 반만큼도 되지 않았다.

크레토스는 무너진 사원의 돌무더기 위로 뛰어올라 아테나 여신의 석상을 바라보고 섰다.

"아테나 여신이여."

크레토스가 말했다.

"당신의 도시를 구했소. 아레스는 죽었소."

크레토스는 대리석 석상의 공허한 두 눈을 바라보았다.

"나의 임무는 완수했소. 이제 약속을 지켜 아직 날 괴롭히는 악몽을 영원히 없애 주시오."

모든 곳에 존재하는 신의 빛이 석상을 감쌌다. 눈은 생기를 찾았고 입술이 움직이기 시작했다.

"잘했다, 크레토스."

석상이 말했다.

"우리 형제의 죽음은 애도하지만 신들은 네게 빚을 졌다."

크레토스는 몸을 더 똑바로 세웠다. 그는 알 수 없는 한기가 몸을 타고 흐르는 것을 느꼈다.

"약속대로 네 죄는 용서받았다. 하지만 악몽을 없애 준다는 약속은 하지 않았다. 그 어떤 신이나 인간도 네가 저지른 끔찍한 죄악은 잊을 수 없을 것이다."

"이럴 수는 없소, 아테나 여신이여. 당신이 명령한 모든 것을 다 이루었소! 안 되오!"

"잘 가거라, 크레토스. 신들을 위한 봉사도 이제 끝이 났다. 새 삶을 살아라. 그리고 올림푸스의 신들이 네게 감사한다는 것을 기억하거라!"

여신의 빛이 사라졌다. 크레토스는 폐허가 된 도시의 무너진 사원에서 우두커니 서 있었다. 그는 오랫동안, 아주 오랫동안 그곳에 서 있었다.

그리고 걸음을 옮겼다.

종막

　그는 이름 없는 절벽의 끝에 서 있었다. 하늘의 구름처럼 새하얀 피부를 지닌 그의 모습은 석회 조각상을 보는 듯했다. 그는 생명의 색을 보지 못했다. 몸에 새긴 붉은색 문신도, 사슬에 뜯겨 넝마 조각처럼 썩어 가는 양쪽 팔목의 상처도 보지 못했다. 그의 두 눈동자는 멀리 아래에서 소용돌이치는 에게 해의 물살처럼 검었고 얼굴은 날카로운 바위에 파도가 부서지며 만들어 내는 물거품처럼 창백했다.

　잿더미... 잿더미뿐이었다. 절망뿐이었다. 차가운 겨울비가 온몸을 때렸다. 이것이 십 년 동안 신들을 위해 봉사한 대가였다. 잿더미와 썩고 문드러진 몸과 차갑고 쓸쓸한 죽음만이 남았다.

　이제 바랄 것은 망각뿐... 그는 스파르타의 유령이라 불린 자였다. 그는 아레스의 주먹이었고 아테나의 용사였다. 그는 전사였다. 그는 살인자였고 괴물이었다. 그는 그 모든 것이었지만 그중 어느 것도 아니었다.

　그의 이름은 크레토스였다. 그는 진정한 괴물이 누구인지 알았다.

　그는 팔을 늘어뜨렸다. 굵은 힘줄과 우람한 근육은 힘을 잃었고 이제 쓸모가 없었다. 단단히 못이 박힌 그의 손은 스파르타의 투창과 혼돈의 블레이드와 포세이돈의 삼지창과 전설적인 제우스의 번갯불을 쥐었던 손이었다. 그 손으로 자신이 들이쉰 숨보다 더 많은 사람의 생명을 거두었다. 그러나 지금은 손에 들 무기가 남아 있지 않았다. 두 손은 굽혀지지 않았고 주먹을 쥘 수도 없었다. 찢긴 팔목에서 천천히 흘러내리는 피와 고름의 느낌만이 전해지고 있었다.

그의 팔목과 손은 신들을 위한 봉사의 상징이었다. 너덜거리며 검게 썩어 가는 살점이 매서운 바람에 퍼덕거렸다. 살 아래로 드러난 뼈에도 한때 녹아 있었던 사슬의 흔적이 남아 있었다. 혼돈의 블레이드와 이어져 있던 사슬이었다. 이제 그 사슬은 사라졌다. 사슬을 감았던 신이 다시 사슬을 뜯어 갔다. 그 사슬은 혼돈의 블레이드와 크레토스를 연결해 주는 것이었고 신들을 위해 봉사해야 했던 그의 족쇄이기도 했다.

그러나 그것도 끝났다. 사슬은 사라졌고 혼돈의 블레이드도 함께 사라졌다.

이제 그에게는 아무것도 없었다. 그는 아무것도 아니었다. 아직 그를 버리지 않은 것이 있다면 그는 그것을 버릴 생각이었다.

친구도 없었다. 온 세상이 그를 두려워했고 그를 증오했다. 누구도 사랑이나 애정을 담은 눈으로 그를 바라보지 않았다. 적도 없었다. 더는 죽일 적이 남아 있지 않았다. 가족도 없었다…

지금까지도… 마음 한구석에는 똑바로 바라볼 수 없는 곳이 자리하고 있었다.

그리고 쓸쓸하게 버려진 그는 마지막 안식처를 찾으려 했다. 신들은…

그의 삶을 조롱했다. 신들은 그를 데려가 더는 버틸 수 없는 존재로 그를 빚어내고 변화시켰다. 이제는 결국 분노조차 할 수 없는 지경에 이르렀다.

"올림푸스의 신들은 날 버렸다."

그는 절벽 너머로 걸음을 내디뎠다. 절벽의 끝에 신발이 긁히며 흙이 부서져 떨어졌다. 수백 미터 낭떠러지 아래에는 지저분한 구름 조각들이 한데 엉겨 에게 해의 파도가 부서지는 날카로운 바위 위로 안개의 그물을 짓고 있었다.

'그물?'

그는 고개를 저었다.

'그물이라니? 차라리 수의라면 모를까.'

그는 어떤 인간도 이룰 수 없는 일을 해냈다. 그의 업적은 신들조차 견주기 어려운 것이었다. 그러나 그 무엇도 그의 고통을 지워 주지는 못했다. 벗어날 수 없는 과거가 전하는 고통과 광기만이 그의 유일한 동료였다.

"더 이상 희망은 없다."

이 세상에 희망은 없었다. 그러나 하데스의 경계를 이루는 위대한 스틱스 강의 영역에는 레테 강이 흐른다. 그 어두운 물을 마시면 영혼이 남겨둔 존재의 기억이 깡그리 사라지고 영혼은 영원히 떠돈다고 한다. 이름도, 머물 곳도 잃어버린 존재가 되어…

과거도…

바라는 것은 그뿐이었다. 그는 마지막이자 돌이킬 수 없는 걸음을 내디뎠다. 그는 절벽에서 몸을 던져 구름을 찢고 아래로 떨어졌다. 바위에 부서지는 물살이 모습을 드러내더니 점차 커지며 선명해졌고 그의 삶을 끝내기 위해 그를 덮쳤다.

동시에 그의 모든 존재가 삼켜졌다. 그의 모든 과거와 그가 저지른 행동과 그에게 가해졌던 모든 일이 한 차례 밤의 날카로운 굉음과 함께 사라졌다.

그러나 그 순간에도 그는 실망을 맛보아야 할 운명이었다.

그는 에게 해의 어두운 물살 속에서 옆에 있는 존재의 모습을 볼 수 없었다. 그는 바다에서 자신을 들어 올린 손의 존재를 느낄 수 없었다. 그는 인간이 갈 수 있는 영역 너머 훨씬 더 먼 곳까지 가고 있다는 것을 알지 못했다. 그리고 눈을 떴을 때 그는 구름으로 지어진 성벽의 관문 앞에 서 있었다. 황금과 진주가 장식된 거대한 관문이었다. 그리고 그와 함께 천상의 아름다움을 지닌 여인이 서 있었다. 그녀는 빛나는 갑옷을 입고 메두사의 머리가 장식된 방패를 들고 있었다.

그는 그녀를 직접 만난 적은 없었다. 하지만 수년 동안 그녀를 알았기에 착각할 여지가 없었다.

"아테나 여신이여."

아테나는 크레토스를 바라보았다. 티 없이 깨끗한 얼굴과 평온한 위엄이 깃든 눈빛은 보는 이를 압도했다.

"스파르타인이여, 아직은 죽을 때가 아니다."

아테나가 말했다. 그녀의 목소리는 파이프와 북으로 연주하는 군악처럼 울려 퍼졌다.

"그런 큰일을 수행한 네가 스스로 목숨을 끊는 건 신들과 내가 허락하지 않는다."

크레토스는 혹독한 부당함과 이해할 수 없는 영광을 동시에 느끼며 멍한 표정으로 바라볼 수밖에 없었다.

"네가 상상하지 못했을 일이 여기에서 일어났다."

아테나가 손을 들자 거대한 관문이 크레토스 앞에 열렸고 그 안의 계단은 구름까지 이어져 있었다.

"오늘 너의 행동은 네 목숨을 넘어서는 것을 구했고 복수보다 위대한 것을 이루었다. 제우스께서는 네 가치를 인정하셨으니 그에 따라야 할 것이다. 크레토스, 올림푸스에는 아레스의 빈자리를 대신할 전쟁의 신이 필요하다. 네게 마지막 봉사를 요구한다. 이 계단을 따라 올라가라. 빈 옥좌가 있을 것이다. 그것이 바로 네 자리다."

"이해할 수 없소…"

그의 얼굴은 경직되어 있었고 목소리는 잠겨 있었다.

"너는 이해하지 못할 수 있다. 다만 이건 명심하거라. 네 손으로 목숨을 끊어 올림푸스를 피로 더럽혀서는 안 된다. 그래서 네가 여기에 있는 것이다. 우리와 함께, 영원히 말이다. 바로 제우스 신의 뜻이다."

크레토스는 길고 긴 계단을 올랐다. 그는 빛이 뿜어져 나오는 옥좌의 윗부분을 볼 수 있었다. 섬뜩한 검은 빛이었다. 크레토스의 운명이 될 전쟁의 신에 잘 어울리는 빛이었다.

계단을 오를 때마다 전투 장면이 보이고 싸우는 소리가 들렸다. 세계의 모든 곳에서 그리고 모든 시간에 걸쳐 벌어지는 전쟁이었다. 신의 시간과 공간은 인간의 것과는 달랐다. 크레토스는 잠시 혹은 천 년 동안 악몽이 돌아온 것이 아닌가 하는 두려움이 들었다. 그러나 그의 눈에 보이는 병사들은 그가 알아볼 수 없는 사람들이었다. 그들은 철제 갑옷을 입었고 밀집 대형으로 움직였다. 기병과 마차가 검을 든 보병과 창병과 궁수를 지원했다.

"루비콘 강을 건너라!"

장군인 듯한 사람이 알 수 없는 언어로 소리쳤다. 그러나 크레토스는 그의 말을 이해했다. 그리고 다음 순간 그는 숨을 죽였다. 신기한 갑옷이 더 익숙한 모양으로 바뀌었다. 아시아인의 눈매를 지닌 병사들이 그를 지나 달려갔다. 그들은 크레토스가 알지 못하는 언어로 소리쳤지만 크레토스는 이번에도 나름의 방식으로 이해할 수 있었다. 세키가하라였다.

"쇼군을 위해!"

크레토스는 그들이 부르는 이름들을 알지 못했다. 그에게는 의미 없는 이름일 뿐이었다. 그들의 모습과 갑옷은 낯설었지만 그들이 일으키는 전쟁의 참상은 너무나도 익숙했다. 양쪽에서 수천 명의 병사들이 죽어 쓰러져 있었다. 크레토스는 아직도 계단을 오르고 있었다.

다음 계단을 오르자 단단한 금속 날개와 회전하는 바퀴가 달린 거대한 새가 눈앞으로 날아오고 있었다. 크레토스는 순간 움찔할 수밖에 없었다. 주데텐이었다. 거대한 폭발이 일었다. 그것은 사실 새가 아니라 폭격기라는 이름으로 불리는 비행 기계였다. 크레토스는 어떻게 된 일인지 그 낯선 단어를 이해할 수 있었다. 폭격기가 하강을 멈추고 엄청난 소리와 함께 회색빛으로 물든 하늘로 솟아올랐다. 그리고 바로 위에서 눈부신 빛이 일었다. 그는 얼굴을 찡그리며 눈을 가렸다. 그러나 크레토스는 그 빛이 자기를 해칠 수 없다는 사실을 알고 있었다. 불타는 도시에서 위로 솟아난 거대한 구름이 내뿜은 빛이었다. 놀랍게도 구름은 위로 오를수록 커지더니 아테네보다 더 거대한 하얀색 버섯 모양으로 타올랐다.

크레토스는 다른 방향을 바라보았다. 나무가 가득한 언덕이 펼쳐졌고 그 사이를 흐르는 강은 붉은 피로 물들어 있었다. 앤티텀? 이것은 어떤 언어란 말인가?

크레토스가 계단을 하나씩 오를 때마다 새로운 사람과 새로운 장소가 나타났다. 워털루, 아쟁쿠르, 카이베르 고개, 갈리폴리, 스랑푸, 론세스바예스, 스탈린그라드, 벌지, 노르망디... 그의 주위에서 전쟁이 휘몰아쳤다. 놀라운 승리와 끔찍한 패배가 끝없는 고리가 되어 이어졌다.

크레토스는 마침내 옥좌에 이른 다음 잠시 멈춰 서서 올라온 길을 돌아보았다. 온 그리스와 지중해가 그의 앞에 펼쳐졌다. 아프리카, 유럽, 아시아 그리고 세계 반대편에 있는 신기한 대륙까지, 전투가 벌어지고 전쟁이 일어나는 곳은 모두 볼 수 있었다. 이것은 그의 영역이었다. 그러나 그중에서도 그에게 가장 의미가 있는 장소는 세계를 조각낼 전투가 벌어지는 곳일 것이다.

올림푸스 역시 그의 영역이었다. 언제든 그의 선택에 따라 전쟁이 일어날 수 있었다.

한때 스파르타의 전사였던 크레토스는 옥좌에 앉아 몸을 낮추었다. 그의 눈썹 아래에서 깊은 계략이 자리를 틀고 있었다. 그들이 전쟁의 신을 원한다고 했던가? 크레토스는 그들에게 가장 끔찍한 악몽 속에서조차 겪지 못했을 전쟁을 보여줄 생각이었다.

올림푸스의 크레토스, 전쟁의 신은 자신의 영역을 내려다보면서 분노를 불태우고 있었다.

〈끝〉